カッシーラー　ゲーテ論集

エルンスト・カッシーラー著

カッシーラー　ゲーテ論集

森　淑仁編訳

知泉書館

凡　例

一、本書は、エルンスト・カッシーラーの「ゲーテ」を直接表題としている論文、講演等を集め翻訳したものである。翻訳の底本は、以下の通りである。収録順序はほぼ、発表、発刊年に従った。

「ゲーテのパンドーラ」Goethes Pandora (“Idee und Gestalt”, Darmstadt 1971)

「ゲーテと数理物理学」Goethe und die mathematische Physik (“Idee und Gestalt”, Darmstadt 1971)

「ゲーテとプラトン」Goethe und Platon (“Goethe und die geschichtliche Welt”, Berlin 1932)

「カントとゲーテ」Kant und Goethe (“Rousseau, Kant, Goethe”, Hamburg 1991)

「自然研究者ゲーテ」“Der Naturforscher Goethe” (“Hamburger Fremdenblatt”, 19. März 1932)

「ゲーテの形成（教養）の理念と教育の理念」Goethes Idee der Bildung und Erziehung (“Geist und Leben”, Leipzig 1993)

「ゲーテと一八世紀」Goethe und das 18. Jahrhundert (“Goethe und die geschichtliche Welt”, Berlin 1932)

「ゲーテと歴史的世界」Goethe und die geschichtliche Welt (“Goethe und die geschichtliche Welt”, Berlin 1932)

「トーマス・マンのゲーテ像」Thomas Manns Goethe-Bild. Eine Studie über *Lotte in Weimar* (“Geist und Leben”, Leipzig 1993)

「ゲーテとカント哲学」Goethe und Kantische Philosophie (“Rousseau, Kant, Gorthe”, Hamburg 1991)

一、注については、原注を、(1)、(2)、(3) 等のアラビア数字をもって表示し、訳注を、＊1、＊2、＊3等により表示し、共に各論文末に一括して挿入した。原注、訳注共に、各論文ごとの通し番号とした。

一、原文中の隔字体ならびにイタリック体は、区別することなく、共に傍点をもってこれを示した。また、ラテン語、ギリシャ語については、おおむね、（ ）をもって訳語のあとに続けて併記した。

一、本訳本が底本とした各論文の原注は、同一論文内はもとより、それぞれの論文間においても、表記の仕方が異なる部分も多く見られるため、訳者が適宜統一を図った。したがって、原注の表記は、必ずしも原文と一致していない。主要なものは、以下の通りである。

（1） ゲーテの作品については、本文中に指摘がある場合は別として、原注に記載がない場合もそのタイトルのほか、巻、章、頁数等を挙げたものもあるが、原注が、ワイマル版ゲーテ全集の巻数、頁数等を指摘している場合は、おおむねそれも記した。また、収録されている範囲内でハンブルク版ゲーテ全集の当該箇所を原注に付け加えて（ ）内に記した。

（2） ゲーテの自然科学論文について、原注でワイマル版ゲーテ全集の巻数、頁数等を指摘している場合はワイマル版ゲーテ全集第二部「自然科学論文集」と表記し、それをも記した。

（3） ゲーテの書簡については、年月日を記すと共に、ハンブルク版ゲーテ書簡集に掲載されているものは（ ）内に、これをつけ加え指摘した。中には、原注により、ワイマル版ゲーテ全集の巻数頁数が記されているものもあるが、これは割愛した。日記についても年月日を記した。

（4） ゲーテの『箴言と省察』については、原注は、M・ヘッカーによるもの（Maximen und Reflexionen, nach den Handschriften des Goethe-und Schiller-Archivs, hrsg. von Max Hecker, Weimar 1907）であるので、原注通り、その番号を記すと共に、それに続けて、（ ）内に、ハンブルク版ゲーテ全集の当該箇所の頁数、番号を共につけ加え併記した。

（5） ゲーテの対話については、原注は、F・F・ビーダーマンによるもの（Goethes Gespräche (in 5 Bden), 2. Aufl., hrsg. von Flodoard Frh. von Biedermann, Leipzig 1909–1911.）であるが、ゲーテ『対話録』とのみ記し、適宜年月日を記載した。さらにエッカーマンとの対話の場合は、エッカーマン『ゲーテとの対話』とし、年月日を記した。また、Johann Peter Eckermann: “Gespräche mit Goethe”, hrsg. von H. H. Houben, Wiesbaden 1959 を参照した。

（6） 論文末の訳注については、これもほぼ原注の脚注と同様にした。しかしここでは、『箴言と省察』は別として、適宜、収録されている範囲内で、ハンブルク版ゲーテ全集、書簡集の当該箇所の巻数、頁数等を（ ）を付することなく記した。それ以外では、アルテミス版あるいはワイマル版ゲーテ全集の当該箇所への指摘をした。

（7）各論文の翻訳の底本とした原典の注のほか、その他参考とした原典の注も、特に編者の注をも参照としたことは勿論であるが、適宜、原注、訳注の当該箇所に、この編者の注を［　］あるいは（　）を付して加えたものもある。また、原注に（　）を付して、訳者の注を付け加えた箇所もある。

一、なお、カッシーラーのゲーテからの引用箇所が、ゲーテの原文と相違している場合は、必要に応じて適宜それを注において指摘した。その際、訳文はおおむねカッシーラーに依拠した。

一、固有名詞の表記については、慣用に従うように努めた。ただし、神話上の固有名詞は、ドイツ語の読みにおおむね従った。

目　次

カッシーラー　ゲーテ論集

ゲーテのパンドーラ[*1]

I

ゲーテの全作品のうちで『パンドーラ』は、他のどれよりも抽象的「哲学的」解釈が可能であり、またその内容および構造の充分な理解のためには、そうした解釈が必要であるように見える。『ファウスト』第二部でさえ、こうした解釈を同じような強さで求めてはいない。というのも、『ファウスト』第二部は、根源的・詩的な独自の生、つまりあらゆる個別的要素の内的な芸術的連関を有し、その連関が、われわれをくりかえし、真の源点としての、また本来の「説明原理」としてのゲーテの詩作の固有の形式原理へ連れ戻すからである。しかし『パンドーラ』にあっては、一般的概念において明確に語られうる作品の寓意的内実をわがものとした時にはじめて、それ独自の詩的内実もまた解明されうるように見える。ゲーテ自身、『パンドーラ』を、もはや直接「多様性と個別性」を目指すのではなく、「更にいっそう一般的なものへ」[*2]入り込む彼の晩年の詩作の様式（Stil）[*3]の例証として挙げた。この作品の内的ならびに外的形式のうちに、一般的なものへのこの特徴が現れてくる。ゲーテは、ここにおけるほどに意識的に技術的関心を持って、この上なく多様なリズムや韻律を駆使したことは他になかった。ポエーティッシュな様式形式（Stilform）のこのような多様性を、ここにおけるほどに狭い空間に押し込めたことはなかった。だがどの形式も、特有の仕方で必然性を持って作品と癒合しておらず、したがってゲーテの感受内実のまったく比類ない強引な表現となっているのは、まさしくすべての形式をこのように完全に支配したことにあるように見える。こうした充溢には、多少の恣意が、古代遺産のこうした新たな獲得ならびに新たな蘇生には、ある種の老練な、半ば博識な半ば詩的な意図が付随しているように見える。そして、この詩作の内容と基本的プランに目を向けると、この詩作そのものが受け入れている教訓的特徴がさらに明瞭に表れて来る。このプランが——たいていはこのように受け取られているのだが——文化の生成と成長についての、また人間世界への文化の出現についての描出をなすことにあったならば、また科学と芸術が、この人間世界にまず伝えられその最初の萌芽の状態から展開した様を、象徴的な形象において示すことにあったならば、これ以上に抽象的なしたがってこれ以上にドラマに相応しからぬテーマは容易には考えられ得ない。しかしながらその一方で、作品自体の純粋なとらわれのない印象に身を委ねさえすれば、ただちにまったく別の領域、つまり個々のものについての概念的判断の一切が不十分で、この詩作の全体だけが抒情的・ドラマ的な全体として知覚されうる領域へ移されるのを感じる。この詩作の全体を通じて、統一的な基本的情調が働いている、フィレロースの情熱の爆発、エピメートイスの美への賛歌、そしてエピメーライアの嘆きにおいて、最も純粋に最も強く響きわたるメロディーが働いている。ここでは、この詩の統一的な「意味」についての疑いの一切および理論的穿鑿のすべては中断しなくてはならない。というのも、ゲーテの最も固有の芸術的形態化方法の中心へ直接戻るよう指示されるのを感じるからである。ゲーテの自然感情と彼独特の人間感情ならびに生命感情が、晩年のゲーテの最も完成された作品、——つまり、『マリーエンバートの悲歌』、あるいは『西東詩集』の『再会』の詩を想わせるような力と深みにおいて、ここで表現されている。もちろん、『パンドーラ』のこうした本来の抒情的な頂点さえも、「ドラマ的寓意への抒情的封入物」としてしか認めようとしないならば、つまりそこに、グンドルフのような鋭敏な評者の最近の判断のように、古代のオペラにおける如く作品の全体から抜け落ちるいわば「ブラヴールアリア」だけを見ようとするならば、それによってこの作品の芸術的統一は解消してしまう、すなわち『パンドーラ』においてかろうじて「細切れになった断片」だけを見る心積もりをしなくてはならない。こうした見解は、ゲーテ自身が、早い時期に遭遇し諦念をもって甘受したものである。フォン・シュタイン夫人が、この作品の個々の部分しか真に理解することはできなかったと告白した時、ゲーテは彼女に答えて、作品の全体は、実際読者にいわば神秘的に働きうるに過ぎない、と述べている。「読者は、こうした働きを全体において感じますが、それを明確に語ることはできません、しかし、読者の快と不快、同感あるいは嫌悪は、そこから生じます。これにたいして、読者が選び出すでありましょう個々のものは、本来彼に属するもので、彼に個人的に都合のよいものです。それゆえ芸術家は、——芸術家にとってはもちろん、全体の形式と意味とが重大な関心事でなくてはなりません——彼が本来、熱意を傾ける個々の部分が、心地よさと喜びをもって取り上げられるならば、それでもやはり大いに満足することができます。[*4]」

　芸術家としてのゲーテの念頭に浮かんでいた全体のこうした意味を、以下の考察において述べようと思う。しかしその際、こうした意味にわれわれは、さしあたり二様の、見たところ相対立した現れ方で遭遇するが、それはもちろん、この詩自体の特性および特質に根ざしているのである。概念形式および思想形式は、ここではじめから完全に、体験形式および詩形式へ解消されているのではなく、前者は、後者にたいして、自立的な引き離しうる存立基盤を有している。しかし根源的な形態形成のモチーフが展開するにつれて、こうした二元論に留まることなく、ゲーテの成熟した晩年の詩作のすべてにおけるように、思念と観想、思想と体験の新たな独特の統一が作られる。この詩作の内部で、こうした連携が、いかにして行われるかを示そうと思う、——つまり、芸術的形象が、しだいにますます純粋に思想の刻印を、そして他方、思想が、形象と感受の刻印をいかに受けるかを示そうと思う。というのもこうした二重の過程においてはじめて、『パンドーラ』が、ゲーテの詩作の全体において、またゲーテの世界観ならびに人生観の全体において何を示唆しているかが明らかとなるからである。

II

こうした意味で問いを立てるなら、単にこの詩作の素材としての前提に属するに過ぎないもの、つまりパンドーラ伝説ならびにパンドーラ神話の内容に属するに過ぎないもののすべては、さしあたり考察から除外される。ゲーテは、古代の伝承が彼に示したようなパンドーラの神話的形象から、ある種の外的な刺激を汲み取ることはできたが、本来の創造的な形態化においては、こうした形象によってなんら規定されなかった。それどころか彼は、この形象をまずつくり変え、本質な点において正反対にものに転じなくてはならなかった、そうしてはじめて彼は、それを彼の人生観ならびに彼の芸術的感受から自分のものとすることができたのである。この作品自体が、このことにたいして特徴的示唆を与えている。プロメートイスが、エピメートイスとの会話において、ギリシャの伝説のパンドーラに言及すると、――つまり、ヘシオドスのよく知られた報告によれば、ツォイスの命により、ヘファイストスによって形づくられ、アテネとヘルメス、優美の女神達とパイトによって、人間を堕落させるためにあらゆる種類の、人間を欺く贈り物をもたされたパンドーラに言及すると、エピメートイスは、不機嫌そうに「そうした起源の寓話的迷妄」を退ける。ゲーテのパンドーラは、携えてきた器から悪のすべてが立ち現れ人間世界に広がっていく誘惑するデーモンではなく、すべての才能が授けられた者、またすべてを与える者である。というのも、神々からは、いかなる悪も人間に近づくことはないからである、――罪なき神（Θεὸς ἀναίτιος）というプラトンのモットーは、ゲーテにとっても、少なくとも古典期のゲーテにとっても当てはまる。「何が望まれるか／それを地上のあなた方は感じています／何が与えられるか／それは天上の者たちが知っています。」こうして、ゲーテのパンドーラは、プラトンのエロスがデーモンであるという意味においてのみデーモンであるに過ぎない、すなわち欠如と充溢、有限なものと無限なもの、死すべきものと不死のものを互いに結びつけ、そうすることによって「すべてを結び合わす」ように定められているのである。

こうして、今やただちに、この詩作のより深い思想的な層に入り込むことになる。この詩作とプラトンの思想世界との間にある内的連関は、見間違いようがない。この連関は、すでに比較的早い時期の解釈者たちが指摘した後に、特にヴィラモーヴィッツによって彼の『パンドーラ』についての記念講演において強調し展開された。彼にとっては、『パンドーラ』の世界は、そのままプラトンのイデア界を意味する。つまり、科学と芸術と美を包摂しているが、これら三つの基本的な表示のどれにおいても言い尽くされない世界を意味する。こうしたプラトンとの関連のために、ヴィラモーヴィッツは、この詩作の中に現れるたくさんの外的象徴を指摘した。アテネの門の前に「アカデミー」があった、プラトンが彼の学園を建てた聖なる小さな森があった、――それは、プラトンの教えに没頭した弟子達が、その前で供儀を行ったエロスの祭壇によって特徴づけられる、更にこの場所に立っていた神聖なオリーブの木によって特徴づけられる。パンドーラが、その再来にあたって携えて降りてくるのもオリーブの木である。それは、奇しき天上の象徴、また同時に、プロメートイスの宥和の表現である。したがってヴィラモーヴィッツは、次にように推論する。「プロメートイスとエロスの場所にあるプラトンのアカデミーが、ゲーテに、彼の構想全体にとって決定的な思想、つまりパンドーラの再来が、科学と芸術という理想的な宝に配慮と愛を持っていそしむように人間を高めたという思想をもたらした。彼は、こうした思想を持つに至った時、彼の詩作を構想したのであった。[*5]」しかし、この解釈が魅力的であるだけに、この解釈が、この詩作自体によって直接また不可抗的に提示されるものではないということをもちろん言っておかなくてはならない。というのも、この詩作におけるフィレロースは確かに愛する者である、――しかし彼のエピメーライアにたいする愛は、全く個人的な、全く感性的な、全く具体的な情熱であり、この愛においてはなんら、プラトンのエロスが内包しているようなこの上なく普遍的な、神話的および哲学的内実を示唆していない。まして、パンドーラが神々の贈り物として地上に携え降りてくるオリーブの木に関しては、この解釈は、『パンドーラ』の続編のために残されているゲーテのシェーマに見出される唯一の箇所を拠り所にしている。「美、敬虔、憩い、安息日、モリーア（Moria）」、これは、パンドーラが地上に携え降りてくる宝である。だが、この「モリーア」が、こうした関連でアテネ人の神聖なオリーブの木を意味するかどうか、それは、マックス・モリスが彼の『ゲーテ研究』においてヴィラモーヴィッツの解釈に異議を唱えた重要な論拠によれば、少なくとも疑わしいのである、――つまり、イェルサレムの寺院の呼称である聖書の「モリーア（Morija）」を指摘する比較的古い解釈が、ともかく依然として可能なのである。したがって、『パンドーラ』の外的な象徴法ならびに比喩は、それ自体だけでは、この作品をプラトンおよびプラトンの思想界に近づけるに充分確かな論拠をなんら与えるものではなく、そのためには、こうした解釈が拠り所とし拡張される、純粋に思想内実自体から取り出された別の連関が指摘されなくてはならないであろう。

この連関を述べるためには、この仕上げられた作品世界を越えて、この作品の成立の数年前に遡っていくことが、もちろん必要不可欠のこととなる。というのもこの数年の内に、プラトンの思想世界は、ゲーテに新たな道の上で接近し、ゲーテの直観に全く特定の歴史的刻印を与えたからである。ゲーテが『パンドーラの再来』を仕上げようと決意したのは、よく知られているように、一八〇七年の秋、つまり彼が、ゼッケンドルフとシュトルに、彼らが新たにつくった『プロメートイス』誌への寄稿を乞われた時であった。しかし、ゲーテがこの時受けたのは、仕上げのための外的な刺激だけであって、モチーフそのものではなかった。むしろ「プロメートイスが登場する神話的な箇所は、常に心にとめており、生きた固定観念となっていた」[*6]と、ゲーテ自身語っているように、パンドーラの姿もまた、一定の形をとる前に長いこと彼の念頭にあったと思われる。このことは、彼の最も完成された抒情詩的詩作や叙事詩的詩作のモチーフと同じで、これらのモチーフについては、彼自身、こうした徐々に進行する成長と成熟の過程を述べている。「ある種の大きなモチーフ、聖譚、太古からの歴史的伝承等が、私の心にきわめて深く入り込むので、私はそれらを四〇年から五〇年の間、生き生きと活動的に内部に留め置いた。こうした価値ある形象が、しばしば構想力において新たにされるのを見ることは、私にはこの上なく美しい財産であるように思われた。というのも確かにそれらは、常に形を変えるが、やはり変化することなく、さらに純粋な形式、さらに決定的な表現へと熟していったからである。」[*7]こうした内的成長へ、外部から一定の思想的作用が介入し、それに新たな決定的方向をいかに与えるかが、今や明らかになる。一八〇五年八月、ゲーテは、プロティノスの『エンネアデス』の研究、特に「叡智的美」についてのプロティノスの学説を含んでいる章節に沈潜した。ゲーテは、プロティノスの作品を、まずラテン語の翻訳で読むが、しかしまもなく原文で読みたい気に駆られる。この原文を、彼はその後まもなくF・A・ヴォルフを介して手に入れる。この「古代の神秘主義者」の作品——ゲーテは、この作品をそう呼んだ——において、彼を捉えて放さなかったものを、彼自身正確に指摘した。つまり、彼はこの決定的な箇所を取り出し、ツェルターに宛て、それをわずかではあるが特徴的な注釈付きで一八〇五年九月一日に送った。ゲーテの翻訳になるこれらの箇所を、ここで詳しく再現しなくてはならない。というのも、これらの箇所は、仕上がったものとしての『パンドーラ』の至る所で背景となっている思想圏ならびに直観圏に、彼が先ずもってどのような道を辿って近づいたかにたいする最も特徴的な表現であるからである。「知的世界を直観し、真の知の美を認める者は、すべての感覚を超えた父なるものをもよく見て取ることができるということをわれわれは確信しているがゆえに、われわれは、精神の美および世界の美をいかにして直観できるかを――明らかにされる範囲内で――力の限り洞察し、自分自身のために表現しようとする。二つの石の塊が並んで置かれているとしよう。その一方は、自然のままで、人工的な処理を施されていない、だがもう一方は、芸術によって、人間ないしは神の彫像になっている。……しかし、芸術によって美しい形態をとった石が、ただちに美しく見えるのは、やはり、それが石であるからではなく、――というのはもしそうなら、他方の塊も、同じように美とみなされるであろうからである――その石が、芸術によって与えられた形態を持つからである。だが、物質がそのような形態を持っていたのではなく、この形態は、石に達する前に、考案する者の内にあったのである。しかしながらこの形態が芸術家の内にあったのは、彼が目と手を持っていたからではなく、芸術の才が彼に賦与されていたからである。したがって芸術の内には、更にずっと大きな美があったのである。というのも、芸術の内に安らっている形態が石に達するのではなく、形態はあくまで芸術の内にある、だが芸術家がいかに望もうと、自己自身に留まり続けるのではなく、素材が芸術に従う限りで別の比較的貧弱な形態が現れ出るからである。というのも、形式は、物質の内に現れ出ることによって、すでに伸張されるがゆえに、一者に留まっているものよりも弱いものとなるからである。というのも、それ自体において疎隔(Entfernung)を蒙るものは、自己自身から後退するからである。したがって、作用を及ぼすものは、作用を受けたものよりも優れたものであるに違いない。しかし、芸術が、自然を模倣するからといって蔑視しようとするならば、それに対しては、自然もまた、他のいろいろなものを模倣しているのであって、更に芸術は、人が目で見るものをそのまま模倣するのではなく、自然が成立し行動する基をなす理性的なものへ向かうのであると答えうる。こうしてフェイディアスは、なるほどなんら感性的に認めうるものを模倣したのではなかったが、ツォイスをわれわれが目にするとしたら、実際かく現れるであろうような姿を心に留め神の姿を形づくることができた。」

ここにわれわれは、事実、新プラトン主義の形而上学ならびに美学の一切の本質的な基本特徴を目の当たりにする。つまり、素材に形態を与え、それによって素材に美を付与する理念である。この美はそれにもかかわらず、こうした付与に関係なく、永遠の一者として純粋に自己自身の内に留まり続ける。永遠の一者は、多に、決して完全に身を委ねることなく、多様なものとなって現れる場合でも、決してその多様なものの内に自身を失うことはない。こうして、原像は、常に無限の完全性を、感性的素材的な摸像に対して保持する。つまり、生み出すものを生み出されたものに対して保持する。だがまさにこの点に対して、ゲーテは異議を唱える。「一切が発生し、また還元されるべき源である一者を、心に刻み込むことにきわめて生き生きといそしむからといって、古代ならびに近代の観念論者を悪く取ることはできない。というのは、生かし秩序づける原理は、ほとんど救いようもないくらいに現象の中で圧迫されていることは明らかだからである。しかしながら他方において、形式を形成するものならびに比較的高度の形式自体を、われわれの外的ならびに内的感覚の前で消えてしまう統一の中へ押し戻そうとする場合に、またしても縮小が行われる。われわれ人間は、伸張と運動に依拠している。一切のその他の形式、特に感性的形式が啓かれるのは、まさにこれら二つの普遍的形式においてである。しかし、精神的形式は、それが現象となって現れ出る場合、決して縮小されない。この場合前提となるのは、その出現が、真の産出、真の増殖であることである。産み出されたものは、産み出すものに劣らない。それどころか、産み出されたものが、産み出すものよりも優れたものでありうるということが、生き生きとした生産行為の利点である。[*8]」したがって、プロティノスが、一者の自己外化、一者の「叡知的」本質からの離反だけを見るところで、――ゲーテはむしろ、一者の必然的な展開ならびに自己啓示を見る。「絶対的なもの」の形而上学的超越性に、彼は、その芸術的世界感情ならびに世界像の内在性を対置する。この意味において、ゲーテは、「理論的な意味における絶対的なもの」[*9]について語るべきものは何もないが、この絶対的なものを現象のうちに認め常に念頭に置く者は、その絶対的なものから大きな利益を享けるであろうと主張することは許されるということを、生涯を通じて語った。そして、プロティノスを読むことによって先ずもって開かれた思想世界の内容の全体が、『パンドーラ』の仕上げに取りかかる直前のゲーテに、更にもう一度生き生きと意識されるにいたった。シェリングが、シェリング哲学の全体においても画期的で重要な、ミュンヒェンでの就任講演である『造形芸術の自然への関係について』を、ゲーテに送付したのは他でもない一八〇七年一〇月であった。「叡知的美」についての新プラトン主義の学説がここでは焦点となっており、また同時に、全く独特の特徴によって豊かにされている。というのも、プロティノスとその哲学上の後継者達が要求し予言したこと――これを、シェリングは、詩人ならびに自然研究者ゲーテにおいて達せられているのを見たからである。事実、「知的直観」についてのシェリングの学説全体は、彼がゲーテの内に働いているのを見た、あるいは見たと思った精神的所作を、一般的な方法論的概念において表現する試みに過ぎない。こうしてゲーテは、シェリングの講演において、ただちに自己自身ならびに自己の根本直観を再認識することとなった。実際ゲーテは即座に、自分の確信は、シェリングの確信と「完全に一致する」と明言した。しかしながらゲーテは、形而上学者としてではなく、詩人としてこの一致を感じていたがゆえに、それは、当時彼をとらえて離さなかった純粋に詩的な形象へと、また新たに彼を連れ戻した。このことから今や、パンドーラの本質と起源についてエピメートイスが語る情熱的な描写が、思想上特別の重要性を持つに至る。

「至福の充溢を私は感じた、
美を私は所有した、美が私を支配した、
春に伴われて彼女は堂々とやってきた。
私は彼女を認め、彼女をとらえた、そこで一切がなされた！
陰気な迷妄は、霧のように散り散りに消え去った、
彼女は私を大地へ引き下げ、天へと引き上げた。

彼女はたくさんの姿をして降りてくる、
彼女は、水の上を漂い、野の上を歩く、
聖なる尺度にしたがって輝き音を立てる、
そしてひとえに形式が内実を気高くする、
内実と形式自身に最高の力を与える、
私には、彼女が青春の姿で、女性の姿で現れた。」

ここでは事実、プラトンの気配、プラトンの思想の雰囲気が感じられる。しかし、これらの言葉から語られるのは、ゲーテによる、全く独特の個人的に刻印されたプラトンの思想世界である。というのも、まさにここにおいては、「形式」は、「超天上的な場所」に属するものとしてではなく、生の力動性の只中に、つまり自然の形態形成と変成、波のざわめき、そして物体の変転と可視的輪郭の只中に現れ出るものとして特徴づけられる。形式は、外的

および内的感覚の前で消えてしまう統一の中へ押し戻されるのではなく、生成の流れとリズムの中で、われわれにとって身を隠すと同時に明かすために降りてくるのである。プラトンの「イデア」の最も初期の翻訳の一つとして、ドイツ語の哲学用語に、「形態」(Gestalt) という術語がある。シラーの哲学詩によって、この「形態」の意味は、一般的にまた恒久的に確定される。「ただ物体のみが、／暗い運命を綯う諸力に適う。／しかし、一切の時の支配を免れ、／至福なる自然の幼馴染たる形態は、／天上の光の野辺をさまよう、／神々にたち交じり神々しく。*10」しかし、ゲーテの世界感情において特徴的なのは、純粋な形態の世界は、感性界を超えた彼岸にあるのではなく、感性界そのものの内に生きており現在していることである。こうして彼にとって形態は、持続的にして同時に可動的なもの、同一的にして多様なもの、ただ特殊のうちにのみあり生きている普遍的なものとなる。自然において、芸術において、倫理的なもののうちにおいてすら、彼は今やこの基本的関係を再発見する。したがって彼にとっては、純粋な形態は、一切の時の支配から解放されて、かけ離れた到達しえぬ領域に留まり続けるのではなく、時間的なものの中に現れ出ることによって、時間的なものそのものの力と制限の下にある。純粋な形態は、制限を受けることによって、人間の感覚にはじめて捉えられ知覚されうるものとなり、親密なしるしにおいて人間に語りかける。このようにしてパンドーラは、贈り物を持って、まずエピメートイスに近づいた。彼女において、また彼女を通じて、彼にまず存在と生成の全体にたいする眺望が開かれた。彼女が彼のもとを去ることによって、暗闇が彼に襲いかかった。形ある現実が、またしてもカオスの中へ沈んだ。生の内実は無に帰した。それに代わって、決して逃れることのできない常に新たにされる日々の一様性だけが残された。エレメンタールな力を持って、こうした基本感情が、彼のモノローグのはじめにおいて表現される。

「深い眠りが、私を、幸せにつけ苦しみにつけ、元気づけてくれた
だが、今では夜、いつもこっそりあちこち歩き回っては起きている
私の眠っている族《ヤカラ》のあまりに短い幸せを哀れに思う、
鶏の鳴き声、暁の明星の早すぎる輝きを恐れながら。
いつも夜であったほうがよいのだ。
力強く、ヘーリオスよ、赤く熱した巻き毛を振れ、
しかし、人間の小道は明るく照らされはしない。」

というのも、『パンドーラ』において描かれる「形式」の世界は、人間にとって持続的な所有とはならないからである。個々の形象において、それを捉えたと思う者は、ただちにそれが手元で溶解してしまうのを経験する、――ヘレナが、ファウストのもとから姿を消し、ただその衣装とヴェールだけを彼の手に残すがごとくである。「常に変化しつつ、確として身を持しつつ」純粋な形態の世界は、プロメートイスの率いる人類、――「光をではなく、照らされたものを見る」べく定められている人類にとっては、相変わることなく、近くまた遠く、遠くまた近くにある。今もなお、パンドーラの巻き毛に神々の手によって付けられた花輪が、相変わらずエピメートイスの脳裏に浮かぶ。しかしそれは、もはや結び合わず、彼が捉えようとするとバラバラにほどけてしまう。「すべてがほどける。／花々は、一つ一つ／緑の葉によってその占める場所をあてがわれる。／私が花を摘みつつ歩むと、摘まれた花は、／失せてしまう。すばやく消えてしまう。／ばらよ、私はお前の美しさを壊す／ゆりよ、おまえはもう姿を消してしまった！」

しかしエピメートイスにとって、パンドーラの内に明かされた生の形象と共に、生そのものが消え去ってしまった時、――彼に、もう一つ別の世界が対置される。それは、純粋に自己の内に基盤を持ち、安定し、なんら見知らぬものの援助、なんら天上の贈り物を必要としない世界である。ゲーテは、プロメートイスのモチーフが今一度浮かんだ時、古代の巨人族のこうした特徴だけを、彼の青年期の詩作から留めおいた。しかしその他の点では、形態そのもの、およびそれを取り巻く雰囲気は、最初のプロメートイスのドラマとは完全に異なっている。最初の劇詩断片の『プロメートイス』は、ゲーテが、すべての自己の創造的な基本経験を詰め込んだ、創造的人間の最高の高められた象徴であるが、『パンドーラ』のプロメートイスは、かろうじて、活動し役立つ者達の代表であるに過ぎない。ピンダロスの言葉、マイスターたり得る（*ἐπικρατεῖν δύνασθαι*）に心酔していた青年ゲーテ[*11]にとっては、純粋な形態形成と直接的な創造ならびに活動とは、なお完全に一つに融合した。彼は一方の内に他方をそれぞれ感じ享受したのであった。しかしながらゲーテの内的な自己形成が進むにつれて、それだけ鋭く、思念ならびに形成の世界と、行為の世界――つまり、目前の目的に向けられた直接的な活動の世界との間の対立が現れる。それ以後、彼の詩的象徴法もまた、こうした二元論の特徴を帯びる。エピメートイスとプロメートイスとの間の対立は、したがって――この対立の強調は然るべきものであるが――ゲーテの詩作の全体を貫き、その最も深い表現と形態化を、タッソーとアントーニオとの間の相反の内に見出したところの基本的対立の、特殊な個別的刻印であるに過ぎない。しかしながらここでは、それよりもずっと明瞭に、ほとんど概念的アンチテーゼの明確さと鮮烈さにおいて、両世界の代表者が相対置されている。「お前達を私が救った」――とプロメートイスは、彼の率いる鍛冶屋たちに語りかける――「あの時、私の救いようのない種族は／動く煙でつくられたものに、陶酔した眼差しを持ち／両手を広げて飛びつき、手に入れがたいものを手に入れようとした／それはたとえ手に入ったとしても、役立ちもしないし利益にもならない。／だがお前達は、役立つことをする者達だ！」こうした役立つことの世界にあっては、一切の内的な相違、つまり精神的なもの固有の価値特性ならびに価値区別の一切は、消えてしまう。尺度がもはや、内容の純粋な存在の内になく、この存在自体にとって異質な、他の目的に向けてなされるものの内にあるところでは、結局一切の宝は同じ価値を持つ。「最高の宝」を獲得するのに役立たない限り、すべての宝は、エピメートイスにとって価値のないものに思われるが、このエピメートイスに向かって、プロメートイスは、「最高の宝だと？　私には、すべての宝は、同じ価値を持つように思える」と問いかける。ここでもゲーテの青年期の詩作において草案されたプロメートイスの姿との相反が明瞭に現れる。青年期のゲーテの劇詩断片においては、プロメートイスは、神々との戦いにあって、ただ一人の神とだけ、つまりミネルヴァとだけ提携している。ミネルヴァは、プロメートイスの精神にとって、その本質そのものであり、彼を生の泉へ導くのは彼女である。この生の泉から、彼の被造物ははじめて、魂を与えられ覚醒され現実の存在を受ける。こうしてここでは、創造的な行為力が、精神的なものの純粋な力と完全に一つになっている。しかし、『パンドーラ』のプロメートイスは、パンドーラによって彼に差し出される贈り物を、誘惑的まやかしであるとして遠ざける。『パンドーラ』続編のシェーマによれば、パンドーラ自身が、二度目に光輝に満ち、目に見える形体を備えたあり様で、死すべき運命の者達のところへ降りてくる時、プロメートイスはこうした信念を持して譲らない。彼は、人間的・巨人族的な力の自足においてではなく、確たる所有の自足においてこうした贈り物に相対する。「新しいものを私は好まない／地上のこの種族は、充分に与えられている。」すべての努力の尺度と正当化が、その収益においてのみ求められる物質的目的の領域においては、純粋な形式そのものに属するものすべては、なんらところを得ないのである。

仕上げられた『パンドーラ』が内包する、鮮明に刻印された思想的寓意的目的は、パンドーラの姿とプロメートイスとエピメートイスの相対立する性格描写とにおいて、一般的には汲みつくされる。というのも、その他の筋の全体――その中心に、エピメーライアとフィレロースの愛があるのだが――は、すでに別の層に属しているからである。ここでは、単なる寓意はもはや支配していない。ここでは、われわれは真の詩的象徴法の只中にいる。この作品のこの部分で描かれ表現されているのは、一定の思想の内実というよりはむしろ、一定の体験の内実である。ただ一点においてのみ、この詩的世界は、『パンドーラ』の概念世界と間違いようなく明白に関連している。フィレロースとエピメーライアは、パンドーラの贈り物がはじめて本当の意味で与えられる新しい一組の人間を意味している。というのはこの贈り物は、エピメートイスに宛てられたのでも、プロメートイスに宛てられたのでもないからである。エピメートイスに宛てられたのではないという理由は、なるほど彼は、パンドーラの出現にあって、彼女によって現実の存在に戻され、はじめて存在の全体が彼にとって真に新たに生気を与えられるのであるが、彼は同時に、パンドーラによって人間界の内に基礎づけられる新しい秩序から身を退くからである。『パンドーラ』続編のシェーマには、全体の終わりにおいて、ヘーリオスが光り輝きながら登場し、そして同時にパンドーラと共に若返ったエピメートイスを、自分のいる高所へ上らせる様が示されている。一方、キプセレつまりパンドーラの贈り物が入っている櫃を、それが現れるや隠そうとし、狼狽してその中身を知ろうとし、また群集の望みに対して「断固除去することを主張して譲らない」プロメートイスは、自分の敗北を自覚した時、不平を言いながら傍観する。若者と群集のみが、パンドーラの贈り物を直接わがものとする。後者がそうする理由は、彼等は、驚嘆し見とれながらあらゆる新しいものを捕らえようとするからであり、前者つまり若者は、ただその無限の価値を真に感じるからである。キプセレが降りてくる時、最初にそれに挨拶を送るのはフィレロースである。エピメーライアは、預言者ならびに祭司として登場し、その預言においてこの聖所の隠された宝を披露する。更に、「フィレロース、エピメーライア、司祭」と、続編のシェーマに記されている。これは、両者によって新しい礼拝の秩序が基礎づけられ、この聖所の保管がそれに委託されるということを示唆している。明らかにこの際――エオスが述べるこの詩作の仕上げられた第一部を締めくくる言葉において――フィレロースとエピメーライアは、自分達ならびに他の人々のために新しい時代をもたらすものとして告知される。日々の一様性から、彼らの結婚の「神によって選ばれた」日が選りだされ際立つ。フィレロースは潮から、エピメーライアは炎から立ち現れるということによって、両者は互いにはじめて出会うかのように見えるが、彼等はまた互いのうちにはじめて自己を真に知りかつ感じることによって、世界を新たな意味において取り上げ、そのことによって世界を自らの高みへ高めるのである。

この箇所においてもちろん、この作品そのものによる案内は途絶える。われわれが所有している続編の構想は、パンドーラの贈り物の本来の内実についての乏しい不明確な憶測を許すに過ぎないように見える。「キプセレが開かれる。聖堂。鎮座するデーモン達。科学。芸術。幕。」これは、われわれに残された、これだけではもちろんきわめて種々の解釈の余地を残すであろうわずかな言葉である。というのも、整えられた財産、つまり天上からの贈物としての科学と芸術の世界は、この最初の人間の世界、牧人と戦士のこの世界に、どのようにして入ってくるのかという疑問がとりわけ生じるからである。精神的なものが外部から自然の中へ入り込むという直観、つまり精神的なものが――アリストテレスの表現を借りれば――外部から（θύραθεν）自然の上へ降りてくるという直観、この直観はもちろん、形而上学的宗教的に古くから伝えられたものであるが、しかしこれはその本質の全体からいって、この上なく非ゲーテ的である。第一部で、パンドーラ自身が、青春の姿ならびに女性の姿をしてエピメートイスに近づくことによって、同時にすべての存在ならびにすべての生き生きした生成において明かされる形式のすべての力を告知したが、ここでも、芸術と科学は、精神の万象ならびに自然の万象を貫き一つに統べる最高の造形力の個別的表現としてのみ位置づけられているということを考えるなら、われわれは寓意の意味に更にいっそう近づくであろう。この『パンドーラ』に時間的にも内容的にも近い、一八〇七年の『ワイマル劇場開幕のための序幕劇』は、この思想を直接語っている。「小においても大においても、永遠に／自然ならびに人間の精神は働き作用を及ぼす、そして両者は／目に見えぬままに、世界をことごとく照らす／天上の原光の反映である。[*12]」しかしこの祝祭劇は、同時にさらに別の解明のための特徴を提供する。直接にではないが、自然の活動と人間精神の活動とは、互いに同化し合う、したがって、一方が他方のうちでただ単に繰り返され継続されるのではなく、両者の対立と抗争からはじめて、人類が固有の財産として獲得する新たな形式の世界が打ち立てられる。人間は再建しうるために破壊しなければならない。人間は、自然がその暗い支配力を振るって造り上げたものを、真に自己のものとしようとするなら、それをこの最初の形態化から解き放し、無理にでも新たな形態をあてがわなければならない。形式の考察においてではなく、形式の創造において、人間の本来の造形力は立証される。それは小においても大においても同一である。それは、反目する努力の世界を唯一の目標へと統べる支配者の命令においても、また、素材から新たな形式、一定の形成物が勝ち取られるような狭く限定された活動のすべてにおいても等しく表現される。「汝は、織機の椅子に座し、／教えられ、敏捷な四肢を持ち、糸と糸とを絡ませ、すべてを／拍子に合わせて結びつける、汝は、創造者である、神は／汝の仕事、汝の熱意に微笑するに違いない。[*13]」ここでは、誰しもその領域内で、世界創造のマイスターを模倣する。というのも、各人は、もはや自然にたいして純粋に受動的関係にあるのではなく、創造的関係にあるからである。パンドーラの到来が、プロメートイスとエピメートイスの周囲の狭い人間界にとってもまた何を意味するかは、このことから今やより明確に理解できると思う。パンドーラは、最初に到来した折には、ただ二人の巨人に近づいただけであった――群集にとっては彼女の贈り物は、解けて光と靄になってしまう空中に漂う形象を意味するに過ぎなかった――しかし、再来の際にパンドーラは、はじめてこの世に身を投じる。この世界の中心に、彼女は恒久の聖所を設立する。各人は今やただちに、自己ならびに自己の区域のために彼女の贈り物を要求しようとする。鍛冶屋は、この器を、中身が開かれる前に保護し、場合によっては習得のために少しずつ分解しようとする。それから彼等は、抗をめぐらし柵で囲んで聖殿を守ることを申し出る。一方、ぶどう摘み達は、聖殿のまわりに植樹しようとする。こうして各人は、それぞれの技能と供物を持ち来たり、それに代えて新しいより豊かな形態において、これらの贈り物を享けるのである。「パンドーラが現れる。その傍らに、ぶどう摘み、漁夫、農夫、牧人。彼女がもたらす幸と快。象徴的充溢。各人がそれを自己のものにする。」これをもって生じる新たな寓意的連関は、すでに一般的にパンドーラ象徴として明らかとなった基本的意味に照らすならば、完全に明白となる。今や新たに、形式の世界が人類に降りてくる。だが今はじめて、形式の世界は、真に人間的となった。それは、漂い消える遠方のはかない像ならびにはかない幸として現れるのではなく、この鬱陶しい低い現実存在の只中へ入り込む。形式の世界は、生と現実を、行為の世界において獲得する。これによってはじめて、プロメートイスとエピメートイスとの間の宥和が達せられる。この宥和は、彼らの子供達の結婚、つまりフィレロースとエピメーライアの結婚においてその象徴的表現を見出す。エピメートイスの世界は、行為のない憧憬と観想の世界であった、――プロメートイスの世界は、形式のない、ただ外的な収益に向けられ、それに結びついた行為の世界であった。この意味で、プロメートイスは、行為と祭りを相対立するものとして感じざるを得なかった。「あなたは私にどのような祭りのことを告げるのか。私は祭りを好まない／疲れた者たちは、毎晩の眠りで充分元気を回復する／真の男の本当の[*14]祭りは行為だ。」しかしこの言葉は今や、プロメートイス自身によっては意識されなかった予見的な新たな意味において成就されることとなる。パンドーラの世界では、得ようとする外的な目標によってはじめて価値を得るような仕事は存在しない。ここでは活動そのものが、本源的な純粋な形式意志の溢出であり、そこから活動は固有の自立的価値を得る。「こうした行為、唯一価値あるもの」――ここでもまた一八〇七年の『序幕劇』を引用する――「これは、個人の胸のうちから沸き出ずる。／これは、それ自体運動し、その圏内の／好ましい活動領域を、繰り返し満たす。」[*15]――こうした行為は、エピメートイスにもプロメートイスにも、拒まれたままであった。しかしこの行為においてはじめて、形態は、全き人間の現実へ達する。影や幻として人間の前に立ち続けるのではなく、人間の生に、内的にまた本源的に接合するのである。こうしてパンドーラ象徴は、依然同一のものであるが、その本来の意味と深みを、こうした新たな関連においてはじめて受けるのである。「過ぎ去り行くものの内に永遠なるもの」を直観しようとすることが、常にゲーテの「理念的思考方法」に固有のものである。[*16]しかしそれは、自然の変転と生成においてだけでなく、人間の努力と活動の多様性においても、この作品の草案のままである第二部にあって瞭然たるものとなることとなった。純粋な形態が、有限な現実存在に伝えられる。それは、様々の形態をなして降りてくる。しかし、自然の神秘的な生のなかにおけるよりもはっきりと、人間精神の明瞭な活動の内に現れ出る。ここでは形式の力は、直接現在する力として表現される。つまり、条件づけられた努力を単に越えて行くのではなく、その努力そのもののうちで可視的となるような内実において表現されるのである。

この作品の草案のままである第二部の本来の主要テーマであると考えられるこの基本モチーフが、個々の点で詩的にどのような形態をとったかということ、――このことはもちろん、ほとんど推測不可能に見える。しかしながら『ファウスト』という大作を例証としてながめやるなら、直接にではないが、このことについて明らかにすることが場合によっては可能であるかもしれない。ヘレナを失った後のファウストにとって、生の新たな意味が、人間の共同社会での仕事において開かれ、彼はここに叡智の究極の帰結を認識するのだが、パンドーラもまた、その抒情的・劇的な表現手段において、人類の生の全体の同じような形象に達したであろう。この生の全体は、まさにその限界の中で、同時に、至高の普遍的な意味を具体化する。牧人、鍛冶屋、戦士の個々の声は、すでに第一部においても聞かれた。登場人物の表示ならびに続編のシェーマが示しているように、第二部では、ぶどう摘み、漁夫ならびに農夫の声が、更にそれに加わったであろう。こうした個々の声のすべてが、結局、強い対位法を用いて、大掛かりなフーガ、とどろく賛歌へと統合されることになったであろう様が聞こえてくるように思える。この作品のこのような賛歌は、何を意味したのだろうか。他のどの作品においても類を見ないほどに、この作品においてゲーテは、意識的な言語造形的力の高みに立っていた、――この作品において彼は、韻律、リズム、および旋律のすべての手段を、自由にそして制限なく駆使した！　全体の構想、ここで企図されていた個々の声の漸次的強まりは、依然明瞭に認めうる。フィレロースの救済の描写は、ディオニュソス的に始まる。襲いくる強い嫉妬の感情のままにエピメーライアを傷つけた後、彼は、絶望して断崖から海の中へ身を投じた。しかしながら彼の内なる青春の意欲ならびに生の意欲が、その持てる力を実証し、彼を戯れつつ潮から蘇生させる。漁夫やぶどう摘み達のバッカス的挨拶が彼を迎える。ジーレンがバッカスに差し出すように、一人の老人が微笑しながら、彼に満たされた杯を差し出す。新たに得られた現実存在の酩酊と興奮が、彼から歓呼する群集へ向かって溢れ出る。

「シンバルよ、鳴れ、鐘よ、響け！
肩の豹の毛皮が
もう彼の腰の周りに巻かれています。
そして手にバッカスの杖を持ち、

神のような彼が歩いてきます。
あの歓呼の声、あの鐘の響きが聞こえますか。
そうです、この日の盛んな祭りが、
あまねき祭りがはじまるのです。」

この祭りに、争いや災いを予告しつつ、パンドーラの聖なる器が姿をみせはじめる。興奮した群集は分散する。一方は、器めがけて突進し、それを壊し奪おうとする。他方は、器を守って立ちはだかる。エピメーライアの預言の後でも、再度、同じ有様が繰り返される。「破壊、こなごな、だいなし、反復。」パンドーラが現れてはじめて、暴力的な者たちの力を萎えさせる。各人が彼女の贈り物を自分の区域のために手に入れることによって、暴力的な試みは種々の活動の調和へと移行する。ディオニュソス的酩酊は、ディオニソス的行為に変わる。「その場に居合わせた者たちの相互の語らい」は、パンドーラに向けられている相互の歌へと変わり行く。

しかし、思案するものであるエピメーライアが告げ知らせるように、今や純粋な考察の世界が、こうした享受と行為、受容と創造において激しく揺れ動く世界を克服する。祭司であり預言者であるエピメーライアのアポロン的な澄明さが、群集のディオニソス的酩酊に対置される。「エピメーライア。預言。キプセレの説明。過ぎ去ったものを形象に変える。ポエーティッシュな憩い。正義」と続編のシェーマに記されている。こうした言葉は、さしあたり不明瞭のように見えるが、現実についてのゲーテ自身の理念的ならびに詩的な全直観の特有性として彼自身感じそして指摘したものにたいする、ここで支配的である見間違いようのない関連によって、それはただちに明瞭となる。『詩と真実』の中で彼が、彼の人生の基本方向として挙げているのは、彼を喜ばせ苦しめあるいは没頭せしめたすべての事柄を、形象に、詩に変え、そのことによって自分自身に決着をつける傾向である。考察する人間だけが良心を持っているが——というのも、「行為する者は常に良心を持たない」[17]からである——情熱の嵐にあって破滅しないためには、いたるところで生を形象に変えなくてはならない、詩作はこの形象化の最高の表現であるとはいえ、一つの特殊表現に過ぎない。この意味ですべての芸術は、——ゲーテはこのことを、『パンドーラ』を構想した時期に、『親和力』の中で述べているが——生から遠ざかることを意味する、そして、そうすることによってそれだけ一層しっかりと生と結びつくのである、世界を引き寄せそして世界を片付けるのである。[18]こうして、純粋な行為の力が、その最高の段階において、またしても形象の力に移行することによって、ここでパンドーラの支配、つまり純粋な「形態」の支配が完成する。こうして聖なる櫃の内部に鎮座するデーモン達が、科学と芸術にたいする寓意的な表現として、筋の全体において何を意味するのかが理解される。パンドーラの再来は、科学と芸術という理想的な宝に、配慮と愛を持っていそしむように人間を高めるものである——これは、ヴィラモーヴィッツが述べているところであるが——ということが、ここで疑いなく表現される。しかしながら科学と芸術は、ここでは、最も低いものから最高のものに迄至る、形象形成ならびに形態形成の活動のすべての形式を包摂する一連の段階の頂点であるに過ぎない。したがって今や、最後に、もう一つ別の象徴の意味が更に明らかにされる、これをもってこの作品は終わることになる。この締めくくりの言葉は、幕が下りた後に、再度、舞台から姿を現すエルポーレによって語られることとなる。しかし彼女はここでは、新しい名前によって、エルポーレ・トラセイア（Elpore thraseia）、つまり「信頼にたる希望」と呼ばれる。したがってここでは、エルポーレは、この作品の第一部で眠っているエピメートイスに近づき、エピメートイスが更に近づこうとするとただちに消えてしまうような模糊とした夢の像ではもはやない。エルポーレはもはや「形態を混ぜ合わす可能性の曇った世界」にあるのではなく、現実そのものの一部である。彼女は、同時に成就の生きた保証を内包している期待と憧憬である。こうした希望は、ただ活動的な人間にのみ与えられ、単に思念し考察する人間には与えられない。事実、この劇詩第一部においてプロメートイスは、エルポーレを、神々の種族のうち彼とも知り合いで親しい唯一の者として挙げている。しかしながら彼の活動は、全体として瞬間に固執し、瞬間の用に向けられたままであるが、「エルポーレ・トラセイア」は、人間の新しい種族に、未知の目的への道を示すのである。晩年のゲーテ――『遍歴時代』から『ファウスト』第二部に至るまで――によって、たえず「すべての叡智の総計[*19]」と呼ばれ讃えられる統一が、今やエルポーレとエピメーライアの二人の姉妹に象徴化される。最高の思念は、純粋な勇気に重きを置く。理念的なものは、現実の創造ならびに改造における実証を要求する。

これによって同時にわれわれは、この詩作ならびにその個々の登場人物達の寓意的解釈が不充分となるような地点に立つ。この地点においてそもそも解釈は、もはや抽象的な(現実から)切り離された思想の世界からではなく、ゲーテの情調世界ならびに体験世界からのみ獲得されうる。『パンドーラ』はゲーテにとって、二つの時期の境界に位置する。それは、純粋に形式的に考えるなら、ゲーテの古典期ならびに擬古典期の頂点を意味する。しかし他方、その内実の全体からみれば、すでに明らかにこの時期を越えている。パンドーラによってエピメートイスに与えられるような純粋な形態の世界の啓示を、ゲーテはイタリアにおいて経験していた。ローマでは、未規定のものならびに限界のないものへの巨人主義的な努力のすべては彼のもとから後退し、彼は、自然ならびに芸術における、永遠に美なるもの、法則的なものの観照につつましやかにいそしんでいる様子を、ローマからフォン・シュタイン夫人に宛てた書簡の中で述べている。ここで得た新たな基本的洞察を、ゲーテはそれ以後、きわめて明確に唯一つの基準ならびに尺度として打ち立てる。シラーとの共同作業において彼は、これを理論ならびに信条とする。ここから彼自身の詩的様式（Stil）も、――『庶出の娘』における如く――その決定的な影響を受ける。しかしながら『庶出の娘』のドラマの世界は、もちろんここでは遠くの方からのみ見えてくるに過ぎない暗い背景に相対する像として、すでに位置づけられている。ゲーテは、フランス革命の精神的諸力それ自体を、古典的様式（Stil）の形式世界へ高めることによって、理念的ならびに詩的に取り込もうとしたが無駄であった。ますます暴力的にまた仮借なく――特に一八〇六年の事件[*20]以来――こうした諸力が彼自身の生ならびに彼の民族の現実存在の中へ介入してくるのを感じた。この時期においてもなお、彼はそうした諸力に屈しなかったし、彼自身の不可避的な方向において、それによって規制されたり牽制されたりはしなかった。しかし、こうした諸力に対する防御の本質は、――このことを彼はますます深く認識したのであるが――今やもはや観想の力にではなく、行動の力にあった。ゲーテはさしあたり彼の民族の教育者としてこうした思想を持つに至り、それを、『パンドーラ』に先行する一八〇七年の序幕劇においてまず寓話的な作品に仕上げたように、ゲーテ自身にとっても、こうした思想のますます強まる遡及作用が現れる。今や彼は、純粋な古典的な形式の世界には、もはやなんら無条件の満足を見出さない。『ファウスト』第二部の終わりとヘレナ悲劇との対立、あるいは『遍歴時代』と『修行時代』との対立において、最も純粋に最も明瞭に実証されるような二元論が、以後引き続きゲーテの詩作に一貫している。人類の最高の目的を個人のすべての力の育成の内にみるドイツのフマニスムスの個人主義的な理想に、社会的理想が対立する。つまり、個人においで自由な展開に至るべき人間の諸力の総体性の要求に対して、持分ならびにその限られた仕事の範囲内で各個人に尽力を要求する、包括的な共同の生の秩序の要求が対置される。人間形成のあの最高の個人的理想への展望をもってはじまっていたヴィルヘルム・マイスターは、その行路を外科医として終える。ヤルノー－モンターンからフィリーネに至る、この小説のすべての登場人物のうちに同じような変化が認められる。ここでもまたわれわれは、単なる有用性の領域に――ゲーテの表現の多くは、実際これに隣接しているようにみえるのではあるが――投げ戻されるべきではないが、しかし「形成（教養）」の全領域は、明らかに、人格形成から、共同体のための、ならびに全体の目的のための形成へと移される。一定の中心から出発し、次第に発展しつつ万有へと拡大し、万有において自己自身を最高の形態において再発見する活動の代わりに、ここにあるのは、種々の相互に対立さえする努力の多様性である。しかしこれらの努力は、結局、最高の目的による規律の下にある。こうした統一において、理念的努力と実在的努力とが、愛と行為とが結合されることとなる――このことを、遍歴者のコーラスが表現している。「無条件の衝動にも喜びが続く、忠告が続く――／そして、汝の努力が、愛の内にあり／そして、汝の生が、行為たらんことを。」[*21] われわれが示そうとしたのは、『パンドーラ』の終わりにおいて、エピメートイスの世界とプロメートイスの世界との間の同様の統一、同様の宥和が、いかに象徴的に表現されることとなるかである。しかしもちろんこの作品は、われわれに同時にもう一つ別の契機を示す。そこにおいてはじめて、この作品が内包している対立の本来の深みが、生き生きと、抒情的・劇的に表現されるのである。

というのも、ゲーテは、新たな洞察を得たという感情の裏に、古典期の理想から平然と落ち着き払って離れたのではなく、彼は、他でもない彼の生の一部が、古典期の理想と共に同時に姿を消していくのを自覚するからである。ローマにおいて与ったような感情の高みや幸せにはその後一度も達しなかった、とゲーテがかつてエッカーマンに語った言葉が思い出される。「私はローマにおける私の状態と比較したなら、その後は決して二度と再び幸せな気分にはならなかった。」[*22] 更にゲーテは、ドイツに帰った後、こうした状態を形象において新たにし留め置こうとした。しかしながら、こうした形象もまた――これは、見たところ、まとまりと自足の状態にあるが――新たな生の諸要求に持ちこたえることはできないということを、緩やかにではあるがますます知るに至った。こうした経験がはじめて、彼の晩年の詩作ならびに晩年の叡智に、諦念の烙印を押すのである。というのも、諦念は、事実ゲーテにとっては、人間が人生の幸福を断念しなくてはならないという、通常のまた日常的な警告を意味するのではなくて、それは最初から別のより深い層に属しているからである。「享楽は低俗にする」[*23]という言葉は、専らゲーテの晩年に属しているのではなく、彼の人格の全体に由来する、ゲーテの様々の時期ならびに発展段階のすべてにおいて変わることのなかったエトスに由来する。したがって、諦念の本来の意味、ならびにその全く痛ましい意義は、それが個別的な宝の断念だけでなく、最高の理念的な内実の断念をも人間に要求するところではじめて、ゲーテにとって明らかとなる。『パンドーラ』ならびに『親和力』の時期以来、ゲーテにおいて内的にますます意識的に、また明瞭に一貫したものとなっているのは、まさしくこうした要求である。彼がイタリアで確認し、それ以来、シラーならびにフンボルトと共同して最高の完成にもたらした、かけがえのない美的人文主義的理想を制限せざるを得ないことを、ゲーテはますます自覚する。彼は、全体性の要求に固執することによって、全体をもはや個人の内にではなく、個々人の内に、つまり、すべての個別的な諸力の最高の調和の内にではなく、これらの諸力の協働ならびに相互補足の内に探すことにますますいそしむ。他方、この相互補足は、ますます明らかとなる専門化ならびに分業を内包している。このような意味においても、パンドーラの豊かな青春の花輪は、彼にはもはや結ばれないことになる。「花輪はほどけて、バラバラになり、すべての新鮮な野の上に、豊かにその贈り物を撒き散らす。」かつての青春の充溢と、青春の全体からのこのような別離の感情こそが、この詩作に、独特の抒情的刻印を与えている。「幸福に、青春に」――とこの作品の中でプロメートイスは語る――「美は、近しいものだ。それらはどれも頂に留まることがない。」このような頂の上に、ゲーテは今や立っていた。最高の充溢の只中にあって、到来する衰えの感情が彼を捉える。『パンドーラ』の内容の一切の象徴的解釈を度外視するなら、まさにこのことが、この作品の響きや調べをきわめて感動的なものにしているのである。ラーエル・レーヴィンが、『パンドーラ』をはじめて読んだ時、この詩作を媒介にはじめて老いの悲劇が彼女を捉えたように思われた。「これは、私に」——と彼女は、ファルンハーゲンに宛て書いた——「驚くべき印象を与えました。私はただちに老いを理解しました。私はその時老いました。老いるということもまた突然に起きます。老いもまた、青春の全体がすでにそれを準備しているに違いありませんが、花のように、蕾から突然に展開します。」[*24] これは、解釈ではなく、感情である。この作品が直接伝えている基本的情調の表現である。最も純粋にそして最も深く、こうした情調は、エピメートイスの嘆きにおいて表現される。

「美しい者から離されるという咎を受けた者よ、
目をそむけて逃れ出るがよい！
彼女を見つめて、最も深い心の内奥が燃え上がるにつれて、
彼女が、ああ、彼女が、永遠に引き戻すのだ。
愛らしい者の近くにいるとき、去ってしまうのか、私が去るのか、
と問うな。激しい苦痛が、
汝を痙攣せしめ、汝は彼女の足元にたおれ、
そして、絶望が汝の心を引き裂く。」

これらの言葉のうちで表現を迫るのは、個々の個人的な苦悩であったのか、すぐ間近にある喪失であったのかど

うかは分からないし、また問う必要もない。しかしゲーテの詩作ならびにゲーテの愛の抒情詩に特有の形式に従えば、人はこれを、肯定するよりはむしろ否定したいであろう。ゲーテの晩年の抒情詩も、直接個人的な誘因から湧き出たところでは、その表現はきわめて具体的かつ明確である。これに反して、ここでは、最も深い情熱的激動の只中にありながらも、情熱の瞬間から遠く隔たったような何ものかが感じられるのである。これはすでに、（美しい者から離されるという咎を受けた者よ）という表現の普遍性の内にあるように思われる。エピメートイスの言葉において余韻を残しているのは、個別的な特殊な生の一契機の情調ではなく、生の一時期の情調である。それは、生の特殊な状況ならびに葛藤からではなく、前進的にして同時に衰退的な生そのものの法則から汲み取られている苦悩である。こうした悲劇の感情において、ゲーテにとっては、通常は自然と人間の現実存在とを包括している絆もまたほどける。「星の輝き、そして、月の輝きわたる光／影の深み、滝の流れとそのざわめき／これらは無限です、有限なのは私達の幸福だけです。」『パンドーラ』は、『親和力』と同じく、欠如の悲痛な感情を表現するものである、とゲーテは『パンドーラ』について語った[*25]。しかしこの欠如の感情は、『親和力』におけると同じく、人間がその支配下にあると自覚する諸力に対して強引に反抗するに至るのでもなければ、抽象的ならびに感情の欠如したストア主義、平静な受動性においてそれら諸力に甘んじることになるのでもない。苦悩そのものにおいてなおゲーテは、すべての個人的な幸福ならびに悲痛を越えた、現実存在の必然性と法則性とを体験する。しかし彼は他方では、このような必然性に愚昧な宿命論において従うのではなく、それに支配されながらも自己を主張する。ゲーテは、こうした基本的な情調から、この詩作の草案のままに留まった第二部において完全な表現を見出したであろう感情への救済を、またしても見出すことができた。つまり、いかなる静止もいかなる老いも存在しない、常に更新される生全体の感情への救済である。

したがってゲーテは、『パンドーラ』について、彼の他の詩作におけるよりも、ここにおいてより一層「一般的なものに入り込んだ」と語ったが、それが何を意味しているかを、われわれはこのことからはじめてより深く理解することができると思うのである。こうした一般的なものへの傾向は、単に抽象的なものへの転換では決してないというのも、ここでもなお彼は、彼の生の感情の直接的な全体から形態化を行ったからである。この生の感情そのものが、今や、普遍的なものの新たな特徴を有しているである。生の基本的諸対立および基本的諸層、つまり、青春の生と老いの生、思案ならびに形成における生と、決断と行為における生、これらすべてはゲーテにとって、今やもはや単に概念的な区別ではなく、それ自体、魂を持ち感情を持つ構成単位である。ゲーテは、彼のいくつかの仮面劇において、たとえば『パレオフローンとネオテルペ』において、こうした老いと青春といった対立を、時折、単なる仮装役者に仕立てて描いた。[*26] しかし『パンドーラ』は、ゲーテの芸術上の新しい晩年の様式のはじまりに位置している。それは、特殊な生の諸現象だけでなく、普遍的な生の諸力をも可視的にし、まとまった形態をとって現れせしめることにその秘密の本質があるような様式である。ゲーテの古典期全体を特徴づける「原像的なもの」ならびに「典型的なもの」[*27] への肉迫は、ここにおいてきわめて強められている。しかしながらそれは、対象そのものに外部から押し付けられた異質な傾向の外観を失った。なぜならば、それには、ゲーテが基とする、見ることと体験することの個別的なあり方が、純粋にまた完全に浸透していたからである。

(本翻訳は、ハンブルク版カッシーラー全集九巻の当該箇所を参照した。)

訳注

＊1　［初出：Zeitschrift für Aesthetik und allgemeine Kulturwissenschaft 13 (1918–1918), S. 113–134.］
＊2　ゲーテ『対話録』一八一四年四月四日。
＊3　Stil は、一般的には「様式」という訳語があてがわれるが、ゲーテの用語としては、芸術作品の最高度のものを表す重要な概念である。ハンブルク版ゲーテ全集、一二巻、三〇頁以下参照。なお、特に本訳書二六六–二六七頁参照。
＊4　ゲーテからフォン・シュタイン夫人宛手紙、一八〇八年八月一六日、ハンブルク版ゲーテ書簡集、三巻、八四頁参照。
＊5　［一八九八年六月四日、ワイマルのゲーテ協会でおこなわれた記念講演、『ゲーテのパンドーラ』、ゲーテ年鑑一九巻（一八九八年）所収。（Ulrich von Wilamowitz-Möllendorf: "Goethes Pandora", in: Goethe-Jahrbuch 19 (1898), Anhang, S. 1–21: S. 15.)］
＊6　ゲーテ『年代記録』一八〇七年、アルテミス版ゲーテ全集、一一巻、八二一頁。
＊7　ゲーテ『類稀な機知に富んだ言葉による意義深い助成』ハンブルク版ゲーテ全集、一三巻、三八頁参照。
＊8　ゲーテ『箴言と省察』Nr. 642, 643（ハンブルク版ゲーテ全集、一二巻、四九一頁、Nr. 891, 892）参照。
＊9　ゲーテ『箴言と省察』Nr. 261（ハンブルク版ゲーテ全集、一二巻、四四三頁、Nr. 571）参照。
＊10　シラーの詩『理想と生』シラー全集、一巻（Friedrich Schiller: Sämtliche Werke, Bd. 1, München 1965）二〇一頁参照。
＊11　ゲーテのヘルダー宛手紙、一七七二年七月一〇日、ハンブルク版ゲーテ書簡集、一巻、一三二頁参照。なお、ピンダロスの語義は本来「制御し得る」（ハンブルグ版ゲーテ書簡集一巻（五八七頁）におけるO・レーゲンボーゲンの注参照）。
＊12　ゲーテ『ワイマル劇場開幕のための序幕劇』アルテミス版ゲーテ全集、三巻五八六頁参照。
＊13　同前。
＊14　初版（Berlin 1921）ではこの「本当の」(echt) が抜けている、ハンブルク版ゲーテ全集、五巻、三六四頁参照。
＊15　ゲーテ『ワイマル劇場開幕のための序幕劇』アルテミス版ゲーテ全集、三巻五八八頁参照。
＊16　ゲーテ『Dr・J・ユンギウスの生涯と功績』ワイマル版ゲーテ全集、第二部「自然科学論集」七巻、一二〇頁参照。
＊17　ゲーテ『箴言と省察』Nr. 241（ハンブルク版ゲーテ全集、一二巻、三九九頁、Nr. 251）参照。

*18 ゲーテ『親和力』二部、五章、ハンブルク版ゲーテ全集、六巻、三九八頁参照。および、ゲーテ『箴言と省察』Nr. 52（ハンブルク版ゲーテ全集、一二巻、四六九頁、Nr. 737）参照。

*19 ゲーテ『ヴィルヘルム・マイスターの遍歴時代』二巻、九章、ハンブルク版ゲーテ全集、八巻、二六三頁参照。

*20 一八〇六年八月、神聖ローマ帝国消滅。プロイセン、フランスと交戦、プロイセン敗退。一〇月一五日、ナポレオン、ワイマルに入る。フランス将軍、ゲーテの家に宿泊。一二月、カール・アウグスト公プロイセン軍から離脱。

*21 ゲーテ『ヴィルヘルム・マイスターの遍歴時代』三巻一章、ハンブルク版ゲーテ全集、八巻、三一二、三一七頁参照。

*22 エッカーマン『ゲーテとの対話』一八二八年一〇月九日。

*23 ゲーテ『ファウスト』一〇二五九行参照。

*24 [ラーエル・レーヴィンからファルンハーゲン宛手紙、一八一〇年一月四日。(Rahel Levin, Brief an Karl August Varnhagen von Ense vom 4. Januar 1810, in: Rahel. Ein Buch des Andenkens für ihre Freunde, Bd. I, Berlin 1834, S. 459-461: S. 460f.)]

*25 ゲーテ『年代記録』一八〇七年、ハンブルク版ゲーテ全集、一〇巻、五〇〇頁参照。

*26 ゲーテ『パレオフローンとネオテルペ』ハンブルク版ゲーテ全集、五巻、三〇〇－三〇八頁参照。

*27 ゲーテ『直観的判断力』ハンブルク版ゲーテ全集、一三巻、三一頁参照。

ゲーテと数理物理学
――認識論的考察――

ゲーテの生涯、ならびに彼の理論的世界の構築において、数学ならびに数学的自然科学にたいする彼の関係は、悲劇的傾向を帯びている。すべてを包括するものであるゲーテは、ここでは、彼の理解ならびに能力の限界に達していた。生涯のあいだ、単に否定的なものに対しては何であれきわめてはっきりした嫌悪を感じていた彼は、ここでは歩めば歩むほど、全く否定的なまた著しく拒否的な態度に駆り立てられるのを自覚した。したがって、この偉大な精神的全体、本源的な力と深みを持った思想の世界は、彼にとって永久に閉ざされているように見えた。彼はワイマルでの最初の時期以来、自然の理論的理解を新たな努力を重ねながら得ようと勤めていた。ますます深まる喜びを持って彼は、自然という書物がいかに読みうるものになったかを感じた。あの比較解剖学の方法論ならびに植物のメタモルフォーゼの理念を通じて、すべての生けるものが彼には澄明なものとなっていた。そして生涯の終わりの頃には、記述自然科学と生物学の領域において、優れた経験主義的な研究者の賛意もまた決定的に彼に傾くように見えた。ジョフロア・ド・サン・ティレールは、一八三一年にゲーテの植物のメタモルフォーゼ論について、非難すべき誤謬をただ一つ見つけた。しかしこの誤謬は、天才のみが犯しうるようなもの、つまり、彼が、彼の時代を、科学の発展を五〇年先取りしたこの著作を取り上げ評価する用意のある時代と見做したという誤謬であった。しかしながらゲーテにとっては、精密数理物理学とのいかなる宥和も考えられなかったし、単に外面的な黙認の関係もほとんど考えられなかった。だが、一七世紀ならびに一八世紀以来、科学の概念と尊厳を専ら要求したのは、こうした考察方法であった。ゲーテは今や、芸術家ならびに研究者として歩んだ「自然の道」にあって、数学者の「万能のギルド」[*1]に相対立しているのを繰り返し自覚した。これは、彼の個人的直観を侵害し、異論の余地あるものにしようとしていた。彼の統一感情の根底から常に戦い、克服したと思った認識と生の二元論が、これによって新たに彼の前に打ち立てられていた。抽象的知が彼の前におかれていた。彼にとってすべての真理への唯一可能な通路、つまり、行為と生産的創造力による道は、これにたいしては機能しなかった。こうして彼は、ここから彼に対して立てられた諸要求にたいし、まず彼の人格全体による激しい主観的な拒否の態度をもって応えた。彼は、数学を避けて、「すべての者に属し」、数学のあらゆる精確さをもってしても達し得ないより高い領域、つまり「理念と愛」[*2]の領域へ逃げ込んだ。彼が数学にまず第一に対置したのは、注目すべきことにこうした普遍的な精神的倫理的モチーフなのである。「数学は、偏見を取り去ることはできない、数学は、我意を和らげることはできない、党派精神を鎮める事はできない、数学は、すべての倫理的なものに対してなんらなすところがない。(1)」

こうして、ゲーテと数学との間の対立は、最初からすべての科学的ならびに方法論上の個別論争の域を越えて、究極の精神的な基本的態度決定の領域へと遡及していく。だがこの対立がこうした意味において取られるならば、単なる歴史的考察ならびに判断ではもはやこれには充分ではありえない。個人的な葛藤が、まったく普遍的な葛藤に変わる。伝記的な問題が、体系的な問題となる。ゲーテにあっては、まさしくこうした方向転換に、結局繰り返し立ち戻るよう指示されるのである。彼自身は――かつてミュラー長官に語ったところであるが――「いかなる回想」も認めなかった。彼は、観照するだけ、あるいは、追慕するだけでしかないようないかなる過去も認めず、過去の拡大された諸要素から形態化される永遠に新しいものだけを認めた。[*3]こうして彼に向かい合うと、われわれにとっても、単に回顧するだけの考察にとっても、すべての過去への問いかけは、必然的にまた直接的な現在への問いかけとなる。数学と数理物理学へのゲーテの関係に対する問いかけを、ゲーテの意味において感じ打ち立てようとするならば、この問いかけをも、このような現在への問いかけとしなくてはならない。ゲーテの個人的な基本的見解、ならびに、当時の特殊な歴史的問題状況にたいするその関連だけが問題であるような純粋に歴史的な面に関しては、この問いかけは、ゲーテ研究と精密科学の歴史との共通の努力によってほとんど解決されたものと見做してよい。著名な研究者達が、入念にまた徹底的に、ゲーテの自然科学上の仕事の全体、ならびにその同時代の科学にたいする関係を研究し叙述した。ゲーテが観察と省察において個々の成果に達したプロセスを、われわれは今日ほとんど遺漏なく眺め渡している。われわれは彼の確信がいかに形成されたかを見て取るだけではなく、彼の確信が、その普遍的前提に基づいてほとんど不可避的に彼にあって形成されたその必然性を、個々の実例を手がかりに追跡することができる。この点に関して、マグヌスの色彩論に関する業績、ハンゼンの植物のメタモルフォーゼ論に関する業績は、長期にわたりほとんど凌駕されることはないであろう。しかし同時に、この大きなプロセスに関する記録を精確に見渡せば見渡すほど――事実関係においては、ゲーテについての判断は、いまだ最終的にはなされていないという確信にますます至らざるを得ないのである。問題の原理的解決における究極の言葉は――このことはますます明瞭となることではあるが――この問いまだ語られていない。現代の哲学ならびに認識論が、そもそもそれを語りうるであろうか。――また、どちらの側に傾くであろうか。同時代の科学がゲーテに下した評決を、一般的に立証するのであろうか。――それともゲーテに賛成し、当時の自然科学の「平板な機械的」見解に反対することを表明するのだろうか。この後者の方向での試みには事欠かなかった。しかしこれによってたいていは、ゲーテの見解の戯画的な誇張に至ったに過ぎず、その中心の方法論上の論証ならびに正当化には至らなかったということをもちろん認めなくてはならない。したがって、このことからますます明瞭となるように思われることは、ここでは単なる二者択一では事足りないということである。問題の解決が求められる前に、むしろ問題設定そのものが、変形と浄化を必要としているように思われる。以下の考察は、そうした浄化に向けられている。この考察は、文学史ならびに科学史的な性格を持ったものではなく、ひとえに方法論的性格を持ったものを意図している。問題を偶然の個別的諸条件のすべてから取り出し、永続的な事実内実に基づいて把握しようとするものである。したがってこの問題は、その普遍的知的意義に基づき、直接われわれ自身の哲学の現状に接近してくる。しかし更にそれに止まらず、今やこの問題においてますます明確にまたますます精確に、哲学ならびに認識批判の将来の課題が明らかになる。ゲーテと数理物理学との間の葛藤を、こうして時代に制限された問題としてではなく、引き続き影響を残している問題として捉えるならば、ここにはじめてその問題のより深い――生産的なもののみが真理であると*4いうゲーテの言葉における――「真理」が現れてくる。

だがこうした理解と共に、今や同時に問題の境界が変位する。というのも、そうなるとゲーテを、彼の時代の立場から眺めその時代の尺度を持って測ることでは充分でないからである。真に体系的な意味において比較しようとするなら、ゲーテの見解に数学的自然科学の個々の歴史的局面を対置することはできず、この科学の理念的全体ならびにその純粋な方法論的概念――これがその歴史的発展において理解可能な限りであるが――を対置しなければならない。だがゲーテの没後百年間に、最も深い変化を経験したのは、実にこの概念なのである。というのも、物理学が純粋に内容的に経験した基本的な変化を完全に度外視しても、物理学の普遍的な形式ならびに科学的処置についての新たな認識批判的な規定が、その中心においてはじまったからである。ゲーテが相まみえた物理学は、完全にニュートンの基本的成果の印象ならびに支配の下にあった。ニュートンが『自然哲学の数学的原理』において打ち立てていた「運動法則」(Lages motus) は、いわば、科学一般の憲法であった。カントでさえ、認識の超越論的批判に取り掛かったとき、これらの法則の内容を手付かずにしておいた。これらの法則は、彼にとっては「事実」であり、彼の批判的分析は、このための「可能性の諸条件」をつきとめるべきものであった。だがこのカントの学説は、今や新たな問題設定の出発点となった。それは哲学に制限されずに、物理学上の研究そのものの領域に深く介入した新たな問題設定であった。ニュートンにとって、考察の確たる出発点であった空間と時間、物質と運動は、今や、物理学の確実な基底から、物理学上の研究の進歩ならびに変化の各々に伴って新たな外観を呈するようになった問題へと次第に変化した。相対性理論の現代の発展は、こうした転換にとって特徴的である。だがそれと共に、ニュートンの科学の固定的骨組みは緩んできた、――ゲーテがしばしば嘆いたニュートンの体系の独断論は、これ限り破綻した。ゲーテの自然観と精密物理学の自然観との間にある関係にとって、こうした変化はいかなる意義を持っているのであろうか。この変化によって、両者の間に調停ならびに宥和が切り開かれたのであろうか、――あるいは、両者の間の溝は、それによって更に一層広げられたに過ぎなかったのだろうか。別言すれば、この対立は、個々の歴史的・変化可能な諸契機に基づくのだろうか、あるいは、物理学そのものの論理構造に基礎を置くもので、したがって、物理学の内容ならびに方法論の前進的発展が、この対立をそれだけ一層明らかにする必然性を持ったものであるのだろうか。こうした問いかけのすべては、われわれが、ゲーテの自然考察の個々の成果に寄せる特殊な関心をはるかに越えて、その一般的な表現を認識の包括的な理論にのみ見出しうる問題へわれわれを導くのである。

このような認識論的観点を、「詩人」ゲーテに適用することをはばかってはならない。ゲーテ自身はもちろん、彼の考察方法を抽象的・哲学的体系に関連づけ、この体系に組み込むことからはるかに疎遠であった。それどころ自己の生産性の本質的前提条件の一つとして挙げた。彼は、実行ならびに行為から完全に分離されたような思考を承認することはなかったが、しかしながらそれだけ他方では、彼の行為の特性と方向に関して不可抗的に自己弁明しなくてはならなかった。この上なく鋭敏な感覚を持ち、方法論上明晰に、彼はただ対象にだけではなく、彼が対象を把握した精神的器官にも向かった。彼はこうした注意力を練磨し、そして精神の活動を柔軟にまた活発にし、——様々な対象の要求に、様々の器官また多様な方法で準備された器官を持って向かい応えることができるようにした。こうして彼は、彼なりの直観の仕方において、ただ単に対象そのものだけでなく、人間が対象について情報を得る「見ることの仕方」をもまた把握した。そして、この両者は別個に切り離されるものではないということ、つまり、同一の不可分の基本的行為において、「自然」と「精神」は互いに結びつき互いに対立しあっているということを強く主張した。他方認識論とその体系に関しては、それが間違って理解された科学上の結論に基づき、そこに提示される問題に反対しようとするなら、あるいは、こうした問題の考察を専ら美学ないしは文学史に向けようとするなら、それはまったく見当はずれとなろう。このような図式的境界設定を行えば、その実りある具体的な課題の一部が失われることになろう。というのも、認識の基本問題は、その真の固定性と活動性において捉えられるなら、いたるところで最も普遍的な精神的問題に隣接しているのであり、この問題の究極の偉大な歴史的具体化をわれわれはゲーテにおいて見るからである。「現代の自然理論の際限のない多様性、細分化ならびに錯綜状態から、単純なものへ抜け出るためには」——とゲーテはかつて語った——「常に次のように問いかけなくてはならない。〈プラトンなら、自然にたいして——今や、自然はそのあらゆる根本的統一性にもかかわらず、われわれにとってずっと多様なあり様を呈しているのだが——どのような態度を取ったであろうか〉と。[2]」ゲーテがここでプラトンに向かって語りかけた感情を、わか彼は、「思考について考える」ことを決してしなかったということを、[*5]

れわれは今日、幾重にもゲーテ自身に向かって感じる。ただしわれわれは、自然の代わりに現在の精神的関心の多様性と錯綜を問題とすることとなろう。このような多様性において、彼は、われわれにとって確たる統一点、つまり繰り返し方向を定めようとする際の中心であり続ける。以下の考察もまた、ゲーテの基本的見解をこのような意味で取り上げる。しかしこの考察は、このゲーテの基本的見解を、独断的にその成果においてではなく、批判的に問題設定において、照準点として使用しようとするのである。したがってわれわれが、その引き続き影響を残している思想の力を認識していると思うのは、その成果においてよりはむしろその要求においてである。

II

ニュートンに対する最も激しい対抗の時期においてもゲーテは、少なくとも、自然にたいするあらゆる適用に無頓着にその固有の道を歩んでいる純粋数学を、この戦いから遠ざけ、一般的な拒否判断の枠外に取り出そうと努力し続けていた。彼は純粋数学にたいしても個人的には、依然として遠い存在ではあったが、それにもかかわらず純粋数学におけるある種の精神的な力に敬意をはらい、この力に進んで服した。ゲーテの意味において語られているというショーペンハウアーの言葉、つまり、真の天才はだれしもその本性上、数学に対してある種の反感を抱くものであるという言葉を、ゲーテは自分のものとはしなかったであろう。むしろゲーテが考えていたのは、数学が早まって自然の諸問題へ手を伸ばすことなく、数学に固有の限界内に断固として留まりそこで基礎を固め完成する場合だけは、数学の知的尊厳と意義が獲得されうるということであった。これこそが、彼にとって公準として念頭に浮かんでいた厳密な方法論上の区別であった。「物理学と数学とは、別個のものとされなくてはならない。前者は、

（数学からの）決定的独立性をその本質とし、愛し崇拝する敬虔な力のすべてをもって、自然ならびに自然の聖なる生の中へ入り込もうとしなくてはならない。その際、数学の側でなされることには、完全に無頓着でなければならない。後者つまり数学はこれに反して、すべての外的なものから独立して自己表明をし、その固有の大いなる精神の道を歩まなければならない。そして、これまでのように現存するものと関わりそれから何かを手に入れようとする、あるいはそれに適応しようとする場合に生ずるよりも純粋に自己自身の育成に努めなければならない。(3)」こうして、自然は、単なる概念にとっては達しがたいその内実のあらゆる深さにもかかわらず、他面、数学の理念的自由に相対し、やはり思想が拘束されてはならない「現存するもの」の単なる制限として考えられがちである。数学の力それどころか数学の本来の意味は、まさに数学がその基本要素ならびに基本概念において、自然の手本を指摘されるのではなく、これらの要素を純粋な精神的自立性において創りだすという点にある。理念的企図がここでは、現実的なもののすべての考察ならびに現実からのすべての推論に先行する。「少年が、見ることのできる点に見えない点が先行しなければならないということ、二点間の最短距離は、鉛筆で紙の上に引かれる前にすでに線として考えられるということを理解しはじめると、彼はある種の誇りと喜びを感じる。そして、それは不当なことではない。というのも彼には、すべての思考の源が開かれたからである、理念と現実化されたもの、能力と行為(potential und actu)が彼に明らかになったからである。哲学者は、彼になんら新しいものを発見しない。幾何学者には、彼の側からすべての思考の根拠が開かれたのである。(4)」

こうしたゲーテの側からの純粋数学の評価にたいし、その普遍的ならびに原理的な意義を与えるもの、それはそこで語られる感性と思考の関係の把握である。ここで認識されるのは、ゲーテは、詩人として感性的なものに向けられていたが故に、数学ならびに数理物理学の論理的「抽象」に対して反抗したかのような従来の見解は、対立の本来の核心を見誤るものであるということ——あるいは、それは少なくともこうした対立を、やっと遠方から、完全に漠とした不充分な形式で表しているに過ぎないということである。というのも、ゲーテが自然考察ならびに自然研究において基とした「感性」は、一般に記述自然科学の基礎と見做されている経験的・感性的処置とは決して一致しないということを、ゲーテは自己自身の処置法について最初の方法論上の明晰さを得るやただちに完全に意識していたからである。経験は常に半分の経験に過ぎないということ[*6]——振り子運動によって時が刻まれるように、経験と理念のかみ合い、相互連関によってはじめて自然界と精神界は統御されるということ、このことを彼は知っていたしまた強調した。したがってゲーテは、自己の純粋な観想の根本形式を引き合いに出した場合でも、直接的な知覚の意味において見ることと、「精神の目をもって見ること」[*7]との間を厳密に明確に区別した。したがって、感性に矛盾しているということは彼にとって、数学ならびに数理物理学の方法論に対するなんら決定的な論拠とはなり得なかった。というのも、「理念」と「現象」は、常にいたるところで互いに相異なっているということ、したがって、両者の間に直接的な対応関係を要求することも期待することも決してできないということを、彼は理解していたからである。それ故、この点においては、数学において支配的である理念的思考方法は、自然考察ならびに生の現象の考察において支配的であるものと本質的に同じである。「コペルニクスの体系は、理解し難く、また、日常われわれの感性に矛盾する理念に基づいている。われわれは、われわれが認識せずまた把握しないものを、繰り返して語っているに過ぎない。植物のメタモルフォーゼも同じくわれわれの感性に矛盾する。[5]」この後者の矛盾が、われわれにとって耐えうるものであるだけでなく、追求すればするほどそれだけ実りあるものとなること、——また一方、数学の概念ならびに数理物理学の概念の、直接的な感性的見解に対する矛盾が、われわれにとってなんら同じような生産性を有しないということ、いやそれどころか、無制限にそれを展開させると、結局直観的な知の力ならびに特性の全体を台無しにしかねないということ、このことの根拠は何処にあるのかをわれわれは今や問わなければならない。感性ならびに感性的経験にたいするいかなる類の対立が有益であり、また、真に普遍的なものの領域に通じるのか、――いかなる類の対立がわれわれを単に抽象的なものに留め置き、結局、直観と思考力との間の解決し難い葛藤に巻き込むのであろうか。

しかしながら、このような問いが答えられ、それによってゲーテの意味における自然科学の概念と、数学者ならびに数理物理学者の概念が区別される原理的相違が指摘されうる前に、まずこのような相違にもかかわらず両者の間にある積極的な連関が明らかにされなくてはならない。ゲーテの方法論の特徴づけにおけるこうした積極的契機は、ほとんど常に看過された。しかしこのような共通の背景が意識されてはじめて、決定的な相違もまた、明確にはっきりと際立つのである。確たる方法論上の秩序づけ無しに、偶然の観察結果を相互に結合する通常の経験の処置に対しては、ゲーテが要求し練磨している方法論ならびに精密科学の処置は、共に同じような特徴をもった対立関係にある。ゲーテの方法論も、随意の偶然に獲得された個々の資料を、並列的にならべ相互に比較しようとするのではなく、相互に展開される事実の一定の連続を得ようとする。他から隔離され把握された現象は、――ゲーテの方法論は、このことを意識しているが――それ自体単独ではなにも証明していないのである。現象は、前の部分がどれも基本的構成要素の一定の変化を通じて常に後の部分に移行するような一系列を他の諸現象と形づくるようにして、これらの他の諸現象と結合される場合にのみ、現象にはじめて理論的ならびに思想的価値を与えるような関係に立ち至るのである。そのような系列が、われわれに直接、経験によって与えられていないところでは、一定の実験条件を作ることによって、人工的に獲得し打ち立てなければならない。「いかなる現象も」――こうゲーテははっきり表明している――「それ自体においてまたそれ自体からは明らかにされない。たくさんの現象が、共に見渡され方法論的に秩序づけられる場合にのみ、結局、理論として通用しうるものを生ぜしめるのである。(6)」諸現象が、われわれの感性的把握にとって、自ずと理論的に通用しうるものでない場合には、——このことは、常にきわめて不充分な程度において起こるに過ぎないが——思考によって、それらが相並んでいるあるいはむしろ重なり合っているという具合に把握されなければならない。そうして、こうした仕方で諸現象が研究者の目の前で、ただ単にそれらの隔離された現実存在だけでなくそれらの内的結合をも、つまり、それらの制限を受けた空間的時間的個別存在だけでなく、それらの全体における位置をも明らかにするようにしなければならない。したがって、あの「帰納法」の形式は、ゲーテによってきわめてはっきりと非難される。帰納法の形式は、なんらかのジャンル特徴において恣意的に捉えられた個々の類似性による、疎遠な事象の比較をその本質とする。ゲーテは、このような帰納法を「決して許容しなかった」、それどころか、帰納法が彼に執拗に迫ってくるように見えたところでは、常に拒否する術を心得ていた、とゲーテははっきり述べている。*8 というのも、こうした考察方法においては、内的にこの上なく異質なもの、つまり、その生成の法則ならびに根源の法則によればこの上なく異質なものが、単に、特殊な特徴において外面的な感性的一致を示すという理由によって近づけられ、それによって特殊なものの真の「本質的」な分類が、完全に移し変えられる可能性があるからである。ゲーテが、こうした彼の根本直観を特に植物学においていかに実証したか、——つまり、彼がこれによってリンネの分類体系から、一歩一歩また必然的にメタモルフォーゼの理念へいかに導かれていったか、このことをここで簡単に指摘しておきたい。(7) しかし、精密物理学においては、この点に関してはさしあたり彼の一般的確信に対するいかなる対立も見出さなかったばかりでなく、自分の確信がここで実証されていると思った。ベーコンとガリレイの経験概念に関する論争において彼は、断固としてまたためらうことなく後者の側に立った。というのも後者にあって彼は、普遍的なものは個々の事象の単なる総計から生じるのではないし、特殊なものの単なる集合に存するのでもなく、物理学の研究者の天才には一事象が千の事象として通用する——研究者が、特殊事象の諸条件の絶えざる変化を通じて、一般に可能な事象の系列を明瞭に描き出し、規定的な法則において把握することができるような仕方で、特殊事象の諸条件をその精神において見通す限りにおいてであるが——ということにたいする明確な証明を見たからである。こうしてここに、数理物理学者のしかるべき根本的な処置と、ゲーテが自然科学つまり光学ならびに形態学に導入しようしている方法論との間に、重要な形式の類似性が見出される、——この類似性によってもちろん、概念そのものの内実に関しては、いまだ何も規定されてはいないし、またいかなる決定も先取りされてはいない。ゲーテはこのような形式的類似性を、ただ単に感じただけではなく完全に意識して概念的要求として打ち立てた。論文『主観と客観の仲介としての実験』において彼は詳論している、個々の実験の直接的な使用の一切はなんらかの仮説の証明として有害である、——それに対して、外見上は隔離されている諸現象を結合することを本質とする間接的使用は有用である、と。われわれは、一実験を単純に打ち立てるのではなく、何が直接これに隣接しているかを問い、こうした「個別的な実験の多様化」によって「より高度の類の経験」に達する。ひたすら隣接するものを相互に配列するこうした処置を——更に彼は続ける——われわれは数学者から学ばなければならない、そして、このことは、われわれが計算を使用していない場合でも応用できるし必要なことである[8]、と。この点に関してもっと特徴的で明確な注目すべき意見を、ゲーテはかつてズルピーツ・ボアスレーに述べたが、それはここで考察された連関においてはじめて、そのパラドクスたる性質を解消する。スピノザは、数学を倫理学に持ち込んだように、彼はそれを色彩論に持ち込んだ、つまりここでは前提においてすでに根拠づけられていないものはなにも結論のうちにない[9]、と。

　ゲーテが精密科学の処置から得ることができた積極的価値は、二重の契機に基づくものであるということが今や認識される。つまり、連続の思想と、発生的構築の方法である。両者は、もちろん、数学的自然考察と、ゲーテの自然考察とにおいては、まったく異なった素材ならびに異なった意図において行使される。しかしそれらは、結局はやはり思想的統一に回帰する。ゲーテがこうした統一にたいしてはっきり打ち出している最も一般的な表現は、理性そのものについての表現である。[*9] 理性は常にいたるところで生成するものに依拠し、そこにおいてのみ真に活動し実証されうる。悟性が生成したものに密着し、個々の仕上がった「事物」を固定した完結性において取り上げ、確とした特徴に基づいて相互に対置するのに対して、理性はすべての存在するものを運動に解消する。この運動から存在するものは生じたのであり、また無に帰しないためには、常にこの運動のうちに保たれなければならない。悟性が個々のものを、結局モザイクの鋲によってのように、全体像の仮像を生み出すことを希求して接合するのに対して、理性ははじめから、根源的総体性、普遍的法則の認識ならびに是認をその本質とする。この普遍的法則は、常に自己自身との同一性を保つが、その個々の表現の各々においては新しい独自のものである。このようなあり方においては、規範は、なるほど確たるもの、永遠のものであるが、それと同時に生けるものとして考えられる。もちろん、生の領域においてはじめてその究極の深さと意義を開くこうした理性考察の類似物は、——数学者もその考察の対象である形象を決して固定した個別事象とみなさず、絶えざる生成において本源的な規範から生ぜしめる限りにおいて——数学の領域において見出される。数学者は、円や楕円また放物線や双曲線の理論を展開させることによって、それらを一定の量や形式の範囲の固定された特殊形態とみなすのではなく、それらを統一的構成から円錐曲線として成立せしめ、そしてこうした構成の諸条件ならびに切断面の状態の変化から、一般的な規範がこうむる特殊化の必然性を証明する。これと同じやり方で、しかるべき自然考察においてもすべての真のアペルシュ（Aperçu）[*10] は、連続性に由来し、またそれなりに連続性をもたらすものである。それは大いなる生産的に高まる鎖の中間の輪である。[10] したがって、この点において自然の考察もまた「構成的（konstruktiv）」でなければならない。事実ゲーテは、幅広くなるだけで個別化の誘因を与えるベーコンの帰納法に対して、こうした構成的要素が欠けていることをはっきり非難している。[11] 最初の出発点における直観性は、こうした要求の邪魔にはならない、――むしろすべての観察は、真に練磨されるならおのずと考察へ移行し、すべての考察は思念へ移行し、すべての思念は結合へ移行する。したがってわれわれは「世界を注意深く眺め入る場合それはどれも、すでに理論化している」。[12] ゲーテと精密科学の間にある本来の原理的な対立は、直観と理論との対立、つまり所与のものの単純な感性的受動的取り上げと、所与のものの構成的変形との対立ではありえないということがここで再び明らかとなる。というのも、理念的なものの知覚の一切には、精神のプーバーテート、つまり精神の真の生産力が必要であることは間違いないことであるが、すべての精神的領域には、「理論」ないしは「構成（Konstruktion）」のなんらかの形式が不可欠であるからである。[13]

したがってここでは、理論そのものの支配ではなく、理論の出発点と理論の取る方向とが特に区別を特徴づけるものである。数学者ならびに数理物理学者は、特殊なものを普遍的なものに高めるためにどのような処置を講じるのだろうか、――正しく考察され分析された一事象が千の事象の代わりをするということに、どのようにして達するのであろうか。通常の感性的見解にとっては区別のない「単純なもの」を意味しているものを、頭の中で分解し多様化する、つまり、様々の種類ならびに様々の価値をもった諸条件の複合体にすることによって、このような結果に達するのである。しかしながらこうした諸条件の各層を純粋に量的な表現に留め置き、それらの変化を量的規範に従わせることに成功してはじめてそれら各層は、真に把握されたものとしてまた知的に規定されたものとして通用するのである。これによって、感性的な個別現象ないしは個別事物は、すべてのその他の存在要素との確固たる一義的従属関係において考えられる量規定の総体に解消する。精密自然科学が対象ないしは自然の現象について知っていること、それについて語りうること、それは、対象ないしは現象を特殊なものとして特徴づける物理学上ならびに化学上の定数の形において述べられる、ならびに、対象ないしは現象をまた普遍的な自然連関に接合する不定量の結合に関する規範の形において述べられる。こうして「事物」ならびにその「諸特性」は、直接的な観察による見解に比較すれば、全く新しい論理的性格を取るのである。物理学上の意味における「特性」とは、客観ないしは事象において、測定可能な契機、つまりなんらかの量的な観点の下に他のものと比較可能な契機として取り出されるものだけを意味する。物体の体積ならびに温度、その力学的エネルギー、熱エネルギー、化学エネルギー等々、こうしたものすべては、直接物体において感覚によって把握されうるまた読み取られうる感性的規定ではなく、それは概念的に一般的理論的前提に基づいて確定された尺度であり、この尺度を思想は調達し、所与のもののさしあたっては見通し不可能な多様性を確固たる秩序の下に置き、統一的なまた明瞭な原理に基づいて進んで行く系列に組み込むのである。このような尺度が基本単位としてひとたび得られるならば、科学が自然対象の存在についてまた自然対象の性質について語ることのできるすべては、結局、数の複合体に還元されうる、——この数の各々は、考察された対象の特性ないしは状態を、なんらかの量比較の点で特徴づけ確定する。このような数の全体は、——これを完全なものとして考える限り——物理学者にとって事物を代表する、それどころかこれは、物理学者にとってまさに事物である、——ただし、これが、事物についての認識ならびに判断、法則ならびに関数に立ち入ることができる限りにおいてである。このような考察方法の彼岸にあるもの、このような数や量の序列の組織体にはめ込まれないもの、——それは、物理学者にとって規定可能性から遠ざかる、それどころか一義的な命名可能性から遠ざかるのである。特殊なものから普遍的なものへの進行が、物理学の思考方法の内部で、どのような仲介に結びついているかが今や認識される。物理学者は具体的な個別経験から出発するが、やはり彼が関係づけられ方向づけられるのは、決して感性的知覚の個物ではなく実験の個物である。しかし実験は、なんら分解されない裸の「事実」ではもはやなく、それは、すでに一定の思想的構造ならびに構成を常に示している。実験は、多数の条件によって規定されたものとして現れる。この諸条件の各々は、単独で保持されその量的変化において追跡されうるものである。こうしてガリレイは、落下法則を推論するにあたって、目に見える形態における「落下」の単純な現象から出発するのではなく、まず一様な運動ならびに一様でない運動、質料と力、慣性と加速度という前提概念を展開する、——そして彼は結局、事象の全体を斜面に移す。なぜならば斜面においては、勾配のその時々の恣意的な規定によって現象が依存している状況が絶えず変えられ、またこうした変化の連続が規則的に見通されうるからである。変化をこのように処理することによってはじめにおける個別部分ならびに個別事象は拡大されて、系列全体の表現となる。物理的ならびに感性的個物は、まず量と数による特殊なものになる。しかしこの特殊なものにおいてすでに、普遍的なものへの示唆、つまり、様々の量ならびに数の系列において部分から部分への進行を表し規定する法則への示唆が含まれているのである。

特殊なものの普遍的なものにたいする関係の全く別の、基本的に新しい形式が、ゲーテの自然考察においては支配的である。これは生の原現象を出発点とする。このような考察は、普遍的なものの価値と力とが全面的に承認されるという点では、確かに科学的物理学と一致している。移ろいゆくもの、つまり時間的に変化可能で過ぎ去りゆくものは、比喩となる。ゲーテが理解しているような形態ならびに形態変化の形態学的認識は、決して感性的個物、あるいは感性的個物の類似物と化することはない。原植物を目で見るという錯覚をゲーテは、シラーによって理念と経験との相違について教えられて以来[*11]、これを限りに思い切った。今や彼は、原植物を、それ自体は自然の内に存在しないが、それにもかかわらず存在するものの特有の内的構造と、その個々の部分のすべての間でおこる変化の連関とを照明し明晰なものにする「モデル」として理解する。*12 というのも、そもそも彼は今や、理論と現象との関係をこのような意味で把握したからである。理論に入り込む諸要素自体は、直接われわれを取り巻く感性的現象界の部分ならびに切片である必要はない、それどころかそれが真の理念的な諸要素である限り、常にこうしたものを越えていなければならない。だが他面重要であるのは、われわれは現象の背後で何も探してはならず、「現象そのものが理論」である*13ということである、——つまり、現象がその個別化においてではなく、発生的連関において捉えられる限りであるが。このような連関を単に抽象的に確実なものにするだけでなく、完全な直観的な確信にまで至らしめること、このことはゲーテによれば、あらゆる理論の本来の最高の使命である。原植物は、それ自体が一定の個別条件に制限された特殊な植物現象の形象をわれわれに提示するのではないが故に、まさにわれわれが植物を「無限に案出する」ことのできる一種の鍵となる。こうして案出される植物はすべて、首尾一貫したものでなくてはならず、つまり、たとえ存在しなくとも、やはり存在しうるもので、絵画や詩の影や仮象といったものではない(14)。こうしてわれわれにとってはじめて、理念的根本形式が現実の植物形式の迷路における案内人となる。しかし、この根本形式が案内人としての役目を果たしうるために、われわれが感性的・個別的なものの領域を去ることによって、形態化一般の領域をも逸脱することは必要ではない。原植物は、むしろ原理であると同時に形成物である、——直観そのものから発展し、直観において描かれる規範である。それは、有限なものに留まり続けるが、有限なものを、やはり、われわれがそれを助けとして確実にあらゆる方向へ通り抜けることによって無限なものに拡張する指針である。したがってわれわれは、普遍的なものと特殊なものとのこうした統一をただ単に把握するためだけでなく、この統一を常に意識し、その都度こうした関係の内部に位置するためには、物理学が質の量への置換によって果たしているような問題の変形、別の思想的領域への転移をなんら必要としない。存在するもの自体が、研究者の総合的眼差しにとって生の諸系列を形づくる。この諸系列は、絶えず相互にかみ合いますます高まっていく、――その際この形式は、数という分析的思考手段への回り道を必要としない。

このような成果、ならびに、生の諸現象において展開された方法論上の基本的確信をもって、今やゲーテは光学の現象に歩み寄る。ここでのこうした中間領域において、自然の連関一般ならびにこの連関の理念的描出についてのゲーテの理解は、数学ならびに数理物理学の理解とただちに著しく対立せざるを得ない。数学はここでも、その問題設定ならびに概念手段によって、はっきりとあらかじめ規定されている道を追究していく。数学は、色彩の相違を数の相違に変える。個々の色彩そのものを特徴づけるもの、それを他の色彩と区別するものは、その「屈折率」である、つまり、個々の色彩にあてがわれ、またその系列全体での位置がそれによって特徴づけて考えられる一定の量的価値である。問題のこのような出発点において、それ以後の扱いの全体がそもそもすでに先取りされている。物理学的光学における実験ならびに屈折現象は、認識の一般的問題の立場からは、方法論上の関心というよりは技術的関心をもっている。ゲーテは、これに反し全く相対する道を辿ってこの問題に近づく。「生の永遠の公式」[*14]の表現を彼はここでもまた探し求めているのである。だがこの公式は、光学現象に直接適用できるものではなく、特徴的な中間項を挿入することによってはじめて適用可能となる。色彩の領域においても、すべてが織り合っていかに全体をなしているかを認識することが肝要である、つまり、いかなる現象も、引き離され単独で存在しているのではなく、すべてがいかに、相互に生ける関係を持ち、それによって繋がりあっている体系として現れているかである。しかしながら、有機的自然の形成物においては、こうした連関は直接提示される、つまり、ここでは形態形成の変成における発生的連関を、いわば手でつかみうる近さならびに明瞭性において目の当たりにするのであるが、一方光学現象と生そのものの根本現象ならびに原現象との間においては、その関係は一連の理論的ならびに実験的仲介によってはじめて打ち立てられざるを得ないのである。このような仲介の本質は、問いかけを直接色彩の世界に向けるのではなく、より深くより根源的に、見ることの世界に向けるということにある。それ自体、内的法則に従っている一定の明確に限定された生の現象である見ることから、はじめて、見られたものにおける相違、色彩の質的違いが展開され理解されうる。したがって、ここでまずもって明らかとなる対立、つまり、光と暗闇、明るさと暗さの対置からゲーテの考察ははじまる。色彩の体系ならびに序列に至るその後の進展の本質は、見ることの特殊な諸条件が探究され識別され、そして一定のプランにしたがって変えられるということにある。ひとたび根本的対立から「濁った媒体」の概念が引き出されると、例えばそのような媒体は照らされて暗い背景の前に置かれていると青く見え、また一方明るい対象によって観察されると黄ないしは黄赤に見えるということがさらに明らかとなる。ゲーテの思考方法を物理学の理解と結びつけるものと、また絶えずこれと分離するものとが今や明確になる。すべての物理学の研究における「最高の義務」としてゲーテが提唱しているのは、対象の観察のすべてにおいて現象が現れる各々の条件を精確に探求し、現象の可能な限りの完全さを得ようとすることである、「なぜならば、諸現象は、結局、相連なり合うあるいはむしろ相重なり合わざるを得ず、そして、研究者の直観を前にして一種の有機体を形づくる、つまり、その内的生の全体を表現するに違いないからである」[15]。したがってゲーテは、まさに一定の系列原理を、数理物理学者と同じく個々の現象の理解において貫徹し行使しているのである、——しかし、後者がこの系列原理を、数の領域からつまり系列一般の抽象的根本形式から取り出しているのに対して、ゲーテが要求するのは、すべての爾余のものを関連づける系列自体をなおも生の現象として、つまり、自然の具体的な生の全体の法則ならびにリズムとして直観し、そして、この直観において内的に自己のものとすることができるということである。したがって、ゲーテは、彼が分析そのものの敵対者であるが故に数学に反対するのではない。むしろゲーテが理解し述べているのは、――自然の永遠の収縮と拡張に相応して――分析と総合は、すべての認識の二つの必然的に関連しあう基本機能であり、これは、吸気と呼気のように相互に条件づけあっているということである。しかし、彼が事象を還元する根本現象ならびに基本過程を、彼は、物理学の微分方程式とは違って現実の全体を単に概念的に代表する契機としてではなく、この全体をなおも直接示唆し、かつ、またこの全体であるところの契機として把握しているのである。全体において精神を高揚させようと思う者は、全体を最も小さいものにおいても見なければならないし、――しかしまた逆に、この最も小さいものを象徴として理解しなければならない。この象徴において、全体の一なる永遠の秩序が、真に具体的なまたすべてを包括する秩序として明らかにされるのである。

III

上述の考察は、ゲーテと数理物理学との間の対立を、ただその原理的側面に従って規定しようとしたのであって、この両者の間の葛藤がなされた特殊な歴史的諸条件を顧慮してはいない。この両者の葛藤の形式に必然的に付随していたのは、ここで根底にあった体系的内実が、ただちに完全な実質的な適切な表現を決して得ていなかったということであった。とりわけここでは、物理学の方法への問いが、認識批判の厳密なそれ特有の意味においてなされているのではなく、最初から別の形而上学的な問いに結びついていた。精密研究の方法論をめぐる争いが、「機械的世界観」の当否をめぐる争いになった。この問題は、この面でますます先鋭化するように見えた。純粋に「原子論的な」自然の説明と、「動力学的な」自然の説明とがますます明確に対決しあった。ゲーテ自身、個別的なニュートンの概念や理論よりも、むしろこれらの概念や理論において表現されていた世界全体についての見解と戦った。「われわれが分析的な方法で」――とゲーテはエッカーマンに語っている――「個々の物質の部分を相手にするだけで、この個々の部分に方向を規定している精神の息吹を感じないなら、自然とのすべての触れ合いはそもそもなんであるのか。」[*15] ところで、この葛藤の実際の経過においては、方法論上のモチーフと形而上学的なモチーフとが互いに緊密に触れ合っているが、それだけ厳密にまた明確に、両者は、葛藤の叙述にではなくその体系的な判断と決定に向けられている考察にとっては、区別されなければならないのである。というのも、両契機は、一八世紀の自然科学においてただ歴史的・偶然的に結びついているに過ぎず、実質的・必然的に結びついているのではないからである。いまだ一七世紀においては、大いなる観念論的体系の例が示しているように、力学と数理物理学が論理学の基礎づけのために獲得した中心的な意義は、「機械論的世界観」にたいする賛意を決して結果としてもたらすものではなかった。デカルトは、物体世界におけるすべての事象にたいする力学の原則の普遍的妥当性を、彼の一般認識論の原理によって基礎づけている。幾何学の概念だけが真の明証性を持つ、また、延長は、明晰判明に把握されうる唯一の徴表である。それ故に、われわれにとって、自然についてのすべての知もまた、幾何学の諸規定において叙述されそれらにおいて完全に汲みつくされうるものに限定されている。したがって、ここで機械論の原理へ導くのは、合理論の基本的諸前提である。さらにもっと意識的に、こうした連関はライプニッツにおいて明らかになる。というのも、彼もまた自然のいたるところで見出す数学的・機械的結合は、彼にとって理由律の厳密な確固たる妥当性にたいする対象ならびに相関概念以外の何ものをも意味していないからである。諸現象が機械的に相互に結びつきあっているということ、それらが大きな価値を持つものとして相互に一義的に規定しあっているというあり方で互いに複雑に限定しあっているということ、このことは、思考の論理構造と存在の構造とは互いに通路ある調和の状態にあるということの証左であるに過ぎない。「機械的根拠」は、それ自体として直接に叡知的ならびに「観念的」根拠になる。というのも、この中に表現され反映されているのは、まさに思想そのものの必然性であるからである。しかしながら、自然科学の世界像の一般的形態化においては、ライプニッツの学説このような観念論的基本モチーフは、なんら直接的なその後の展開を見なかった。自然科学的な認識の普及と共にますます広まり、百科全書派の哲学において概念的定式化を得た空間と時間、物質と力という概念の一般受けする理解がここではむしろ勝ちを占めたのである。ライプニッツの論理的観念論は、ニュートンが光学の補遺において賛意を述べた独特の形而上学的唯心論と同じく、このような理解においては撃退された。独断的で唯物論的な世界説明の通俗的なシェーマだけが後に残されていた。物質がその後自立的にまた自己の法則に基づいて展開していくための最初の衝動を物質に付与したとされる最高の神的原因を認めるという、せいぜいその限りにおいてだけ、この世界説明の帰結を弱めようとする努力がなされたに過ぎなかった。ゲーテは、こうした類の自然説明をシュトラースブルク時代の医学・解剖学の研究以来すでに熟知しており、またこうした自然説明からは二重の意味で突き放されているのを感じないわけにはいかなかった。自然の考察において「内部」と「外部」のいかなる対立も認めなかったゲーテは、ここでは自然の概念ならびに神の概念が価値を下げられ貶められているのを見た。つまり、自然は死せる基体、神は事象の外的な起動力となっていた。このような体系すなわち機械論の通俗哲学的な基礎づけが、ラ・メトリの『人間機械論』ならびにドルバックの『自然の体系』において彼の内に引き起こした影響を、ゲーテは『詩と真実』において述べた。「百科全書派の人々が語るのを聞くか、あるいは彼らのとてつもない書物の一巻を開けるたびに、大きな工場の数え切れないほどたくさんの動いている巻き枠や機織機械の間を行くような気分であった。また、ガラガラガチャガチャという騒音、とりわけ目や感覚を混乱させる機械装置、この上なく様々に入り組んだ施設の全くつかみようもない様子、そんなことばかりのため、一つの布切れを仕上げるのに必要なことすべてを考え、身にまとっている自分の上着そのものが不快に感じられるような気分であった。……われわれはそのような書物(例えば『自然の体系』)がいかに危険でありうるかを理解しなかった。それはわれわれにとって、生気なく、暗く、死人のように思われたので、それを目の前に置くにも骨が折れ、それを前にしていると幽霊を前にしているのと同じく身震いした……大地がそのあらゆる形成物と共に、また天がそのあらゆる星辰と共に消えうせたこうした陰うつな神なき半夜において、なんと空虚な索漠とした気持ちになったことだろう! 物質は永遠性をもち、永遠性によって動かされ、この運動によって右へ、左へ、そしてあらゆる方向にただちに現実存在の無限の現象を生み出すというわけだ。著者が実際に、その運動する物質から世界をわれわれの目前に打ち立てたなら、こうしたすべてのことにわれわれは満足もしたであろう。しかし彼は、われわれと同じく自然についてほとんど何も知り得なかった。というのは、彼はいくつかの一般概念を組み立てながら、ただちにそれらを放棄し、自然よりもより高く、あるいはより高い自然として自然のうちに現れるものを、物質的な、重い、運動しているがやはり方向も形態もない自然に転化し、そのことによって、真に多くのことを獲得したと思っているからである。[*16]」

ゲーテがここで感じていた印象は、引き続き彼に影響を及ぼし続けた。彼は、ドルバックの『自然の体系』の責任に付したものを、自然の精密科学にも許容しなかった。以後彼は、精密科学のうちに、決して思考ならびに研究の単なる方法論を見たのではなく、常に同時に世界説明の一定の唯物論的な主義主張を見た。「機械的また原子論的表現ならびに公式」にたいして、彼は間断なく反抗した。これらはあたかも、生ける一者、つまり「形態」の原理を、その部分の多から「組立てる(konponieten)」ことができるかのような外観を与えている。彼は生ける存在のどの考察においてもくりかえし、「主要概念」、つまり「それ（どれも存在するもの）は、それ自身と絶えず関わり、その部分は自己自身に対して必然的な関係にあり、いかなる機械的なものもいわば外部から築かれ産み出されない(16)」という主要概念を主張する。こうした言明のすべては、当時の自然科学に対するゲーテの位置の歴史的理解にとってなるほど重要なものではあるが、ゲーテと数理物理学との間の葛藤を純粋に体系的な意図において考量することだけが問題であるなら、やはりその重要度を減ずることになろう。というのも、ここでの抗争をそもそも無意味なものにしたのは、物理学自身のその後の発展だからである。精密科学自体が、ますます決定的に意識的に独断的な唯物論とのすべての関係から解き放たれて以来、問題がこの点において決着がついたものとみなされうるのは、ゲーテの意味においてなのである。様々の出発点からこの運動は準備された。これについて言いうることは、この運動は、その本来の特徴的標識を、一九世紀の物理学の方法論的展開において示しているということである。まず、電気の諸現象の理論が次第に形成されていくにつれて獲得した中心的意義は、自然事象についての一般的な直観にたいしてもひるがえって影響を及ぼした。ファラディが原子ならびに遠隔作用を及ぼす諸力に対して行った争いは、直接、物理学の形成から、認識批判ならびに一般的な自然科学の方法論の基本問題へ及んでいった。だが、エネルギー恒存の法則の発見に続くエネルギーの理論ならびに理論的吟味もまた同じような方向を指していた。ヘルムホルツは、エネルギー恒存の命題をいまだ古典力学の言葉で語り、この力学の公式で証明しようと努力していたが、他方ローベルト・マイヤーにあっては、この思想は最初から別の方向を取る。彼はエネルギー法則をはじめから純粋な「積分法則」として打ち立てる。したがって、その妥当性と真理は、われわれが基本的な現象についておこなう特殊な表象に縛られてはいない。たとえば、熱と運動が、その「本質」によれば同じものであるかどうか、――熱は結局分子の運動以外の何ものでもないのかどうか、このような問題はここでは提起されない。両者の間の一定の交換関係が確定され精確な表現にもたらされているのならばそれで充分である。「消えていく運動から、いかにして熱が発生するのか」――とローベルト・マイヤーは、グリーズィンガーへの有名な書簡において強調する――「あるいは、運動はいかにして熱に移行するのか、ということについての解明を要求するとしたら、そのことは人間の精神にあまりに多すぎるものを要求することになるであろう。いかにして酸素と水素が消えて水となるか、なぜ別の特性を持った物質がそこから生じないのか、ということについてはたぶんいかなる化学者も頭を悩ますことはないであろう。だが発生する水の質量が消えた水素と酸素の質量から正確に知ることができるということを洞察するならば、こうした連関を意識していないよりも、その対象、物質が従っている法則を一層理解することになるということには全く疑問の余地はないであろう。[*17]」これらの文章の最初の部分を考察するなら、ゲーテが間断なく当時の自然科学を論難していた指摘がいかにここで精確に守られているかが認められる。現象に問いかけ、そうすることによってできるだけ精確に現象を取り上げ「問題をあるがままにしておく」ことを、ゲーテは繰り返し主張していた。というのも、人間は、世界の諸問題を解くようにではなく、どこに問題があるかを探し、そして理解できるものの限界に留まるように生まれついているからである。[(17)]「いかに（Wie）。どこで（Wo）。そして、いつ（Wann）。――神々は沈黙したままである。〈そういうことだから（Weil）〉に依拠し、〈なぜ（Warum）〉と問うな。[*18]」自然の解き難い問題性は、現象の事実、つまり事象そのものの事実性から、「説明的仮説」特に機械的仮説への移行の各々においてはじまる。「全体の直観を容易にする」快適な「形象」[*19]としてのみそのような仮説はゲーテによって是認される。しかしこれらの形象は、われわれがそれらの内にすべての存在と事象の究極の存在論的諸根拠を把握すると思うなら、ただちに危険ならびに誤謬をもたらす。というのも、そのように考えるならばそれらの形象は、すべての科学理論において本質的に肝要でありまた肝要であるべきものをまさしく妨げるからである。

つまり、詳察（Ἀναθεωρισμός）、再吟味、諸対象つまり問題となっている諸現象のあらゆる面からの考察を阻止するからである。「仮説とは、建物を建てる前に組み立てられ、建物が出来上がったら取りはらわれる足場である。足場は仕事をする者にとって不可欠のものである。ただし足場を建物と見做してはならない。[18]」ゲーテが当時の自然科学に対して克明に語ったこうした命題は、一九世紀に発した物理学の新しい形式を先取りしている。きわめて重要な物理学の研究者達でさえ、事実、仮説の使用と本質についての彼らの理解においてゲーテと完全に一致していた。マクスウェルは物理学の仮説の形象としての性格を引き合いに出して、彼が個々の事例において、考察された問題領域のそれぞれの特殊性にかんがみ、様々の基本的仮定を有効に働かせたことを正当化した、――つまり例えば、彼は静電学（Elektrostatik）ならびに動電学（Elektrodynamik）の現象を明らかにし解釈するために、互いに異なるモデルを立案し使用した。その後のこの発展は、その体系的帰結を周知のキルヒホフの定義に見出した。これは力学自体に対しても、自然の説明の理想を断念し、それに代わって運動事象の完全な一義的な記述を課題としてあてがった。こうしてここにおいて物理学は、純粋に自己の道を辿ることによってゲーテに還ったのである。ゲーテは『色彩論』の「序論」において、本来の課題――彼はこの課題の遂行にたいして哲学から感謝を受けるに当然値すると思っていた――として実験を挙げた。実験とは、つまり、諸現象をかろうじて「現れ存在する」点、しかし「それ以上のいかなるものもそれらにおいて説明され得ない」点にまで遡って追究するものである。[*20] 彼自身はもちろん、彼の直観の全体の方向にしたがって、一現象あるいは現象複合体のすべての可能な記述のうちで、機械的なモデルに傾くことはまずなかった。植物学者リンクが、折に触れてゲーテに植物の生長についての彼独特の理念を振り子運動ならびに波動によって説明しようとした時、彼の基本的見解をそのように「形象のない洗練された抽象」に解消してしまうことを断固として拒否した。[19] しかしゲーテは、少なくとも原理的な意味においてであったならば、それ以外の何も意味しないという限りにおいてなら、そのような機械的な形象を甘受し放置しておくことができたであろう。というのも、自然に相対して「一様の表象方式に固執する」のではなく、自然が呈示する様々の対象や問題に様々の精神的手段を持って向かっていくことを、彼自身常に要求として打ち立てていたからである。こうして彼は、この意味において、事象の動力学的見解と機械的見解との間の相互関係をも推奨していた。それどころか、まさにそのような「シーソー体系」を哲学的自然研究者にとって不可欠のことと見做していた[20]。そのことだけが、彼を狭い個別的な見解の独断論から守ることに適っているからである。したがってゲーテは、一定の認識の仕方（modus cognoscendi）としてなら、機械論を、形而上学的理論として正当に非難したのと同じく、是認することができたであろう。

しかしここにおいて、今やゲーテの自然考察の第二の本質的契機が現れる。ここにおいてゲーテは、彼の死後一世紀において普及した物理学の形式からも最終的に袂を分かつのである、——それどころかここにおいて彼は、物理学一般の一般的理論形式からも根本的に分かれるのである。一九世紀ならびに二〇世紀の物理学は、その進歩の過程において、仮説や形象をますます取り払おうと努めたが、それは、物理学の全構築をそれだけ確固たるものにまた専ら純粋な数規定、数量関係のうちに基礎づけるためであった。このような規定は「自然」の本来の足場を形づくるものであるということ、このことは、特にローベルト・マイヤーがエネルギーの普遍的理論の構築において依拠していた根本思想であった。しかしながら数的価値への還元は、物理学の考察がはじまる経験的な個別直観のいかなるものも質的な意味において残してはいない。それは、はじめにある質的価値を純粋な位置の価値に変えようとしている。この位置の価値は、他の系列の構成部分との関係による以外は何ものによっても特色づけられてはいない。直観の一切の個別性は、そのような関係に解消する。本源的になお自立的な基体として現れていたものすべては、精密研究にとっては、前進的に、諸関係の体系ならびに機能的依存性の体系に移し変えられる限りにおいてのみ考察されるに過ぎない。これに対してゲーテが要求しているのは、個別が、連関の全体に、つまり事象の継続的「系列」に組み込まれることによって、こうした配列においてその具体性ならびに個別性を保持するということである。普遍的なものが特殊なものの中で真に描かれ、象徴的に表現されるものならば、特殊なものは存在しなくてはならない、また、存在し続けなくてはならない。したがって、感覚もまた簡単に数量的諸価値によって置き換えられ、それらによって、つまりそれらの直接の存立にもとづいて抹消されてはならない。感覚は、それ自体、固有の比類ないまた失われることのない認識価値である。感覚は、全体の普遍的秩序が結局そこからのみ把握可能となる個別である。ここから当然明らかとなることは、自然についてのすべての哲学化ならびに理論化は、結局、深められ洗練された擬人論に帰するということである。つまり人間は、現実の本質について語る際に、同時に、自己ならびに自己の本質を共に述べることなしには、何も語れないのである。だがこうした人間の類比から（ex analogia hominis）の場合と宇宙の類比から（ex analogia universi）の場合との間に、ゲーテにとってはなんら著しい対立は存しない。特殊なものは、永久に普遍的なものに拠っているし、普遍的なものは、永久に特殊なものに適わなくてはならない。[*21] こうして両者は、相互に規定し合い互いに反照しあうことによってのみ、存在の一なるそこなわれない真理を呈示するのである。両契機の一方を、他方を犠牲にして短縮するかないしは完全に押さえつけようとする者は、そのことによってまさにこの真理そのものを短縮するのである。したがって、われわれの感覚ならびに肉体的な諸器官の特殊な制約を克服しようとする人為的ならびに間接的な手はずのすべては、結局誤謬に至ることになる。顕微鏡ならびに望遠鏡は、そもそも純粋な人間の感覚を、鋭敏にしそれに適った領域内で生き生きと有効に働かせることの代わりに、錯乱させるものである。このような立場からゲーテが要求しているのは、諸現象が「これを限りに、暗い、経験的・機械的・独断的拷問室から、通常の人間悟性という陪審員の前に持ち出される」ということである。そして彼が近代自然論の最大の災いと見做しているのは、実験をいわば人間から分離したということである。というのも、人間自体が最も精確な物理学の器具だからである。[21]「弦や、弦の機械的な区分のすべては、いったい音楽家の耳に対して何であるのか。それどころかこう言ってよかろう、自然そのものの基本的諸現象は、それらを多少自己に同化することができるためには、それらすべてをまず制御し変形しなくてはならない人間に対して何であるのか、と。[22]」純粋な人間の感覚の全き展開が、われわれにとってはじめて世界の純粋な意味を与える、――われわれにとって真に把握しうるまた理解しうる唯一の意味を与えるのである。

したがって、ゲーテの自然観と数理物理学の自然観との間の分離は、きわめて鋭い形でおこなわれた。ここでの数理物理学者達のゲーテからの訣別は、歴史的諸条件に基づくのではなく一般的・実質的諸条件に基づいており、したがって精密自然科学のその後の展開によってますますもって精確な確証を得た。一九世紀の物理学の一定の方向が感覚にたいして占めている位置、ならびにそれがその認識価値を判断するあり方を考察する場合に、ここでもまた対立の緩和がありうると信じたい気に駆られるのは当然であろう。ひとたび――物理学におけるマッハの認識論の如く――感覚が現実的なものの究極の「要素」として是認されると、――つまり、物理学の概念にたいしても結局、諸感覚をその独自性において捉え分類し記述する課題があてがわれると、そのことによってゲーテの理想は物理学的科学そのものの内部で是認されているように見える。その目的自体に関してではなく、それを遂行する手段に関してだけ今もなお論争がおこなわれうるように見える。しかしこれは、比較的鋭い考察が教えているように、そもそも単なる術語の交替に基づくまやかしの調停に過ぎない。物理学についてのマッハの理解は、物理学の諸概念の形式ならびに構造を変えずにただその表示ならびに命名において変更を行おうとしているに過ぎない。それは原子やエーテルの実在性を断念するが、やはり、物理学の量概念――例えば、速度と加速度、質量とエネルギー、更にはまた、圧力と体積、温度と熱容量等々――の妥当性ならびに特徴的意義を決して断念することはできない。というのも、一定の言明に、いわば物理学そのものの内的形式を形づくる物理学上の言明であるという烙印をはじめて押すのは、まさにこうした概念だからである。だが、なんらかのそのような表現が認められ適用されると同時に、感覚の領域は乗り越えられる。単に感受可能なものから、厳密にまた精確に測定可能なものへの歩みが遂行された。この歩みはより精確に分析するなら、物理学的思考のすべての一般的前提、ならびに一定の物理学の理論の特殊な諸前提を内包している。したがって、方法論上ならびに認識論上の位置に基づき純粋な「経験主義者」であろうとする物理学者にあってすら、感覚ならびに感覚の直接的な存立への還帰は、なんら話題とはなりえない。実際、感覚の「人間学的」要素、つまり純粋に「人間的」要素は、物理学が特別論理的な形式を明確にとればとるほどどますます押しのけられる。いやそれどころか、こうした要素を別の論理的なジャンルならびにディグニテートの要素によって完全に置き換え切り離すことが、本質的な、もちろん決して完全には解決されない課題として現れる。「物理学的音響学、光学、ならびに熱学においては」――と、プランクは判断している――「特別の感官よる感受はまさに締め出されている。音、色彩、温度の物理学上の定義は、今日ではもはやそれに対応した感官による直接の知覚から取り出されるのでは決してなく、音と色彩は振動数ないしは波長によって定義され、温度は理論的には、熱理論の第二の主要命題から取り出された絶対的温階によって、また気体分子運動論においては分子運動の生きた力によって、また実際的には温度計の中身の体積変化、ないしは、ボロメーターあるいは熱電対の目盛りの偏差によって定義される。しかし、温度にあって、もはや熱感覚は決して話題とならない。……それどころか、特別感性的な要素を物理学の諸概念の定義から押しのける程度は相当なもので、本来一定の感官による感受に関係づけることによって全く統一的なものとして特徴づけられる物理学の領域さえも、結び付けている絆の弛緩の結果、様々の全く分離した部分に分解してしまう程である。このことの最もよい例を熱に関する理論が示している。以前熱は、熱感官の感受によって特徴づけられ、またおそらく制限された一定の統一ある物理学の領域であった。今日ではおそらく、熱に関するすべての教科書において、熱放射という一領域全体が分離され光学において取り扱われているのが見られるであろう。熱感覚の意味は、不等質の部分を結び合わすのにもはや充分ではなく、むしろ今では、一方の部分は光学ないしは電気力学に、他方は力学、特に物質の運動力学上の理論に組み入れられる。[23]」

こうして現代物理学の成果だけではなく、とりわけそれが従う方法論上の規定もまた、ゲーテの直観にまさに相対立した方向を示している。自然論の形而上学的構成要素に関しては、両者の間の接近が明らかであるようにみえるが、やはり両者は、その論理的意図、つまりそれらが支配を受ける特殊な認識意志となるとまた完全に分裂するのである。精密物理学は、それが失う個々の感性的諸領域の多様性ならびに特有の特殊化を、その自然体系の構想全体が示す厳密な思想上の統一によって置き換える。精密物理学は、直接的感性的見解にとっては様々の不等質な部分に分解してしまう諸現象の全体を、それ自体において関連性を有する、また、普遍的法則に基づいて整えられた一つの複合体とみなす。この複合体の諸要素は、数学的要素として一貫して複雑ではあるが測定可能である故に互いに同質である。こうして今や、諸現象の様々のグループにたいして、様々の「形象」が考え出され形象として相互に配列されるのではなく、諸概念のますます統一的な体系が打ち立てられるのである。この諸概念は、きわめてかけ離れているなんらかの直観的諸要素間において可能なまた措定できる関係のすべてを、唯一の知的基本シェーマにおいて捉える能力を持っている。したがって――またプランクを引用するが――精密科学がますます明確に目指しているのが見て取れる将来像は、「多彩な色彩のきらびやかな本来的形象――これは、人間の生の多様な要求から生じ、それにたいしては特別な感官の感受のすべてが寄与していたのであるが——と較べると、著しく色あせ味気ないものになり直接的明証性を奪われて」見える、しかし、この物理学の将来像は、その一貫したまとまりによって、つまり、すべての個別的特徴の完全な体系的結合によって、本来的形象に対して際立っている。この体系的結合が、この将来像にたいしてその普遍的妥当性を、時と場所のすべて、すべての研究者、すべての国民ならびに文化に関して保証しているのである。現代物理学の最深の発展は、このような理解をますます実証した。直観的諸要素の特殊性の解消の過程が、感覚を越えて、「純粋直観の諸形式」、つまり空間と時間自体にまで及んでいく様を相対性理論の形成が示している。直接の心理学的存立基盤を持つ空間と時間の両概念は、物理学の理論にとってはますます後退する。この理論にとっては、空間と時間はもはやなんらかの特別な内容として考察されるのではなく、かろうじてその一般的機能、つまり物理学の座標系にたいする意味において考察されるに過ぎない。空間と時間は、すべての独立した現実存在ならびにすべての独立した内容性を失い、統一的な物理学上の世界像を打ち立てるための知的性能にしたがって価値づけられるに過ぎない。それらは、直観的に考察するなら、色あせ単なるシェーマとなる。ゲーテがこうした物理学の発展を体験したなら、彼はこれに対して「純粋な人間の感覚」を錯乱しようとしていることを[*22]、おそらくもっと鋭敏に感じ取り強調したことであろう、——しかし他面、この発展は、数学的自然科学がその最初の確実な出発点から歩んできた論理的な道に徹しているのである[24]。一般認識批判は、このような道をただ単にその個別的局面において追究するだけではなく、また究極の目的に基づいて理解しようとしなければならない。——しかし他方、一般認識批判は、このような道の傍らに、またこのような道から独立して、諸現象の感性的直観的な内実の描出の更に別の方法がないかどうかという問いからもちろんのがれることはできない。つまり、数理物理学そのものにとって必然的に異質であり続ける客観化の処置を示す方法である。ゲーテと数理物理学との間の対立に含まれているより深い問題ならびに課題がここではじめて開かれる。そしてここから同時に、それらの解決に導かれ得る観点が規定されるのである。

IV

ゲーテの業績を詩的ファンタジーによるものと見做し、それによって同時に是認し、――また処理したと思うことによって、ゲーテと自然科学との間の争いを解決することは、手っ取り早いしばしばなされた方策である。その際、精密科学には客観性と「真理」の優位が認められる。しかし同時に、世界をただ単に概念において把握するのではなく、同時に主観的感情を持って世界の本質に迫り、この感情から世界をつくり変えるという芸術家の権利も支持される。だが実際、そのようにこの葛藤を解決することは、全く問題の表面に留まるに過ぎない。というのは、ゲーテにとって全く縁の薄い、いやそれどころか、最も本来的意味においてゲーテによって克服される芸術的ファンタジーについての見解を、この解決は前提としているからである。ここで理解され、また現実的なものの考察に相対して据えられるような「想像上のもの」にたいして、ゲーテはすでに詩人として反抗した、――まして研究者としてはなお更である。もちろんゲーテは、構想力無しにはいかなる真に偉大な研究者も考えることができないと語っている。しかし、彼がその際念頭に置き、自分自身にも要求していたのは、「精密な感性的ファンタジー」[*23]、つまり、「実在的なものの現実性にたいするファンタジー」[*24]であった。したがって、芸術における自然観であれ、科学における自然観であれ、彼が出会う自然観が、現実においては途方もなく隔たっている諸要素を「暗いファンタジーや才知に富んだ神秘主義」において結びつけようとした場合、――つまり、対象的なものの規範や指導から離れ、考察のなんらかの主観的「マニール」に耽った場合には、そのことは、彼にとって常にいたるところで自然観の基本的欠陥であるように見えた[25]。事実、ゲーテの色彩論の展開においても、そのような主観性のほんのわずかのものすら感じられない。観察と推論、実験と理論は、色彩論の最も主要な部分においては厳密に遺漏なく配列されている。現象は、明瞭な客観的な・理解可能な仕方で呈示される。現象が生産的なものになる諸条件は、精確に指摘されている。したがって現象は、詳細にわたって実質的に追吟味されうるのである。諸現象のこうした一貫した規定性の意味ならびに個人的なすべての恣意からの独立性の意味において、色彩論が現出する「目の世界」は、物理学者が打ち立てるエーテル振動の世界に全く遜色ない[*25]。もちろんゲーテの関心は、純粋に理論的な展開と共に、現象の美的な側面に絶えず向けられている。本来彼を色彩論に向かわせたのは、絵画の色彩効果の問題であった。個々の色彩の感情的価値ならびに情調的価値、また「感性的・倫理的効果」について、彼はきわめて豊かで深い考察を行った[*26]。それにたいして、現象そのものの観察、個々の実験の整理は、厳密に客観的根拠に基づかなければならないということ、いかなる個人的反省ないしはファンタジーによっても乱されまたそこなわれてはならないということ、このことは彼にとって犯すべからざることとして確立されていた。このことが確立されているのでなかったならば、彼は自分自身を自然研究のディレッタントであると認めざるを得なかったであろう。というのも、「客観の特性を避け」、対象そのものを与える代わりに、常にただ対象についての感情だけを与えるということは、まさに彼にとってディレッタントの特徴だからである[*27]。この点で、――ゲーテが付け加えているように――ディレッタントの誕生のすべては、病的な特性を持っている。ゲーテの色彩論は、このような病的な特性とは完全に無縁である。ゲーテの「対象的思考[*28]」の力と純粋性は、ここにおいても模範的なあり方で実証された。

これにたいし、ゲーテの詩的主観性の指摘よりも適切であるように思われるのは、それ自体完全に客観的領域内に留まっている別の専門区分である。ゲーテの色彩論における業績の全体を眺めわたすと、この理論が生みだした永続的成果は、ほとんど専ら生理学の領域に属するもののように思われる。ゲーテがはじめから精密物理学にたいして感じていた方法論上の抵抗は、それによってただちに説明され、そのような説明によって片付いているように思われる。そうなるとゲーテの悲劇的誤解は、彼の研究のすべての活動領域を彼自身明瞭に規定し体系的に境界を定めるすべを知らなかったということにあったことになるであろう。彼が最初から物理学の考察方法と生理学の考察方法との間の区別を確実に行い、意識的に遵守していたなら、ニュートンに対する消耗的な戦いは省かれていたように思われる、――色彩論とニュートンの光学が目指すのは、同じ現象でもないし、同じ問題でもないということが明らかにされなければならなかったであろう。ゲーテの考察方法と彼の個々の実験は、いたるところで生理学的光学という新たな科学を目指している。これは後に、ゲーテから直接の個人的刺激を受けて、プルキニエとヨハネス・ミュラーによって基礎づけられた。ヨハネス・ミュラーは、彼の『視覚の比較生理学』をゲーテに送った際に、ゲーテの諸研究が彼にとっては長年の間「彼の研究活動の方法ならびに内容の手引き」であったということをはっきり述べ強調した[*29]。事実、重要な生理学上の根本現象――例えば、連続的コントラストおよび同時的コントラストの現象、有色の残像および無色の残像の現象等々――は、『色彩論』においてはじめて確立され統一的原理から解釈された。にもかかわらずゲーテの方法論上の基本的意図がこのような圏内に本質的に閉じ込められていると思うなら、それを正当に評価してはいないことになる。『色彩論』の基本的な生理学的認識は、ゲーテの視野の内にあった。しかしそれは、ゲーテが目指した本来のまた究極の目標ではない。というのも彼の意図は、自然の新たな部分領域を開き、くまなく研究することに向けられていたというよりはむしろ、自然に関する新たな見解全体に向けられていたからである。彼において決定的なことは、考察される対象ならびに現象の特殊性にあるのではなく、考察そのものの有り方ならびに方向にある、——特別の対象圏にではなく、自然現象の全体が打ち立てられる独特の視点にある。このような視点の特徴的統一を認識批判的立場から規定し価値づけること、そのことのためには、もちろん認識論の一般的輪郭がまず拡張されなければならない。

すべての独断的認識理論は、——因みに、それらは個々の点ではなるほど違ってはいるのだが——「対象」が、そうした理論の中では固定した所与のものとして扱われるという共通の根本的特徴を示している。事物は、絶対的一義的規定性のうちにある。そして知の課題は、事物についてますます完全なますます適切な形象を立案するということのうちにある。経験論的見解にとってはこうした形象は、経験が進むにつれて少しずつその個別的構成要素から組み立てられる。合理論にとっては、形象はその一般的根本的特徴においてあらかじめ精神において立案されている。しかし諸概念の真理の基準としてここで考えられるのは、常に、「存在するものとの一致」である。認識はきわめて様々の源から発するのであるが、すべての認識にとっての究極の比較点——「原型」がある。この原型に基づいて認識は全体的に考量されうる。このような原像にたいする共通の関係において、認識の様々の要素ならびに方法は、はじめからその内的実質的統一の保証を得ている。それらは互いに補足の関係にあり、いわば一なる存在を相互の内に分け持っている。それらのうちの各々は、存在の一定の断片をもたらすにすぎない、しかし、こうした断片のすべては、正しく結び合わされ相互に接合されるなら、またしても完全な自足的全体像を構成するに至るのである。

思考と存在の関係についての全く別の見解、したがってまた認識そのものの個々の方法と基本的方向との関係についても全く別の見解が、批判哲学の思考方式にとって明らかとなる。というのも、この思考方式にとっては、以前は既知のものと見做されていた「対象」が求められたものとなるからである。この思考方式においては、以前は知の出発点と見做されたものが、終局点として、無限に遠方の目標として規定される。知が向けられなければならない、また、知が確証と確認を受ける基本的尺度をなし得るのは、絶対的対象ではない。知そのものにおいて内在的基準が示されなければならない。この基準によって知は、その法則性ならびに必然性、したがってその客観的妥当性を保証される。知がその様々の段階ならびに局面において従う論理的規範を、その多様な表現のすべてにおいて目の前に打ち立てることにより、一なるそれ自体のうちに連関を持つ現実という思想が生ずる。これによって「コペルニクス的転回」がなされている。この転換は、運動を対象に帰する代わりに観察者のうちに移し変える。事物はもはや認識の周りを動き回り、認識に連続的にその本質の様々の部分を明かすのではない。総合として、つまり新たな要素ならびに方法への必然的進展として理解され、こうした進展において存在の輪郭をますます純粋にますます明確に描くのは、認識そのものなのである。こうして、超越論的問いがはじまる。これは「対象にというよりはむしろ、アプリオリに可能である限り、対象についてのわれわれの認識方式に」携わる。[*30] 純粋幾何学ならびに純粋算術の構築において有効であることが証明される公理ならびに原理に携わる。だがそれは、このような原理、つまり「直観の形式」に滞留しない。純粋数学の形成は、物理学の形成へと続行され、物理学の中でそれは、同時に拡張を新たな規範ならびに原則において経験する。そして、純粋にこうした規範の進展に従うなら、数理物理学の領域をあらゆる側面にわたってくまなく探究するなら、この領域の境界においておのずと新たな問題がまたしても現れてくる。それはわれわれを、記述自然科学の方法ならびに有機的自然の根本問題へと更に導いてゆく。認識のこのような合法則的構造、つまり、直観、悟性概念、そして理念という三段階において、すべての経験的現実がはじめて把握可能となる。存在は、可能な経験の体系に解消する。しかしこの体系が開かれるのは、経験の純粋な形式ならびにその個々の諸条件すべての連関を意識することによるのである。こうして依然として、経験の統一の思想が本来の主導的思想である。だがそれは、もはや固定した出来上がった事物の統一ではなくて、考察が目指す認識機能そのものの超越論的・論理的統一である。

だがこれをもってしてももちろん、カントが打ち立てた新たな根本問題の外延ならびに内容は、とうていいまだ考量され切ってはいないことを認めなければならない。カントの本来の歴史的な力と偉大さは、彼が経験の問題を、数学的自然科学の問題として考えているということにある。つまり彼は、ニュートンの科学を、彼の超越論的分析が引き合いに出す確実な「事実」とみなすのである。——この道の上でのみ彼は、実は感覚論であった従来の哲学的経験論の欠陥を克服することができた、——彼は、経験そのものにおいて、その構造の論理的必然性を明らかにすることができたのである。しかし、批判的問いかけのこうした出発点を、その持続的方法論的内実と混同してはならない。この問いかけは科学の形式にそのまま向けられるのであって、ニュートンの力学体系の特殊性にではない。この体系が物理学の発展を通じてこの百年の間に経験した根底にまで至る激しい変化を、われわれは今日見渡している。物質ならびに遠隔作用力についての直観——ここからこの体系は発している——だけではなく、空間、時間、そして運動というこの体系の第一の根本概念もまた、物理学がエネルギー論ならびに一般相対性理論において経験した現代の理論形成によって揺るがせられているように見える。古典的力学体系と同じく古典的幾何学体系もまた、しだいにその独裁権を失った。ユークリッド幾何学に代わって、つまり幾何学の根本概念ならびに公理の唯一の総体に代わって、様々の公理グループが登場した。それらの各々は、それ自体で完全な矛盾のない幾何学の構築を保証することを要求する。こうした公理グループの研究、ならびに、それらの論理的固有性のより精確な規定の試みは、一般的認識批判にたいしても本質的な刺激と助成をもたらした。カントと較べるならずっと多様なまた多彩な基本的認識事実を前にしている状態が至る所で見て取れる。だが理論的・論理的領域の内部でのこうした拡張は、一般的認識批判が顧慮しなくてはならない唯一のものではなく、それと同時に、この領域全体を越えてその境界を移す更に別の進展を是認しなければならない。

意識の統一、超越論的統覚の統一の概念は、純粋理性批判が与えている刻印において、まずもって専ら経験的認識の基礎づけに関わる。「統覚の統一」は、総合的諸原則の統一と符合する。だがこの諸原則は「経験の可能性の諸条件」、ならびに、それと同時に一切の経験的対象の可能性の諸条件に他ならない。こうした制限にたいする根拠は明白である。つまりとりわけ問題なのは、批判的探究を、思弁の一切の「逸脱」から守り、理論的科学の方法に関して確固たるよりどころを批判的探求に与えることなのである。だがもちろん今やそれと同時に明らかとなったのは、カントは純粋理性の批判から実践理性の批判、更に判断力の批判へと進み、自然目的論、倫理学、ならびに美学の問題を考慮に入れたが、彼自身の本来の見取り図を変えることによってのみこうした進展をなすことができたということである。これまで意識の統一の表現のみが擁するところであった純粋直観ならびに純粋悟性概念の領域が広げられる。つまり統覚の「総合的統一」は、理性概念ならびに理念の「体系的統一」へ移行する。超越論的なものそれ自体の概念が、それによってまたしても理論にたいする専有的関係、特にニュートンの数学的自然科学にたいする専有的関係から解放された。「現実」の客観的理解ならびに客観的構築が生じる精神的法則性の諸形式がそもそも問題であるところではどこにおいても、この超越論的なものの概念が適用可能となる。だが再びその包括的な意義において問いかけがなされるなら、それは、カントの体系の内部においてはもはや表示にも加工にも達しなかった問題圏を指し示すのである。

というのも、カントの出発点である「コペルニクス的転回」は、その本質的な基本的意図に基づき、ただ単に純粋な認識機能の全体へ広げられるだけではないからである。一定の存在の形態化が生じる精神の創造的活動があるところではどこにおいても、こうした事態の探究と分析が、この「存在」をもってはじめられるべきか、あるいは、本来根源的なものである行為そのものに戻されるべきかどうかが問われる。カントにとっては本質的に三つの大きな根本形式、主要形式があり、まさにそこにおいて彼は、精神的なもののこの自発性が、一般的に含まれまた汲みつくされているのを見る。つまり、自然ならびに自然認識の概念へと展開される論理的なものの自律性には、自由の思想に基づく倫理的なものの自律性が相対し、両者は、芸術ならびに芸術的自己活動の領域で相互に仲介され宥和される。だがこうした三区分も、精神的エネルギーの総体の全体を汲みつくさず、その特徴的な構成ならびに特殊化のすべてを含んではいない。このことを示すためには、特徴的で含意豊かな例として、言語の世界を指摘しさえすればよい。ヴィルヘルム・フォン・フンボルトによる一般言語哲学の基礎づけ以来、批判的「思考方式の革命」は、この領域においても遂行された。言語は、今ではもはや「エルゴン」としてではなく「エネルゲイア」として現れる。もはや現存するものの単なる再現としてではなく、世界を内部から構築しそれに一定の精神的刻印を与える基となる純粋な機能として現れる。言語の起源についての形而上学諸理論は、——これらが、この起源を、人間による案出に還元しようと、神の教えに還元しようとも——言語を所与の出来上がった現実存在の写しとする点では一致していた。それらは、一般的模写論に立脚していた。つまり「表象」が事物を模倣し、それをその根本的特徴において繰り返すように、言語は存在の諸関係を表現し特徴づけるべきものであった。ヴィルヘルム・フォン・フンボルトがはじめて、このような見解に代わってより深い理解を示す。それによれば言語は、現存する客観の表示に役立つというよりはむしろ、客観化そのものの不可欠の根本手段である。言語においてまた言語によって、自我と非我、「内部」と「外部」、「表象」と現実の区別がわれわれにとってはじめてなされる。(26) フンボルトは、カヴィ語に関する著作の前書きにおいて、この過程をいわば言語構造の内部に向けて追究している。つまり彼が示そうとしているのは、言語そのものに打ち立てられている一般的精神的課題が、完全性の様々の手段を持ち、また完全性の様々の段階にある多様な特殊な言語タイプによっていかに解かれるかである。だが、言語形式を、ここにおける如くそれ自身の内的発展においてではなく、他の精神的領域ならびに機能との関係において捉えるならば、新たな問題系列がただちに現れ出る。例えば、言語上の思考ならびに言語上の概念の特徴的形式は、科学上の概念ならびに科学上の認識の形式とどのような関係にあるのであろうか。両者を互いに結びつけまた引き離すのは何であるのか。神話ならびに神話的世界観の構築および形成において言語が演じている役割はどのようなものであるのか。われわれが純粋に言語圏の内部にあり続ける限り、明らかにこのような問いにたいしてなんら充分な答は与えられず、ここでわれわれは、包括的座標系、つまり精神的基本機能一般の総体を前提にしなくてはならない、そこにおいて、言語ならびに他の一切の個別領域にその理念的位置が規定されなければならないのである。「現実的なもの」は、観念論的洞察に従い、まさにこうした機能において把握されるべきものであり、言語と神話、芸術と宗教、数学的に精密な認識ならびに経験的記述的認識は、いわば様々の象徴的諸形式――これらにおいてわれわれは、精神と世界の決定的な総合[*31]を遂行する――であるに過ぎないのであるから、われわれにとって「真理」が存在するのは、こうした諸形式の各々をその特徴的特性において捉え、同時に、それが他のすべてと関わる相互関係を明らかにする場合だけである。

こうした関連の描出をなお「認識論」の概念のうちに捉えようとするなら、やはりこの概念は今や、より広い包括的な意味を取る。というのも、今や問題となっているのはただ単に科学的思考の理論と方法論だけではなく、現実一般が意義深い含蓄に富んだ全体、つまり、精神的「コスモス」に形づくられる手段と方法のすべてを眺めわたす試みだからである。したがって今、一般的目標としてわれわれの前にあるのは、ただ単に悟性の批判ではなく、世界理解一般の根本形式のすべての分析である。これによって課題は更に別の面へと広げられた。特殊な機能それぞれの存立と内実は、それを前進的な段階的継起において目の前に展開することによってのみ完全な描出に至りうる。例えば、言語が何であり、何をなすのかということがはじめて完全に明らかとなるのは、言語による成果を精神的なものの一定の個別領域に制限するのではなく、それをすべての精神的領域を通じて働くものとして考える場合である。言語は、素朴な思考にとって、また「自然な世界像」にとって、そしてまた精密な科学的認識にとって、何を意味するかが示されなければならない、――いかに言語が、不可欠の要素として詩作の世界に入り、その基本的構成要素を本質的に規定しているか、ならびに、いかに言語が、その中で表現の新たな可能性を持って、新たな表現の意味をも獲得するかが描き出されなければならない。言語自身の構造が別のものになる。その文法ならびに形式法則は、言語が日常生活の目的のためか、一定の論理的な認識目的のためか、あるいは、抒情的詩的感受の器官として現れるかによって、特徴的な形態の変化を経験する。これと類似した多種性と多様性は、例えば神話的思考ならびに神話的ファンタジーの領域において追究されうる。というのも、神話もまた、より高い段階で消えてしまう単に「素朴な」思考形式ならびに意識形式ではなく、神話は、最初の世界概念ならびに自然概念の本来の創造者であって、他の精神的根本形式においても――つまり宗教、芸術、それどころか科学的認識においてすら絶えず引き続き作用を及ぼしているからである。神話的なものの機能そのものは、変わることなく同一のものであることが実証される。しかしそれは、こうした恒常性と共に、同時に内的な規定可能性ならびに変化可能性を持っている。それは、世界理解の他の諸形式と出会いそれらと結びつくことによって、それらに対して、その基本的方向を放棄することはない。しかしこの基本的方向は、それにもかかわらず、それが立ち入る新たな精神的複合体の各々から同時に新しい限定を受けるのである。

これによって、ここでその輪郭を示唆しようとしている諸形式の一般的理論は、更に先の問題へ導かれる。個々の意識形態は、その特殊な体系的広がりに応じて、様々の内実ならびに変化する意味を内包している。ここでこうした事態――これを「精神的意味変遷」と呼ぶことができよう――を個別的特徴的な例、つまり、空間の例において解明してみよう。直接的な感覚直観において捉えられる「空間」、純粋数学がその構成の基礎とする空間、そして最後に純粋な形態化原理として造形芸術において働いている空間、これらはそれぞれ、明らかに同一の形成物、同一の精神的「本質」ではない。名称の統一は、ここで内容の差異を欺くことはできない。経験的感性的直観の領域においてすでに、特徴的な意味の差異が顕著となりはじめる。純粋な「視覚空間」を純粋な「触覚空間」と比較するなら、つまり、盲目に生まれついた人の空間世界を目の見える人のそれに対置するなら、いかに両者がその基本的要素において互いに区別されるかが明らかとなる。一七世紀ならびに一八世紀の哲学的文学がこれらの相違を指摘して以来、それらは認識論的ならびに心理学的観点においてますます精確に明示された。ここから更に先へ進むなら、つまり、感覚空間ならびに知覚空間から純粋に幾何学的な空間へ進んでいくなら、ここで更にずっと明確になるのは、それによって、新たな独特の形態化原理が達せられているということである。幾何学的空間を構成しているのは、同質性、恒常性、ならびに無限性という三つの根本要求である。感受の立場にとっては、「場所」の相違に、常に同時に質的な感受の相違が対応している、つまりここでは、特に、「上」および「下」といった空間的な基本的方向が相互に取替え可能ではない――こうした両方向の運動には、感受の完全に違った複合体ならびに連続があてがわれているからである――のだが、幾何学の空間は、こうした相違のすべてを廃棄することからはじまる。幾何学の空間が公準として第一に位置づける「一様性」が意味するのは、空間のすべての点について、それらの状態の差異に関係なく、同一の幾何学上の構成がおこなわれうるということである。しかし、こうした一般的な連続的なまた一様な幾何学の空間の内部においても、今や更に、――この幾何学の空間を純粋に投影的な意味において考察するか、あるいはメートル法的な意味において考察するかによって、それを純粋な状態の幾何学の基礎として使用するか、尺度の幾何学の基礎として使用するかによって――論理的な特殊化が生ずる。そして、「抽象的」な幾何学の空間を、運動理論の空間、物理学の空間へと拡張するのは、更にまた認識諸条件の新たな考慮、新たな複合体なのである。ここでは特に時間の形式がそれに特有のあり方で、空間の形式の形成にも翻って影響を及ぼす。というのも、空間と時間は、物理学の構築において別個の本質をなすのではなく、空間と時間は、相互の結びつき――ミンコフスキーが名づけた「連合」[*32]――においてのみ把握されるべきだからである。そして、空間の経験的感性的意味ならびに幾何学的物理学的意味に、空間についての美的見解を対置するなら、発展の新しい局面が現れる。造形芸術の美学は、純粋な空間感情が、経験的空間知覚ならびに抽象的空間概念との相違において打ち立てられる諸要素を確立し、そしてこれらの要素から特殊な芸術的空間形式――絵画、彫塑ならびに建築の空間形式――がどのようにできあがっていくかを示そうとする。造形芸術の美学もまた、法則性を直観しようと努力する。だがそれは、われわれが経験的感性的秩序、あるいは幾何学的物理学的秩序において捉えるのとは全く別の特徴をもった法則性である。

しかし、こうした問いかけのすべてを、ここで個別的に追究していくことはしない。というのもここではそれらを、ただ一般的な関係にたいする典型的な証左としてみなすからである。独断論的実在論が事物の統一を見るところで、観念論的思考方式には、まず考察方法の多様性が現れる。前者が観察者にとって様々の完全性ならびに正確さの点で反映されるに過ぎない恒常的絶対的本質を見るところで、後者にとっては対象の統一は、常に要求であるに過ぎない、つまり、精神的な基本諸機能において打ちたてられる、またそれらにたいして打ちたてられる前進的統一によって次第に果たされることが肝要である要求に過ぎない。したがってこうした理解にとっては、――たった今説明した例に即して述べれば――「空間」という名称を持って表され、経験と幾何学、科学ならびに芸術的直観において、いわば様々の面から、また特殊なパースペクティヴから考察されるに過ぎないような統一的な事柄、単純な物的な基体はなんら存立しない。様々の契機のすべて――この進行をわれわれは示唆しようとしたのであるが――をそれにもかかわらず一なる概念、一なる命名の下に捉える権利の根拠は、それら諸契機は精神的機能としてみなされるなら、相互に補足し合い、その多様性のすべてにもかかわらず、結合されて一なる成果の全体を形づくるという点にある。こうして、芸術家のうちに働く具体的な生ける空間直観は、もちろん抽象的数学的価値に還元されえない。しかしそれにもかかわらず、建物の建築学上の統一は、静力学の根本規範の適用を前提としている。これらの規範は、芸術的空間感情の内実を決して汲み尽くしてはいないが、こうした感情がひとり客観化され、確固たる形態をとって現れることができる諸条件の一部を形づくっているのである。これと類似した考察が自然にたいしてなされ得よう。「自然が」――とゲーテはかつて語っている――「その生命無きはじまりにおいて、徹底して立体幾何学的でないならば、どうして自然は、最終的に、算定できない、測定できない生に達しようとするのだろうか。」[27] だが精神的諸形式の最も一般的なまた包括的な理論としての哲学にとっては、こうした諸形式の各々をその個別性と同時にその体系的関係において捉えるべき課題がここから生じるであろう。したがって、同一の規定においてその特性が確立され、精神的な把握方法の全系列、総体性の内部で、その位置が明示されることになるであろう。

今や、こうした一般的考察から再び、ゲーテならびにゲーテの数学的自然科学にたいする関係に戻るならば、こうした関係の判断にたいして新しい観点が獲得されたのである。一貫した原理として働いていると見られた「意味変遷」に、自然概念も参与しているということが今や理解される、――したがって一方の客観性が、他方の客観性自体を廃棄し破壊することなく、自然概念の多様性が可能であることが理解される。自然の客観的統一はここでも、もちろん保持されなければならない。しかしこの統一は、もはや実質的ないしは方法論的一様性を意味するのではなく、その他の様々の考察方法の間にある理念的体系的結びつきを意味する。直接的感性的経験による自然を、精密科学の自然から区別するもの、科学的自然概念を、神話の自然概念から区別するもの、それは、それらのうちで働いている特徴的選択原理である。これらの概念のうちどれも、諸現象の具体的な総体性を単純に模写しておらず、それぞれの概念は、諸現象から一定の要素を決定的ならびに本質的な要素として取り出す。それぞれの概念は、諸現象の全体をある種の精神的中心の周りに区分けし、様々の関連平面に配列する。このような考察の根本形式が、まずその特性において記述されなければならない。こうした根本形式の各々は、われわれがその成果ならびに価値に基づいて相互に比較できるようになる前に、いわば一定の位置づけ、特徴的な指標によって明示されなければならない。こうした成果についての判断がまずもって本質的に依存するのは、自然についての一定の概念が、それ自身の圏内において、つまりそれ自身によって打ち立てられ、設定された課題の内部で確証されるかどうかである。自然についての概念の各々は、諸現象において、新しい存在の契機を発見し、以前は発見されていなかった新しい連関ならびに結びつきを明瞭にするということによって、現象そのものにおける相対的な権利をまずもって実証しなければならない。その客観的意味にたいする第一の必然的な基準は、こうした思想上の実り豊かさのうちにある。方法論的に基礎づけられ認知された諸概念が、恣意的に考え出された思想上の諸形成物から区別される試金石はここにある。というのも、ここで自然概念そのものの内部で認識される多様性は、このような諸形成物のそれぞれにたいする認可（Freibrief）を意味するなどというものではないことは、自ずと理解されるからである。これらの様々の原理は、諸現象による吟味、つまり、何らかの特徴的な点における諸現象の解明、解釈、そして「説明」による吟味にまず耐えなければならない。なるほどそれ自体においては十分な方法論上の規定を指摘するが、こうした吟味にあって機能しないような自然概念がある。例えば、ゲーテがその形態学の探究ならびに光学の探究において描出し主張している自然概念に、シェリングの自然哲学の自然概念を対置するならば、両者の間には、あらゆる見間違いようのない歴史的連関にもかかわらず明確な体系的な価値の相違が認められる。シェリングは、ゲーテの根本直観から出発した。しかし彼は、それを哲学的思弁的な意味において解釈しようとしたことによって、その特性をむしろ曇らせその決定的成果を弱めたのである。彼の自然概念は、ゲーテの直観と、純粋に理論的概念的な基礎づけならびに推論の諸要求との間の中間物、根拠薄弱な思弁的中間項ならびに仲介物であることが、より鋭い分析によって実証される。このような根本的欠陥は、ヘーゲルの自然哲学において更に明瞭に現れる。これは、自然において「他性における理念」のみを認め、したがって自然自身の形態化ならびに連関を追求する代わりに、はじめから問題の全く違った領域から取り出されている構成的シェーマを措定する。われわれはこのような比較によって、ゲーテの自然観の正当化が結局どこに存立しうるかを理解するのである。こうした正当化は、「客観的な」現実存在においてのみ、つまり諸現象の「実在の」連関においてのみ起こりうる。しかし同時に洞察しておくことが肝要であるのは、まさにこうした連関は、最初から「与えられている」のではなく、また個々の方法論的概念によって確実に汲みつくされうるのでもなく、様々の思想上の考察方法ならびに方法論上の選択原理の総合によってはじめて成立するということである。

数理物理学の原理と、ゲーテの自然考察の原理との間の決定的相違が今やすでに明らかとなった。両者は、個別直観の分散化を克服し、諸現象の一貫した系列的結びつきを得ようとする。しかし両者は、こうした結びつきを得るにあたって、全く違った方法ならびに手段を使う。精密科学の処置は、本質的に、所与のものの感性的経験的多様性を他の「合理的」多様性に関係づけ、そこにおいて完全に「模写する」ことにある。だが、こうした論理的形式の変形に達するためには、数理物理学はこのような形式に至る諸要素をまず変形しなければならない。経験的直観の諸内容は、それらの法則的連関が語られうる前に、まず、純粋な量的価値ならびに数的価値に変換されていなければならない。というのも、自然法則そのものの一般的意味ならびに根本シェーマは、因果方程式の形式を前提とするからである。これに対しゲーテは、まさにこうした直観そのものの内実を手つかずのままにしておく直観的なものの結合の新たな方法を要求する。彼は、諸要素そのものが、総合的に挙って直観されることを要求するが、一方精密科学においては、総合は、諸要素そのものに関わるというよりは、むしろそれらに代わって措定される概念的なまた数的な代表物に関わる。こうした理解は、ことによったら、気象学にたいするゲーテの関係において最も明瞭となるであろう。気象現象は、純粋に力学的な説明を是認し要求するということをゲーテは疑わなかった。彼自身、周期的に変化する大気圧の高低は、地球の引力と関連しているという仮説を展開した。しかし、彼の本質的関心は、説明のこのような形式に向けられているのではなく、まず、気象学の根本現象のよりはっきりした範囲設定ならびにより明確な記述的把握に向けられている。雲の形の不明確さにおいて、彼はとりわけ、ある種の典型的な常に繰り返される諸々の形態化を会得しようとする、彼は、直観的な根本形成物を確固たる方向指示点として取り出そうとする。この点に関してゲーテは、「層雲」と「積雲」、「絹雲」と「乱層雲」という術語による区別をもって、この道での彼の案内者となったホワードの『雲の自然史ならびに物理学の試み』にたいして、常に生き生きした感謝の念を表明した。

「世界、それは、実に大きく、広い、
空も同じく、高く、広大である。
私は、このすべてを、目で捉えなければならない、
しかし、とうていまともには考えるべくもない。

汝を無限の中に見出すために、
区別し、そして、結び付けなければならない、
そのために、私の翼を具えた詩は、
雲を区別した人物に感謝を捧げる。[*33]」

ここには決定的なことが含まれている。つまり、ゲーテが「目で捉え」ようとしているものと、理念的連関において考えようとしているものとは、同一の世界、同じ形成物ならびに内容であるということである。彼は、現象の直接的感性的把握と理論との相違をはっきり意識しているが、やはり彼にとっては、理論によって打ち立てられる新しい秩序は、物理学者の原子あるいは微分ならびに微分方程式といった新しい抽象的基体を必要としない。ゲーテの方法と物理学者の方法は、共に発生的である。しかし、一方にあっては記述的発生が、他方にあっては構成的発生が問題である。後者では、量の全体が仮説的な量的諸要素から算出され打ち立てられる。前者では、量の全体そのものが存立し続けるのは、ただその法則的変形において、他の直観的全体との連関において追究されるためである。この道は、現象から諸条件――ただ考えられているに過ぎず、それ自体はもはや現象することのできない諸

条件――へ至るのではなく、引き出された諸現象から、常に原現象にまで遡っていくのである、――この原現象の前では、思考と直観とは分に安んじる、なぜならば、原現象を更に分解することは、原現象の破壊に等しいであろうが故である。*34

これによって、芸術家ゲーテの自然考察と、研究者ゲーテの自然考察との間にある連関ならびに相違が指摘されている。ゲーテの「対象的思考*35」の形式は、純粋にまた専ら彼の芸術的特性のうちに基礎づけられているように見える。というのも、諸対象から分離されずきわめて緊密にこれらと浸透し合い、それらについての完全な直観に達するこの思考は、とにかく芸術家の造形的な基本的な力と密接な関係にある、いやそれどころか、それと同じものであるかのように見えるからである。しかし、こうした本質的統一にもかかわらず、ゲーテが研究者として歩む道と、詩人として歩む道とはやはり区別される。詩人、とくに抒情詩人にとっては、客観的個別直観は、常に心的過程の全体の担い手になるに過ぎない。彼は、直観の特殊性に没入し、それをその純粋な明確な輪郭において打ち立てる。そして、客観的な個々の形態が個別的に明確に捉えられるにつれて、それだけ一層深く、そこにおいて同時に主観的な感情の無限性、自我の生動ならびに活動が刻印される。自我と対象、内界と外界のこうした相互連関がいかに遂行されるかということにたいして、ゲーテの抒情詩は、最も純粋な本来的に古典的な例証である。だが、理論的自然考察は、個々の対象ならびに個々の現象を、こうした純粋な芸術的個別的分離――ここにおいて、個々の現象は、いわばそれ自身にのみ帰属し純粋にそれ自身の中心に安らっているのであるが――のうちに探すことをしない。理論的自然考察の眼差しは、むしろ最初から、特殊な現象が基とする媒体、ならびに、特殊な現象が自然全体と関連する規範に向けられている。こうした結びつきが直接現れないところでは、それは思考によって打ち立てられなければならない、――思考が専断的に自己表明を行い観察から身を引き離すということによってではなく、思考が観察そのものを、変わることなき確実な道に向けるということによってである。このことにたいする決定的で理論的な根本手段が実験である。この実験において個物は全体へ配列され、「特殊なもの」と「普遍的なもの」が浸透し合うことによって、実験は、真の「主観と客観との仲介」となる。実験は、はじめは個別的である直観に、自己自身を越え自然の全体像へと広がることを強いる。「生ける自然のうちには」――とゲーテ自身がこのことを全く明瞭に語っている――「全体と結びついていないものは何も起こらない。われわれには諸経験は、他から切り離されてしか現れず、諸実験を切り離された事実としてしかみなすことはできないが、そのことによってそれらが他から切り離されているとは言えない。問題なのは、このような諸現象、このような出来事の結びつきをどのようにして見出すかということだけである。……自然におけるすべてのもの、特に一般的な諸力ならびに諸要素は、永久の作用ならびに反作用においてあるが故に、各々の現象について語りうることは、――自由に漂う光点について、その光をすべての方向に送り出していると言うのと同じく――各々の現象が、数え切れないほどの他の現象と結びついているということである。したがって実験を行い、ある経験を得た場合に、何が直接これに隣接しているか、何がまずもってこれに続くかは、いくら入念に探究しても充分ではない。……したがって、各々の個別的な実験を多様化することが、自然研究者の本来の義務である。……私は、私の『光学への寄与』の最初の二論文において、まず相互に隣接し直接に触れ合い、それどころかそれらのすべてを精確に知り見渡すならば、いわば一つの実験だけを成し、一つの経験だけを多様な見解の下で表しているような実験の系列を打ち立てようとした。いくつかの他の経験からなるこのような経験は、明らかに、より高度の類のものである。それは、数え切れないほどにたくさんの個々の計算例が表現される公式を表している。このような、より高度の類の経験を得ようと仕事をすることを、私は、自然研究者の最高の義務とみなす。そして、この分野で仕事をしたきわめて優れた人々の例が、このことをわれわれに示唆している(28)。』

こうしてゲーテも、感性的経験からより高度の類の経験へと努力する、こうして彼も、個別的ならびに特殊なものを越えて自然の諸現象にたいする「公式」を目指す。しかし、このような公式と数学者の公式との間の相違は、今や明らかである。数学の公式は、諸現象を計算可能にすることを目指し、ゲーテの公式は、諸現象を完全に目に見えるようにすることを目指す。ゲーテと数学との間の対立のすべては、この一点から明らかにされる。というのも、完成された可視性の理想と、完成された計算可能性の理想とは、相異なる方法論上の手段を要求するということ、また、両者は、諸現象を、いわば相異なる距離ならびにパースペクティヴの下に考察しているに違いないということは明らかだからである。計算可能性をまず打ち立て保証する道具あるいは分析的概念手段は、「可視性」――言葉の最も広い意味における可視性――の諸条件を廃棄し破壊しかねない。ゲーテは、こうした連関を、特に好んで美学上の問題、美の現象において展開し解明した。すでにライプツィヒ時代の詩集に、トンボの色彩の華やかさを近くから観察したい気持ちに駆られ、トンボをすばやく捕らえはするが、この美しい色彩の変化の華やかさが目の前で消えてしまうのを見て絶望する少年についての有名な詩が載っている。――「そこで私はトンボを捕らえる！　そこでトンボを捕らえる！／そうして、今、トンボを精確に観察する／そうして、悲しい暗い青色を見る／こんな工合なのだ、自分の喜びを分析する者よ！」*36 だがまたしてもこうした事態は、ゲーテにとっては、美ならびに芸術的直観に限定されているのではなく、知の領域全体にも広がっていく。というのも、すべての知もまた、結局は現実の形態化に起因する、したがって形態を完全に解消することは、知の終わりをも意味するに違いないであろうとの理由による。思想が、自己自身の妥当性ならびに真理を主張しようとするなら、「真の仮象」の形式を尊重しなければならない。*37 われわれが守らなければならない、現実からの一定の距離がある。なぜならば、現実の彼岸においては、現実の形象はわれわれにとって消失し、現実はしたがって認め得ない知り得ないものになるだろうからである。「あまりに精確に認識しようとしないなら」――とゲーテはかつて語っている――「かえって、いろいろなことをよりよく知ることになるであろう。というのも対象は、四十五度の角度ではじめて理解できるものとなるからである。(29)」

ゲーテの自然考察の正当性と特質を明らかにするのに恰好のこうした比喩は、だがまさにそれと同時に、こうした考察に内在する限界を指摘するのに役立てることができる。というのも、自然を考察しようとする角度は、なんら確定した量ではなく、認識目的ならびに認識意志の特殊性に基づいて変わる量だからである。「私が、私自身ならびに外界にたいする私の関係を知るなら」――とゲーテは、明言している――「それを私は真理と称する。こうして各人は、各人自身の真理を持つことができる。だがそれは、常に、同じ真理である。*38」この命題は、様々の個人の関係を示唆している。しかしそれは、諸々の方法ならびに諸々の研究方向の関係にも、少なからず妥当する。それらのいかなるものも、「絶対的」対象をそのまま模写するのではなく、現象を、見ることの一定の角度の下に移す。こうした立場の基本的あり方に、様々のカテゴリーが根ざし、それによって各々の特殊な認識方法が、その対象を規定するのである。だがこうしたカテゴリーについての、またその妥当性と限界についての充分な批判的意識は、緩慢に達せられるに過ぎない。個々の考察方法の各々によって要求されるのは、まずもって客観的なものの領域全体である。数理物理学は、計算可能な秩序と系列を現象のうちに打ち立てることを唯一目指しているが故に、こうした計算可能性の世界から抜け落ちるものすべては、存在の概念からも抜け落ちる。感受において振動に置き換えられないもの、数的価値で表現され得ないものは、単なる「主観性」の領域に帰属する。だがゲーテによって今や、彼が現象に歩み寄る新たな基準により、こうした見解は、ただちに特徴的な方向転換を経験する。今や、物理学の世界、エーテルの世界こそが、単に人為的な補助概念、したがって「主観的」構成として現れるのである。この対立は、唯一の考察方法を土台とし続けている限り解消できない。特殊な理論的立場を遂行することによって、同時にその条件を越えることはできない。一定のカテゴリーを諸現象に適用することによって、同時にその限界を意識することはできない。したがってここで調停が可能であるのは、広がっていく全体、――まず個々の方法の各々に、その「自分自身にたいする、また外界にたいする関係」を規定し、それによって、各々の「真理」の圏域を指摘する全体――においてだけである。このような全体を打ち立てることにたいしてならば、ゲーテは、彼の思考方式ならびに彼の基本的信念に基づき、嫌悪する必要はほんの僅かといえどもなかったであろう。というのも、彼が自然にたいする取り扱いのうちで「最も有害な先入見」とみなしているのは、何らかの種類の自然探究が追放されかねないということだからである(30)。

このような課題に対処し、ただ単に比較的狭い意味での認識方法だけでなく、世界理解一般の本質的諸カテゴリーならびに基本的諸方向を包括し、それらの各々をその特殊性において把握し、同時に全体におけるその意義と位置をはっきりさせるような認識論、――このような認識論は、もちろんそれ自体なんら科学的事実をではなく、単なる問題を示唆しているに過ぎないように見える。ここでの考察は、このような問題を解こうとしたのではなく、――ただ課題として、また要求として打ち立てたに過ぎない。こうした問題の解決が、体系的哲学の進歩においてその実現に近づくにつれて、精密物理学の自然概念にたいするゲーテの自然概念の体系的な関係についての問題も、その前進的な解決を見出すであろう。

（本翻訳は、ハンブルク版カッシーラー全集九巻の当該箇所を参照した。）

原注

（1）ゲーテ『箴言と省察』Nr. 608（ハンブルク版ゲーテ全集、一二巻、四五五頁、Nr. 649）。
（2）ゲーテ『箴言と省察』Nr. 664（ハンブルク版ゲーテ全集、一二巻、四五七頁以下、Nr. 662）。
（3）ゲーテ『箴言と省察』Nr. 573（ハンブルク版ゲーテ全集、一二巻、四五四頁、Nr. 644）。
（4）ゲーテ『箴言と省察』Nr. 656（ハンブルク版ゲーテ全集、一二巻、四一三頁、Nr. 355）。
（5）ゲーテ『箴言と省察』Nr. 1138（ハンブルク版ゲーテ全集、一二巻、四三八頁、Nr. 536）。
（6）ゲーテ『箴言と省察』Nr. 1230（ハンブルク版ゲーテ全集、一二巻、四三四頁、Nr. 500）。
（7）この点について更に詳しいことは、著者（E・カッシーラー）の著作『自由と形式』（"Freiheit und Form"）、三二八頁以下参照。
（8）ゲーテ『客観と主観の仲介としての実験』ワイマル版ゲーテ全集、第二部「自然科学論集」一一巻、三二頁以下参照。（ハンブルク版ゲーテ全集、一三巻、一七頁以下参照。）
（9）ゲーテ『対話録』一八一五年八月三日。
（10）ゲーテ『箴言と省察』Nr. 416（ハンブルク版ゲーテ全集、一二巻、四一四頁、Nr. 365）。
（11）ゲーテ『色彩論』歴史編、ヴェルラムのベーコン、ワイマル版ゲーテ全集、第二部「自然科学論集」三巻、二二八頁。（ハンブルク版ゲーテ全集、一四巻、九〇頁。）
（12）ゲーテ『色彩論』講述編、緒言、ワイマル版ゲーテ全集、第二部「自然科学論集」一巻、XV頁。（ハンブルク版ゲーテ全集、一三巻、三一七頁。）
（13）ゲーテ『箴言と省察』Nr. 273（ハンブルク版ゲーテ全集、一二巻、四〇三頁、Nr. 276）。
（14）ゲーテのフォン・シュタイン夫人宛手紙、一七八七年六月八日（ハンブルグ版ゲーテ書簡集、二巻、六〇頁）。
（15）ゲーテ『近代哲学の影響』ワイマル版ゲーテ全集、第二部「自然科学論集」一一巻、四八頁。（ハンブルク版ゲーテ全集、一三巻、二六頁。）
（16）ゲーテ『植物のメタモルフォーゼ論』第二試論、ワイマル版ゲーテ全集、第二部「自然科学論集」六巻、二八二頁。
（17）ゲーテ『箴言と省察』Nr. 1211（ハンブルク版ゲーテ全集、一二巻、四二二頁、Nr. 415）、ならびに、エッカーマン『ゲーテとの対話』一八二五年一〇月一五日参照。

(18) ゲーテ『箴言と省察』Nr. 1211（1221の間違い）、1222（ハンブルク版ゲーテ全集、一二巻、四四一頁、Nr. 556, 554）。

(19) ゲーテ『植物のメタモルフォーゼ論の影響』ワイマル版ゲーテ全集、第二部「自然科学論集」六巻、二六二頁参照。

(20) ゲーテ『アフォリズム的なもの』ワイマル版ゲーテ全集、第二部「自然科学論集」六巻、三五一頁。また、ゲーテ『科学、特に地質学にたいする関係』ワイマル版ゲーテ全集、第二部「自然科学論集」九巻、二九二頁参照。（ハンブルク版ゲーテ全集、一三巻、二七三頁参照。）

(21) ゲーテ『自然科学一般について、個々の考察とアフォリズム』ワイマル版ゲーテ全集、第二部「自然科学論集」一一巻、一一八頁。ならびに、『箴言と省察』Nr. 199, 430, 502（ハンブルク版ゲーテ全集、一二巻、四三三、四四九、四三〇頁、Nr. 492, 617, 469）参照。

(22) ゲーテ『箴言と省察』Nr. 708（ハンブルク版ゲーテ全集、一二巻、四五八頁、Nr. 666）。

(23) M・プランク『物理学的世界像の統一』（"Die Einheit des physikakischen Weltbildes", Leipzig 1909.）、六頁以下。

(24) 更に詳しいことは、著者の著作『アインシュタインの相対性理論——認識論的考察』（"Zur Einstein'schen Relativitätstheorie. Erkenntnistheoretische Betrachtungen", Berlin 1921）参照。

(25) ゲーテ『主観的視点において見ること』ワイマル版ゲーテ全集、第二部「自然科学論集」一一巻、二七五頁参照。

(26) この点について更に詳しいことは、著者の論文『ヴィルヘルム・フォン・フンボルトの言語哲学におけるカントの要素』（"Die kantischen Elemente in Wilhelm v. Humboldts Sprachphilosophie", in: Festschrift für Paul Hensel – Erlangen, hrsg. v. Julius Binder, Greiz i. Vogtl. 1923, S. 105-127.）参照。

(27) ゲーテ『箴言と省察』Nr. 705（ハンブルク版ゲーテ全集、一二巻、三七〇頁、Nr. 35）。

(28) ゲーテ『客観と主観との仲介としての実験』ワイマル版ゲーテ全集、第二部「自然科学論集」一一巻、三一頁以下。（ハンブルク版ゲーテ全集、一三巻、一七頁以下。）

(29) ゲーテ『箴言と省察』Nr. 501（ハンブルク版ゲーテ全集、一二巻、四三〇頁、Nr. 468）。

(30) ゲーテ『箴言と省察』Nr. 700（ハンブルク版ゲーテ全集、一二巻、四三一頁、Nr. 481）。——この全体については、特に、パウル・ヘンゼルの優れた論文『自然科学と自然哲学』（"Naturwissenshaft und Naturphilosophie", in: Festschrift für

Isidor Rosenthal zur Vollendung seines siebzigsten Lebensjahres gewidmet, Leipzig 1906, S. 134-146; jetzt in Hensels "Kleinen Schriften und Vorträgen", hrsg. von Ernst Hoffmann, Greiz i. Vogtl. o. J. 1920, S. 59-68.）参照。

訳注

＊1　ゲーテ『箴言と省察』Nr. 1277（ハンブルク版ゲーテ全集、一二巻、四五七頁、Nr. 658）参照。

＊2　ゲーテ『箴言と省察』Nr. 711（ハンブルク版ゲーテ全集、一二巻、四五六頁、Nr. 654）参照。

＊3　ゲーテ『対話録』一八二三年十一月四日。

＊4　ゲーテの詩『遺訓』ハンブルク版ゲーテ全集、一巻、三七〇頁参照。

＊5　ゲーテ『温和なクセーニエⅦ』ハンブルク版ゲーテ全集、一巻、三二九頁参照。

＊6　ゲーテ『箴言と省察』Nr. 1072（ハンブルク版ゲーテ全集、一二巻、四九〇頁、Nr. 885）。

＊7　ゲーテ『箴言と省察』Nr. 120（ハンブルク版ゲーテ全集、一二巻、四六四頁、Nr. 696）参照。

＊8　ゲーテ『自然科学一般について、個々の考察とアフォリズム』ワイマル版ゲーテ全集、第二部「自然科学論集」一一巻、一〇五頁参照。

＊9　ゲーテ『箴言と省察』Nr. 555（ハンブルク版ゲーテ全集、一二巻、四三八頁、Nr. 538）。

＊10　観察から直接得られる諸現象の連関・合法則性の知覚。

＊11　一七九四年、イェーナでおこなわれた自然科学会からの帰路でのシラーとの対話をさす。なお、ゲーテ『幸運な出来事』ハンブルク版ゲーテ全集、一〇巻、五四〇頁以下参照。

＊12　ゲーテのフォン・シュタイン夫人宛手紙、一七八七年六月八日、ハンブルク版ゲーテ書簡集、二巻、六〇頁参照。この日付が示す通り、ゲーテが原植物を「モデル」として理解したのは、前注のシラーとの対話以前であり、ここでの論述は一見矛盾しているようであるが、ゲーテにおいて「モデル」という術語も、彼特有の象徴把握とむすびついた自然観の展開過程において広がりと深化を蒙る。

＊13　ゲーテ『箴言と省察』Nr. 57（ハンブルク版ゲーテ全集、一二巻、四三二頁、Nr. 488）。

＊14　ゲーテ『色彩論』講述編、三七項、ハンブルク版ゲーテ全集、一三巻、三三七頁参照。

＊15　エッカーマン『ゲーテとの対話』一八三〇年八月二日参照。
＊16　ゲーテ『詩と真実』一一章、ハンブルク版ゲーテ全集、九巻、四八七―四九一頁参照。
＊17　［R・マイヤーのW・グリーズィンガー宛手紙、一八四二年一二月五／六日。］
＊18　ゲーテの詩『神と心情と世界』ハンブルク版ゲーテ全集、一巻、三〇四頁。どこで（Wo）といつ（Wann）の語の順序がゲーテの原文と逆。因みに、ゲーテ『詩と真実』一一章に次の記述がある。「〈なに〉をなすかは、われわれの意のままになる、〈いかに〉は、われわれに依ることはめったにない、〈なぜ〉と問うことは許されない、したがって、われわれが〈そういうことだから〉に依拠することを余儀なくされるのもしかるべきことである。」ハンブルク版ゲーテ全集、九巻、四七八頁参照。
＊19　ゲーテ『地球形成についての仮説』ワイマル版ゲーテ全集、第二部「自然科学論集」、一〇巻二〇七頁。カッシーラーの引用文中の「直観（Anschauung）」は、ゲーテの原文では「表象（Vorstellung）」である。
＊20　ゲーテ『色彩論』講述編、序論、ハンブルク版ゲーテ全集、一三巻、三二七頁参照。
＊21　ゲーテ『箴言と省察』Nr. 199（ハンブルク版ゲーテ全集、一二巻、四三三頁、Nr. 492）参照。
＊22　ゲーテ『箴言と省察』Nr. 502（ハンブルク版ゲーテ全集、一二巻、四三〇頁、Nr. 469）参照。
＊23　ゲーテ『エルンスト・シュティーデンロート、心的現象の説明のための心理学』ハンブルク版ゲーテ全集、一三巻、四二頁参照。
＊24　エッカーマン『ゲーテとの対話』一八二五年一二月二五日参照。カッシーラーの引用の“Wirklichkeit”（現実性）は、この『対話』の原文では“Wahrheit”（真理）である。なお本訳書、一三八、一九五、三三一頁参照。
＊25　ゲーテのシラー宛手紙、一七九六年一一月一五日、ハンブルク版ゲーテ書簡集、二巻、二四四頁参照。
＊26　ゲーテ『色彩論』講述編、第六部「色彩の感性的・倫理的作用」（七五八―九二〇項）、ハンブルク版ゲーテ全集、一三巻、四九四―五二一頁参照。
＊27　ゲーテ『ディレッタンティズムについて』ワイマル版ゲーテ全集、四七巻、三一四頁参照。
＊28　ゲーテ『類稀な機知に富んだ言葉による意義深い助成』ハンブルク版ゲーテ全集、一三巻、三七頁以下参照。
＊29　［J・ミュラーのゲーテ宛手紙、一八二六年二月五日参照。］

＊30 カント『純粋理性批判』序論、カント全集（Immanuel Kant: Werke in zehn Bänden, Darmstadt 1968）三巻、六三頁［カッシーラー版カント全集、三巻、四九頁（B25）］参照。

＊31 ゲーテ『箴言と省察』Nr. 562（ハンブルク版ゲーテ全集、一二巻、四一四頁、Nr. 364）参照。

＊32 ［ヘルマン・ミンコフスキー『空間と時間』（"Raum und Zeit", in Das Relativitätsprinzip. Eine Sammmlung von Abhandlungen (Fortschritte der mathematischen Wissenschaften in Monographien, Bd. II), Leipzig 1920, S. 54ff. (Zitat S. 54).）参照。］

＊33 ゲーテの詩『ホワードの雲についての理論のための三部作』ハンブルク版ゲーテ全集、一巻、三四九頁参照。

＊34 ゲーテ『色彩論』講述編、一七五、一七六、一七七項、ハンブルク版ゲーテ全集、一三巻、三六七頁以下参照。

＊35 注＊28に同じ。

＊36 ゲーテの詩『喜び』ハンブルク版ゲーテ全集、一巻、一九頁参照。

＊37 ゲーテの詩『エピレマ』ハンブルク版ゲーテ全集、一巻、三五八頁参照。

＊38 ゲーテ『箴言と省察』Nr. 198（ハンブルク版ゲーテ全集、一二巻、五一四頁、Nr. 1060）参照。

ゲーテとプラトン*1

ゲーテの、プラトンならびにプラトンの思想世界にたいする内的関係は、プラトンの著作にゲーテが没頭したことについてわれわれが得ている乏しい証言に基づいて推し量ることは出来ない。こうした著作についての彼の知識は、外見上はどうみても、狭い範囲に限定されていた。『ティマイオス』にたいしてだけは、『色彩論の歴史』が示しているように、厳密で、立ちいたった研究を行った。これは、彼が原本を持っており、読んだように見える唯一の作品である。その他の著作のうち、ワイマルのゲーテの書庫には、――レオポルト・ツー・シュトルベルク伯爵の出版ならびに翻訳になる『プラトンの対話選集』を除けば――『パイドン』とプラトンの手紙のドイツ語訳しか保管されていない。(1) 哲学者、論理学者そして弁証家プラトンの理解にとって、われわれには根底をなし不可欠に見える著作、――つまり、『テアイテトス』、『ソピステス』、『ピレボス』等を、ゲーテが知っていたということを指摘するものは何もない。プラトンの思想世界の知識を汲むことのできた間接的な源泉は、ゲーテにとっては、もちろんそれだけいっそう豊かに流れていた。十八世紀のドイツ精神史にとっては、ここでは、シャフツベリーとヴィンケルマンの二人の名前を挙げ、これら二人の活動の広がりと深さを示唆することで充分である。しかし、プラトンの著作ならびにプラトンの学説についての、より狭い意味での歴史的知識、文献批判的知識にたいしては、ゲーテは準備不足であった。しかしながら他方でゲーテは、そのような知識からのみ、真の正確なまた完全なプラトン像が形成されうるということを感じており、また識っていたのである。レオポルト・ツー・シュトルベルクが、プラトンを是が非でも、キリスト教の真理にたいする証人としようとし、また彼を、「キリスト教の啓示の同志」にしようとした無批判な支離滅裂な有様にたいして、ゲーテは次のように言って反論する。彼のような精神の持ち主は、彼の同時代からのみ理解されうる。したがって、プラトンを描出する如何なる場合でも、まず第一に要求されなくてはならないことは、彼の作品の基をなす歴史的諸条件、および、彼の源泉となっているモチーフの批判的で明確な指摘である。はっきりしないままに、感銘を受けるためにプラトンを読む――このことは、ずっと程度の低い著作家達が行ったことである――のではなく、一人の優れた人物の独特の個性を知ろうとして読むべきである。「というのも、他人がそうであったかもしれないといったことの仮象ではなくて、事実そうであったし、また、現にそうであるものの認識がわれわれを形作るのである。」(2) ゲーテの真理にたいする周知の本質規定が、このような美しい含蓄ある言葉において経験する転回において、われわれははじめて、この真理規定の意味を完全に把握するのである。「生産的なもののみが真理である」*2――しかし他方、真の生産性は決して、偶然的で外的な観点を、対象の考察に持ち込む単なるマニールの所有になるものではなく、ひとえに対象そのもの――自然の対象であれ、歴史的対象であれ――の直観からのみ汲まれうるのである。ここでゲーテは、歴史的に理解するということのすべての根本現象ならびに本来の秘密であるものに触れている。つまり、純粋に個人的ファンタジーを手段として自己の固有の個性の限界を越えて、異質な精神世界の客観的直観を自己のうちに打ち立てることが如何にしたら可能かという問題に触れている。ゲーテはシュトルベルクのプラトン解釈において、彼が自然の特定の解釈を相手に生涯のあいだ戦ったのと同じ基本的欠陥を感じ戦った。つまり、それは、とてつもなくかけ離れた事物を、「暗いファンタジーと妙な神秘主義において」近づけ結びつける試みのことである。(3) というのも、大いなる人格のどれもが、ゲーテにとっては、彼がそう呼ぶのを好んだ「自然」であった、つまり内的な真理、首尾一貫性、そしてまとまりを持った自然であったからである。こうして彼は、どの思想的体系においても、つまり、プラトン主義およびアリストテレス主義の哲学、ストア主義と批判主義の哲学においても、とりわけ、この哲学が由来し、それ自体において表現している「生の形式」を見た。(4) 「ソクラテスは、倫理的人間を自分のところに呼んで、この倫理的人間がきわめて簡単にある程度自己自身について啓蒙されるようにしたが、プラトンとアリストテレスは、一方は精神と心情を持って自らを自然に相応しくする資格のある個人として、他方は研究者の眼差しと方法を持って自然を自分のために獲得する資格のある個人として、同じく自然の前に現れた。(5)」こうしたゲーテの文章には、プラトンにたいする彼自身の内的な関係と内的な立場が、この上なく簡潔にまた明瞭に表現されている。こうした立場を理解するためにわれわれは、プラトンの自然観とゲーテの自然観を、命題ごとに証言ごとに対置し相互に比較されうるような学説の体系として把握しようとしてはならない。いかに両者が「資格のある個人」として互いに相対しているか、また、いかに両者が世界に相対しているか、なおまた、いかにこうした精神的立場において、二つの根源的な生の形式と思考の形式が、自我と世界の間の精神的対決の二つの典型的なあり方が、その完全な表現を得ているかということ、このことを把握することがむしろ肝要である。

プラトンの哲学は、まず第一に存在論である。つまり、ただ単にデモクリトスや前ソクラテスの思想家たちに対して新たな存在観を発見し根拠づけるだけではなく、存在の一般的概念と、従って存在の一般的問題を、まず十全なる規定性と明瞭性において打ち立てる。プラトン自身ここに、彼特有の仕事と、彼の学説をそれ以前のすべての哲学者から隔てる境界線を見る。プラトンは『ソピステス』において、次のように詳論している。先駆者達の各々は、存在についてあれこれと述べ、存在について何らかの規定を試みたが、誰もその際、存在自体を問題にしなかった、誰も、存在の命名、述語つまり陳述そのものが何を意味するのかを自問しなかった。このように、これまでの哲学はどれも、常に、存在者――いわゆる世界原理としての水と空気、暖と冷、愛と憎――についての学説にすぎず、決して存在そのもの（*αὐτὴ ἡ οὐσία*）[*3] についての学説ではなかった。われわれは、考え、語る際に、考えられたものならびに語られたものに、存在の印を押すこと無しには考えることも話すことも出来ない。（『パイドン』75D）しかしこの印自体が何を語っているのかを、これまで誰も適切に規定しなかった、と。こうした観点の下にプラトンにとっては、ギリシャ哲学の全体は、思考と存在の同一性の大いなる原理を持ったエレア学派も含めて、存在の単なる神話となる。この神話にたいしてプラトンは、彼自身の学説を、存在についての最初の真のロゴスとして対置するのである。しかしこの存在のロゴスは、まず否定的に獲得され確定される。すなわち、感性世界を、つまり通常の直観が事物の世界と呼ぶものを、存在に対立するものとして、つまり決して存在するのではなく常に生成するものとして把握した者のみに、存在の新しい国は開かれるのである。存在と生成との間のこうした一貫した背反定立が、プラトンの思想世界の礎石、つまり「イデア論」の基盤を成している。その最も明確な先鋭化は、中期の著作においてなされた。しかしそれは、決してこれらの著作、プラトン哲学の個別的な時期に限定されるのではなくて、プラトンの思考の発展の全体にはじめから終わりまで伴い、それを――時期が違えばもちろん、強度の違いはあるが――支配するモチーフを成している。存在者の真理、つまり存在そのものに、それ自体において達しようとする者は、存在を、純粋に思考をもって把握しなくてはならず、推論ならびに結論の処置において、視覚を共に使用したりその他の感覚を援用したりしてはならない、と『パイドン』が教えているように、また、この『パイドン』ならびに『国家』において存在者の両国、つまり、常に同じであり続ける本質の目に見えない国と、決して同じ仕方であり続けず常に生成し発生し滅び行く事物の目に見える国、この両国が、きわめて明確に相互に相対して現れているように、『ピレボス』や『ティマイオス』のようなプラトンの晩年の著作も、爾来両国の間に道を開くように見えたあらゆる仲介作業にもかかわらず、存在と生成の間のこうした明確な分離に固執している。プラトンが、自然、つまり、生成そのものの国に向かう場合でも、彼が、ロゴスを、自然現象自体において探しあて把握する場合でも、やはり彼にとっては、こうした把握と本来の知との間の、即ち、推論的思考法(Dianoetik)の知と弁証法(Dialektik)の知との間の明確な境界は動かし難いままである。自然においてわれわれに向かって現れてくるのは、常にロゴスの像であり、写しであるにすぎない。というのも、相も変わらず生成の国は、厳密な科学的認識の対象となり得ず、ドクサ、つまり思念と思い込みに委ねられたままであるからである。「というのも、信仰にたいする真理の関係は、生成にたいする存在の関係に等しいからである。」[*4]かつて決して同じ仕方であり続けることなく、将来においても同じ仕方であり続けることなく、さらにまた、現在の瞬間においてさえ同じ仕方であり続けないようなものについての完全な真理が、いかにしたら存在しうるであろうか。それ自体ほんのわずかの執拗性をも示さず、あらたな時点ごとに自らを他者として示す内容にあって、執拗な確固とした陳述、知の形式が、いかにしたら見出されうるであろうか。[(6)]

こうしたプラトンの命題に、ゲーテの生成観ならびにゲーテの理性説明を対置するならば、両者の間には如何なる関係も仲介ももはや生じず、ただこの上なくはっきりした対立だけが生じるように見える。というのも、理性と生成の背反定立に代わって、ゲーテにおいては両者の解きがたい相関関係が現れ、対立に代わって、純粋な相互関係が現れるからである。理性は、ただ単に生成するものを把握するだけではなく、生成するものは、理性に固有の領域、理性にのみ真に近づき可能であり、理性によって支配可能な領域を表している。生成が中断するところ、

——理性だけがかろうじて、固定し確固とした存在に相対しているところでは、理性の力も限定され損なわれているのである。「理性は、生成するものに依拠し、悟性は、生成したものに依拠している……理性は、発展を喜び、悟性は、利用できるようにすべてを保持することを願う。(7)」こうしてゲーテによる自然の取り扱いにおいては、感性的に把握可能な事実の表現としてでもなく、また、分析的悟性の過程の成果としてでもなく、理性の原概念として、メタモルフォーゼの思想が現れ出る。われわれにとって、形態の統一がそもそも把握可能である限り、それは、形態の変転においてのみ、われわれに把握可能となる。メタモルフォーゼの概念は、一連の生けるものを、われわれの精神に現れせしめる確実な導き手となる。しかしこうした概念の限界は、他方ではまた、自然への可能な洞察の限界をも表している。発生の終わりは、われわれにとって、理解の終わりをも意味している。「もはや発生しないものを、われわれは、発生しつつあるものとして考えることは出来ない。発生してしまったものを、われわれは、把握しない。[*5]」本来の意味において「無機的な」自然科学のすべての否定にいたるまで、ゲーテはこうした考えを推し進めていく。プラトンにおいては、認識するものと認識されたもの、つまり、認識の主観と客観は、同じ類のものであるであろう——また、存在は決して確定されているのではなく、永遠の円環を為して動いているが、知もまた、決して内的な固定性ならびに確実性に、つまり、その概念ならびに陳述の規定性に達し得ないであろうということにプラトンは固執する。(8)しかしゲーテにおいては同じ形式的前提が、内容的には正確に逆の結論になる。理性は、それ自体において有機的であるが、理性にとっては、有機的なものだけが、つまり、形態の形成と変成のみが、生成と発生のみが、把握可能である。「理性は、生けるものにたいしてのみ支配力を有する。地質学が取り扱う発生した世界は死んでいる。従って、いかなる地学も存在しない。というのも、理性はここでは、なしうるものがないからである。(9)」ゲーテが、初期ワイマルでの数年間のいや増す自然研究の時期に、きわめて情熱的に取り組んだ鉱物学もまた、後には全体としてやはり同じ判断を受けた。鉱物学もまた、老ゲーテにとってはかろうじて、悟性のための、実践的な生活のための科学であるにすぎなかった。というのも、鉱物学の対象は、もはや発生しない死んだものであり、そこでは総合は考えられないからである。(10) 自然にたいするのと同じ考察が、彼にとっては芸術にたいしても――彼が両領域の間に想定した一貫したアナロギーにより――当てはまった。「自然と芸術作品を」――と彼は、ツェルターに宛て書いている――「それらが出来上がっているとしたら、知り得ません。多少とも把握するためには、発生状態において捉えなくてはなりません。(11)」われわれはこうした発言のすべてにおいて、プラトンとゲーテの基本的見解の間の対立をこの上なくはっきりと理解する。プラトンにとって認識の限界を意味した生成は、ゲーテにおいては認識の前提ならびに形式に変化する。発生は、存在と知の単なる否定的契機、単なる境界を表すことをやめる。発生は、発生的方法として理解され実証されることにより、積極的な力と生産性を展開する。把握可能なものの迷宮の全体において、人間精神を適切に案内して回り、結局、把握できないものの境界において慎ましやかにさせるこうした方法として、ゲーテは、「メタモルフォーゼの根本原則」をとりわけ彼の最晩年において、考え、明言した。こうしてはじめてそれは、彼にとって、「理念と同じように豊かで生産的*6」となった。こうした理念が、彼にとって今や、存在と生成との間、自然と精神との間、主観と客観との間の橋渡しをしたのである。それは彼にとって、「神は、周知の想定されている六日間の創造の日の後、決して休息されたのではなく、むしろ引き続き第一日目と同じく働かれた(12)」ということにたいする表現であったし、また、そうであり続けた。こうして彼は、プラトンの学説の基本概念を取り上げた。――こうして彼は、感性的自然観の経験主義に対して、また、とりわけリンネによる植物界の理解や記述において遭遇した単に分類する自然概念の合理主義に対して、理念的思考方法を標榜したのである。ゲーテは、ベーコンとプラトンとを選択しなくてはならない場合は、どこにおいても、後者プラトンに賛意を表す(13)。最初は、無意識的にまた内的衝動から、そしてますます自由に、また彼の研究の基本的モチーフについてのいや増す明確な意識を持って、彼は、自然の生産物のすべてにおける「原像的なもの、ならびに典型的なもの」へ向かっていく(14)。しかし、生成に即し生成のうち以外にゲーテは、この典型的なものを把握しようとはしない。まさにこのことが彼にとっては、永遠なるものを過ぎ去り行くものの内に直観させるという理念的思考方法の意義、力、そして固有性を表している(15)。

　したがってプラトンにとっては、イデアの国の先端に善なるもののイデアがある。それは、最高の知、すべての存在と同時にすべての認識の究極の根源を表している。なぜなら、この善なるもののイデアにおいては、存在と認識のコスモスが、それ自体完成されているからである。つまり、一切の特殊なものは、最高の究極目的との関係を通じてはじめて、その意味と意義を享けるが故である。しかし一方ゲーテの自然考察のすべては、くりかえし、生の一切を包括する一つの理念に合流するのである。プラトンは、善なるものを、はっきりと「存在の彼岸」*7にずらし、生の限界をも越えた彼方を指示するが、ゲーテにとっては、生の現象にたいしてそのような彼岸、そのような「超越性」はもはや存在しない。ここにおいてわれわれは、更に背後にある根源ならびに更に外にある目的へのすべての問い、つまり、「なぜ」と「何のため」へのすべて問いが途絶えなくてはならない点にいるのである。ゲーテが最も激しく拒否した概念的な要求は、生の根本現象に相対して、この根本現象そのものの内にあるとは別の「説明根拠」を問う要求であった。「プラトンは」――とゲーテはかつてイタリアから書いている――「幾何学を心得ぬ者（ἀγεωμέτρητον）が、彼の学園に入ることを許そうとしなかった。私が一つの学園を作ることが出来るとした場合、私は、何らかの自然研究を真面目に真剣に選ばなかったような者は認めないであろう。最近私は、チューリッヒの預言者の厭わしい使徒的カプチン派的長口舌に無意味な言葉を見つけた。〈生を有するものすべては、自ら以外の何かによって生きる〉と。おおよそそうした中身であった。こんなことを書き流すことができるのは、異教徒への布教者である。検閲の際に、ゲーニウスが、彼の袖を引っ張って引き止めないのである。[16]」ゲーテは、このようにして生の事実に留まり続けるがゆえに、プラトンの学説が、最初の最初から、最後の最後に至るまで取り組んでいた弁証法を免れていると思っている――即ちゲーテは、一と多、静止と運動の対立を、自然の純粋な直観において均し、止揚したと思うのである。というのも、すべての有機的事象を支配している規則は、確固としており永遠であるが同時に生けるものである、したがって存在するものは、規則を逸脱することはないが、やはり規則の内部で変形されうるからである。[17]しかしここにおいてもゲーテの処置は、相変わらずどの生物学的形而上学からも原理的に区別される。というのもゲーテが相変わらず意識しているのは、生の概念においては究極の解決をではなく、究極のそして最高の問題概念だけを手中にするということだからである。彼は、全く具体的に個別的な自然の形態とその連関の直観から出発し、そこにおいて彼にとっては、一切の生けるものの統一と絶えざる差異性の秘密が明かされると共に覆われ、啓かにされると共に隠される。しかし今、この目に見える直観的形態、例えば人間の姿――ローマにおける彼にとって人間的行為ならびに一切の把握の最高のもの、つまりわれわれに知られているすべての事物の始めにして終わりである最重要のものとなっていた人間の姿が、彼を直接、直観と把握の限界へ導く。というのも、「われわれは、有機的自然をそう簡単に統一のあるものとみなすことは出来ない、われわれ自身をそう簡単に統一のあるものと考えることは出来ない、したがってわれわれは、必然的に二つの見解を持たざるを得ないことに気づく。われわれは、われわれをある時は感覚が捉える存在とみなすが、またある時は内的な感覚によってのみ認識されうる、あるいは内的感覚の作用によって気づかれうる別の存在とみなす」からである。[18]こうした見解の二元性は、したがって外部から人為的反省によって生の現象へと持ち込まれるのではなく、生の現象自体に内在し必然的である。われわれが、一定の有機的構造の統一を、例えば原植物の思想を、植物形成の究極の法則の発見のための鍵として利用するならば、やはり同時に念頭にしなくてはならないのは、ここにおいて、直接知っているものとしての形態から出発することによって、この知っているものそのものを、謎つまり問題としたことである。というのも、不可視的なもの、つまり、静止している永遠に活動的な生を考える試みはどれも一つの問題で終わらざるを得ないからである。[19]「理念は、空間と時間とから独立している。自然研究は、空間と時間に限定されている。したがって、理念においては同時的なものと継起的なものとが密接に結びついている、それに対して経験の立場では常に分かたれている。われわれが理念に基づいて、同時的にして継起的であると、同時に考えるべき自然の作用は、われわれを一種の狂気に陥れるように見える。悟性は、感性が分離して引き渡したものを統一されているものと考えることは出来ない。こうして、感性的に把握されたものと理念的に考えられたものとの間の矛盾は、常に解決されないままである。[20]」

ゲーテが、プラトンのイデアの概念にたいして特有の運命を整えているように見える、その様子をわれわれはここにおいて見て取るのである。ゲーテは、プラトンのイデアの概念を、完全に自然の直観、生成するものの直観に留め置こうとすることにより、つまり、理念と現象の分離を克服しようとすることによって、彼は、理念そのものをまた矛盾の中に巻き込まざるを得ないように見える、つまり、理念にすべてのアンティノミーを背負い込ませざるを得ないように見える。理念は本来、プラトンによってこのアンティノミーの解決に至るべく定められていたのであるが。しかしまさにこの点において、ゲーテのプラトン主義の基本モチーフの一つがきわめて明確に現れてくる。感性的事物の矛盾から、プラトンは純粋な概念の国へ逃れ、そこにおいて存在者の真理を見ようとした。ロゴスの国、つまり「形体なき形態」*8の国だけが、感性や構想力の錯覚に対して守りとなりうる。しかし芸術家にとっては、叡知的なものへのこうした転向、つまり現象の全体を越えていくこうした逃亡はうまくいかない。というのも、彼にとっては、生成の仮象は、彼がそれをそうしたものとして認識し知っていることによってもまた、依然として「真の仮象」であり続けるからである。彼はこの仮象に依拠しなくてはならず、彼自身の内的な精神的世界を、つまり形成の世界を破壊しようとしないなら、繰り返しそこに帰っていかなくてはならないのである。そして、純粋に理論的な面から彼に近づくやいなや解決し難く見えた矛盾が、彼が、こうした彼自身の世界に留まり続けることにより、彼にとって事実また、ここにおいてはじめて真に解決されるのである。ゲーテは、理念と経験がいかにしたら最もよく結び付けられうるかという問いにたいして、実践的に！　という唯一つの答えのみを与えることが出来ると、かつて語ったことがある。[21] ここでのこのコンテクストにおいてはじめて完全に、この警告ならびにこのモットーがよりいっそう深い意味において彼にとって何を意味していたかを理解することが出来る。ここでの問題は、単なる行為のなんらかの外的な月並みの実践ではなく、純粋な創造活動の実践である。「実践的なもの」の概念は、「制作的なもの」の概念をその最も一般的なアリストテレスの意味において包括しているが、この「制作的なもの」の概念は同時にゲーテにとっては、彼の特別の世界、つまりポエジーの世界への最も身近な関係を内包している。自然の形態の静的な考察、受動的な把握が、結局くりかえしわれわれを理論的なアンティノミーに巻き込むが、――つまり、同時的なものと継起的なものを一つにしようとする試みを敢行する思想は、結局「一種の狂気」に陥っているのを自覚するが――形態化されたものの所与の世界から出発するのではなく、形態形成そのものの過程に由来しこの過程に生きている芸術家は、こうした矛盾が緩和されているのを感じるのである。理論的思想が、絶えず両極的に対立して定まることのない二つの見解が、――つまり、形式を「感性が捉えるもの」とする見解と、「内的な感覚によって認識される」に過ぎない別のものとする見解であるが――この二つの見解が、今や唯一つに解消する。というのもここにおいては把握できないものが行われているからである。[*9] すなわち芸術作品においては、純粋に精神的直観に、つまり、形成の内的活動に由来する存在がわれわれの前にある。だがこの活動は、それ自身の法則とその必然性から、感性的具体化を要求する。こうしてここから、つまり、芸術家の創造活動から――自然の創造されたものからではなく――ゲーテが、「古代また近代の観念論者」、特にプラトンとプロティノスに反対して提起しているものがはじめて完全に明らかとなる。[*10] つまり、精神的形式は、現象となって現れ出る場合、決して縮小されないということである。その際の前提は、その現出が、真の産出、真の増殖であることである。(22) というのも、「われわれ人間は、伸張と運動に依拠している」[*11] ――そして、この人間の制約――そこにはやはり同時に、すべての人間の力の源泉があるのであるが――それが、最も明確にまた含意に富んで芸術家において現れ出るからである。抽象的思想家、形而上学者は、現象の感性的表面を退けその背後の存在の究極の根底へと遡っていくであろう――しかし芸術家は、この限られ閉じられた領域においてのみ生きている、さもなければ、芸術家はこの領域とともに同時に自己自身を放棄するであろう。芸術家は、自己の生を「生の形象」[*12] へと向けなくてはならないということ、自己の生をこの形象においてはじめて真に所有するということ、これがまさしく芸術家の運命であり使命である。「芸術は」――とゲーテはかつて『ディドロの絵画試論の注釈』において述べている――「自然と、その広がりや深さにおいて、競うことを引き受けるものではない。芸術は、自然の現象の表面をよすがとする。しかし芸術は、それ固有の深さそれ固有の力を持つ。芸術は、法則的なものをそこに認めることによって、この表面の現象の最高の契機を定着させる。[*13]」何処においてゲーテが、プラトンの思想世界と出会い、それといわば分かれたかが、ここにおいてよりもはっきりとしている箇所はひょっとしたら他にはないであろう。ゲーテは、美しいものをも、真なるもの法則的なものの表現と捉える。自然法則に従い真なるものとして動機づけられていないようなものは如何なるものも、自然においては美しくありえないということを、彼はいたるところで、自己の基本的確信としてはっきりと語っている。「美は、秘密の自然法則の表示であり、これは、美として現れなければ、われわれには永遠に隠されたままであったであろう。(23)」しかし美しいものは、それにもかかわらず他の何ものによっても測ることのできない、他の何ものによっても代替不可能なそれ自身の内的真理を持っている。これはまさに、形象の真理、現象の最高の契機の真理である。形象そのもののこうした真理を、プラトンの思想世界は与り知らない。それゆえ芸術家プラトンは、哲学者として、つまりイデア論の思想家として、芸術を退けなくてはならない。なぜなら芸術は、自然からイデアへ、模像から原像へと進むのではなく、模像の単なる模像に留まるからである。こうしてプラトンは、人が主張するのとは違って彼の認識論においてではないが、芸術論においては模写論から抜け出ていないのである。こうしてプラトンは、ここにおいて、芸術を「自然の模倣」とする見解の基礎を置く。この見解に対してゲーテは戦い、それに対してゲーテは、「様式（Stil）」を芸術的創造活動の基本的力ならびに根源的力とみなす彼特有の見解を対置したのである。*14

しかしゲーテは、研究、知、享受の自己のやり方に従い、「ひたすら象徴をよすがとしさえすればよい(24)」という、自己自身の信奉するところを一般的に語ったが、こうした面からはゲーテもまた、プラトン主義の基本的思想ならびに中心的思想を、最も明確に把握し内的に摂取したのである。二つの大きな不朽のまた忘れがたい象徴を、プラトン自身、自分の学説の表現として特徴づけている。この二つは、かなり分かりやすい位置に相互に隣接して述べられている。つまり、『国家』における、善なるもののイデアの太陽との比較、ならびに、洞窟の比喩である。存在の彼岸としての善なるもののイデアは、一切のしかるべき認識のなしえぬところである。つまり、比喩と形象においてのみわれわれは、それを示唆しうるに過ぎない。叡智的なものの国における善なるもののイデアは、目に見えるものの国における太陽に等しい。太陽は、ただ単にすべての事物の可視性の条件ならびに源であるだけでなく、それらすべてを産み出し保持するが、善なるものもまた、存在の根拠としてと同時に認識の根拠として考えられうる、つまり、一切の存在の根源であると同時に一切の知の根源として考えられうる。したがって、目に見えるものの領域において目と光は、太陽と同じ性質を持っているが[*15]、両者はしかし太陽そのものではないのと同じく、純粋な思考の領域においても認識と真理は、善なるものと同じ性質を持っているが、善なるものそのものではなく、この両者よりも、善なるものの本性ならびに特性のほうがずっと高く評価されうる。しかし、存在ならびに知のこうした最高のものへと人間を導くのは、陶酔でも直接的直観でもなく漸次的高まりだけである。これは、感性的なもの、信仰ならびに蓋然性（*πίστις* ならびに *εἰκασία*）の領域からはじまり、――それから思考と推論（*διάνοια*）の領域を更に進み、ついには思考条件と制約のすべての彼岸において、究極の無制約なもの（*ἀνυπόθετον*）において終わる。感性的人間は、頭と足を縛られて地下の洞窟に生活する人間に等しい。この洞窟には光に向けて開けられた唯一つの入り口が、この縛られている人の背後にあるにすぎない。彼が見出すものは、光そのものでも目に見える対象の輪郭でもなく、洞窟の奥の壁に映し出されるこの対象の影に過ぎない。しかしながら純粋な思考、つまり、数学的推論ならびに数学的証明の領域に達した者は、それによってはじめて見ることの本来の領域へと突き進んでいった。しかしそれでもなお彼は、太陽そのものを見ているのではなく、太陽が照らす個々の事物におけるその反射だけを見ているのである。彼が把握するのは目に見えるものだけであり、見ることの源ではない。われわれが、ディアノイアからヌースへ、条件づけられた仮説的措定から究極条件へ、推論的思考法から弁証法へ達した時はじめて、認識のこうした究極の制限もなくなったのである。「ところである者が、戒めを解かれ光そのものを見るように強いられると、彼の目は痛むであろう。彼は逃れ、彼の見ることの出来るものへと引き返すであろう……そしてまずもって彼は、影を最もたやすく認めるであろう、その後人間や水の中のその他の事物の形象を、そしてそれからはじめてそれらそのものを認めるであろう。そして、同じように、天にあるものならびに天そのものを、彼は最も好んで夜に眺め、昼に太陽とその光を見入るよりは、月の光と星の光に見入るであろう。……しかし私の考えるところでは、彼は結局、太陽そのものをも、つまり、水やその他に映った太陽の形象ではなく、太陽そのものをそれ自体の位置において見つめ眺めることが出来るであろう。(25)」

プラトンの『国家』のこうした記述は、ほとんどゲーテ自身が次のように報告している大きなモチーフの一つであるかのように見える。つまり、彼の心にきわめて深く入り込み、何年も何十年もの間生き生きと活動的に内部に留め置いたと語るモチーフである。(26) こうしたモチーフの最初の成果にわれわれが出会うのは、一八〇八年の『色彩論の草案』の「序論」においてである。「目はその現実存在を光に感謝しなくてはならない。未発達の動物の補助器官から、光は、光と同じものとなる器官を呼び出す。こうして目は、光において光のために形づくられる、つまり、内部の光が外部の光を出迎えるためである。ここでわれわれは、〈同じものによってのみ、同じものが認識される〉ということをきわめて意義深く常に繰り返した古代イオニア学派を、また同じく、古代神秘主義者の一人の言葉も思い出す。彼の言葉を、ドイツの韻律で次のように表現したい。

「目が太陽と同じ性質を持っているのでなかったら、
どうやってわれわれは、光を観ることが出来よう。
神自身の力が、われわれの内に生きているのでないなら、
どうやって神的なものが、われわれを魅惑することが出来よう。*16」

ゲーテがここで翻って指示している古代神秘主義者は、プロティノスである。彼の『エンネアデス』を、ゲーテは読んだばかりであり、彼のことをツェルターとの往復書簡で、この頃こう呼んでいたのである。しかし、プロティノスに関して述べていることは、この箇所では、プラトンに関することの書き換えまた敷衍に過ぎない。しかしわれわれがこうしたプラトンに直接連れ戻されるのは、プラトンの原モチーフが、ゲーテにおいて、最も深く最も熟した状態ではっきり表れているのを、『ファウスト』第二部のはじめで再発見する時である。誰でもが知っている箇所、つまりファウストの見事な最初の独白を指摘しさえすればよい。ファウストは、立ち上る太陽に向かいその形象をますます純粋に自己の内に取り上げようとする。そして太陽の上昇をますます追ってゆき、ついに太陽が姿を現すや、目の痛みに貫かれ身をそむけなくてはならない。

「つまり、憧れる希望が、
最高の願いに、親しげに向かっていき、
成就の門が、開け放たれているのを見るときが、こうである。
だが今や、あの永遠の奥底から、
炎がとてつもなく噴出す、われわれは狼狽して立ちすくむ。
生の松明に、われわれは点火しようとしたのだが、
火の海がわれわれを取り囲む、なんという火であろう。
赤々と輝き、われわれの周囲を覆うのは、愛か、憎しみか。
苦痛と喜びと、こもごも、すさまじく。

そこでわれわれはまた、地上へ目を向け、
明けはじめたばかりの朝もやのヴェールに身を隠す。

さても太陽よ、私の背後に留まるがよい。
岩礁をすさまじい音を立て落下する瀑布、
それを私は、ますます高まる歓喜を持って眺める。
幾重もの層を成して、滔々と、
幾千もの流れとなって、あふれんばかり、
空高く、しぶきをあげてさんざめく。
だがなんと見事に、この急流から、
変化しながら持続する、彩り豊かな虹の穹窿が形つくられることか、
きれいに描かれるかと見れば、また、空に流れ去り、
あたりに、香りのよい、涼やかな水しぶきを広げる。
これこそ、人間の努力を映している。
これに思いいたすがよい、さすれば、もっとよくわかる、
彩られた反映において、われわれは生を持つのだ。[*17]」

ここでは、われわれが以前思想的に刻印されて出会った個々のモチーフの各々が、純粋な芸術的形象、つまり、

ここでは響きとリズムとなった。だが今や、プラトン主義に対するゲーテの位置における純粋に知的な契機も、それだけいっそう明らかとなる。ゲーテとプラトンが歩んでいるように見える同じ道が、同じ目的に通じていないということがまたしても明らかとなる。プラトンも、太陽とそのとてつもない炎を直接覗こうとするときに、人間の目に生ずる危険や痛みを知っている。しかし彼は、目がこのとてつもない炎に慣れることを要求する。確実な上昇、上昇（ἄνοδος）にして方法（μέθοδος）であるもの、つまり「方法（Methode）」が、われわれを、感性的なものから、数学的知つまり推論的思考法的知を経て、最高の弁証法的認識にまで、純粋な本質性の領域にまで、つまり最大の知（μέγιστον μάθημα）としての善なるもののイデアにまで導くようにしようとするのである。ファウストも、つまりゲーテも敢えてこの道をゆく――足を踏み入れることのできない未踏の領域へと、[*18] つまり母達のところへの道を敢えて行くのである。しかし、彼がすでに人類のすべての限界の彼岸に立っているように見えるここにおいて、やはりまたこの上なく深い純粋に人間的な感情が彼を捉える。ここで彼は、震撼するということが人類の最善の部分であることを経験するのである。[*19] こうして彼はまた大地に視線を戻し、明けはじめたばかりの朝もやのヴェールに身を隠すのである。[*20] 彼が今、それに隠されているのを自覚するこの大地のヴェール、それは、ゲーテが『献詩』において、真理の手から受け取る詩作のヴェールとして描くものと同じヴェールである。芸術においてははじめて、ゲーテに、世界にたいする真の遠さと真の近さとが与えられる。「人は、芸術によるよりも確実に世界から逃れはしない、また人は、芸術によるよりも確実に世界と結びつきはしない[27]」とゲーテはかつて述べている。ここにおいて、つまり、われわれがもはや感性的なものの領域にいるのではないが、やはりいまだ完全に直観的なものの限界内にとどまっている芸術において、ゲーテは真に理念的なものを把握する。「理念は」――と形態学のための著作に書かれている――「経験において示されえず、ほとんど立証され得ない。理念を所有していない者は、現象の何処においても理念を認めない。理念を所有している者は、たやすく現象を越えてはるかにその先を見遣ることに慣れ、もちろんこうした拡張の後に、己を失わないように現実へと戻る、そしてこのように生涯を通じて、拡張と収縮を交互に繰り返すであろう。[28]」これこそ、ゲーテが、芸術家としてまた研究者として歩んだ道であり、彼の理論的概念のすべては、これを明確に規定しようとしているに過ぎない。

最も明瞭に最も明確に、こうした交互の繰り返しの関係が刻印されるのは、ゲーテが自然研究のために発見した理論的な主要概念ならびに根本概念においてである。つまり原現象の概念においてである。この言葉の形成がすでに、プラトンの尺度で測るならば逆説的である。というのも、現象の変化可能性と限界なき相対性の内部では、プラトンによれば、真に根源的なものは存在せず、徹底して条件づけられたものならびに仲介されたものだけしかないからである。根源的なものに達するためには、プラトンによれば「別の種類の原因」[*21]を探し当てなくてはならない、事物（*πράγματα*）を去り、純粋概念（*Λόγοι*）において「存在者の真理」[*22]を把握しなくてはならない。それにたいしてゲーテにとっては、原現象の概念が究極の総合を意味する。なぜならば、そこには直観の内容と同時に直観の限界が表されているからである。そうした限界を前に、もちろんわれわれを不安にまでいたる一種の物怖じの感情が襲う。これに対して、感性的な人間は、驚愕することに救いを見出すが、単に反省的な人間は、「なぜ」への問いが一切断たれているここにおいても、彼の思考の根本形式に従い、なおも仲介と演繹を試みる。つまり、「活動的な仲介者である悟性」がすぐに活動し、その流儀に従いまたしても、最も高貴なものと最も通俗的なものとの仲介を行うのである。しかし、真に理念的人間、つまり芸術家にして研究者である者は、ここではじめて真に安堵感を抱く。いかなる別のものにもより高きものにも、もはや彼は駆り立てられることなく、彼はここで直観の本来の最深の静謐さを享受する。太陽の光が虹において表れ出るように、今や一なる様態において把握しがたいものが、千千なる多様な現象においてあらゆる形で変化しながらも変わることなく現れ出る。「われわれが原現象と呼んだものの認識に物理学者が達することができるならば、彼は安全であり、哲学者も彼と同様である。物理学者が安全だというのは、彼は自分の科学の限界に達したということ、つまり、自分が経験の高みにおり、そこでは省みれば経験をすべての段階において見渡し、前向きに、理論の国へ入り込めなくともそれを眺め入ることができるということを確信しているからである。哲学者が安全だというのは、彼は物理学者の手から、彼にとっては今や最初のものとなる最後のものを受け取るからである。[29]」

しかしまさに、物理学者の「最後のもの」と哲学者の「最初のもの」とのこの関係は、またしても新しいより深い意味において、ゲーテからプラトンへわれわれを連れ戻すように見える。善なるもののイデアと太陽との比較を含んでいる『国家』のおなじ箇所において、プラトンが弁証法つまり哲学の個別科学にたいする関係について行っている古典的基本的説明を、ゲーテは読まなかったであろうか。数学を含めてこれらの個別科学は、それ自体がそれ以上の弁明をなんら与えることの出来ない特定の前提、特定の仮説からはじまり、この前提をその演繹ならびに帰結へと展開する。その際、感性的なものに依拠し、形象ならびに記号を使用するのである。一方前者つまり弁証法は、前提をはじめとするのではなく、前提においてはまさしく根底だけをいわば跳躍台ならびに助走としてみる。そこからより高まり、究極の前提のないはじまりに達しようと努力する。しかし、このはじまりに達したならば、このはじまりと関わるものに依拠することにより、後方へまた最後まで溯る。しかしその際、感性的に知覚できるものを決して使用せず、イデアそのものだけを使用し、またイデアつまり純粋なイデアにおいて終わるのである。[30]

このようにプラトンもまた、「上昇」に「下降」を併置する。プラトン自身、――この問題はプラトンの専門家達の念頭から、もうすでに長いこと離れなかったに違いないのであるが――自己の体系の内部において、まさしくこうした関係を明確に表現する基本的概念をはっきり示さなかったであろうか。イデアと現象の「分離」の根本思想に、「関与」の思想が併置されていないか――分離（χωρισμός）のモチーフは、その真の形態ならびにその原理的な意味を、それと対立しているがそれにもかかわらず解きがたい相互関係にある関与（μέθεξις）のモチーフによってはじめて受け取るのではないのか。[31] もしそうだとすれば、それによって、これまでプラトンの基本的見解とゲーテの基本的見解との間においてわれわれに判明した対立も橋渡しされないだろうか。しかしこうした問いのすべてにたいして、現象のイデアへの「関与」の概念はまさしく、プラトンにあっては、ゲーテにおけるのとは特別異なった意味を持っている、と答えられうる。プラトンによれば、現象とイデアとを相互に結びつけ、その結果それによって万有が、真にはじめて「結び合わされて統一をなす」ところの「中間の」領域が現象とイデアとの間に無いならば、このような「関与」は可能ではないであろう。数学的なもの（τὰ μαθηματικά）こそが、プラトンにとっては、生成の世界と存在の世界との間、つまり、多（Vielheit）の世界と一（Einheit）の世界との間に歩み入るのである。というのも、幾何学がわれわれの前に生ぜしめる純粋な形態の世界と、算術がわれわれの前に生ぜしめる数の世界は、同じように一（Einheit）と多（Vielheit）、限定と無限定に関与するからである。幾何学においては、無限定のそれ自体形態の無い一つの空間が、確固として相互に限定された形態の多様性へと分化するように、――多（Vielheit）へ展開する一（Einheit）と、それにもかかわらず一（Einheit）であり続ける多（Vielheit）が、すべての数規定の原理である。ここではしたがって、存在と知の双方の終わりは一致する。ここでは、一なるものそのものでも、多なるものそのものでもなく、一なるものによる多なるものの規定を対象とする認識が可能となる。限界と無限界の間に、「幾多の」（ποσόν）という中間領域――つまり、純粋な量の領域が入る。これによって今や自然もまた、イデアの新たな意味において開かれるのである。以前は専ら感覚ならびに錯覚と仮像とに、つまり感性的知覚の限界の無い相対性と未規定性とに帰属しているように見えた自然が、科学の、つまり数学的自然認識の対象としてわれわれに立ち現れることにより新たな意義を享けるのである。『パイドン』から、『ピレボス』ならびに『ティマイオス』へと道が更に続く。今や数学の媒介を通じて、最高のイデアの反映、つまり善なるものの反映が形体の世界にもさしこむ。形体の世界は、それ自体が確固とした数的法則に従い整えられている限り、つまり、感性的であるにしても一つの「コスモス」である限り、善なるものに関与する。こうして星辰は、その永遠の法則的回転において、創造されたもののすべてのうちで最も高貴で最も理性的なものを形成する。世界が、全体として、一なる生成した神であるように、星辰は、目に見える生成した神々である。[32] われわれに感覚器官を、特にそのうち最も高貴な道具である目を与えてくれる最高善の本質は、こうした感覚器官が、われわれにこうした神を眺めやることに関与させ、われわれをそれによってはじめて科学につまり哲学に導くこと――つまり「かつて死すべき種族である人間に、神々によって贈られた、あるいは今後贈られるうる最高の善なるもの」の哲学にわれわれを導くことにある。[33] こうして、目に見える世界は、その美によって神的なものへと高められる。しかし、この世界の感性的な美はすべて、やはり結局はこの世界の数学的美以外の他の何ものにも依拠することなく、それどころかまさしくこの世界の数学的美に他ならないのである。このコスモスは、一貫して「形態と数にしたがって」（εἴδεσι καὶ ἀριθμοῖς）[*23] 創られているがゆえに、それゆえこのコスモスは美に関与する。したがってプラトンにとって、コスモスのすべての美の原像と模範像となっているのは、依然として立体幾何学の五つの正立方体である。これらは彼の学園でまず発見され、それに基づき彼はすべての目に見えるものを形作らせるのである。それ以前の自然哲学は、自然の存在と生成を、結局、自然の直接感性的な形態において、つまり目で見ることができ手で摑む事ができる形態において、現実の究極の構成要素とみなした水と火、空気と土の「元素」に還元したが、プラトンは、彼が根拠づけた新たな認識理想によりこうした説明に留まることは出来なかった。「今まで」――と『ティマイオス』に述べられている――「誰も火、水、空気そして土の根源について解明を与えなかったが、われわれは、火、水等々が何であるかを誰でもが知っているかのように万有の始源ならびにその元素（*στοιχεία*＝Buchstaben（基本的構成要素））として、それらについて話している。他方それらは、文字（Buchstaben）に比較されえないだけでなく、音節にさえ比較されえないということを、多少とも分別のある人なら誰でも、見抜くに違いない……しかしこのことに、より厳密な規定によってもっと手厳しく対処し次のように問わなくてはならない。火それ自体というものがあるのか、また習慣に基づいて、個別的にそれ自体として存在するものとして表している別のすべてのものもそのような事情にあるのか、と。あるいは、目で見るか、さもなければ何らかの形体の感受を通じて知覚する事物にのみ、本来の現実は帰属するのか、また、事実それ以外の別のものは何も存在しないのか、と。したがってわれわれが常に純粋に思考上の形態であるものを、実のところ単なる名前以外の何ものでもないのに、各々の所与のものとして措定する場合、それは空虚なまやかしであるのか、と。……このことについて、以下のように私の意見を述べる。つまり、理性と真の思念とが、二つの相異なった認識のあり方であるならば、われわれに知覚できない、唯一思考において把握されうるそれ自体として存在するイデアがなくてはならない。[34]」プラトンが、彼の根本直観にしたがい歩む道がここで明確に見て取れる。理性認識と悟性認識の彼の概念から、つまり、弁証法と推論的思考法の彼の概念から、プラトンは自然存在の元素を全く新しいやり方で規定している。この概念から彼が見出すのは、これらの元素は知覚可能な実体ないしは質においてではなく、純粋な数学的形態ならびに数学的比例の法則性においてのみ求められてしかるべきであるということである。われわれが形体世界の美と呼ぶものすべてもまた、それらに基づいている。われわれがその外的現象ならびにその目に見える輪郭において、内的な尺度つまりその根底にある数的規定を知覚するならば、そうした形体はわれわれにとって美しいと称せられる。というのも、善なるものすべては、——と、『ティマイオス』は、はっきり強調している——必然的に美しい、しかし美しいものは尺度にしたがって整えられている（πᾶν δὴ τὸ ἀγαθὸν καλόν, τὸ δὲ καλὸν οὐκ ἄμετρον）からである。[35] 思考の歴史においてはじめてきわめて明確に純粋な美的満足の概念を確定し、美しい色彩や形態、匂いや音における喜びを「純粋な」喜びとみなしている『ピレボス』もまた、ただちに次のように付け加えている。たいていの人々が美と呼ぶようなもの——例えば、生ける形体の美、あるいはある種の絵画の美——は、形態の美として規定することはできない、と。「そうではなくて私は、真っ直ぐなもののことを言っているのである、とロゴスが言う。そして丸いもの、またこれらからなる、定規と直角定規により規定され、コンパスで描かれる平面と立体のことを言っているのである。というのも、これらすべては他のものとは違って、ただ単に何かとの関わりにおいて美しいのではなく、それ自体として、またその本性に従い美しいからであり、また感覚器官を刺激することとはなんの関係ないそれ特有の喜びを与えるからである。[36]」

　またしてもわれわれはここにおいて、ゲーテの世界とプラトンの世界が直接触れ合うように見える地点にいる、——しかしそれにもかかわらずここでは、両者の隔たりがそれだけいっそう明確になる。ゲーテにとっても、美は、そして、芸術は、理念と現象の本来の仲介者である。「真の仲介者は、芸術である。芸術について語るということは、仲介者を仲介しようとすることを意味する」[37] とゲーテは、かつて語っている。現象する法則は、最大の自由において、その最も固有の諸条件に従い客観的美を産み出す[38]、ということを彼もまた明言している。こうして彼にとって芸術家の様式（Stil）は、認識の最深の根底に基づく、つまり、目に見え、手でつかみ得る形態において認識することがわれわれに許されている限りでの事物の本質に基づくのである。*24 きわめて明確に、合理主義的定式化の逆説性に迫るまでに、ゲーテは、美と真理のこの連関を際立たせる。芸術は彼にとってもう一つの自然であり、秘密に満ちているが、それ以上に理解できるものである。というのも芸術は悟性に発しているからである。(39) しかし、このゲーテの「悟性」は、プラトンのロゴスではない。ゲーテは、現象の背後にその数学的法則を探し求めない、――つまりわれわれが、空気あるいは火と、土あるいは水と呼ぶ感性的知覚質の背後に、自然の確固とした立体幾何学の根本形式を探し求めない。というのも、数えることと分離することは、ゲーテの本性（Natur）にはなかったからである。彼が探し求める法則は、現象そのものから分離されるべきではなく、現象をその最高の契機において確保し明確に表現すべきものである。それは、なお現象の表面に即して、新しい特有の深さを啓かにすべきものである。直観において与えられているものを、抽象的数学的思考の形成物に代えることによってこうした表面を破壊する者、――その者はまたこの深さを把握することが出来ない。こうしてゲーテもまた、天才に要求される最初にして最後のものは真理愛であることを明言する。(40) しかし、彼の真理、つまり芸術家の真理は、客観化する科学の形式において、つまり算術の純粋な数と幾何学の純粋な形態において表され確保される真理とは別のものである。

更に別の面から、最終的に、プラトンとゲーテの間の同じ基本的関係が把握されうる。プラトンは、彼の中期の著作において説いているように見える個別イデアの固定的隔離に留まり続けるのではなく、彼は――『パルメニデス』、『ソピステス』、『ピレボス』において――十分な批判的意識を持ってこうした状態を越えていく。自分自身を守り続けて、一切の多（Vielheit）を自身から締め出したエレア学派の一（Einheit）に代わって、イデアの内的多様性ならびに特殊化が登場する、――エレア学派の「万有静止論」に代わって、運動が純粋な形式の世界の構築と認識において必然的契機であるという学説が登場する。生成は、これによって新しい意味を獲得する。というのも生成は、もはや専ら感性的知覚の領域に属するのではなく、叡知的なものの領域、つまり純粋な存在の領域へと入ったからである。「発生（Genesis）」は、もはや単なる未規定性をではなく規定への道を意味する。つまり、「存在への生成」（γένεσις εἰς οὐσίαν）[*25]が生じる。今やイデアの国も、もはや固定的に切り離された領域として現れるのではなく、存在の総体を満たし霊活化する。つまり、「イデアの共同体」から、プラトン哲学は、世界霊の思想へと更なる歩みを進めるのである。「しかし誓って言うが」――と『ソピステス』の中に述べられている――「どうしてわれわれが、〈実のところ、運動と生と霊は、真の存在者に固有のものでは全くない、存在者は、生きることも考えることもせず、崇高にして神聖である、しかし理性を欠き動くことなく立ちつくしている〉、などという口車に簡単に乗ろうとするだろうか。」こうした問いは、ひとたび打ち立てられた後、限定なしに否定される。コスモスの数学的秩序は、最高の知恵がそこにおいて支配していることを示している。しかし、知恵と理性は、霊無しには存続し得ない。こうしてツォイスの本性（Natur）の内に、つまり万有の本性（Natur）の内に、王たる霊と王たる理性が第一原因の力によって住んでいるのである[41]。見ての通り、まさにこうした彼のイデア論の内的な体系的問題からプラトンは、彼の生の理論へと、世界の霊活化へと歩みを進めていく。すでに『パイドン』においてプラトンは、他のイデア、つまり数学的イデアと倫理的イデア、真っ直ぐなものと等しいもののイデア、正しいものと美しいもののイデアに、生のイデアを併置する。しかしこのイデアは、ここではプラトンの霊魂論の深化に役立っているに過ぎず、いまだ自然の問題にたいする直接的な関係は無い。今やこれにたいしてプラトンの思考が、『パイドン』、『国家』、『テアイテトス』において、その論理的な道を最後まで踏破した後、彼は新たな仲介によって自然へ戻ってくる。認識をその構造ならびにその妥当性において把握するためにプラトンは、判断の基本的問題ならびに原問題から出発する。判断においては、概念の固定的個別化の仮象は解消する。判断において明瞭となるのは、真理としたがって存在（οὐσία）は、決して個別の概念そのものにではなく、概念の絡み合いと相互規定にのみ帰するということである。存在が認識されるべきであるならば、概念相互が必然的に措定し合う、あるいは必然的に相互に締め出しあう、といったような概念の絡み合い、そうした概念間の連関ならびに区別がなくてはならない。[42] こうしてこの関係の論理的問題、つまり、判断における諸概念の関連と結びつきの問題からまさに、プラトンにとっては、運動の、つまり生成の新たな評価が生じるのである。論理的コスモスが、物理的コスモスの鍵となる。純粋にそれ自体として数学ならびに弁証法において発見されていた理性法則が、その具体的な模像と反対像を万有の理性の内に見出す。概念における形式的合目的性から、プラトンは事象の内容的合目的性へと歩みを進める。概念形式を隔離するのではなく、死せる集合として受け取るのではなく、概念の全体が真の体系、すなわち有機的全体であるということがまさしく彼にとっては弁証家を特徴づけているのである。ここには、彼にとって部分に部分が連なっているのではなく、自然に適った区切りと区分があり、それを把握することが弁証法の課題であり技である。司祭が、随意にではなくそのつど適切な関節に切れ目を入れることにより、供儀動物を技法通り解体するように、弁証家もまた、彼の行う分割を、概念の自然に適った分節にしたがって（κατ' ἄρθρα ᾗ πέφυκε）遂行しなくてはならない。[43] プラトンが、概念的分割（διαίρεσις）のこの処置を彼の学園で行った様子、また彼がその際、自然形式の構成の問題へ、つまり生物学的な種概念ならびに上位・下位関係へも導かれた様子を、きわめて間接的な古代の報告からであるにせよわれわれは知っている。しかしながら、天文学つまり星辰の秩序と運行は、星辰自体のために考察の価値があるのではなく、それがわれわれに数学的計算のための「例証」を提供している限りにおいて価値があるということをプラトンが『国家』の中で説いているように、――彼にとっては自然形式の領域全体も結局のところ、そこにおいて純粋な概念形式の関係を把握するための唯一大きな例証、パラディグマであるに過ぎない。人間にとってもはやいかなる手で摑みうる形象も無いすべての存在の最高の原形態へと向かって進んでいくことが出来るようにするためには、目に見える形式とその構成ならびに分割においてわれわれの視力が訓練され鋭敏にされるべきである。「というのも、最も大きく最も美しいものとしての非形体的なものは、概念においてつまりロゴスにおいてのみ明確に把握され、他のいかなる方法においても明確に把握されないからである。[44]」

ここにおいても、ゲーテの形式概念とプラトンの形式概念との間の本来の相違、つまり原理的な精神的な相違がきわめてはっきりしてくる。プラトンが、概念の結合と分割（*συναγωγή* と *διαίρεσις*）について語るところで、ゲーテは、自己自身において自己を分離し、常に新たな生産活動において自己自身に還帰する生の永遠の収縮と拡張について語る。プラトンが、論理的原問題を見たところで――ゲーテは、有機的事象の大きな結合（*σύγκρισις*）と分離（*διάκρισις*）の直観に安らう。プラトンが、判断の不可欠の論理的両契機として認識している一と多を、ゲーテは、吸気と呼気と同じく同一の生の過程の局面とみなす。しかしゲーテが哲学において探し求め、また哲学に要求したのは、哲学が彼のこうした大きな根本直観を強固にし、立証すべきであるということに他ならない。「私が哲学にたいしてどのような態度を取るかを」――とフリッツ・ハインリヒ・ヤコービ宛のよく知られた手紙に書かれている――「君にはまた容易に考えられることだが、哲学が分離をこととするなら、私は、哲学とうまく折り合っていけない。……しかし、哲学が統一するなら、あるいはむしろ哲学がわれわれの根源的な感情を、われわれが自然と一つであるかのように高め、確かなものとし、深い静かな直観に変え、この直観の絶えざる結合（*σύγκρισις*）と分離（*διάκρισις*）においてわれわれが神的生を感じるなら、そのような生を送ることがわれわれに許されていなくとも、そうしたときは哲学は私には歓迎すべきである。[45]」したがってプラトンは概念の結合（σύγκρισις）と分離（διάκρισις）から、自然の結合（σύγκρισις）と分離（διάκρισις）に達したが、ゲーテにはこれと反対の道が当てはまる。プラトンは、イデアから出発し、イデアを結局自然において再発見するが、ゲーテにとっては、生の原現象が第一のものであり、それによって彼にはすべての理念的なものがはじめて把握可能となり、はじめて仲介される。「神的なものと同一である真なるものは、決してわれわれには直接認識され得ない。われわれはそれを、反映、例証、象徴において、個々のまた類似した現象において直観するにすぎない。われわれはそれを、把握し難い生であると認めるが、やはりそれを把握したいという願いを禁じ得ない。このことは把捉可能な世界のすべての現象について当てはまる。[46]」こうしたゲーテの文章は、一見したところ場合によっては純粋にプラトン的であると思われるかもしれない。しかしより厳密に考察すれば、ただちに決定的な違いが見出される。この「把握し難い生」、その直観はゲーテにとって結局到達不可能なものであるが、これがプラトンの世界のイデアならびに生のイデアと、つまり「叡知的な生けるもの」（νοητὸν Ζῷον）と特徴的な対照をなしている――（プラトンにおいては）この「叡知的な生けるもの」を模範として、この目に見えるコスモスが形成されているのである。というのもプラトンのこの「叡知的な生けるもの」は、このわれわれの世界がわれわれ自身ならびにすべての目に見える被造物を含んでいるのと同じく、すべての生けるものの理性のイデアを内包している、したがってそれ自体すべてを包括する最高の理性内容であるからである。つまりそれは、すべての考えられたもののうちで最も美しく、またあらゆる点で最も完成されたものであるからである。[47]原現象（の直観）に達したならゲーテは分に甘んずるが、この原現象は、プラトンにあっては考えられた最高のものであり認識された最高のものである、――つまり、本体（Noumena）の国の最終的なものである。

こうしてプラトンとゲーテとを対置することにより、常に新たに明らかとなるのは、いかにここで二つの大きな精神世界が相互に触れ合うかということ、また他方、特定の客観的モチーフにおけるあらゆる類似性にもかかわらずやはり、この二人の「資格のある個人」[*26]がいかに対照的であるかということである。二人は各々、世界問題ならびに生の問題の全体を特有の仕方で感じ把握しているのである。こうした類似性とこうした対立において、真理ははじめてその具体的な歴史的生を持つ。「真なるものが、具体化されるということは必ずしも必要ではない。それが、精神的にあたりに漂い調和を引き起こすなら、それが、鐘の音のように厳粛に親しげに空をうねるなら、それですでに充分である」[*27]とゲーテはかつて述べている。歴史を精神的に把握する者、また精神的なものを歴史的に把握する者、この者はいたるところでこの厳粛に親しげな鐘の音を聞く、――そしてこの鐘の音は、彼のために心を癒す基本的調べを奏でる、これが、外的な事象のあらゆる混沌とした錯綜状態のなかで、本来の世界史つまり精神的世界史の内的調和を彼に保証するのである。

(本翻訳は、ハンブルク版カッシーラー全集一八巻ならびに、Ernst Cassirer: "Goethe und die geschichtliche Welt", Hamburg 1955. の当該箇所を参照した。)

原注

(1) このことについては、K・フォアレンダーの指摘を参照 (In: Kant-Studirn, 2 (1899), S. 221.)。

(2) ゲーテ『キリスト教の啓示の同志としてのプラトン』ワイマル版ゲーテ全集、第二部「自然科学論集」四一巻、一六九頁以下 (ハンブルク版ゲーテ全集、一二巻、二四五頁参照)。

(3) ゲーテ『主観的視点において見ること』ワイマル版ゲーテ全集、第二部「自然科学論集」一一巻、二七五頁。

（4）ゲーテ『対話録』日付なし。四巻、四六八頁以下参照。（J. D. Falk: Goethe aus näherm persönlichen Umgange. より収録。）
（5）ゲーテ『箴言と省察』Nr. 663（ハンブルク版ゲーテ全集、一二巻、四一四頁、Nr. 360）。
（6）プラトン『ピレボス』59AB、ならびに、『ティマイオス』29C、『パイドン』65D、79A 以下参照。
（7）ゲーテ『箴言と省察』Nr. 555（ハンブルク版ゲーテ全集、一二巻、四三八頁、Nr. 538）。
（8）プラトン『クラテュロス』386A-E、439C 以下。
（9）ゲーテ『箴言と省察』Nr. 599（ハンブルク版ゲーテ全集、一二巻、四四七頁以下、Nr. 604）。
（10）エッカーマン『ゲーテとの対話』一八二九年二月一三日。
（11）ゲーテのツェルター宛手紙、一八〇三年八月四日（ハンブルク版ゲーテ全集、二巻、四五四頁）。（カッシーラーの引用文の中の「見つけ出す（aufsuchen）」は、ゲーテの原文では「すばやく捉える（aufhaschen）」。）
（12）エッカーマン『ゲーテとの対話』一八三二年三月一一日。
（13）ゲーテ『色彩論』歴史編、ヴェルラムのベーコン、ワイマル版ゲーテ全集、第二部「自然科学論集」三巻、二二七頁以下。（ハンブルク版ゲーテ全集、一四巻、九〇頁参照。）また、ゲーテ『Dr. J. ユンギウスの生涯と功績』ワイマル版ゲーテ全集、第二部「自然科学論集」七巻、一一五頁。
（14）ゲーテ『直観的判断力』ワイマル版ゲーテ全集、第二部「自然科学論集」一一巻、五五頁。（ハンブルク版ゲーテ全集、一三巻、三一頁。）
（15）ゲーテ『Dr・J・ユンギウスの生涯と功績』ワイマル版ゲーテ全集、第二部「自然科学論集」、七巻、一二〇頁。
（16）ゲーテ『イタリア旅行』アルバーノにて、一七八七年一〇月五日。
（17）ゲーテ『動物哲学の原理』ワイマル版ゲーテ全集、第二部「自然科学論集」、七巻、一八九頁以下。（ハンブルク版ゲーテ全集、一三巻、二三四頁。）
（18）ゲーテ『植物の生理学のための予備研究』ワイマル版ゲーテ全集、第二部「自然科学論集」、六巻、二九七頁。
（19）ゲーテ『箴言と省察』Nr. 616（ハンブルク版ゲーテ全集、一二巻、四二二頁、Nr. 417）参照。
（20）ゲーテ『熟慮と帰依』ワイマル版ゲーテ全集、第二部「自然科学論集」一一巻、五七頁。（ハンブルク版ゲーテ全集、一三巻、三一一三二頁。）

（21）ゲーテ『植物の生理学のための予備研究』ワイマル版ゲーテ全集、第二部「自然科学論集」、六巻、三五八頁。

（22）ゲーテ『箴言と省察』Nr. 643（ハンブルク版ゲーテ全集、一二巻、四九一頁、Nr. 892）、ならびに著者の論文集『理念と形態』（“Idee und Gestalt”, Berlin 1921.）九頁以下における『ゲーテのパンドーラ』（“Goethes Pandora”）を参照（本訳書三一一三四頁）。

（23）ゲーテ『箴言と省察』Nr. 183（ハンブルク版ゲーテ全集、一二巻、四六七頁、Nr. 719）、ならびに、エッカーマン『ゲーテとの対話』一八二五年六月五日参照［正しくは、一八二六年六月五日であろう］。

（24）ゲーテ『烏帽子貝』ワイマル版ゲーテ全集、第二部「自然科学論集」八巻、二五九頁参照（ハンブルク版ゲーテ全集、一三巻、二〇六頁）。

（25）プラトン『国家』515E以下、ならびに、504D以下参照。

（26）ゲーテ『類稀な機知に富んだ言葉による意義深い助成』ワイマル版ゲーテ全集、第二部「自然科学論集」一一巻、六〇頁（ハンブルク版ゲーテ全集、一三巻、三八頁）。

（27）ゲーテ『箴言と省察』Nr. 52（ハンブルク版ゲーテ全集、一二巻、四六九頁、Nr. 737）。

（28）ゲーテ『植物学』ワイマル版ゲーテ全集、第二部「自然科学論集」六巻、二二六頁。

（29）ゲーテ『色彩論』講述編、ワイマル版ゲーテ全集、第二部「自然科学論集」一巻、二八七頁（ゲーテ『色彩論』講述編、七二〇項、ハンブルク版ゲーテ全集、一三巻、四八二一四八三頁）。および、ワイマル版ゲーテ全集、第二部「自然科学論集」六巻、二二一頁参照（ゲーテ『箴言と省察』Nr. 412（ハンブルク版ゲーテ全集、一二巻、三六七頁、Nr. 17）参照）。また、ゲーテ『K・W・ノーゼ』ワイマル版ゲーテ全集、第二部「自然科学論集」九巻、一九五頁参照。

（30）プラトン『国家』、510B以下。

（31）プラトンの関与（μεθεξις）の問題全体にたいして、著者は、エルンスト・ホフマンの優れた叙述（Sokrates, Zeitschrift für das Gymnasialwesen, 1919, S. 48ff.）を指摘する。（ハンブルク版カッシーラー全集の脚注では、出典に関して以下のように改訂されている。）［“Methexis und Metaxy bei Platon”, in: Sokrates. Zeitschrift für das Gymnasialwesen, Neue Folge, 7. Jg., 73 (1919), darin: Jahresberichte des Philologischen Vereins zu Berlin, 45 Jg., S. 48-70.］

（32）プラトン『ティマイオス』92C。
（33）プラトン『ティマイオス』47B。
（34）プラトン『ティマイオス』48B 以下、51C 以下。
（35）プラトン『ティマイオス』87C、および、特に、53E 参照。
（36）プラトン『ピレボス』51C、および、特に『国家』583B 以下参照。
（37）ゲーテ『箴言と省察』Nr. 413（ハンブルク版ゲーテ全集、一二巻、三六七頁、Nr. 18）、および、Nr. 384（四六八頁、Nr. 729）参照。
（38）ゲーテ『箴言と省察』Nr. 1346（ハンブルク版ゲーテ全集、一二巻、四七〇頁、Nr. 747）。
（39）ゲーテ『箴言と省察』Nr. 1105（ハンブルク版ゲーテ全集、一二巻、四六七頁、Nr. 722）。
（40）ゲーテ『箴言と省察』Nr. 382（ハンブルク版ゲーテ全集、四七二頁、Nr. 759）。
（41）プラトン『ソピステス』248E 以下、『ピレボス』30C。
（42）プラトン『ソピステス』249A 以下。
（43）プラトン『パイドロス』265D 以下、『政治家』、259D、287C。
（44）プラトン『政治家』285D、286A。
（45）ゲーテのF・H・ヤコービ宛手紙、一八〇一年一一月二三日（ハンブルク版ゲーテ書簡集、二巻、四二三頁）。
（46）ゲーテ『気象学の試み』ワイマル版ゲーテ全集、第二部「自然科学論集」一二巻、七四頁。（ハンブルク版ゲーテ全集、一三巻、三〇五頁。）
（47）プラトン『ティマイオス』30C/D。

訳注

＊1 ［初出：Sokrates. Zeitschrift für das Gymnasialweswn, Neue Folge, 10. Jg. Der ganzen Reihe LXXVI. Band. Berlin: Weidmannsche Buchhandlung 1922; S. 1-22. Auf S. 1 heißt es in Anm. 1: “Vortrag gehalten am 12. Nov. 1920 in der Goethe-Gesellschaft zu Berlin.”］

なお、前記は Ernst Cassirer: "Goethe und die geschichtliche Welt", Hamburg 1955. 所収の "Goethe und Platon" の編者の指摘（X頁）に拠る。

*2 ゲーテの詩『遺訓』ハンブルク版ゲーテ全集、一巻、三七〇頁参照。

*3 プラトン『パイドン』78C。

*4 プラトン『ティマイオス』、29C。

*5 ゲーテ『箴言と省察』Nr. 601（ハンブルク版ゲーテ全集、一二巻、四四七頁、Nr. 600）。

*6 ゲーテ『対話録』一八三〇年七月二日。

*7 プラトン『国家』、509B。

*8 プラトン『ソピステス』、246B。

*9 ゲーテ『ファウスト』一二一〇八―一二一〇九行参照。

*10 ゲーテ『箴言と省察』Nr. 642（ハンブルク版ゲーテ全集、一二巻、四九一頁、Nr. 891）参照。

*11 ゲーテ『箴言と省察』Nr. 643（ハンブルク版ゲーテ全集、一二巻、四九一頁、Nr. 892）参照。

*12 ゲーテの詩『シラーの「鐘の歌」へのエピローグ』、ハンブルク版ゲーテ全集、一巻、二五八頁参照。

*13 ゲーテ『ディドロの絵画試論の注釈』、アルテミス版ゲーテ全集、一三巻、二一〇頁。

*14 ゲーテ『自然の単純な模倣、マニール、様式（Stil）』、ハンブルク版ゲーテ全集、三〇―三四頁参照。

*15 ゲーテ『色彩論』講述編、序論、ハンブルク版ゲーテ全集、一三巻、三二四頁参照。

*16 ゲーテ『色彩論』講述編、序論、ハンブルク版ゲーテ全集、一三巻、三二三―三二四頁。

*17 ゲーテ『ファウスト』四七〇四―四七二七行。

*18 ゲーテ『ファウスト』六二二三―六二二四行参照。

*19 ゲーテ『ファウスト』六二七二行。

*20 ゲーテ『ファウスト』四七一三―四七一四行参照。

*21 プラトン『パイドン』97E。

*22 プラトン『パイドン』99E。

＊23　プラトン『ティマイオス』53B。
＊24　注＊14に同じ。
＊25　プラトン『ピレボス』26D。
＊26　ゲーテ『箴言と省察』Nr. 663（ハンブルク版ゲーテ全集、一二巻、四一四頁、Nr. 360）参照。
＊27　ゲーテ『箴言と省察』Nr. 466（ハンブルク版ゲーテ全集、一二巻、三七二頁、Nr. 53）。

カントとゲーテ[*1]

「カントとゲーテ」という問題は、きわめて汲み尽くし難くみえる精神史の諸問題の一つである。この問題は、繰り返し、徹底的にまた細部にわたり、哲学者や文学史家たちによって取り扱われてきたが、その都度考察を促し常に新たな問題を提起している。なるほど確かに文学史的な側面から見れば、今日では、問題は解明されているようにに見える。ワイマルのゲーテ・アルヒーフが開かれて以来、われわれは、ゲーテをますますカントに近づけていくほとんど中断されたことのない、静かなまた常なる発展の証しを、ほとんど完全に、記録に裏付けられた精確さをもって見渡している。最初のうちは、ゲーテには、異質との感情、それどころか新たな学説を受け入れることへの躊躇の感情が勝っている。この新しい学説をゲーテは、彼自身の本質に敵対的とは言わないまでも、やはりひどく対立的なものと感じているのである。「迷宮そのものの中へは、敢えて入ってゆくことはできなかった。ときには詩的才能が、あるいはまた人間悟性が、私がそうするのを妨げた。私はどこでも、自分が前より良くなっているとは感じなかった[*2]」とゲーテは後に記している。しかし彼は、すでに早い時期に、こうした躊躇の感情を克服した。彼は自分自身の力で、全く独特の、彼にのみふさわしいカントへの道を切り開いた。このことのために、シラーによる精神的影響は必要ではなかった。彼自らが、この道を見出しこの道を歩んでゆくのである。「ゲーテは、八日間ここにいました」——とケルナーは、すでに一七九〇年一〇月にシラーに宛て書いている——「彼とおおいに生活を共にしました。まもなく前よりいっそう彼に接近することができました。彼は、考えていた以上に腹蔵なく話しのできる人でした。あなたが、われわれの一番の接点はどこであったかを推測することは難しいでしょう。ほかでもありません、カントなのです！　目的論的判断力の批判において、彼は哲学のための養分を見出したのです。」思考と行為は、ゲーテにとって、どこにおいても分離されてはいなかった、また、人は「科学においても、そもそも何も知ることはできず」、一切ことごとくは、常になされることを欲している、ということをゲーテは確信していたが、[*3]『判断力批判』においても、彼の哲学にとっての養分を捜し求めただけではない。この著作は「彼の最もかけ離れた仕事」である詩作と自然考察を一つにまとめ、共通の原理から生ぜしめていたが故に、この著作のおかげでこの上なく喜ばしい一時期を送ることができた、と彼は告白している。[*4]こうした影響は、時が経つうちにますます深くなった。「私が、偉大な先駆者ならびに同時代の人たちに負うていたことのすべてを言うことができるとしたら」——とゲーテは七六歳の時にエッカーマンに語っている——「われわれ自身のものと呼べるものは多くは残ってはいないであろう。しかしその際、われわれの人生のどの時期に、他の重要な人物の影響を受けるかということは決してなおざりにできることではない。レッシング、ヴィンケルマン、そして、カントが、私より年上であったこと、先の二人からは私の青春時代に、最後のカントからは年老いて影響を受けたということは、私にとってたいへん意味のあることであった。[*5]」しかしこうした影響の本質は何であったのか。ここでの精神的仲介の本来の契機は何であったのか。どのような方向にそれは働いたのか。

こうした問題に対しての、はっきりした明確な答は今なお決して与えられてはいない。このような答を見出そうとするなら、私の見る限り、ゲーテに関する文献においてほとんど活用されなかった、ましてや完全に満足いくように説明されることのなかったゲーテの意見を引き合いに出さなくてはならないように思われる。「カントは、私に注意を払わなかった」――とゲーテは、一八二七年に述べている――「私は自己の本性から、彼と似た道を歩んでいたのであるが。私は、カントについて幾許かを知る前に、『植物のメタモルフォーゼ論』を書いた。しかしそれは、彼の学説の意味において書かれている。[*6]」一見するとこのような意見は、ただ単に不明瞭であるだけではなく全く逆接的である。というのも、『植物のメタモルフォーゼ論』の中に描出されているようなゲーテの自然観と、カントの自然観との間に、いかにしたら何らかの仲介ないしは融和が考えられるであろうか。カントにとっては、自然は「普遍的法則に基づいて規定されている限りでの、事物の現実存在である」[*7]。この普遍的法則は、精密科学、つまり数学と物理学によって確定される。したがって悟性が、「自然の創始者」である。悟性は、普遍的概念、カテゴリー、そして総合的諸原則において明かされる。悟性のこうした形式の描出と体系的整備においてカントが最も依拠しているのは、ニュートンである。彼が、経験の可能性の条件として、したがって経験の対象としての自然の可能性の条件として立てている個々の概念は、一つ一つが、ニュートン物理学の体系に対応している。実体概念においてはニュートンの慣性の法則が、因果概念においては、ニュートンの原因と結果の関係の法則、相互作用の概念、作用と反作用の同一性の命題が、その根拠づけ、〈アプリオリな〉正当化を見出す。しかし、自然を普遍的な数学的に把握可能な法則へと、つまり、機械論の原理へとこのように還元することは、ゲーテの本質ならびに彼の自然観に最も深く逆らうものであった。そうしたことに対してゲーテは、彼の生涯を通じて憤慨しますます激しく戦った。したがって、『色彩論』の論争編の著者が、いかにしてカントを引き合いに出すことができたのであろうか。ゲーテは、彼の自然観ならびに彼の精神的世界構築において、いかにしてカントと同じような道を行ったと信じていけたのか。ゲーテは、どこにおいても通常は、自然を数量へと、法則と原理へと還元する概念的分析に、自然の説明というよりむしろ自然の破壊を見なかったであろうか。カントは、こうした分析の方向において、ニュートンよりさらに一歩先を行っていなかったであろうか。彼は、特殊自然法則を普遍的悟性法則の特殊化に過ぎないと説明しなかったであろうか。したがって明瞭なのは、ここにカントとゲーテの間の関係が現に在るとしたなら、それは両者の自然観の内容に求められてはならないということである。しかしゲーテの「メタモルフォーゼ」の思想もまた、彼自身にとって、特定の内容的諸関係の確定以上のもの、つまり植物世界の考察において彼に押しかけてきた特定の個別的諸事実の確定以上のものを意味していた。ゲーテは年をとるにつれ、ますますこうした思想に、自然考察の一つの形式、一つの理念的「原則」を見た。「メタモルフォーゼの根本原則を」――とゲーテは、かつてはっきり強調した――「あまりに広く説明しようとしてはならない。つまりそれは、理念と同じように豊かで生産的であるというなら、それが最善である。」[*8]こうした理念、その内容とその精神的傾向だけは、カントと比較する場合に、引き合いに出すことができる。ここにおいて事実、両者の連関が依拠する基本的契機が明瞭に示されうる。ゲーテのメタモルフォーゼの原理について讃えるべきは、これを通じて、これまでの生けるものの考察を支配していた「固定した表象方式」[*9]が克服され破壊されたということである。「しかるべき注意を向けようとするならば、すべては出来上がって現存しているに違いないという確信が、この世紀を全く霧のように包んでいた。かくして、こうした思考方法は、最も自然で最も適切なものとして、一七紀から一八世紀へ、また一八世紀から一九世紀へと移っていった、そしてただちにそうした思考方法に従い有効に働き、存立するものをわれわれに明晰判明に披露するであろう。他方、理念的な思考方法は、永遠なるものを過ぎ去るものの内に直観させ、われわれは次第にそれによって、人間悟性と哲学が統合されるであろうしかるべき立脚点へと高められるのを自覚するのである。」[*10]

今やゲーテは、このような統合の目的が、カントの学説においていっそう身近になったと思った。というのもここで事実、カントの問題とカントの歩む道が、ゲーテの道に類似したものとなっているからである。ゲーテが植物学において為したと同じように、カントは形而上学において固定した実体的表象方式を克服する。前者のリンネに対する関係が、後者のヴォルフに対する関係である。「発生的眼差し」を持つ自由へと高まる力を、自らの内に持ち培うことをしない者は、カントの超越論的観念論の理解を会得することはできない、とかつてフィヒテが述べている。[*11] この「発生的眼差し」を、ゲーテは、自然の諸形式の世界にたいして、カントは、概念の諸形式の世界にたいして所有していた。両者は、「発生」の思想を、経験的・時間的意味においてではなく理念的意味において把握した。両者は、それによって、単純に現存する事実を分類し現存するものを記述しようとするのではなく、理解の新しい道を世界の新たな「意味」にたいして開こうとするのである。ゲーテは、リンネの植物学の固定的な種別概念を退け、植物と植物の形式の現実存在を、その生成の諸条件から説明する。カントは、独断的形而上学の存在概念を解消する。認識の真の対象は、彼にとって、「物自体」つまり絶対的実体ではなく、彼自身がまたしても「可能性の諸条件」へと還元しそこから生ぜしめるところの経験の対象である。こうして事実、カントとゲーテが追究したのは、特定の新しい思考の方向ならびに道程の方向である。この共通性は、両者が考察のこの根本形式を実証する領域が、相互に隔たるところが大きければそれだけいっそう意味深いものである。両者の領域は、全く相異なった次元に属している。しかしそれにもかかわらず、両者は、いわば両者が交差する同一の理念的地平を規定した。ここでの問題は、もはや、文学史的に指摘されうる個別的な「影響」ではなく、究極の深みへと立ち返ることを指摘する衝突である。ここからドイツの精神史は生じ、その構造と形式を獲得するのである。

（本翻訳は、ハンブルク版カッシーラー全集一六巻の当該箇所を参照した。）

訳注

＊1　［初出：Allgemeine Zeitung (Süddeutsches Tablatt. Großdeutsche Rundschau), Sonntags-Ausgabe, Jg. 27, Nr. 145, München 20. April 1924, S. 10.］

＊2　ゲーテ『近代哲学の影響』ハンブルク版ゲーテ全集、一三巻、二七頁参照。

＊3　ゲーテ『箴言と省察』Nr. 415（ハンブルク版ゲーテ全集、一二巻、四〇七頁、Nr. 304）参照。

＊4　ゲーテ『近代哲学の影響』ハンブルク版ゲーテ全集、一三巻、二七頁参照。

＊5　エッカーマン『ゲーテとの対話』一八二五年五月一二日。

＊6　エッカーマン『ゲーテとの対話』一八二七年四月一一日。

＊7　カント『すべての将来の形而上学のためのプロレゴメナ』一四節、カント全集（Immanuel Kant: Werke in Zehn Bänden, Darmstadt 1968）五巻、一五九頁［カッシーラー版カント全集、四巻、四四頁（AA, Bd.4, S. 294.)］。

＊8　ゲーテ『対話録』一八三〇年七月二日。

＊9　ゲーテ『フランス従軍記』ペンパルフォルトにて、一七九二年一一月、ハンブルク版ゲーテ全集、一〇巻、三一四頁。

＊10　ゲーテ『Dr・J・ユンギウスの生涯と功績』ワイマル版ゲーテ全集、第二部「自然科学論集」七巻、一二〇頁参照。

＊11　［J。G・フィヒテ『意識の事実』（“Die Thatsachen des Bewußtseins”. Vorgetragen zu Anfang des Jahres 1813, in: Nachgelassene Werke, hrsg. von Immanuel Hermann Fichte, Bd. I, Bonn 1834, S. 401-574: S. 493）参照。］

自然研究者ゲーテ[*1]

研究者としてのゲーテを正当に評価するためには、彼が自然研究の領域で行った仕事は、彼の現実存在ならびに活動の全体において、狭い一断面にすぎず副次的で片手間のことにすぎないとするような考えは、特に棄ててかからなくてはならない。ゲーテは、その生涯を通じて、このような考えと戦わなくてはならなかった。しかし彼は、そうした考えに出会うたびに、常に激しく跳ねつけてきた。彼は、ここでは彼の創造活動の中心的領域が問題となっていることを、感じまた心得ていたのである。彼は、自己の芸術の創造活動と科学の研究活動との間に、なんら明確な境界を設けることはしなかった。というのもこの両領域は、同じ精神的な力を基としそれを絶えず糧としてきたことを彼は自覚していたからである。「構想力というこの天与の賜物を持っていない真に偉大な自然研究者などは」――と彼はかつてエッカーマンに語っている――「全く考えられない。私の言う構想力というのは、漠としたものに関わり存在もしない事物を空想するようなものではなく、現実の大地を立ち去ることなく、現実と、認識されたものとを尺度として、予感され推測される事物へと向かう構想力のことである。しかしこうした構想力はもちろん、生ける世界とその法則への大いなる展望を意のままにできる広い落ち着いた頭脳を前提とする。[*2]」

こうした言葉のうちには、ゲーテが自然科学の領域で行った仕事のすべてにたいする鍵がある。彼は、ただ単に重要な結果や新しい方法論的な観点を付け加え、自然研究を豊かにしただけではない。彼は、この領域において、それまで充分にまた力強く働いていたとはほとんどいえなかったような力を稼動させた。この力は、単にゲーテの詩作の力の傍らにあるのではなく、詩作の力と内奥において繋がっている。ゲーテが詩人として認めた「実在的なものの真理にたいするファンタジー」[*3]、これこそがまた彼に、自然の世界を開き、その形式の豊かさの全体を彼に与えた。というのもすべての形式は、生ける形式としてのみ考えられまた理解されうるものであること、ならびに、形式の世界は、その豊かさに入り込みそれを自己自身において内的にそれに倣って再生産することのできる者にのみ、その統一ある豊かな本質を開くということ、このことを彼は確信していたからである。このような再生産は、決して単なる悟性の仕事ではありえない。それには、形成し形態化する真に総合的な力が必要である。そして、研究にとっても芸術的形態化にとっても同じように本質的であるこの総合が、構想力の内に根拠を持ちそこに内在しているのをゲーテは自覚していた。われわれが高度の意味において発明ならびに発見と呼ぶものは、彼にとっては独創的な真理感情の意義ある実行ならびに活動であり、この真理感情は密かにずっと前に形作られており、思いがけず稲妻のような速さで実りある認識に至る。「それは、人間をして神に似ていることを気付かせる、内部から外部において展開する啓示であり、現実存在の永遠の調和について、この上なく幸せな確証を与えてくれる世界と精神の総合である。」[*4]

この啓示が、ゲーテの詩作の中でどのように現れるか、また、それが現実存在の新たな核ならびに意味をどのようにして開くかということは、ここで論究するつもりはない。天才に要求されうる、また要求されねばならない最高のものは、真理愛であるという命題は、ゲーテにとっては詩作においても妥当した。詩のヴェールをも、ゲーテは真理の手以外のいかなる手からも受け取ることはできなかったし、また受け取ろうとはしなかった。[*5] というのも彼にとっては、芸術的形態化においても、単に「考え出されたもの」あるいは「案出されたもの」は、なんら意味をなさなかったからである。彼にとってポエーティッシュな内実は、固有の生の内実に他ならず、これは、詩的形式を単なる覆いのように身にまとうのではなく、詩的形式においてまた詩的形式を通じて、自己自身を意識的にまた現在のものたらしめ、その純粋な本質性において自己を理解するために詩的形式を必要としたのである。自然の本質へと立ち至ろうとする試みも、ゲーテにあっては詩作と同じ道をゆく。ここでもまた彼が確信していることは、自然の諸形態を分析的にその部分に分解しようとしたり、あるいは単なる概念、つまり綱や種へと還元しようとしても、自然の本質にいっそう近づくことにはならないということである。芸術的直観と同じく、自然の直観も、むしろ発生的になされなくてはならない。自然の直観は、現前するものの展望で満足してはならず、生成そのものの法則の中へと入り込んでいかなくてはならない。生成されたものに止まることは許されず、生成の過程、ならびにその内的な法則を可視的にしなくてはならない。またしてもここにおいて、研究者の活動と芸術家の活動との間の、内的な、そして必然的な親和性が明らかとなる。詩人としてゲーテが繰り返し反対したのは、一人の人間の個別的な「特徴」を表すか、あるいは、一人の人間を単なる特徴あるいは性格的特性の総計へと分解したなら一人の人間を認識し記述したことになる、と思うような類の人間の描出である。このような類の個別的な処置は彼には、恣意的で、生命を欠き、非芸術的に思えた。ゲーテが人間の描出にたいして要求したもの、また『ヴェルター』や『タッソー』、『親和力』や『ヴィルヘルム・マイスター』においてまことに比類ない巧みさにおいて行使したもの、それは、情熱を「その微妙な、化学的親和性において」記述する技（Kunst）であった。「情熱はこの親和性によって、互いに引き合いまた反発し合い、結合し、中和し、また分裂しそして回復する」[*6]。自然に適用されたこうした処置の意味するところは、ここでもまた自然を、その諸特性において明らかにし、特定の種類に分類することのできる素材の単なる総計とみなすことで満足してはならないということである。真の自然経験もまた、生の繊細で微妙な移行現象のすべてに沈潜する者にのみ与えられる——彼は、生けるもの自体の継起的現象をありありと思い浮かべ、それらすべてにおいて、決して形式の固定した同一性、一様性をではないが、形式形成、形態形成と変成の同じ秘密の法則を発見する。こうした直観から、ゲーテには、メタモルフォーゼの理念が生じた。彼がこの理念から、自分自身ならびに自然考察の全体にたいして期待したこと、またこの理念を褒め讃えたのは、つまりこの理念によって、把握可能なものの迷宮の全体の中を適切に導かれ、分に甘んじなくてはならない把握できないものの限界にまで連れて行かれるということであった。この「把握できないもの」、それはゲーテにとって、形態無きものであったし、依然としてそのことに変わりはなかった。だがまた他方では、彼にとって形態化されたものの世界が把握でき親密なものとなったのは、その世界を、単なる結果としてではなく過程として、出来上がったもの生成したものとしてではなく生成しつつあるものとして、また生成と生産の活動そのものの只中で眺めやることができる場合だけであった。ゲーテが自己自身のために、また生物学的認識のために手に入れたこのような特徴的な観点を彼に与えることができたのは、ファンタジーの力に他ならない。内的に柔軟なファンタジー、つまりゲーテ自身の名づけるところに従えば「永遠に活動的で、常に新たで、一風変わったジュピターの娘」[*7]であるこのファンタジーが、生、ならびに自然の湧出する豊かさにたいする意味を彼に開いた。自然の内には「外部」も「内部」も無いということ、[*8]むしろ「内部の世界」も「外部の世界」も同じ法則に従い、相互に互いを通じてはじめて認識されうるということをゲーテが確信し得たのも、このファンタジーによるのである。

光学の領域におけるゲーテの業績も、同じ根本特徴を示している。というのもここにおいてもゲーテにとっての関心事は、色彩現象を個別現象として記述し、記録し、説明することではなかった。彼が示そうとしていたのは、それ自体において完結した世界としての、つまり特殊な全体としての「目の世界」[*9]であった。そしてそのために彼は、色彩の本来の源泉、その「根源」へ遡っていかなくてはならなかった。この根源を彼は光の内に見た。彼の課題はここでも、光の数学的・物理学的「説明」を与えることにあったのではなく、光をその現象の全体へと展開させること、つまりその表現の総体において展開させることにあった。きわめて特徴的なのは、ゲーテがここにおいても、つまり色彩の理解や取り扱いにたいしても、人間についての彼の根本直観に依拠しているということである。一人の人間の性格を記述しようとする努力は――とゲーテは、『色彩論』においてはっきり語った――本来、成果なきものである。むしろその人物の行動、活動を集め整えるべきである。そうすれば、その性格像が立ち現れてくるであろう。これと同じ意味において、ゲーテは色彩の「本質」を根拠づけようともしないし、色彩の発生の物理学的な理論を立てようともしないし、あるいは色彩にたいする数学的な公式を得ようともしない。彼は、色彩において「光の能動と受動」以外のいかなるものも見ないし、そこにそれ以上のものを捜し求めることはしない。*10 しかしながらこの光の能動と受動を、彼は、単に歴史的に追究しようとするのではなく、いかに色彩現象のすべてにおいて形態化の共通の法則が働いているかを明確にしようとする。こうしてゲーテは、彼の本質の内的必然性から、ニュートン、ならびにその後継の理論物理学が歩んだのとは別の道を行かねばならなかった。しかしながらわれわれは今日、ニュートンにたいする彼の批判にもはや従うことはできないし、色彩論の純粋に論争的な部分は、われわれにとっては歴史的な、また伝記的な関心を有するに過ぎないが、やはりゲーテの色彩論は全体として、いかなる点においても廃れていないし、あるいはまた凌駕されてもいない。というのも、ここにおいてもゲーテは鋭意、全く新たな決定的な認識を求めていったからである。彼は、物理学的光学にたいして「生理学的光学」を対置した、――彼は「主観的視点において見ること」*11を、科学的研究の新しい領域として初めて本来の意味において発見し、この領域の基本的法則をはじめて確定したのである。

（本翻訳は、ハンブルク版カッシーラー全集一八巻の当該箇所を参照した。）

訳注

＊1 ［初出：Hamburger Fremdenblatt. Rundschau im Bilde, 104. Jg., Nr. 79, 19. März 1932, Abendausgabe (Beilage: Goethe-Jahr 1932), S. 23.］

＊2 エッカーマン『ゲーテとの対話』一八三〇年一月二七日参照。この『対話』の終わりの「広い」（weiten）は、対話録の原文では、「豊かな」（reichen）となっている。

＊3 エッカーマン『ゲーテとの対話』一八二五年一二月二五日。

＊4 ゲーテ『箴言と省察』Nr. 562（ハンブルク版ゲーテ全集、一二巻、四一四頁、Nr. 364）。この引用文の「気付かせる」（inne werden läßt）は、ゲーテの原文では、「予感させる」（vorahnen läßt）となっている。

＊5 ゲーテの詩『献詩』ハンブルク版ゲーテ全集、一巻、一五二頁参照。

＊6 ゲーテのシラー宛手紙、一七九九年一〇月二三日、ハンブルク版ゲーテ書簡集、二巻、三九九頁参照。

＊7 ゲーテの詩『私の女神』ハンブルク版ゲーテ全集、一巻、一四四頁参照。

＊8 ゲーテの詩『エピレマ』ハンブルク版ゲーテ全集、一巻、三五八頁参照。

＊9 ゲーテのシラー宛手紙、一七九六年一一月一五日、ハンブルク版ゲーテ書簡集、二巻、二四四頁参照。

＊10 ゲーテ『色彩論』講述編、諸言、ハンブルク版ゲーテ全集、一三巻、三一五頁参照。

＊11 ゲーテ『主観的視点において見ること』アルテミス版ゲーテ全集、一六巻、八九三―九〇三頁参照。

ゲーテの形成（教養）ならびに教育の理念(1)*1

ゲーテは、一八一三年に作成したシェイクスピアについての論文に、「限りなきシェイクスピア！」という表題をつけました。*2「シェイクスピアについては、すでに非常に多くのことが言われているので更にそれ以上語るべきことはなにも残っていないかのように見える程であろう。だが、精神を永遠に励起するということが精神の特性である」とこの論文は書きはじめられています。ここでシェイクスピアにたいして述べられている考察は、今日再びゲーテについてあえて語ろうとするすべての者の念頭に、この上なく強く浮かんでくるに違いありません。ゲーテにむけられた考察にも、同じ弁明と正当化が適用されます。われわれを繰り返しゲーテに立ち返らせるのは、旧来の英雄崇拝の形式ではなく、われわれがこのようにゲーテへ絶えず立ち返るのは、各人が活動領域の如何にかかわらず、己自身に打ちたてざるを得ない内的な要求からです。ゲーテに向かうとき、くり返し彼の本質、そしてまた彼の仕事に発する「永遠の励起」を感じます。彼においてそしてまた彼を通じて、われわれは、個別化ならびに細分化の呪いから解放されているのを感じます。通常、日々の生活により強要されさえする錯綜した努力の一切が、彼において解きほぐされはじめるのです。というのも、ここにおいてわれわれは、いまだそれほどに明確となっていない個別性の各々のうちにおいて、全体を所有しているからです——「何処にいてもその場その場において、われわれは内部に在る。」*3このように、われわれの考察をどこからはじめようとも、それもまた根底においては同じことなのです、というのも、正しい方法で遂行されていくならば、どこからはじめようとも同じ目的に達するからです。「教育・授業中央研究所」という名のこの場所において皆さんに語る名誉と喜びを与えられた今日のこの日に、私が触れたいのは、この研究所の課題と直接に結び付いているゲーテの本質の一側面であります。ゲーテが教育者として何であったか、また教育という科学の根拠づけならびに理念的正当化のために彼が何をしたかについて私は語ろうと思います。しかしこのようにきわめて限定されたテーマも、さらにそれ以上の制約を必要とします。というのも、確固として完結した学の体系としてのゲーテの教育学について、つまり彼の教育学の理論的内容についてここで語るつもりはないからです。こうした内容については、しばしばまた立ち至って論じられました。こうした内容をゲーテは、皆さんの誰しもが生き生きと思い浮かべられる「遍歴時代」の教育州の記述においてきわめて高度の思想的含意をもって呈示しているだけになおさら、同じ内容を純粋にテーマとして繰り返すことは必要ではありません。しかし、このように完結したそれ自体において完成した叙述に相対しても、一つの問いが残されております――つまり、純粋に客観的に考察した場合にゲーテの教育学が、何を欲しているかまた何であるかということへの問いではなく、ゲーテ自身の世界観ならびに人生観の全体において、教育学に帰せられる意義と位置への問いです。教育者ゲーテは、造形家（Bildner）ゲーテにたいしてどのような関係にあるのか、教育思想家は、芸術家ならびに自然研究者とどのような関係にあるのかという問題です。ゲーテの教育についての思想は、彼の仕事の全体の付録にすぎないのでしょうか、ほんの外側に添えられているに過ぎないのでしょうか、ただ補足として、また仕上げのためならびに実用に供するために役立つに過ぎないのでしょうか。それとも、彼の仕事の全体と織り合わされているのでしょうか、ゲーテの本質をもって構築されそこに根拠づけられているのでしょうか。別の言葉をもって言えば、ゲーテが教育者として表明し教育州の描出がわれわれに展開してみせる思想は、ゲーテの様々の活動の広がりに属するに過ぎないのでしょうか、それとも、彼の存在の究極の本来の深さを翻って示しているのでしょうか。そしてここでのこの仲介はどこに求められるのでしょうか、そもそも如何なる精神的絆が、ゲーテの教育学を、彼の詩作ならびに自然研究者としての彼の仕事と結び付けるのでしょうか。

ゲーテは、教育の根本問題にたいする真の情熱に満ち、精神的ならびに倫理的諸力の一切をもって教育の革新をしようと努力している時代に属しております。彼がはじめて登場する時代、つまりドイツにおける「シュトゥルム・ウント・ドラング」時代は、シェイクスピアとほとんど同じようにルソーを旗印としています。ルソーの思想こそが、ゲーテに若いころから生き生きと躍動しており、その余韻にわれわれはゲーテの詩作の領域においてもくりかえし遭遇します。ゲーテの『ヴェルター』において、ルソーの『新エロイーズ』の記憶がわれわれのうちに目覚めるように、『ゲッツ』の子供たちの場面において、ルソーのエミールにおいて描かれた伝統的な教育像の余韻が見られます。しかし芸術家ゲーテは、特定の教育論に何が何でも依拠しそれに完全に固執するなどというつもりはもちろんのことありません。ルソーの思想をドグマとして固守するなどということは、はっきりとまた断固として拒否しております。彼の身近な仲間や友人の改宗熱のすべてに歯止めをかけます。彼は、こうした新しいドグマにたいしても、詩人の自由ならびに生活人の自由を堅持するすべを心得ております。ラヴァーターとバーゼドーとを交えてのコーブレンツでの昼食の折の青春時代の詩に述べられている通りです――「右に預言者、左に預言者、真ん中に生活人。」[*4] 教育学においても、自然研究におけると同じく、ゲーテはなんらかの既存の理論に依拠することなく、そうした理論、特定の綱領に固執することはありませんでした。彼はここ教育学においても、いかなる専門集団に属することなく「最後まで愛好家」であろうとしましたし、またそのように自称することに努めました。[*5]

しかしながら、ゲーテの愛好家精神のこの形式は、自然学におけると同じくここでも決して不確かであやふやなディレッタンティズムの危険にさらされてはいません。というのも両者は、きわめて明確な同じ思想の中心に戻るように指示しているからです。ゲーテを当時の専門的教育学のすべてから区別しているのは、彼にとっては形成（教養）（Bildung）の問題は、はじめから人間形成の領域に制限されているのではなく即普遍的な意味と特性を有しているからです。形成の概念を、もっぱら倫理的な領域のものとし、倫理的ノルマや価値尺度をもって完全に推し量ることができると思うならば、それは間違いであることをゲーテがかつてバイロンに関連して述べました。「バイロンの大胆さ、無鉄砲さ、そして壮大さ――こうしたすべては、形成的と言えないだろうか。これを常に、決定的に純粋なものならびに倫理的なもののうちに求めようとしないように用心しなくてはならない。すべて大いなるものは、われわれがそれを知覚するやいなや形成的である。[2]」ゲーテはここで、形成理念の道徳的狭隘化に反対していますが、彼はまた、それを純粋に精神的な問題や現象へ限定することにも反対しています。形成理念の倫理化だけではなく、一面的精神化をも、彼ははっきりと意識的に拒否しました。形成は、彼にとって一切を包括する原理であり、これは、精神的存在と同じく自然的存在をも含み、両者の必然的また損なわれることなき統一を絶えずわれわれが目に留めることに資するものです。したがって、自然と精神の間に境界を打ちたてようとする者、両者を抽象的形而上学的二元論において相互に相対置する者は、それによってすでに形成の真の概念を把握しそこなっているのです。「精神と物質」――とゲーテは、フリードリヒ・ハインリヒ・ヤコービの『神的な事物とその啓示について』が刊行されたときに不機嫌そうに述べております――「心と肉体、思惟と延長……は、過去、現在、未来にわたって必要不可欠な宇宙の二構成要素であり、それぞれ同じ権利を要求し、それ故、両者は共に神の代理人と見做されうるということがどうしても理解できない者、こうした考えを持つようになれない者は、考えるということをとっくに放棄し通常の世間話に日々を費やすべきだということになるであろう。[3]」ゲーテは、万有の神性を、その内的な活発性、生成、展開、形成と変成そのもののうちに見ています。彼にとっては、こうした生の意欲ならびに生成欲に満たされず、貫かれていないような自然的存在も、精神的存在もありえないのです。ここに彼にとっては、自然の存在ならびにすべての精神的なものの本質を開く本来の原現象があるのです。ここから、このように明確にまた特有のあり方で、教育学の歴史ならびに形成の理論の歴史の全体において類を見ないような関係が生じるのです。というのも、ゲーテを絶えずその自然学に照らし自然学の中心から解釈するのでないならば、ゲーテの教育学的な概念ならびに思想を一つとして理解できないからです、ましてや、汲み尽くすことなどかなわぬことです。ゲーテは、形成の概念を持って有機的生成ならびに精神的生成を包括しますが、そこでの問題は、教育学の言葉でしばしばまた好んで使用される安易なアナロギーやメタファーとはまったく別のものです。彼にとっては、ここに真の本来の同一性があるのです。というのも、有機的生成の領域ならびに精神的生成の領域においてわれわれに明かされるのは、万有の同一の客観的法則であるからです。われわれは、この法則をその核において、またその根底において把握するために、絶えず一方の領域から他方の領域へと移行しなくてはなりません。われわれは、前者を後者において、後者を前者において反省し、両者をこの反省により相互に明らかにするのでなくてはなりません。このような「繰り返される反映」[*6]においてのみ、ゲーテが教育論のために創りあげ、まったく新しい独創的な刻印を与えた根本概念の意味が明らかにされうるのです。それは、形態形成と変成、両極性と昂進、尺度と動的秩序の概念です。これらすべては、結局、メタモルフォーゼという一つの概念によって包摂され統括され構成されます。このメタモルフォーゼの概念は、ゲーテにとっては、直観と思考力との間の葛藤——ここへ一切の自然問題と精神問題が結局われわれを連れ戻すのですが——が和らげられ解決される根本象徴に属しているのです。「われわれが、神と自然から得た最高のものは、生である、つまり休息も静止も知らない、モナドの自己自身を回転する運動である。生をはぐくみ育てる衝動は、各々に破壊しがたく生まれながらに備わっている。しかし、その固有性は、われわれにも他の者にも秘密のままである。[4]」というのも、この固有性を前にしては、もちろん、われわれの概念形成の通常の処置、つまり比較と抽象的一般化の処置は機能しないからです。しかし他方において、この特殊なもの、即固有なものこそは、身近のなじみのものでありきわめて親密なものであります。個別の形式の秘密は、いかなる別のものにも還元されえないが故に、純粋に概念的には解き得ないものですが、それは、いかなる神秘をも意味するものではありません。それはむしろ、われわれに与えられうる現実の最も純粋な啓示です。この啓示は、自然的ならびに精神的倫理的な現実の存在の全宇宙を包摂しています。完成された詩的形象化において、こうしたゲーテの根本思想が『動物のメタモルフォーゼ』という教訓詩に呈示されております。

「力と制限、恣意と法則、自由と節度、動的秩序、
長所と欠陥、というこの美しい概念が、
汝を大いに喜ばさんことを！　聖なるミューズは、
穏やかな強制を持って諭しつつ、調和的に汝に、この概念を与え給う。
いかなるこれ以上の高い概念を、倫理的思想家も、
活動家も、詩人も、統治者も手に入れることはない、
かように呼ぶに値する者は、かような概念によってのみ、その王冠を享く。
喜ぶがよい、自然の最高の被造物よ！　自然が、創造しつつ達した最高の思想を、
考え辿りうることを、汝は感じる。さあこうしてここに立ち、

省みするがよい！　吟味し、比較し、そうして、ミューズの口から、
汝が夢想しているのではなく、観ていることの、
心地よい十分な確証を、受け取るがよい！」[*7]

だがわれわれはこの度は、ゲーテの形態学の研究が、われわれにさらに開こうとしている有機的形式の世界の考察に沈潜してはなりません。われわれはこの点で手を休め、こうしたゲーテの根本的総合から、特に精神的な形成世界の構築にとって生じてくる成果だけを目に留めるようにしなくてはなりません。まさにこの総合において、すべての教育学の本質的要求が含まれ先取りされていることを考慮するならば、この総合の生産性が、圧倒的なあり方で立ち現れてくるのです。というのも、「動的秩序」という概念をもって、われわれはすでに、すべての真のまた本来の教育学的自己省察の中心問題に達したのですから。すべて教育というものは、個々人を、しっかりした確かな、客観的に規定され規範づけられた生の秩序のうちに入らせようとします、またそうしなくてはなりません。しかしながらこうした秩序は、外部から与えられるのではなく、内部から要求されてしかるべきものです。個物がとる形式は、硬い器のように個物を包み込むべきものではなく、それは、それ自体柔軟な形式であるべきです。それは、個の諸力を、役立て呼び起こして、固有の柔軟性を発揮できるようにすべきなのです。すべての形式は、法則の支配に依拠しております。しかし、自我から自立的に把握され自我自身によって形態化される法則のみが、自我に真の自由を与えることができるのです。ゲーテにとって、法則のこの内的な柔軟性は、なんら新しい要求を意味しません。というのも、それはすでに彼の自然観の側から確証を得ているからです。「この場こそ、自然研究者が」——とゲーテは、キュヴィエとジョフロア・ド・サン・ティレールとの間の論争を述べているある純粋に自然科学

的論文の中で語っております――「こうして（いわゆる変則を規則へ還元することによって）、法則、規則の有する価値、尊厳を、まずもって、また最もたやすく認識するようになるということに気づく場所であるであろう。われわれが常に規則的なものだけしか見ていないならば、昔からかくのごとく規定されており、したがって固定したものであることは必然的である、と考える。しかしながら、逸脱、奇形、とてつもなく不恰好なものを目にしているならば、規則というものは、なるほど確固としており永遠ではあるが同時に生けるものであるということ、存在物は、なるほど規則を逸脱することはないが、やはり規則の内部で不恰好なものに変形されうるということ、しかしながら常に規律により抑止されるように、法則の不可避的支配を承認しなくてはならないということ、このことをわれわれは認識する。(5)」教育者としてのゲーテも、こうした変則、逸脱、また奇形に驚かされることはないのです。彼は、こうした事柄においても、法則の廃棄というよりむしろ法則の実証を見ることができるのです。まさにここに、ゲーテの大規模な「寛容の精神」が根ざしております。それはまた彼にとっては、――このことは、ほとんど注意を払われてこなかったことですが――単に倫理的意味以上の意味を含んでおります。ゲーテは、寛容の理念を自然研究の領域の只中において求め、その理念を自然研究になじませた唯一の思想家であろうということによって、ゲーテの根本直観の固有性が、ひょっとしたら最も明確に特徴づけられ、最も直接に理解できるようになるといえましょう。ここにおいても彼は、規則からの一切の逸脱に、発育異常、奇形、単なる失産を見る通常の、当時支配的であった見解を退けるのです。「メタモルフォーゼは」――とゲーテは、ド・カンドルに向かって述べております――「最高の概念であり、それは、規則的なものも規則から逸脱しているものも支配しており、単葉のバラも、多葉のバラも同じくこれによって形作られ、規則的なチューリップも、蘭のこの上なく見事な品種もこれにより生み出される。このようにして、自然の産物の成功と不成功のすべては、奥儀を極めた者に明らかとなる。永遠に緩和した生が彼に直観される。それによって、植物が、環境の有利、不利にかかわらず発展し、変種も含めて、あらゆる地帯に広がりうる可能性が生じる。[6]」生の概念のこの緩和――とはいえ、それによって、生の概念の統一と完全性に毫も破綻を生じることはありませんが――この生の概念の緩和が、教育者としてのゲーテにたいして何を意味したかが理解されます。[7]彼はここでもまた、同じように愛情をこめた眼差しで、心的人間的な現実存在のすべての形態を彼の領域に引き入れます。彼は、いかなるものもはじめから、変則、単なる異形として締め出したりはしません。かかる見かけ上の異形のうちにもなお、法則の支配を把握し崇めることが、教育者の変わることなき最高の課題であります。外部から、確固として固定したシェーマとして与えられる固有の単一規則、あるいは個別的客観的規範を、唯一の尺度とする限り、こうしたことはもちろん成功するはずもありません。そのような規範から逸脱するものを、ただ単に認めるだけではなく、その領域の内部においてもまた固有の内在的必然性において承認するということが要求されるのです。「寛容とは、本来、ほんの暫定的志操に過ぎないものであろう、それは承認へ至らなくてはならない。忍耐とは、侮蔑を意味する[8]」とゲーテは言っております。こうした承認の積極性、異質なそれどころか相反する個別性を敬うこと、まさにこのことをゲーテはいたるところで要求し、ここにおいてのみ彼は、真に「リベラルであること」を、つまり志操の自由と偉大さを見ております。[9]いかにゲーテが、ほかならぬこのような要求を持って教育問題の核心へと迫っていったか、教育者の最新のエトス、本来のエロスを記述したかは言うを俟たないことであります。彼は、完全にこうした志操に貫かれておりますがゆえに、彼とツェルターとの往復書簡は、すばらしい類稀な記録であります。「芸術と科学に関する様々のことを」――とゲーテは、一八二六年一月にツェルターに宛てて書いております――「ほとんど毎日目にしております。人間の力が弱くなく、同時に自分にとって究極のことを究極のことと認めようとしないならば、間違ったことは何もないことになるでしょう。

……自分が何を望み、なにをなしうるかを知っている者が、自己の行動ならびに活動をたゆまず続けるならば、ついにはすべてがなされます。これは、あなたが最もよくご存知のことであり、また毎日ご経験されていることであります。[10]」ゲーテは、人間の行為ならびに人間の努力にたいして、抽象的一様性を要求することも、内容的に同一の理想へ向かうことも要求してはいません。彼が要求するのは、むしろ、活動の永続性、誠実さ、そして首尾一貫性です。彼は、ツェルターにおけるこうしたことのすべてを愛し尊敬しております。「幸いなことに」――と彼は再度語っております――「好んで相互に押しのけあう実に様々のことが、並存しうるしまた並存しなくてはならないという確信が、詰まるところわれわれにはあります。世界精神は、人が考える以上に寛大です。[11]」真の教育者は、まさにこの点において世界精神に類縁するとの自覚を持ってよいのです。というのも真の教育者は、ただ単に対立を許容するだけではなく、探し当て助成さえするからです。「自分自身の道の上で迷っている子供や、若者のほうが」――と『ヴィルヘルム・マイスターの修行時代』に書かれています――「自己の道ならぬ道にあってしかるべく歩んでいる者よりも、私には好ましい。前者は、自己自身によるにせよ指導を受けてにせよ、正しい道を、つまり彼らの本性にあった道を見出すならば、彼らはその道を捨てることはないであろう、他方後者は、今にも、本来的でない頸木を払いのけ、無条件の自由に身をゆだねる危険にある。[12]」かかる多様性の直感ならびに促進、一切の外的な規範や基準の拒否に、教育者は最高の目標と最高の幸せを見出すのです。というのも、「もっとも美しい輪廻とは、他人のうちに自分がまた立ち現れるのを見る場合のそれである[13]」からです。この他人が、われわれに等しいとか、似ているとかいうことさえ、期待したり要求したりはしません。彼が、彼自身において真実の毅然とした存在としてわれわれに相対するなら、彼においてこの対立自体をわれわれは尊重するのです。こうした観点から見るならば、われわれの本来の「対蹠者」もまた、敵対的であるのではなく必要不可欠なのです。というのもわれわれは、こうした対蹠者にたいして自己主張することによってはじめて、われわれ自身が何であるかを経験するからです。「われわれ人間は」――とF・ハインリヒ・ヤコービの『神的な事物とその啓示について』についての、先に触れたゲーテの判断に述べられています――「一面的処置をするし、またせざるを得ない、しかし、この一面的処置から他の面へと向かい、それだけでなく可能ならば、他の面に浸透し、われわれの対蹠者においてさえわれわれの立場を明確にすべきであることを洞察するに至らない者は、声を大にすべきではなかろう。しかし、これも遺憾ながら、狭隘さの然らしめるものである。*8」本来の性格――それを完成し、確固たるものにすることが一切の教育の目標であるが――は、したがって、人間が何を行うかにおいてではなく、むしろいかに行うかにおいて実証されるのです。「大なり小なり、性格とは」――と同じく明らかにツェルターを念頭にしたゲーテの箴言に述べられています――「その能力ありと感じることに絶えず従うということである。(14)」「世界存在の全体は、大きな石切り場が建築士の前にあるようにわれわれの前にある。彼は、この偶然の自然の塊から、彼の精神に起因する原像を、最大の経済性、合目的性、ならびに堅固さをもって構成するときにのみその名に値する。われわれの外部にあるものすべては、構成要素に過ぎない、それどころか……われわれが関与するすべてもである。しかしわれわれのうちの深いところにこの創造的力があり、この創造的力は、あってしかるべきものを創造することができ、そしてわれわれがそれをわれわれの外部にあるいはわれわれに関わるかたちで、あれやこれやの仕方で表現してしまうまでは、われわれを休ませ休息させることはない。(15)」

もちろんここにおいて、ゲーテにとって、自然の創造と人間の創造との間にある相違もまたおのずと生じます――彼は、この両者の間に際立った隔壁を認めるのではなく、両者を同じ原理から眺め説明しようとしますが。というのも人間の創造だけが、自ら打ち立てた模範像に従っており、「偶然的な自然の塊」を「あってしかるべきもの」に適ったものとする力は人間にのみ相応しいからです。人間だけが、こうした意味での「不可能事」を為しえます。人間は、区別し、選び、方向を定めます。*9 こうした自然の創造の昂進を、ゲーテは、個々の真の芸術作品のすべてにおいて目の当たりにするのです。というのも、「人間は自然の頂点に置かれていることにより、自らをまた、ひとつの頂点を生み出すことのできる自然全体と見なす(16)」からです。しかし、芸術作品においてだけ、こうした高まりに出会うわけではありません。意義をもって行動するときはいつでも、またいたるところにおいて、人間は、みずから法則を付与するように振舞います。こうした法則付与は、人間の精神的な現実存在の領域全体にわたります。それはまずもって倫理的なものにおいて義務の承認を通じて、さらに宗教的なものにおいて神ならびに神的なことがらへの特別な内的な信条の告白を通じて行われます。そして結局のところすべての「芸術的なもの」一般においてその実を示し、人間精神が音楽を生み出すような仕方で、純粋に明瞭に現れ出るのです(17)。すべての真に創造的人間的行為に内在する法則付与へのこうした力ならびに意志に、教育もまた基づいていなくてはなりません。教育に期待されるものならびに要請されるものは、人間の法則付与の様々の形式を自己のうちに取り上げ包括し統一的な目的にむけることに他ならないからです。特殊なものにたいする一切の寛容さにおいても、教育における統一へのこうした意志が弱まってはなりません。というのもこの意志は、特殊な形成的活動、本来の教育的な活動の一切の魂だからです。したがって教育者は、すべての特殊性、すべての固有な存在、ならびにすべての本来的な固有の意味にたいしておおいに寛容でありますが、また一般的要請も断念することはできません。こうした要請は、自然の出来事を考察することによって単純に彼に示されるのでもなく、また現存する時の力によって指示され押し付けられてもいけません。「人間はだれしも自分流に考えなくてはならない。というのも人間は、真実なるもの、あるいは生涯を通じて助けとなる真実めいたものを、常に自分自身の道の上において見出すからである。ただし人間は、自らを放任してはならない、自らを制御しなくてはならない、単なるむき出しの本能は人間にふさわしくない。[18]」教育者としてのゲーテは、常に新たに、こうした受身のあり方、成り行き任せに対して倦まず警告しております。「私は、時々、変わることも、改善することも望まないような若者に出会う。ただし、私が不安になるのは、かなりの数の若者が時の流れと一緒になって、泳ぎわたっていくことに完全に適していると思われることである。まさにここにおいて、私が絶えず注意を促したいのは、人間には、恣意的な波にではなく、自らの分別ある意志に従うようにと壊れやすい小船の舵を委ねられているということである。[19]」これは、真にソクラテス的な箴言です。自己省察（φρόνησις）の要請です。ゲーテもまた、彼の教育学にこれを要請しております。

しかしながら、彼が彼の教育学に指示する究極の客観的目的は何であるかを問うならば、それにたいする単純で明確な回答は得られません。というのも、ゲーテの人生と思想を貫いているのは、二つの相異なった要求だからです。彼の青年期ならびに壮年期の努力目標、つまり、若い頃からヘルダーとの友情を通じてすべての人間形成の最深の意味として把握したもの、そして、イタリアにおいて自然および古代芸術の作品と生き生きとした触れあいによって確証、確認したもの、それは、ヘルダーが『人類歴史哲学考』において述べたようなフマニテートの美的理想です。真の形成の道は、全体性への道であるのみです。個々人にこの道が課せられております。ただし、人間の個々の力が発展し、自由に展開する場合にのみ、またこの諸力のすべてが、結局、相互に浸透しあい一つになる場合にのみ、人間性の真の形態が生じうるのです。形成へのすべての意志は、総体性への意志でなくてはならないのです。これこそ、ゲーテが堅持し『ヴィルヘルム・マイスターの修行時代』において最も熟した詩的形態化を与えた理想像です。しかしながら、こうしたゲーテの青春の理想は、晩年の作品においては別の要求に席を譲ったのです。『修行時代』に『遍歴時代』が続きます。これは意識的に諦念の特徴を帯びております。この作品の初め、つまり、ヴィルヘルムとモンターンとの対話においてすでに諦念が語られます。人間に魂を吹き込み、そして、常に新たな目標へ向かって努力させ、現実的なものの世界と、精神的に把握可能なものの世界、学び知りうるものの世界とを通じて、休みなく駆りたてる「無条件の衝動」[*10]が、いまや阻止されます。形成の確実性と真理性、真正さと堅固さは、それを制限することからのみ湧出するのです。形成の一切が目的としなくてはならない全体性は、その本来の現実性を、もはや個人においてではなく総体において見出すのです。フマニテートの美的理想は、ゲーテにとっては、新たな要求、つまりフマニテートの社会的理想によって押しのけられ修正されます。その最初の純粋に詩的表現は、一九世紀の初めの一〇年来、人間形成の問題にたいするゲーテの内的な姿勢のこうした変化が見て取れます。祝祭劇『パンドーラ』に見出せます。ゲーテにとって、自然の形式として現れるのであれ、芸術の形式として現れるのであれ、純粋形式を観ることにより人間に贈られるすべてのものの表現であるパンドーラが、エピメートイスに近づきました。彼女は、彼に我が身を委ねました。彼は、彼女の圏内に、つまり永遠に美なるものの観照の内にあり、生きることを許されました。しかし、彼女は彼をほんの束の間幸せにしたに過ぎませんでした。彼女は、彼のもとから姿を消しました。彼女への、見込みのない消耗的憧憬だけが彼に残されました。相も変わらず彼の胸のうちには、パンドーラの巻き毛に神々の手により被せられた花冠がたゆたうています。しかしそれを得ようと手を伸ばすと、その花冠は、もはや像を結ばず、流れ砕けてしまいます。この作品の続きは、ゲーテにより計画されながら完成を見なかったのではありますが、その後パンドーラが再来することを描くはずでした。再度、彼女は、地上に戻ってくるのです。しかしながら、彼女がこの度築く国、彼女が打ち建てる形式の支配は、もはやエピメートイスだけのものではありません。それは、思念し観想する者のものではなく、生成し創造する者のものです。農夫と牧人、葡萄摘み、漁夫、鍛冶屋の人たちのものです。こうした人たちにのみ、形式はその真の本質において与えられるのです。彼らだけが形式を堅持することができるのです。彼らは、形式を日々新たに創造し生み出すのです。こうした創造のありかたは、広大なもの無規定なものに解消してしまうことなく、きわめて限定された世界のうちに堅持され保持されるのです。個々人が、自己の狭く限定された領域においてこうした創造の仕事を成就しようとし、それを行う場合にのみ、個々人のうちにまた個々人を通じて、全体が成就されるのです、――個々人が、存在の真の本質的な形式の担い手となるのです[20]。

しかしこうした厳しい要求は、自立性ならびに自己充足性のうちにある美の純粋な世界、すべての物質的目的や目標を免れ、それから遠退いている美の純粋な世界を、明らかにうち砕いているように見えます。ゲーテ自身が、イタリアで形づくり、内的に我がものとしたようなこの世界は、『遍歴時代』への進展と移行をもって無くなり回復不可能となったように見えます。『ヴィルヘルム・マイスターの修行時代』の個々の登場人物が生み出されたあふれるばかりのファンタジーは、今や、ただ単に制限され制御されて見えるだけではなく、最終的に枯渇してしまったように見えます。堅琴ひき、ミィニヨン、そしてフィリーネといった登場人物に比べたら、『遍歴時代』の人物たちは、血のかよわぬ図式化された人物に過ぎないように見えます。彼らは、もはや彼ら自身のために存在するのではありません。彼らは、特定の根本理説のパラディグマ、例証としてのみ使用されるに過ぎません。彼ら自身において内的な生や生成が描かれるのではなく、彼らに拠って普遍的な真理を明らかにし、教育的な要請を明確にしようとします。この描写は、純粋性と崇高性を示していますが、同時にゲーテの晩年の様式である節度と特有の規範性を示しております。しかしながら『遍歴時代』のこうした描写に、晩年の落ち着き、明澄さ、そして冷静さだけが支配的であると考えるならば、それは、間違ったうわべだけの印象です。こうした描写に沈潜する者は、そこに、つまり一貫した厳密な描写の内に、そしてその描写の意識的、意図的な抑制の一切の背後に、深く秘められた情熱をも感じるのです。これは、新たな種類の感情ですが、青年期ならびに壮年期のゲーテの作品に劣らぬ強い感情です。厳かな落ち着きこそ、諦念の情調にふさわしいのです。しかし、これを戦いとることがいかに難しいかが感じられます。それは、なんら動きの無さならびに可動性の無さの表現ではありません。つまり、ストイックな「アタラクシア」の表現ではありません。それは、自らの内に深い震感を保持し実証しております。そこからのみ、この厳かな落ち着きは生まれることができたのです。『遍歴時代』[21]を真に理解し、ゲーテの全作品におけるその意義を把握し価値づけようとするならば、この落ち着きの基をなす活動、この平静さを結果として生じたダイナミズムを自己の内面に生かさなくてはなりません。ゲーテの生の形態と彼の詩作の形態を共通して形づくった彼の本質をなす二つの基本的力が、ここでは平衡に達しております。青春時代のある書簡においてゲーテは、自分自身について、彼の駆動力はたいそう強く前方に向かっているので、自制して一息ついたり後ろを振り返ることは、ほんの稀にしかできない[22]、と語りました。ゲーテを前方へと駆り立てるこうした激しい衝動は、同時に、上向きの絶えざる衝動です。オイホリオンの情調は、若いゲーテの情調です。「ますます高く、登っていかなくてはなりません。ますます広く、見渡さなくてはなりません。[*11]」ゲーテは、彼の内面のこうした根本衝動にたいする象徴を探し求めたとき、ますます高まり、その先端がますます鋭くなるピラミッドの比喩を用いようとします。「その基礎が与えられ」——とかつて彼は、ラヴァーター宛に書いております——「根拠づけられている私の現実存在のピラミッドを、できるだけ高く空中へそびえ立たせようとする欲求は、他のすべてを凌駕し、ほとんど片時といえども忘却を許しません。私は、ためらってはいられません、もうすでに長い歳月をかけています」——彼がこれを書いたのは、三一歳のときでした——「そしてひょっとしたら、運命が半ばで私をへし折るかもしれません。そうしたら、バビロンの塔は、鈍重で未完成のままです。そのときは少なくとも、企ては大胆であった、といってほしい。私が生きている限りは、神の思し召しのままに、諸力を傾けて頂上にまで達するよう努力するつもりです。[*12]」「上へ、上へ！すべてを慈しむ父よ、汝の胸元へ、高く！」[*13]――これは、青春期ならびに壮年期のゲーテのすべての詩作、および自然研究者ゲーテのすべての努力とその成果から繰り返し響きわたる叫びです。しかし今や、このような努力が外部から制限や阻止をこうむるのではなく、自己自身において把握されることによって、自己自身においてもまた制約を受け始めるのです。こうした自己制約の見事さ、その本来性・崇高性の本質は、それが諸力の無能さや衰えに発するのではなく、諸力が最高の有効性を経験した時点でまさしく始まるという点にあります。上昇の只中において、今や特有の転換が、つまりゲーテの諦念が始まるのです。ゲーテの目的は、今ではもう無条件に高みではありません。彼の目的は、現実存在の中心です。晩年の著作において、われわれは、繰り返し「中心」というこの特徴的な表現に出会います。これこそが、今や、ゲーテの教育の理想ならびに形成の理想にたいする本来の象徴にもなるのです。すべての教育ならびに形成は、個人に特定の中心を指摘し、個人を中心において、明確に確実に養い育てるべきです。果てしなく豊かな精神的存在の中を連れ回る代わりに、個人に、自己の内的尺度を認識し保持することを教えるべきです。ゲーテの宇宙的な根本感情さえもが、今や、こうした特徴的な変化を、基本的力点のこうした特有の転位を示しています。いまや彼を捉えるコスモス像は、もはや限定無く流れ行く無限の生の充溢ではなく、この内的な豊かさの制御、節制、中心化です。ヴィルヘルム・マイスターは、天文学者を訪れた折りに、星の瞬く空を眺めて、他ならぬこの感情に襲われます。「多方面へとひきつけられる精神的諸力のすべてを、自己の最も内なる最も深い奥底に集めること以外に、――また、純粋な中心を廻る辛抱強く活動するものが、汝の内に立ち現れることがなくなるやいなや、汝は、この永遠に生ける秩序の中心にある汝を考えることさえできるであろうかと、自問する以外に、――人間は、いかように無限なるものに対処しえようか。[(23)]」

この「純粋な中心のまわりを廻ること」、これが今や、真の形成の仕事のすべてに立てられる目的です。「どんな人間であれ、その能力ならびに技能の限界内で活動する限り、完全でありうる。しかし美しい長所さえも、あの不可欠のバランスが無くなるならば、曇らされ廃棄され破壊される。こうした判断は、近年においては、以前よりいっそう顕著となろう。というのも誰が、一段と高まったしかも目まぐるしい現代の要求に答えることができるであろうか。[24]」今やゲーテによって、この目的を達成するための助けとしてまた協力者として招来されるのは、二つの精神的な基本的力です。ここで指導が任せられるのは、理論的認識の領域では哲学であり、芸術的形成の領域では音楽です。こうした基礎のもとに、両者の間にまた総合が生じます。つまり、プラトンの時代以来、また彼の音楽的哲学的教育計画以来、二度と考えられなかったような内的な精神的統一が生じます。「中心への意志」――これが今やゲーテにおいては、哲学的思考ならびにすべての本来哲学的な宗教の核心として現れます。個々の宗教と同じく、哲学的宗教も畏敬を基としております。しかしこの畏敬は、われわれの上にあるものに、あるいはわれわれの下にあるものに向けられているのではなく、われわれに等しいものに向けられているのです。「中心に位置を定める哲学者は、すべてのより高いものを自己のところへ引き下げなくてはならない。すべての低いものを、自分のところへ引きあげなくてはならない。このように中心に位置することにおいてのみ、彼は、賢者の名を得るに値する。自己に等しいものにたいする関係、したがってまた人類全体にたいする関係、必然的なものであれ偶然的なものであれ、すべてのその他の地上の環界にたいする関係を見極めることによってのみ、彼は、宇宙的意味において真理の中に生きているのである。[25]」しかしまさしくこれと同じ宇宙的統一は、別の面から音楽において示されます。教育州においては、歌が形成の第一段階です。他のすべては、それに続きそれによって仲介されます。それどころか信仰の告白ならびに倫理的告白により伝えられるものさえも、歌により生命と刻印を得るのです。音楽は、この意味ですべての教育の要素として選ばれることができますし、また選ばれてしかるべきです。「というのも音楽により、同じように開かれた道があらゆる方向に向かっているから[26]」です。

ゲーテがこうして、高みという以前の理想にたいして「中心」の理想を打ち立て、両者を相互に純粋な平衡関係に至らしめようとすることの内に、彼にとってはただ単に理論的なだけではなく、優れて倫理的な方向転換の本質があるのです。というのも、今や教育ならびに形成の理念は、限定の只中において、また限定により、いわば初めて真のポリフォニーに達したからです。すべての形成は、個々の声が相対的な協働の意味を有するに過ぎない多声のコーラスに等しいのです。ゲーテが、今やこのポリフォニーに単に到達可能であるだけでなく、それを必要としまたそれを要求するということ、このことはゲーテ自身にとっても、つまり彼の人間性の純粋な発展にとっても決定的に重要な一歩を意味するのです。教育者としてのゲーテを理解しようとするならば、この人間性の源へさかのぼっていかなくてはなりません。ゲーテの自然の概念は、彼特有の対象的思考によって、自然との日々の交流ならびに自然の個々の現象の直接の生き生きした直観においてのみ形成され得たのですが、ゲーテの教育の概念もまた、純粋に抽象的に構想されたのではなく、特定の契機から生じ、彼の人生の特定の具体的な課題に即して形作られ仕上げられたのです。すでに青春時代からゲーテは、繰り返し、彼の周囲の人々、身近な仲間や友たちにおいて、教育者の役目を果たしました。くりかえし彼の周りには、重要なそれどころか天才的な人物たちが登場しますが、彼らは、彼ら自身内的葛藤に苦しんでおり不安定で、ゲーテが支えて助けないならばくず折れてしまいかねないのです。ゲーテは、例えば、レンツや、その後カール・フィリッツ・モーリッツのような人たちとのつきあいにおいて、そもそも初めて教育者となったのです。こうしたゲーテの生き生きした教育圏から、一つの事例だけをとり出すことで満足します。それは、ゲーテがワイマルでの最初の数年間に、若いプレッシングにたいして行った救済です。

プレッシングは、自己自身とまた周囲の世界とも折りあいがつかず、ゲーテを頼みとして助言と助けを求めていたのです。彼から受けた最初の書簡は、それまでに出会った自虐的なもののうちで最も素晴らしいものであった、とゲーテは言っております。「ここにおいて、一人の若者が、高等教育を受けながら、学んだもののすべてをもってしても、なかなかに自身の内的な倫理的な安定に達し得なかったということが認められた。」[*14] ゲーテは、彼がプレッシングに会い、個人的に知りあってはじめて、実際に彼に助言し助けることができるものと理解します。彼は、公爵との狩猟のための遠出を利用して、他の仲間と離れひとり雪の山道を辿り、プレッシングをヴェルニゲローデに訪ねようとします。『冬のハールツ紀行』という詩が、プレッシングのところへ行く途中に、ゲーテの内に交々した感情の起伏をしっかりと伝えております。まず、運命は、何と不平等であるかという感情です。つまりある者は、高みへと努力し幸運に恵まれ早くに望みを達するに対して、ある者は、そうした幸運に恵まれた者の傍らで、上昇しようと絶望的戦いを行いながら結局は敗北してしまうという感情です。

「というのも、神は、
各人に、その行くべき道を
あらかじめ示された、
幸運な者は、
足早に、喜ばしい目的に向けて
その道をひた走る、
しかし不幸に

胸ふさがれし者は、
むなしく、
鉄の糸の桎梏に
逆らう、
それにしても過酷な鋏が
この糸をいつの日か断つまで。

…………

フォルトゥナ（幸運の女神）の率いる
車に従うのは容易い、
屈託ないお供が、
手入れを施された道を
王侯の入城に従う如く。

しかし傍らに離れているのは誰か、
繁みに、彼の道は失われ、
彼の背後を、灌木は茂り覆う

草は、また起き、
荒野が彼を呑む。[*15]」

これは、ゲーテが、自分の運命と自分の上昇を、他の孤独な幸運の道から逸れている者の運命と比較したとき、彼の念頭に浮かんだ震感させずにはおかないヴィジョンです。今や彼は、歩みを止めて立ち止まざるを得ません。というのも彼は、上昇の只中にあって今や、ますます切なる思いで高まり、ますます強く求め要求する下からの叫びを聞くからです。「兄弟よ、兄弟たちを連れて行け！」という叫びです。このゲーテの根本感情と根本体験は、本来マホメットのドラマの一部をなすものでありながら、今では『マホメットの歌』というタイトルでゲーテの詩集の中にある賛歌において、この上なく素晴らしい感動的な詩的表現を得ております。ここでゲーテは、天才の生を力強く流れる大河の形象の内に見ております。すべての個々の小さな水流、すべての泉や小川、これらはさもなければ砂中に没し涸れてしまうにちがいないでありましょうが、これらをみな自分に引きよせ、自分の生へ自己の奔流へと取り込み、共通の父である大洋へと担いゆく力がこの大河には与えられているのです。

「平地の河、
そして、山の小川も、
彼に歓呼して、叫ぶ――兄弟よ！
兄弟たちを連れて行け、
汝の懐かしい父のもとへ、

永遠の大洋のもとへ、
腕を広げて
われわれを待ってくれている、
だがその腕は、ああ！　彼を憧れる者たちを、
捉えることなくむなしく開かれている。
というのも、荒れ野の
貪欲な砂が、われわれを貪り、空の上の太陽は
われわれの血を吸い、丘は、
われわれを阻み、沼をつくらせる！　兄弟よ
平野の兄弟たちを
山の兄弟たちを、
汝の父のもとへ連れて行け！

汝らすべて来るがよい！――
かくして彼は一層見事に
水かさを増し、種族全体が、
この王侯を高く担う！

…………

こうして彼は、彼の兄弟たちを、
彼の愛する者たちを、彼の子供たちを
待ち受けている産みの親のもとへと連れ行く、
喜びに胸を高鳴らせて！[*16]」

これこそ、彼の周囲の人間的窮境に相対してゲーテの心を捉え鼓舞する感情です。これによって、彼は、人間の形成者、教育者となったのです。彼の教育学を、すべての抽象的教義、単なる学説をはるかに超えて高めたものは、このような枯渇することのない生命力ならびに愛の力なのです。ここに、彼の教育学の源があるのです。こうした力は、ゲーテにあっては、まず彼の直接的な活動、つまり全体に対する日々の配慮や心づかいにおいて示されます。ワイマルの政務や行政の仕事を行うことを通じて、彼は、早いうちから特定の社会的な個々の課題、個別的難問に向かいあいました。一七七九年の旅の道すがら『イフィゲーニエ』にとり組んでいたさなかに、彼は、アポルダから次のように書いています。「ここでは、このドラマはなかなか進捗しません。まことにいまいましい限りです。タウリスの王に、いかなる靴下製造工もアポルダではひもじい思いをする事ことはないかのように語らせるつもりです。(27)」しかし、物理的困窮に劣らず、彼の心を捉えていたのは、「問題を抱えた才人たち[*17]」の悲劇性です。彼らは、豊かな才能に恵まれながらも、どこにおいても自分に自信がもてず楽しい気分になれず、要求とその達成をうまく調和させることがまったくできず、非生産的に思い悩んで憔悴してしまうのです。こうした心気症的な思い悩みを、ゲーテは当時の分析的世紀の基本的災いとみなしたのですが、そこでは、生き生きとした感情も生き生きとした現在の享受も、反省作用を通じてくりかえし破壊されてしまいました。こうした心気症的思い悩みにたいして、ゲーテは、他でもない、活動性という救済策をもって立ち向かう分別をもっておりました。活動性というものはどれもが、こうした教育的な働きをしその教育的価値を実証するのならば、それ自体において明確で、はっきりと限定されしっかりした輪郭をもったものでなくてはなりません。「どのようにして人は、自己自身を知るようになるのか。決して考察によるのではなく、行動によってである。汝の義務を果たすようにせよ、そうすればただちに、汝が何であるかを汝は知る。しかし、汝の義務とは何であるのか。それは、日々の要求である。[28]」こうした日々の要求を、ゲーテの教育学は、個々人にたいして打ち立てます。それを通じて彼は、われわれの近代の心気症者、諧虐家、ならびに自己虐待家たちの自己虐待、自己認識を癒そうとするのです。[29]

「日々が何を望むかを、問うがよい、
さすれば、日々が何を望むかを、日々は語るであろう。
汝は、己の行為を喜びとしなくてはならない、
さすれば、他人が為すところを、汝は、評価するであろう、
特に誰も憎むことなく、
また、その他のことを、神に委ねるであろう。[30]」

われわれが人間の幸せと呼ぶところのものは、別のいかなるやり方でも達せられることはありません。というのも

「人間は、自らの無条件の努力が、自己自身の限界を規定してはじめて幸せとなる」[31]からです。教育は、個人をこの限界のうちに止め置きます。しかし、教育は同時に、個人の限界を確定するのです。教育は、個人にたいして、曖昧模糊とした非生産的憧憬の代わりに、各人の立脚する「ゆるぎなき大地*18」の感情を与えるのです。というのも全体の仕事の中では、もはや何ものもまったく些細な事でしかないように見えるものはないからです。「多面性とは」――とモンターンは、『遍歴時代』の中で述べています――「そもそも一面的な者が活動しうる要素を準備するに過ぎない……今は、一面性の時代である。その事を理解し、自分のためまた他人のために、こうした意味で活動する者は幸いである。自らのうちから、その為の器官を作るがよい、そうして人類が、あまねき生の営みの中で、あなたに善意をもっていかなる位置を認めるかを待ちもうけるがよい。[32]」

教育者ならびに造形家（Bildner）のまなざしは、したがってただ上方に、つまり人間の現実存在のピラミッドの先端へと向かうだけではなく、下方の基礎へ、つまり確固とした支える力のある根底へと向かうのです。『修行時代』の形成の理想は、われわれを越えた上にあるものにたいする畏敬と、われわれに等しいものにたいする畏敬とに本来基づいています。『遍歴時代』の形成の理想は、われわれの下にあるものにたいする畏敬を自己のうちに取り上げ、その畏敬において人類が到達しなくてはならない究極のものを探し求めるのです。したがって今や、精神の解放、ならびにより高い精神的心的能力の解放だけでは、そこにいかなる絶対的な目的ももはや見られません。というのも「われわれに、われわれ自身への支配を与えることなく、われわれの精神を解放するものはすべて、有害である」[33]からです。自己自身への真の支配は、単に個人的に完成することにおいて人間に与えられるのではなく、人間の世界の全体、つまり倫理的社会的コスモスに相対して獲得する力においてはじめて実証されまた保持されるのです。こうした支配は、個人に対する制限無しには可能ではなく、また個人の立場からはここにつらい断念があるのですが、人類もまた、いかなる抽象概念、いかなる単なるジャンルであるのではなく、真の個体であるという考えによってそれは慰められるでありましょう。というのも「理性的世界は、絶えず必然的なものを引き起こし、そのことによってさらに偶然的なことをも支配する大きな不死の個体とみなすことができる」[34]からです。ゲーテが「遍歴者のこころにおいてなされた考察」というタイトルで、『遍歴時代』に取りいれた箴言の中に見出されるこの言葉において、再度、彼の根本確信がわれわれに示されます。つまりそれは、ゲーテが、ただ単に芸術家ならびに研究者として堅持しているだけではなく、それによって彼がまた人類の大いなる教師ならびに大いなる造形家(Bildner)の一人、即ち一人の真の「教育者」となったところの根本確信です。

（本翻訳は、ハンブルク版カッシーラー全集一八巻の当該箇所を参照した。）

原注

（1）一九三二年三月二三日、教育・授業中央研究所の「ゲーテ―ツェルター祭」においておこなわれた講演。
（2）エッカーマン『ゲーテとの対話』一八二八年一二月一六日。
（3）ゲーテのクネーベル宛手紙、一八一二年四月八日（ハンブルク版ゲーテ書簡集、三巻、一八〇頁）。ゲーテの詩『エペソ人のディアーナは偉大なり』（ハンブルク版ゲーテ全集、一巻、二八五頁以下）をも参照。
（4）ゲーテ『箴言と省察』Nr. 391（ハンブルク版ゲーテ全集、一二巻、三九六頁、Nr. 227）。
（5）ゲーテ『動物哲学の原理』ワイマル版ゲーテ全集、第二部「自然科学論集」七巻、一八九頁以下。（ハンブルク版ゲーテ全集、一三巻、二三三―二三四頁。）
（6）ゲーテ『植物のメタモルフォーゼ論の影響』ワイマル版ゲーテ全集、第二部「自然科学論集」六巻、二七六頁以下参照。
（7）ゲーテの倫理的・教育学的寛容の理念が、彼の自然科学の根本直観と如何に密接に触れ合っているか、また、この両者において、彼の思考の同じ特徴的根本姿勢が如何に示されているか、ということは、最近、ヨハネス・コーンによって、『ゲーテの思考方法について』という優れた論文において示された。（"Über Goethes Denkweise": In Archiv für Geschichte und Philosophie, herausgegeben von Arthur Stein, Bd. XVI, 1932, S. 1 ff.)

（8）ゲーテ『箴言と省察』Nr. 877（正しくは、Nr. 875）（ハンブルク版ゲーテ全集、一二巻、三八五頁、Nr. 151）。

（9）「真にリベラルであることは、承認するということである」、ゲーテ『箴言と省察』Nr. 876（ハンブルク版ゲーテ全集、一二巻、三八五頁、Nr. 152）。

（10）ゲーテのツェルター宛手紙、一八二六年一月二六日（ハンブルク版ゲーテ書簡集、四巻、一七七頁）。

（11）ゲーテのカール・フリードリヒ・フォン・ラインハルト宛手紙、一八二六年五月二一日（ハンブルク版ゲーテ書簡集、四巻、一八九－一九〇頁）。世界精神の寛容についての、類似のゲーテの意見について、ヨハネス・コーンの前掲論文二五頁以下を参照。

（12）ゲーテ『ヴィルヘルム・マイスターの修行時代』八巻、三章。（ハンブルク版ゲーテ全集、七巻、五二〇－五二一頁。）

（13）ゲーテ『箴言と省察』Nr. 403（ハンブルク版ゲーテ全集、一二巻、五四三頁、Nr. 1336）。

（14）ゲーテ『箴言と省察』Nr. 839（ハンブルク版ゲーテ全集、一二巻、五二八頁、Nr. 1204）。

（15）ゲーテ『ヴィルヘルム・マイスターの修行時代』六巻『美しい魂の告白』。（ハンブルク版ゲーテ全集、七巻、四〇五頁参照。）

（16）ゲーテ『ヴィンケルマンとその世紀』ワイマル版ゲーテ全集、四六巻、二九頁（ハンブルク版ゲーテ全集、一二巻、一〇三頁）。

（17）ゲーテ『問題と答え』ワイマル版ゲーテ全集、第二部「自然科学論集」七巻、七七頁。

（18）ゲーテ『箴言と省察』Nr. 460（ハンブルク版ゲーテ全集、一二巻、四六五頁、Nr. 703）。

（19）ゲーテ『箴言と省察』Nr. 477（ハンブルク版ゲーテ全集、一二巻、三八八頁、Nr. 178）。

（20）ここでほんの簡単に指摘した祝祭劇『パンドーラ』についての見解は、著者の論文『ゲーテのパンドーラ』（"Goethes Pandora", jetzt in Idee und Gestalt, 2. Aufl., S. 1. ff.）（本訳書三一－三四頁）において、詳細にわたって展開され根拠づけられている。

(21) ゲーテ『ヴィルヘルム・マイスターの遍歴時代』一巻、一二章、ワイマル版ゲーテ全集、二四巻、二二七頁（ハンブルク版ゲーテ全集、八巻、一四八頁）。
(22) ゲーテのザルツマン宛手紙、一七七一年一一月二八日（ハンブルク版ゲーテ書簡集、一巻、一二九頁）。
(23) ゲーテ『ヴィルヘルム・マイスターの遍歴時代』一巻、一〇章、ワイマル版ゲーテ全集、二四巻、一八一頁（ハンブルク版ゲーテ全集、八巻、一一九頁）。
(24) ゲーテ『箴言と省察』Nr. 474（ハンブルク版ゲーテ全集、一二巻、五三二頁、Nr. 1239)。（この引用における「判断（Urteil)」は、ゲーテの原文では「災厄（Unheil)」である。）
(25) ゲーテ『ヴィルヘルム・マイスターの遍歴時代』二巻、一章、ワイマル版ゲーテ全集、二四巻、二四三頁（ハンブルク版ゲーテ全集、八巻、一五六－一五七頁)。
(26) ゲーテ『ヴィルヘルム・マイスターの遍歴時代』二巻、一章、ワイマル版ゲーテ全集、二四巻、二三五頁以下（ハンブルク版ゲーテ全集、八巻、一五二頁)。
(27) ゲーテのフォン・シュタイン夫人宛手紙、一七七九年三月六日（ハンブルク版ゲーテ書簡集、一巻、二六四頁)。
(28) ゲーテ『箴言と省察』Nr. 442, 443（ハンブルク版ゲーテ全集、一二巻、五一七、五一八頁、Nr. 1087, 1088)。
(29) ゲーテ『箴言と省察』Nr. 657（ハンブルク版ゲーテ全集、一二巻、四一三頁、Nr. 356)。
(30) ゲーテの詩『穏和なクセーニエⅧ』ワイマル版ゲーテ全集、五巻、一〇七頁。
(31) ゲーテ『ヴィルヘルム・マイスターの修行時代』八巻、五章、ワイマル版ゲーテ全集、二三巻、二一八頁（ハンブルク版ゲーテ全集、七巻、五五三頁)。
(32) ゲーテ『ヴィルヘルム・マイスターの遍歴時代』一巻、四章、ワイマル版ゲーテ全集、二四巻、五〇頁以下（ハンブルク版ゲーテ全集、八巻、三七頁)。
(33) ゲーテ『箴言と省察』Nr. 504（ハンブルク版ゲーテ全集、一二巻、五二〇頁、Nr. 1119)。
(34) ゲーテ『箴言と省察』Nr. 444（ハンブルク版ゲーテ全集、一二巻、三六六頁、Nr. 10)。

訳注

＊1 ［初出：Pädagogisches Zentralblatt 12 (1932), S. 340-358.］

＊2 ゲーテ『限りなきシェイクスピア』ハンブルク版ゲーテ全集、一二巻、二八七―二九八頁参照。

＊3 ゲーテの詩『確かに』ハンブルク版ゲーテ全集、一巻、三五九頁。

＊4 ゲーテの詩『ラヴァーターとバーゼドーとの間で……』ハンブルク版ゲーテ全集、一巻、九〇頁。

＊5 ゲーテの詩『温和なクセーニエI』アルテミス版ゲーテ全集、一巻、六一一頁参照。

＊6 ゲーテ『繰り返される反映』ハンブルク版ゲーテ全集、一二巻、三二二―三二三頁参照。

＊7 ゲーテの詩『動物のメタモルフォーゼ』ハンブルク版ゲーテ全集、一巻、二〇三頁。

＊8 ゲーテのクネーベル宛手紙、一八一二年四月八日、ハンブルク版ゲーテ書簡集、三巻、一八〇頁。

＊9 ゲーテの詩『神的なもの』ハンブルク版ゲーテ全集、一巻、一四八頁参照。

＊10 ゲーテ『ヴィルヘルム・マイスターの遍歴時代』三巻、一章、ハンブルク版ゲーテ全集、八巻、三一二、三一七頁参照。

＊11 ゲーテ『ファウスト』九八二一―九八二二行。

＊12 ゲーテのラヴァーター宛手紙、一七八〇年九月二〇日頃、ハンブルク版ゲーテ書簡集、一巻三二四頁。

＊13 ゲーテの詩『ガニュメート』ハンブルク版ゲーテ全集、一巻、四七頁。

＊14 ゲーテ『フランス従軍記』ドゥイスブルクにて、一七九二年一一月、ハンブルク版ゲーテ全集、一〇巻、三二四頁。

＊15 ゲーテの詩『冬のハールツ紀行』ハンブルク版ゲーテ全集、一巻、五〇―五一頁。

＊16 ゲーテの詩『マホメットの歌』ハンブルク版ゲーテ全集、一巻、四三―四四頁参照。

＊17 ゲーテ『箴言と省察』Nr. 134（ハンブルク版ゲーテ全集、一二巻、五四〇頁、Nr. 1312）。

＊18 ゲーテの詩『人間の限界』ハンブルク版ゲーテ全集、一巻、一四七頁参照。

ゲーテと一八世紀(1)

ゲーテが『詩と真実』において、「北方の博士」[*1]ヨハン・ゲオルク・ハーマンの本質と活動についておこなった性格描写では、ハーマンの意見の全体が還元されうる原理として、人間が為そうとするすべての企ては、行為によってであれ言葉によってであれ、統一された力の全体から発するのでなくてはならない、「個別化されたものすべては、排すべきである」という命題を指摘している。「すばらしい原則であるが、従うのは難しい！ 生と芸術に関しては当てはまるであろう、しかしそれに対して、必ずしもポエーティッシュではない言葉による伝承ではいかなる場合も大きな困難が見出される。というのも言葉は、何かを語り意味するためには、全体から離れ個別化されなくてはならないからである。人間は、話すことによって、その瞬間は一面的とならざるを得ない。分離なしには、いかなる伝達もいかなる学説も存在しない。」[*2]ゲーテについて語ろうとしている場合ほど、言葉のこうした基本的欠陥、言葉に必然的に付随している狭さを、直接また痛切に感じることはない。ゲーテに向かえば、最高度にまた最深の意味において、「個別化されたものすべては、排すべきである」という命題が当てはまるのが理解される。彼の意見のいかなる個別的なものも、それらの単なる要約も、それらの全総計も、彼の本質を把握することはできないということがわかるのである。こうした本質は、ゲーテの業績のとてつもない広がりのすべてにおいても、また彼に発する諸活動の比較のできないほどの多様性においても明らかとされえない。それは、われわれにとっては分離されているように見えるものすべてが、直接統一され、唯一の焦点における如く収斂する彼の現実存在の究極の基本層に属しているのである。しかしこうした「秘密の統一点」[*3]を、言葉において確保しようとしてもむだである。われわれが把握し保持できるものは、常にこうした生き生きした力の中心から流れ出る個々の特殊な力にすぎない。われわれは、こうした力の様々の方向を追究する、——芸術家としてのゲーテ、研究者としてのゲーテ、思想家としてのゲーテを明らかにしようとする。しかしながらわれわれは、こうした考察のどの場合においても、いかに努力をかたむけようとも、ゲーテの現実存在の広がりを歩測しているに過ぎず、その深みを規定することも推し量ることもしていないということが繰り返し意識されるに至る。そんなわけで、ゲーテについてのどのような見解も、諦念のしるしを帯びざるを得ない。われわれは、究極の統一ならびに生き生きとした全体の規定を断念する。われわれは、それを間接的に代表し、象徴ならびに比喩において示唆する個々の契機をそこから取り出すことで満足するのである。

こうした必然的でやむをえない限定に従い、私が以下の考察を行おうとする特殊な観点を示すべきであるならば、ゲーテ自身がかつて、精神史的考察のすべて、ならびに偉大なる個人の真の理解のすべてにたいして、本来の根本原則として打ち立てた要求を引き合いに出すことができる。ゲーテは、プラトンの学説がレオポルト・ツー・シュトルベルク伯爵の叙述と翻訳によって受けた恣意的な解釈に反論するための論文を書いた。プラトンをキリスト教の先駆者として讃え、——とゲーテは、伯爵の叙述に反論している——彼を、何が何でも、「キリスト教の同志」にしようとしても、それによってほとんど何も得られないプラトンにたいして、要求され必要とされるのは、むしろ「彼が書いたときの状況、彼が書いたときに基としたモチーフを批判的に明瞭に叙述することである」[(2)]。こうしてゲーテは、プラトンがその時代の中へ位置づけられ、その時代の諸問題や、その時代のモチーフから把握されることを要求する。こうした要求をゲーテ自身に向けるとするならば、ゲーテ自身が彼の時代にどう位置していたかという問題が生ずる。つまりゲーテは、如何なる前提、モチーフ、問題設定、そして決意を彼の時代に負うていたのか、また彼は、こうした点のすべてにおいて何を時代に新たに返し与えたのかという問題である。ゲーテの作品に沈潜するものは誰しも、この作品を彼の時代と結び付けている精神的に強い絆は解かれえないものであることを直接感じる。われわれはゲーテを、彼がその下にある幾重にもわたる結びつきから恣意的に解き離すことはできない。われわれは彼を、真空空間の中に位置づけることはできず、彼を、精神史的環境の内部において、つまり一八世紀の形成（教養）の歴史の内部において考察しなくてはならない。しかし他方、われわれが、こうした領域から取り出すすべての尺度は不十分なままで、それをもってしては、ゲーテの作品の広がりや深みは測りおおせることはできないということを、もちろんのことながら繰り返し知るのである。というのも、ゲーテの現実存在ならびに業績において決定的なことは、そこで精神的尺度そのものの急変ならびに新たな形成が遂行されるという点にあるからである。ゲーテの作品は、外部から見れば、完全に一八世紀の歴史的地平の内部にある。しかしその理解のための本来の精神的規範は、こうした周辺領域からは得られない。われわれがゲーテを彼の時代と比較するなら、時代において所与のものならびに現存するもの、時代によって認知され、承認されたものの広がりが、彼によって量的に越えられるだけではなく、質的にも新たな創造が彼において表現されるのである。ゲーテの身近にいる、きわめて豊かで深い精神の持ち主たち、つまりレッシングやヘルダーにおいてさえ、それどころかカントにおいてさえも、われわれは精神的尺度のこうした変化をゲーテにおけるほどに強く感じはしない。ゲーテが一八三二年に死ぬと、世界は彼の誕生の時と比べれば、いわば新たな「相貌」を得た。このとき、詩作の領域においても純粋「理論」の領域においても、世界の相貌は変わった。しかしこうした変化は、ゲーテのほとんど欲するところではないように思われる。こうした変化は、彼によって明確に「傾向づけられ」、意図的に図られているようには決して思われない。この変化は、密かに気づかれることなく遂行される――ゲーテによれば、自然の出来事の内部でのすべての移行過程の遂行もこれと同じあり方である。ゲーテは、自然考察にたいして、完全な「変革」の理念、本来の「破局」の理念を締め出す。地質学において彼が、火成論を拒否するのは、地球の内部からの山塊の突然の噴火による出現の表象が、彼の直観の仕方と折り合わないからである。ヴィルヘルム・フォン・フンボルトに宛て、かつて彼は、地質学の対象のこのような見方、ならびにそれに従うこのような処置の仕方は、「私の大脳組織には全く対応不可能なものとなります(3)」と書いている。

「自然とその生き生きした流れは
昼や夜や時間を、決して頼みとしなかった。
自然は、規則的に、すべての形態を形作る
大規模な場合でも、暴力的ではない。*4」

こうした基本的見解が、精神の生と生成についてのゲーテの理解の全体をも特徴づけている。それゆえに彼は、彼自身がそれを変成する只中にあった場合でも、当時の所与の形式に依拠することができた。彼は、彼の時代を「近くにあるかと見えて遠く、かつ、遠くにあるかと見えて近くに*5」感じることができた。このような近さと遠さ、つまり、一八世紀の理念的世界とのこうした絶えざる連関、ならびにゲーテがそれに相対して獲得し自ら一歩一歩仕上げていった精神的隔たり、これこそが、私が際立たせ以下の考察の中心としたい二つの契機である。

一八世紀が努力し成し遂げたことにたいする総括的な表現を求めるならば、一八世紀を、分析の世紀と呼ぶことができる。分析の力は、事実一八世紀の思想世界を形成し、そのきわめて細かな個別的特徴に至るまで規定し組織した精神的な基本的力である。この分析の力は、自然認識をその出発点とするが、そこに留まるのではなく、その限界をはるかに越えていく。心理学と歴史、国家論と社会学、論理学と認識論ならびに美学も、分析的精神のこうした発展に捉えられ規定される。形而上学もまた、数学的分析と自然認識の領域におけるその適用が開いた道にますます追従する。他でもないカントは、一七六五年に『自然神学と道徳の諸原則の明証性について』という著作において、形而上学の真の方法は、ニュートンが自然科学に導入しそこできわめて効果的な成果を得た方法と、根底においては同じであるという命題を明言している。(4) これによってついに確固たる論点が獲得されたように見える。ここにおいて、形而上学の学派や党派の争いによってもはや疑問に付されることなどありえない成果が達せられているように見える。ダランベールの大きな方法論的な『百科全書』の『序論』も、ヴォルテールの『形而上学概論』も、完全にこの基盤上にある。ヴォルテールは次のように明言している。事物の究極の本質に入り込み、この本質を普遍的概念において表現することは、人間の理性には許されていない。人間の理性はむしろ、経験の領域をくまなく走り、ここで示される現象の多様性と複合体を、その究極の相対的に単純な構成要素に分解することで満足しなくてはならない。こうした分解は、認識が処理できる唯一の手立てである。それがうまく行かないところにおいて、われわれは人間の理解の限界にいる。分析は、善良な自然が盲目のわれわれの手に与えてくれた杖である。これを使用する術を心得ていないものは、永久に暗闇に留まらざるをえない、と。(5) 急速な凱旋行進におけるごとく、こうした思考方法が精神的存在の全体を席巻する。この世紀の半ばにおいて、その勝利はあらゆる領域において決定的となった。もっとも偉大な、真に「古典的な」業績も、それによって産み出されそれによって根拠づけられる。

われわれは、このことを証明するために、細目にわたる必要はない。きわめてよく知られた名前と作品を指摘すれば充分である。物理学では、ダランベールの『動力学論』とラグランジュの『解析力学』、国家論と社会学においては、モンテスキューの『法の精神』、心理学においては、バークリの『視覚新論』、ヒュームの『人間本性論』、そしてコンディヤックの『感覚論』である。これらにおいてまさに一八世紀の共通の根本形式ならびに原形式が、もっとも明瞭に刻印される。われわれは、こうした発展を全体として概観することを断念する。われわれはそこから、ゲーテとの関連で決定的な意味を持つ個別のモチーフと個別の契機を取り出す。一八世紀の哲学の中心問題を形作る詩芸術の理論もまた、いたるところで支配的な方法論的な根本直観の影響下にある。ドイツでは、アレキサンダー・バウムガルテンによって、この理論はライプニッツとヴォルフの哲学の前提から直接展開される。フランスでは、デカルトの論理的根本思想、彼の真理の基準論が、直接詩学に移される。ここでは、いかなる極端な違いはありえないし、またあるはずはない。というのも、真なるものと美なるものとは、その原理と根源において一致しているからである、つまり、「真理以外に美しいものはない。」[*6]「芸術は」――とル・ボシュは、一六七五年に書いている――「科学と、次の点で共通している。つまり芸術は、科学と同じく理性に基づいているということ、ならびに芸術においても、自然がわれわれに与えた光に導きを委ねなくてはならないということである。」[*7]同じモチーフを、ボワローの『詩学』が取り上げている。デカルトの『方法序説』が、科学の論理学、特に数学と自然認識の論理学をもたらしたように、これはポエジーの論理学たらんとしている。「理性の立法者」[*8]としての哲学者は、理性の支配をこの領域にも広げ、その根本要求、つまり一貫した統一、一貫した秩序、ならびに一貫した明瞭性の要求を、ここでも有効にする使命を感じる。デカルトが、確固たる普遍的拘束力を持つ規則を、精神を導くために打ちたてたように、ボワローは、同じ規則性ならびに合規則性を、詩的創造の内部でその根本規範として証明しようとする。「精神の指導のための規則」の傍らに「ポエジーの指導のための規則が」位置づけられる。もちろんこうした「合理論」を、ボワローが詩的ファンタジーの特性そのものを見誤ったかのように、またその有効性を否認したかのように解釈してはならない。詩的創造過程において、「構想力」が、その必然的な位置を占めるということ、その共働は、着想においても描出や仕上げにおけると同じくなしでは済まされないということ、このことは彼によって決して否定されてはいない。[(6)] しかし、構想力の心理学的事実性と、その心理学的機能のこうした承認は、構想力にいかなる特別の際立った価値をも与えていない。芸術作品の価値は、「構想」の個別的な力や個別的な躍動に根拠づけられているのではなく、むしろ超個別的な、つまり無時間的な普遍妥当的な形式において測られなくてはならない。そうした形式を打ちたて確保することができるのは、理性だけである。理性は、新しいものという仮象、「独創性」への間違った要求を断念し、それに代わって常に存在するもの、そして永遠に妥当するものに依拠しようとする。「ポエジーの領域において、新しい輝かしい並々ならぬ思想とは何であろうか」、とボワローは問う。その答えは次の通りである。それは一般に考えられているのとは違い、今まで決して考えられなかったような思想ではない、つまり「それは、それどころかあらゆる人に思い浮かんだに違いないような考えであり、誰かが最初に表現するのを思いつくような考えである。[*9]」詩人が、その「案出」において努力し自らの力で達することのできるものは、従って表現の新しさであり、内実の新しさではない。内実そのものは、前から事物の「自然」のうちに含まれており、あらかじめ示されている。つまり、そこにおける何ものもゆるがせられることなく、またそれになにものも付け加えられることもない恒常的な客観的諸規定の内にある。詩人が、創造するのではなく、ただひとえに所与のものとして把握しなくてはならないこうした客観的存在が、とりわけ詩的ジャンルの存在である。これらのジャンルのどれもが、それ固有の自然とそれ固有の法則を有する。この法則は、しっかりとその領域を確定し、そこにおいて可能なものの枠をはじめから規定している。悲劇と喜劇、牧歌と悲歌、頌歌とエピグラム、これらすべては、確固とした不動の形式、即静的な形式として相互に相対するポエーティッシュなものの基本的形象である。これらのものの間には、如何なる移行も許容されない。というのも、こうした移行のどれもが、個別ジャンルの特殊な形式法則の恣意的侵害、侵犯を意味するであろう故である。「種の恒常性」の原理が、一八世紀の前半において生物学を支配しているように、それは、詩学においても承認されることとなる。というのもそのことによってのみ、形式の支配を根拠づけ保持することに成功しうるように思われるからである。自然においても、芸術においても、流動的で多様なものを恒常的で同一的なものへ関連させ、ひとり「存在者」としてのそれに留め置くことによってのみ、恣意や不確定性が回避されうるように思われるのである。この恒常的存在は、詩作の領域においては、個々のジャンルの変わることのない性格によって保証されている。この性格を規定すること、つまりこの性格を明晰にして判明な概念において表現することにひとたび成功するならば、芸術的創造のその後の道はあらかじめ示されている。ジャンルの法則は、すべての特殊な形態化を包括し規範づける「自然に基づく」第一のもの（πρότερον τῇ φύσει）である。個々のジャンルの各々において可能であるモチーフの領域、素材の限定、様式（Stil）、そして表現手段、これらすべては、単純な下絵に含まれているようにこの法則に含まれている。テーマ、登場人物の範囲、あれこれのジャンルで可能で許容されている言葉の使用自体が、これによってはじめから固定されている。ゲーテ自身は、『ラモーの甥』の彼の翻訳についての注釈の中で、こうした詩学の基本的方向と目的を明確に含蓄を込めて語った。「常に努力し続け、ルイ一四世の時代に成熟した悟性文化は、絶えずすべての詩の種類ならびに語りの種類を正確に分類することを心がけてきた。しかも形式からではなく素材から出発し、ある種の表象、思想、表現形式、言葉を、悲劇、喜劇、頌歌から締め出し、――それ故また、これらの詩ジャンルを意のままにすることは決してできなかったのであるが――それに代わって特に適切なものとして他のものを各々の特殊領域において取り上げ規定したのである。様々の詩のジャンルが、特殊な振舞いが作法に適っているような様々な社会と同じように、取り扱われた。……フランス人は、精神の産物を判断する際に、作法について語ることを決してはばからない。作法とは、本来社会の作法についてのみ当てはまる言葉であるが。(7)」

ところでもちろん、ゲーテがこうした言葉で特徴づけている根本直観は、一八世紀のフランス文化の内部においても決してもはや一般に認められているものではなかった。一八世紀は、詩学の領域においても、政治の領域においても、絶対主義を断念したのである。一八世紀は、ボワローをも批判し、彼をもはや決して無制限の支配者として承認しない。レッシングは、ディドロについて、アリストテレス以来演劇について語った最高の哲学的精神の持ち主である、と述べた。こうした哲学的精神の基本は、とりわけ偏見の無さと自立性においてはっきりと示される。これをもってディドロは、詩的ジャンルの伝承された学説に歩み寄った。彼は、この学説は、自由な劇の動きを萎えさせ、すべての個別的な形態化を妨げる単なる紋切り型にますます凝り固まってしまった、と感じる。しかしながらディドロは、個々の事柄にたいする要求のこうした生き生きとした感情にもかかわらず、支配的な理論の呪縛から解放されることには成功しなかった。彼は、支配的理論が彼に課する桎梏を揺るがす。しかし彼は、それを打ち破らない。というのも、彼が解放を求める本意は、フランス古典主義が基礎づけたような、詩的ジャンルの概念を否定することにあるのではなく、この概念を確保しそれをその周囲に広げることだけにあるからである。こうして彼の詩学は、なんら質的な新たな創造ではなく、なんら伝承からの原理的転向でもない。それは、量的な意味において詩作の活動領域を広げ、詩作に新しい領域を組み込もうとするに過ぎない。ディドロは、はっきりと規定されあらかじめ形づくられている詩的ジャンルの学説に徹頭徹尾固執する。しかし彼が強調するのは、これまでの芸術の実践、つまり古典的なフランスの演劇は、劇的なもののそれ自体可能な形式を決して汲みつくさなかったということである。芸術家が発見することのできる様々の中間段階が、この領域にはなお存在する――それは、自然研究者がこれまで知られなかった生物の種類を見つけ出し記述することができるのと同じ意味においてである。この意味においてディドロは、喜劇と悲劇との間に、これまで未踏の中間領域を「見出す」。それは、彼が、一方において、「正劇」(Comédie sérieuse)を、他方において「市民劇」、つまり「家庭的、市民的悲劇」(Tragédie domestique et bourgeoise)を位置づける詩的形式の中間領域である。「喜劇ジャンルと悲劇ジャンルについては、たびたび詩学が展開された。正劇ジャンルもその詩学を有し、この詩学も同様に大いに論じられているであろう。……このジャンルは、これがその中間に位置している両極のジャンルの色合いの持つ活力を失っているが故に、これに力を与えることの出来るものの何ものもおろそかにしてはならない。[8]」こうした定式化がすでに直接示していることは、ディドロが、個々の詩的ジャンルの本質ならびに本性についての伝統的見解を断念することがいかに少なかったかということ――つまり、彼が理論のために努力する革新と豊饒化のすべては、しっかりと組み立てられた枠の内部にいかに保持されているかということである。こうして事実またディドロは、彼の念頭にあった個別化の目標に、理論においても実践においても達しなかった。彼が『私生児』と『一家の父』の中に描き入れた登場人物たちは、――彼等の間を劇の筋は方向の定まらぬまま進行していく――完全に血の失せた図式に過ぎず、彼が生の仮象を吹き込もうとしても無駄である。こうした努力に相対し、それを結局無に帰せしめるのが理論そのものである。というのも、正劇の内部では、特殊な一回限りのものの描出、つまり現実の人間の描出が目指されているのではなく、ここでは普遍的な生の状態の記述、つまり身分上のまた社会的存在の特定の形式を浮き彫りにすることが本来の本質的な課題であるということを理論が教えているからである。したがってこの理論もまた、徹頭徹尾分析的精神の刻印を帯びている。しかしそれは、分析の領域とその適用可能性を広げようとする。喜劇の中で行われるような性格の分析と、フランスの古典的悲劇において示されるような情熱の分析とに、特定の社会的構造の分析が加わる。まさにこの社会的構造を、ディドロは、一般的術語を用いて、社会的「条件」ならびに「状況」(conditions)と呼んでいる。われわれは、個々の性格をその社会的環境から引き離すのではなく、こうしたその環境の中に位置づけ、それとの依存関係において認識すべきなのである。こうした要求を持ってディドロは、その後の一九世紀の「環境理論」を先取りしている。彼は『一家の父』において、一人の家庭の父親を、ある特殊な生活状況の中で、つまり偶然的で一回限りの状況によって引き起こされる混乱の中で叙述することで満足しようとはしない。彼は、一般的状態を、家庭の父親そのものの存在を、つまり一つの一貫した典型的な形態を明らかにしようとする。このことに彼は成功しなかったが、それは彼の個人的な責任であり彼が手本を示そうとしているジャンルのせいではない、と彼はこの作品に付け加えた『演劇論』においてはっきり述べている。「詩人が、市民劇において描くべきものは、厳密な意味においては性格ではなく、特定の生活の諸条件である。喜劇においては、これまで性格の記述が本質的目的であった。状況は、偶然的で補助的なものに過ぎなかった。こうした関係は逆転されなくてはならない。状況が主要事で、性格は付帯現象とならなくてはならない。この源泉のほうが、性格の源泉よりも、詩人にとって生産的で豊饒で有用であるように私には思われる。」喜劇はこれまで、もっとも豊かに、あらゆる種類の人々あらゆる階級の人々を描いた。家庭の父親、銀行家、裁判官を登場させた。しかし、演劇になお残されているのは、銀行家についての、家庭の父についての、裁判官についての、弁護士についての、作家についての、お偉方についての、哲学者についての描出である。ここには、ほとんど汲みつくしがたい素材が開かれる。というのも、毎日毎日が新しい生活の条件を生じせしめ、何ものもこうした条件ほどにわれわれの身近にはなく、何ものもそれほどにわれわれが直接知ってもいないことを考えてみるがよい。つまり、われわれの誰しもが社会の中で身分を持ち、あらゆる身分の人間と不断に関わっているのだから。(9)

われわれにはこうした前提とこうした回顧が必要であった。というのも、この両者を基にして今やはじめて、ゲーテの出現によって詩作の歴史ならびにその理論において、いかなる徹底した変化が遂行されるかということが全く明瞭にまた確実に示されうるからである。ゲーテは、この変化を「意欲」したのではない、意識的にまた恣意的に産み出したのでもない。この変化は、ポエーティッシュなものであれ、理論的なものであれ、自由な行為に相応するのではなく、ゲーテの存在によって、彼の本質の原形式によって与えられている。まさしくこのゲーテの存在において、一八世紀においてきわめて明確にまた精緻に完成された詩的ジャンルの理論が崩壊する。ここでは、レッシングが先行していた。外的な規則によるいかなる拘束にも屈することなく、その自発性によって規則自体をはじめて設定し創るところの天才についての彼の理論は、ゲーテにたいしてもはじめて道を開いたのである。レッシングの批判は、ゲーテにおいて現実となる詩作の概念を、純粋理論において先取りしている。だがしかし他方で、個々の詩的ジャンルのはっきりと規定された厳密に「客観的な」本性についての確信が、ほかならぬレッシングにおいていかに強く余韻を残しているかをわれわれはもちろん知っている。絶えず彼の分析は、この点に向けられる。悲劇、エピグラム、寓話の「本質」を根拠づけ、それを確実にまた明確に他のものの本質と区別することが肝要である。ゲーテもまた、詩芸術の理論家として、こうした理解を決して放棄しなかった。彼もまた、個々の詩のジャンル、つまり、劇、抒情詩、叙事詩等の境界について思案する。そして古代人が、この境界を、近代人におけるよりもずっと明瞭に意識しておりそれをずっと厳密に守っていたということを、古代人の特別な長所として讃える。「あなたは、何度となくお聞きになったことでしょうが」――とゲーテは、シラーに宛てて書いている――「人々は、よい小説を読んだ後、それを劇場で見ることを望んだのです。なんと沢山のよからぬ劇が、それによって生じたことでしょう。同じように人々は、関心のある状況の各々がただちに版画になったのを見たがるのです。彼らの想像力（Imagination）にいかなる活動の余地も残さないようにするためにだけ、一切は、感性的に真で、完全に現在し、劇的でなくてはならないのです。劇的なもの自体、現実に真なるものの傍らに完全に位置を占めているのでなくてはなりません。こうしたまことに子供じみた野蛮な没趣味な傾向に、今や芸術家は、あらゆる力を振り絞って抵抗し、芸術作品をそれぞれ抗いがたい魔法の輪を通じて分かち、各々の芸術作品をその特性ならびに特異性において保持すべきでしょう。古代人は、そのように行い、そうすることによって、まさしくあのような芸術家となったし、あのような芸術家であったのです。しかしながら誰が、その船を、その上を航行している波から分かつことができるでしょうか。流れや風に逆らえば、ほんのちょっとだけ進むに過ぎません。(10)」しかし、芸術作品を個々の「魔法の輪」へ分かつことは、ゲーテにとっては、それが一八世紀の詩学にとって意味していたのとまったく別のことを意味している。というのも、「ジャンル」とは、芸術的モチーフの取り扱いの特定のあり方を要求し強要し、またそこへ、詩的体験が何らかの仕方で押し込められなくてはならないようなあらかじめ与えられている図式ではないからである。このような類の強要は、ゲーテにとっては、その力と意味を失った。というのも彼は、素材に外部から押し付けられ、刻印されるそれだけで存立する形式も知らなかったし、出来上がったものとして存在する形式に単純に屈服し順応する素材も知らなかったからである。「人間が技術化するものにおいては」――とゲーテはかつてリーマーに語った――「機械的な工芸品だけでなく、彫塑的な工芸品においても、形式は本質的に内容と結びついていないで、形式は素材に押し付けられるか、素材から押しのけられるかに過ぎないのです。自然の生産品も、確かに外的な条件を受けますが、内部からのそれに呼応する活動を伴っています。要するにここには、素材が形式を手に入れる、生き生きした外部と内部の活動があるのです。[*10]」この「生き生きした活動」、内部から外部へと展開する啓示を、[*11]ゲーテは、詩芸術にたいしてはじめて本来の最深の意味において手に入れたのである。ゲーテにとっては、もはや他と切り離されたいかなる自然もないし、単なる形式の他と切り離された暴力も存在しない、――生成する詩的形態が接合されなくてはならない確固とした枠もないのである。むしろ、形態化の内的過程そのものが、その形成物そのものと共に、そのポエーティッシュな形式、つまりその形成物そのものから生ずる内在的尺度をも創るのである。ポエーティッシュな内実は、ゲーテによれば「固有の生の内実」である。[*12]したがってまた、生自体だけが形式を見つけ、この内実にかなった形式を規定することができる。芸術的創造は、したがって認められ確定されている種類あるいはジャンルの中の単なる「特殊事象」として把握されることは決してできず、真の創造はどれも、固有の比較できないものを、新しい可能性、新しい形態、そして新しい存在を示すのである。

　このようなあり方において、ゲーテは彼の詩作品を見た。したがって彼は、人がそれらをジャンルの詩学に由来する外的な尺度によって測ろうとした場合には拒否したのである。シラーが『ヴィルヘルム・マイスター』には、この長編小説にふさわしくない悲劇的なものが織り込まれていると非難したことを、かつてゲーテは、エッカーマンとの対話において指摘している。「しかし彼はわれわれ皆が知っているように、正しくない……因みに、この作品は、私もほとんどそのための鍵を持ち合わせていない最も算定不可能な作品の一つである。人は中心を捜し求めるが、それは困難で決していいことではない。われわれの目の前を通り過ぎていく豊かな多様な生はそれ自体、やはり単なる概念向きのはっきりした傾向などの無いものだというべきであろう。(11)」こうした意味においてゲーテの偉大な詩作品のすべては、確かに決して「非合理的」ではないが、まさしく「算定不可能なもの」である。「すべての抒情的なものは、全体としてはきわめて理性的でなくてはならないが、個別的には多少非理性的でなくてはならない[12]」とゲーテはかつて語った。彼はすべてのポエーティッシュな産出を、とりわけ詩的ジャンルのボワローの図式には居場所の見出せない抒情詩の立場から、また抒情詩を中心において見ていた。ゲーテが理論家として示したのではなく、彼の活動において直接明確にしたこうした関連のうちには、ゲーテに発する解放の量り知れない力が潜んでいる。彼自身、彼の歴史的使命をこうした意味において見、また理解していた。彼は詩作において、マイスターと見做される要求を掲げはしなかったが、自らを詩作の解放者と呼んだ。「われわれのマイスターというのは、その指導の下にわれわれが芸術において引き続き訓練し、また次第に熟達していくわれわれに、われわれが憧れている目的に最も確実に達する行動規範となる諸原則を段階的に伝えてくれる人のことです。そのような意味においては、私は誰のマイスターでもなかった。しかし私がそもそもドイツ人にとって特に若い詩人たちにとって何になったかということを語るなら、私は、自分を彼らの解放者と呼んで差し支えなかろう。というのも人間が内部から生きなくてはならないように、芸術家も、いかに自分の欲するがままに振舞おうとも、常に自己の個性を明らかにしていくに過ぎないがゆえに、内部から活動しなくてはならないということを彼らは私によって知るようになったからである[13]。」

こうした率直な文章の内に、ゲーテの「主観的詩学」の全総計が基本的に含まれている。詩的創造過程そのもののことでゲーテは、あれこれ思案はしなかった。そのことについてのいかなる規則も打ちたてようとはしなかった。このことは一見したところ、意外で奇妙にみえるかもしれない。というのも、自然界の対象であれ精神世界の対象であれ、彼の思考と関連づけそれを浸透させようとしない対象はほとんどないゲーテが、彼の世界の本来の中心である詩作の生産的な根源力が問題となるまさにそこにおいて、こうした関係を絶つということがこれによって明らかとなるからである。こうした根源力はゲーテにとって、事物の形態ならびに人間世界の形態をはじめて可視的とたいする本来の固有の光源であったということ、――しかしながら彼自身は、自己の見ることのこの根源的な器官を、見ることの対象に変えることも出来なかったし変える必要もなかったということ、ここにこうした奇妙なことにたいする説明の本質がある。ゲーテは、詩的創造の心理学的あるいは美的理論を決して行おうとはしなかった、――なぜならば彼の芸術的経験のうちのいかなるものも、そうした理論に対応しなかったであろうからである。『ヴェルター』のような、彼のもっとも純粋でもっとも深い創作について彼は、これらの作品を「かなり無意識的に、夢遊病者に似た状態で書いた」(14)と語った。生成のこうした内的な過程をゲーテは、外部から見ることも外部から規範づけることもしようとはしなかった。彼は自分のモチーフを恣意的に選ぶことも出来なかったし、その形態化や遂行において、特定のジャンルの確たる規則や既存の規範概念に従うことも出来なかった。ゲーテは、決してこうした概念に異論を唱えたわけではなかったが、それらを内部から規定されたもの、したがって自由で可動的なものにするのである。ジャンルに拠る規範に対抗する芸術的個性のこうした自由な振舞いに、彼は天才の本来の特徴を見る。天才も拘束を決して免れない、しかし天才はこの拘束を受けるのではなく、この拘束を常に絶えず産み出さなくてはならない。ゲーテは、この二重の規定のうちに、芸術的「趣味」の説明を纏め上げる。それによって彼は、一八世紀の美学の議論において決して達しなかった全く新しい深さを、この概念に与えている。趣味論は、フランスでは、ブウールの『精神の作品において適切に考えることのための原則』(一七一七年)を、ドイツでは、ライプニッツの哲学のある種の基本的規定を受け継ぐものである。両者の方向に共通しているのは、趣味を本質的には判断の一種として規定していることである。つまり、ある種の帰結として規定していることである。この帰結は、その基になっている個々の前提をはっきり分析し、個別的に明瞭に目の当たりにするのではなく、こうした前提のすばやいとり纏め、こうした前提の錯綜した「表象」で満足する。こうして例えばラ・モットは、趣味を「錯綜した判断、また、ほとんど単なる直感に拠る判断」[15]として定義し、ライプニッツは、趣味とは、いかなる完全な弁明も与えることが出来ない、したがって本能に類縁したある種の錯綜した知覚（perception confuses）に基づいていると説明している[16]。しかしゲーテは、趣味の概念を、いわば、精神的なもののより高度の次元に高めている。つまり彼は、芸術作品の単純な取り上げや考察において趣味を求めるのではなく、芸術的創造活動において、直接趣味を働かせるのである。まさにここにおいて彼は、詩的ジャンルの在来の分類に逆らい、「作法」の概念は社会学的尺度から美学の尺度へと移されてはならないことを明言し、詩のジャンルや修辞のジャンルの区分は、詩作の技（Dichtkunst）や修辞の技（Redekunst）そのものの本性の内にあること、――しかし芸術家だけが、この区別を企てることが許されるしまた企てることができることを強調する。「というのも、芸術家はたいてい幸せなことに、何が後者あるいは前者の領域にふさわしいかを感じることが出来るからである。趣味は、誰でもが修練して完全に身につけるというわけにはいかないが、天才には生得のものである。[17]」したがって趣味もまた、生成したものを単に後から批判することに役立つのではなく、生成ならびに創造そのものの過程における必然的契機である。趣味にとってふさわしいのは、単なる受容の領域ではなく、純粋な自発性の領域である。趣味において生は、外的な形式の力に身を屈するのではなく、自らにふさわしい内的に必然的な形態を作り出すのである。

ゲーテが創造した最高のものは、こうした根本直観から生じており、それを直接実証した。確かにゲーテは、自己自身に特定のポエーティッシュな作品を要求したことも稀ではなかった。ゲーテは、いついかなる時でも、彼にもたらされたきっかけから、ポエーティッシュな作品、仮面劇、祝祭劇等への刺激を受けた。そして彼の詩集には、「個人へ向けて、お祝いの折に詩作されたもの」というタイトルを、彼自身がつけた部分がある。しかし彼がこうした領域を手がけた時はいつでも、これは自分にはふさわしくない、詩作の存在と本質についての自分の理解に適うものではないということを知っていたし、また感じていたのである。彼がこうした異質な媒体の中にあって、それに適合することが出来たのは、いつでも自分の熟知している要素に逃れ、そうした要素によって詩人として再生できると確信していたからである。この意味でゲーテの詩作は、いわば二重の生を営んでいる。しかし彼の詩作の本来の中心がどこにあるかは、一瞬たりとも不確かにはならない。ゲーテはまた絶えず芸術上の訓練を楽しみ怠ることはなかった。そして彼は「君たちが詩人と称するのならば、哲学に号令をかけるがよい」という要求に、自分自身の創造活動を従わせたことも稀ではなかった。[*13] しかし彼がこうしたことをした時はいつでもまた、彼自身のうちにそうした服従にたいする異議や抗議がかまびすしくなった。彼はかつて特別の含意と明瞭さを持って、ソネットの芸術形式に対して異議を表明したことがあるが、この芸術形式にゲーテは進んで従ったこともあるし、またそれに対して自由であると明言したこともあった。

「新たな芸術形式の使用を訓練することは、
われわれが君に課する聖なる義務である。
君もまたわれわれのように、確かな足取りで
一歩一歩、君に定められた通りに歩んでゆくことが出来る。

というのも、精神が力強く活動するならば、
まさしく制限は、愛しうるものであるからである。
精神が如何に振舞おうとも、

作品は結局、やはり完成されている。
かくて私自身、技巧を凝らしたソネットにおいて
口達者の大胆な誇りを持って
感情が私に与えるであろう最善のものに韻を踏ませたい。
ただし私はここで、うまく処置することが出来ない。
普段は、木の全体を好んで刻むのだが、
いまや時として、膠を使わなくてはならないであろう。[*14]」

かくして芸術作品に、新たな規範が打ち立てられる。それはすべての他の尺度を排除し、単なる相対的で副次的な規定に引き下げてしまう。われわれがこうした尺度を使用するや否や、ゲーテの詩作の本来の内実が、われわれからするりと抜け落ち、そのもっとも深い意味が見落とされてしまうのをわれわれは感じる。ゲーテは、『ヘルマンとドロテーア』において、ホメロスの栄冠を得ようとした——そして「たとえ末席であれ、ホメロスの後継者たること[*15]」は、ここでは彼の本来の最高の目的であるように見えた。この賛美は、はたしてゲーテに与えられるべきか、フォスの『ルイーゼ』に与えらるべきか——つまり、ホメロスの叙事詩の手本に一層近づいたのはゲーテの方か、フォスの方かということについて同時代の人々は盛んに論じ合った。しかしわれわれは今日、こうした争いをもはやほとんど理解できない。というのもわれわれは、『ヘルマンとドロテーア』をホメロスと比較しないし、同じく

『ローマ悲歌』をプロペルツと比較しないし、『ヴェネツィアのエピグラム』をマルティアールと比較しないからである。[*16] われわれにとってゲーテの詩作は、特定のジャンルの表現や例証を意味するのではなく、その意味と価値はゲーテの存在ならびにゲーテの生の全体から純粋にわれわれにとって規定される。ゲーテの詩作は、ここでその完全な表現を得たところの、こうした生の個別的な局面の証しとしてわれわれを捉えている。こうしてわれわれは、『ヘルマンとドロテーア』にもはや牧歌の根本形式や詩的模範を見つけ出そうとはしない。この詩はわれわれにとっては、同時に、牧歌であり叙事詩であり悲劇である。まさにこうした相互性の内にわれわれは、この詩の比較しがたい移ろいゆくことのない特性を感じるのである。この特性は、詩が保持し形態化を完成した一回限りの契機から湧き出る。ゲーテは、ドイツの小都市の牧歌を描いているが、この牧歌は、それが置かれている背景によってはじめてそのもっとも深いポエーティッシュな内実を得る。出来事の起こる狭い領域、限定された人間存在の只中に、ここでは新たな強力な運命の力が侵入する。この力の進行は阻止され得ず、牧歌的状況は破滅の定めにあることをわれわれは感じる。こうして詩は、世界史的な叙事詩の様式（Stil）ならびに悲劇の様式（Stil）へと高められる。詩は、こうした様式を見つけ出すのではなく、様式は、詩そのものから生ずるのである。つまり、構想の基本的モチーフ、ならびにこのモチーフがゲーテにとって生き生きしたものになった直接の現在から生じるのである。いかに完全な手本であれ、手元にある手本を模倣することではこの現在の力に達することは出来ない。この現在の力は、真の象徴的創造活動にのみ特有のものである。全くもって瞬間をよすがとし、純粋に瞬間に沈潜し、しかし同時に単なる瞬間として限りなく遠くへとそれを超えていくことは、ひとりそうした創造活動にのみ備わっているのである。ゲーテ自身象徴の本質を、こうした二重の規定において見ていた。「真の象徴法とは、そこにおいて特殊が、夢や影としてではなく、探求し難いものの生き生きとした瞬間の啓示として、普遍を代表することの意である。[18]」

ここでゲーテの生とゲーテの詩作との間で結ばれる相互規定は、こうした象徴的意味において理解される代わりに、狭い現実主義的な意味において理解されるならもちろん誤認され、それどころか転倒されることとなる。とりわけ比較的古い「ゲーテ文献学」において通常支配的であったこうした類の考察をわれわれは知っている。ゲーテの詩作の各々の個別的特徴を、なんらかの「事実的」体験に還元し、彼が形成する各々の登場人物を、個別的な現実の個人の肖像画に似た再現として解釈することに成功するまでは休むことも休息することもしない研究の方法がここに生まれた。純粋に神話的な登場人物に対しても、こうした解釈ははばかることはなかった。メフィストはメルクで、ファウストはヘルダーであり、そのように解釈すべきであるというのであった。したがって常に外的印象の総計こそが、こうした理解に従えばゲーテの詩的創造活動を規定し、いわばゆっくりと手探りで進んでいくためのよすがでなくてはならなかった。こうした見解の特徴的な手本を一つだけ示すとすれば、ヘルマン・グリムが彼のゲーテ講演で『ヴェルター』の成立を述べたあり様を思い起こすのがよい。詩作の根本モチーフは、――と彼ははっきり語っている――ゲーテの内にずっと前から準備されていた。つまり、ロッテに対する愛と、若いイェルーザレムの死による震撼とが、まとまった体験として彼の背後にあった。しかしながら、こうしたすべてを持ってしても、外部からの最後の一押しがつけ加わらなかったならば作品は形成されることはできなかったであろう。「ゲーテの経験において集められた要素は、豊かな現実の生からのみファンタジーを養うという彼特有の資質によれば、さしあたり補填されえないことが明らかとなった間隙を、ある点において示していた。つまり、この小説の第二部の登場人物たちのしかるべき結末が欠けていた。ロッテの夫としてのアルベルトのモデルが欠如していた。ゲーテは、ケストナーを婚約者としてのみ知っており、彼を決して嫉妬深い男とみなしてはいなかった。ゲーテは、体験したもののみを書こうとした。彼に更に欠けていたのは、ヴェルターを既婚婦人の恋人として描くための経験であった。このこともゲーテは、工夫して描きあげることが出来なかった。」いまやここに、好都合な運命が到来し詩人を助ける。マクシミリアーネ・ラ・ロッシュ、ならびに、彼女に嫉妬深く気配りする彼女の夫であるブレンターノとの交際において、この小説になお欠けていた最後の要素が彼に持ちきたらされる。(19) ヘルマン・グリムのような優れた識者、また彼のような才気に満ちた解釈者の行うかかる解釈は、ゲーテ研究が、しばらくの間その本来の課題と最高の目的を、ゲーテの作品からファンタジーを完全に排除することにおいて見たかのような印象を引き起こすのである。

「いかなる不死なる女神に
最高の賛美は相応しいか。
誰とも私は争わない、
しかし、私が賛美を惜しまないのは、
永遠に活動的で、
常に新たで、
一風変わったジュピターの娘、
彼の愛でる娘、
ファンタジーにたいしてである。*17」

このようにゲーテは語っている——しかし彼の解釈者たちは、彼が自己の最高のそして特別の天分と見做した実在的なものの真理にたいするファンタジー[20]を、むき出しの現実によって押しのけ置き換えることが問題であるかのように語ったことも稀ではなかった。すべての彼の詩は特定の機会にその起源を持つ、という彼の言葉もこうした解釈の変更、間違った解釈を受けるに至った。「すべての私の詩は」――とゲーテはエッカーマンに語っている――「機会詩である。それらは現実の事柄によって刺激を受け、そこに基礎ならびに基盤を持つ。現実に根拠を持たない詩は評価に値しない。[21]」しかしゲーテが引き合いに出し依拠するこの現実は、彼の生の過程の内的な現実であり、事物や事実の外的な現実ではない。ゲーテは、実在の出来事や実在の人物を彼の詩作の鏡に受け止めるのではなく、彼は、彼のうちに存在し生きているものを外部へと向ける。彼はこの内的な事象を具体化し、目に見え手で摑みうる形態にしなくてはならない。詩作は、それ自身のうちにこれらの形態の真理にたいする内在的保証を含んでいるのである。「それらは、妄想が産み出した影ではない。私は知っている、それらは永遠であることを。というのもそれらは存在するからである。[*18]」詩作を鏡に比較する限りでは、詩作は対象を確固とした出来上がった輪郭で受け止める鏡ではなく、根源的な像生産の力を持っており、ただ単に光を集めるのではなく、光を固有の中心、つまり観ること（Schauen）の中心から送り出し、自らの内から生ぜしめるような鏡である。

ただ単に模倣するのではなく根源的に形成する力として、つまり「生産的総合」として詩的構想力を理解することがわれわれにとって――詩作においてはゲーテにより、哲学においてはカントにより――たいそう馴染みのものとなったので、それが精神史的に見れば決して直接の洞察ではなくて、全くもって仲介を要し苦労して手に入れ、勝ち得た洞察であることを把握するには骨が折れるほどである。一八世紀は一般的には、こうした問題にたいしてもなお徹底してその分析的思考方法の基本的前提を堅持している。コンディヤックがはっきりと強調しているのは、芸術的ファンタジーの特性を引き合いに出して詩作と数学の間に確固とした境界線を引こうとするなら、それは間違いであるということである。両領域は、完全に精神の唯一の基本的能力、つまり分析の能力から説明されうる。分析は、論理学者、数学者、物理学者を作るように、詩人を作る。ひとたび確固とした輪郭のあるポエーティッシュなテーマが与えられるなら、例えばコルネイユの『ル・シド』におけるように、特定の悲劇的葛藤つまり結婚と愛の間の葛藤が示されるなら、そこには更なる仕上げが完全な確実さと明瞭さをもって含まれている。筋の構築、登場人物の性格描写、敵・味方の案出、こうしたすべてはいまや詳細に至るまで代数の問題を解くことに比較されうる単なる「計算」の事柄である。「ニュートンは、コルネイユと同じだけの天賦の才能を持っていたのだから、彼は、コルネイユと同じだけの構想力を所有しているに違いなかったと幾何学者はひょっとして言うかもしれない。しかしコルネイユの天賦の才能もまた、彼がニュートンと同じほどに鋭く分析することができるということにあったにすぎないということをその幾何学者は理解していない。[22]」詩の問題も、数学の問題と同じやり方で尽くされうる、つまり詩の問題も、その完全な解がひとたび見出された後ではある意味では「片付いている」という更なる帰結がここには含まれている。かくしてヴォルテールは、次のように明言している。偉大な悲劇的情熱と偉大な感情が、限りなく変化し、繰り返し新たなやり方で示されうると信じてはならない、と。「すべてはその限界を持っている、したがって悲劇も高度の喜劇もその限界を持っている。人間の本性の内には、せいぜいのところ大まかに特徴づけられうる一ダースの現実的な喜劇的性格があるに過ぎない。アベ・デュボスは、彼自身は天才人ではなかったが、〈天才は、更にたくさんの新しい性格を案出できる〉と言った。しかしそのためには、自然が新しい性格を創造することが必要となろう。ニュアンスは、もちろん、無数であるが、芸術家にとって肝要である際立った根本特徴の数は限られている。ラ・フォンテーヌが、一定の数の寓話を書き上げた後では、人がそれに付け加えうるもののすべては結局、常にただ同じモラル、またほとんど同じ出来事に帰着する。かくして天才も、一世紀を風靡するに過ぎない。天才も、時が過ぎ去ってしまえば必然的に退化せざるを得ない。[23]」芸術作品は、事物の本性（Natur）ならびに人間の本性（Natur）によって前もって与えられる限られた要素から構築される、――ファンタジーには、こうした要素を結びつけ、結局それらをこうした結合において使い尽くす以外のいかなる機能も、いかなる活動領域も残ってはいない。

ゲーテは、自然考察においても芸術考察においても、こうした理解に抗議した。こうした理解は彼にとって、自然ならびに芸術の本来の根源的な力ならびに生の力を徹底して見誤るものに見えた。このような彼の根本直観から、彼自身、芸術的「組立（Komposition）」という名称にたいして情熱的に戦った。「モーツアルトが、彼の『ドン・ジュアン』を組立てた（komponieren）！　組立（Komposition）！　などと、どうして言うことができようか。卵と穀紛と砂糖をかきまわして作る菓子やビスケットの一つみたいではないか！[24]」同じ意味でゲーテは、理想を「様々の美しい部分から組立てられた（zusammensetzen）」ものとすることによって理想の意味を説明できると思う芸術的理想ならびに芸術的理想化の平板な考えに対しても反対する。このような説明は彼によれば、全く出口のない循環に陥る。というのも、美しい部分についての概念自体いったいどこから来るのか、また美しい全体の要求はいったいどこに由来するのか。少なくともこうした要求は、経験から引き出され経験から少しずつ積み上げられた単なる概念ではない。それは、外部からではなくただ内部から根拠づけられうる命法である、――つまり、あらかじめ見出されている対象の周辺からではなく、形態化の創造的過程の中心からのみ根拠づけられうる命法である。[25]これによって一八世紀の支配的理解に相対して、ただ単に詩学のみならず心理学全体も新たな基盤の上に位置づけられている。一八世紀の詩的心理学も科学的心理学も、明白な要素心理学である。それは、心を相互に厳密に分類された個々の領域ならびに「能力」に分割し、こうした能力の内部において特定の固定した状態性へと遡及していこうとする。この状態性から、すべての心の事象ならびにすべての内的な心の動きを説明しようとするのである。こうした状態性の各々それ自体は、全く明確に認識されるが、こうした認識において各々はまた同時に個々に切り離される。古典的なフランスの悲劇は、このように純粋に他と切り離された状態において、また人間を感動させる情熱のこのような明確な把握と規定においてその匠の域に達する。情熱の純粋な「解剖学」が、ここに於けるほどはっきりとした形で発展したところはどこにもない。情熱の各々は、悲劇詩人が見つけ出しきわめて微細な心理学的細部に至るまで明らかにするところの、確固とした輪郭を有する固有の本性（Natur）を持っている。古典的悲劇の衰退にあたり、こうした特徴的な「単純さ」が失われていく。ドラマは、今や効果を上げ効果を積み重ねることを好み、悲劇的なものの領域から単におぞましいものの領域へとますます沈下していく。しかしこの際、個々の激情の具体化と明確な区分を保持する。個々の激情は、相変わることなく固定した要素であり、これらの要素は結び付けられまた相互に混ぜ合わせられうるが、こうした混ぜ合わせにおいてもその他と切り離された固有の存在を保持している。ゲーテは、こうした特徴を年上のクレビヨンにたいして、特に力を込め特に含意を込めて示したことがある。クレビヨンが情熱をカードのように扱う、といってゲーテはクレビヨンを非難する。つまり、混ぜ合わされ出され、再び混ぜ合わされ出されても、毫も変わることのない絵カードのように扱う、と。しかしこうした理解や叙述においては、心的な事象の個別のモチーフが、互いに引き合いまた反発し合い、結合し、混合し、中和し、また分裂しそして回復する微妙な化学的親和性のいかなる痕跡も残ってはいない、と[26]。心理学のこうした「微妙さ」、つまり心的な運動の全体を、その流動的な移行過程において、この上なく微細なニュアンスならびに色調においてこのように理解すること、こうしたすべては、ゲーテの『ヴェルター』、『タッソー』、『親和力』においてはじめて達成された。ナポレオンは、ゲーテとの対話で、『ヴェルター』に対して、周知のように次のように抗議した。ヴェルターがただ単にロッテに対する情熱によってだけではなく、名誉心を傷つけられたことによって自殺へと駆り立てられるということは、作品の欠陥である。モチーフをこのように混ぜ合わせることは、不自然である、と。[27]こうした抗議は、擬古典主義的心理学ならびに擬古典主義的詩学の立場からは完全な正当性を持っている。しかしそれは、こうした領域の内部においてのみ通用する。従ってゲーテに対しては、真の「先決問題要求」(petitio principii) を意味している。というのも、心理学的洞察の明晰さならびに明瞭さのすべては、分析にのみ負うており、すべての個別モチーフの明白な区別からのみ生じうるとする定説は、もはやゲーテには通用しないからである。「自然の霊妙な処置」[*19]の理想は、彼にとって、自然にたいしても心にたいしてもその妥当性を失った。すべての心的存在にたいしても、有機的事象の説明にたいしてもゲーテにとって決して逸脱してはならない本来の主要概念とみなされるのは、次の命題である。「どれも存在するものはそれぞれ自己自身と絶えず関わり、その部分は自己自身に対して必然的な関係にあり、いかなる機械的なものもいわば外部から築かれ産み出されない。部分は外部に向かって働きかけ外部から規定を受けるのではあるが。[28]」

しかしこうしたゲーテの「主要命題」をもってわれわれは、芸術の領域から、純粋な自然考察ならびに自然研究の領域への移行をすでに遂行してしまったのである。実際ここには、ゲーテにとって隔壁も明確な分離線も決して存在しなかったのである。というのも彼は、世界の形態を詩作において構築したのと同じ精神的器官をもって自然をも把握することが出来たからである。われわれが、自然を単なる産物として把握しようとするならば、自然を知ることも理解することも可能とはならないということが彼の根本確信の趣旨である。われわれは自然の生産性の中心点へと身を移し、そこからたくさんの自然の形態化ならびに内的必然的連関を把握しようとしなければならない。しかしながら人間は、こうした生産性を、ほかならぬ自己の固有の生産性からのみ見ることができまた理解することが出来る。単なる考察や分析においてではなく、その創造的諸力すべての最高度の緊張においてのみ、自然の真の像が人間に分かち与えられる。ここにおいてのみ人間は、自然が核も殻も持たないということを把握する。*20 というのも最高度の精神的存在とは、すでに単純な有機的事象において働いている創造する諸力の昂揚以外のものではないからである。「人間の健全なる本性が」――とゲーテは、『ヴィンケルマン論』の中で述べている――「全体として働くならば、人間が自己を大いなる美しい品位ある価値ある全体としての世界の内に在ると感じるならば、また調和ある快適さが、人間に純粋な自由な歓喜を与えるならば、そのとき万有は、もし自らを感じる心があるならばその目的に達したとして歓呼の声を上げ、自らの生成と存在の頂点を賛嘆するであろう。(29)」かくしてまたこうした頂点からのみ、自然の生成と、生の発展と高まりも真に理解されうるとも言えよう。創造活動においてのみ、また創造活動を通じてのみ、われわれにいかに自然が創造活動において生きているかという経験が与えられる。こうした直観をゲーテは、芸術家としても研究者としても決して放棄しなかった。彼は、一切の「批判的」躊躇も疑いもなくこうした直観に専念する。カントによってもまた、結局のところ彼はこうした直観が強められ、新たに確証を得たと感じた。「常に創造する自然の直観を通じて、自然の生産活動に精神的に参加するにふさわしい者になる」という希望を、われわれは断念することは出来ないということは、芸術の領域ならびに倫理の領域に当てはまるように、知的なものの領域にも当てはまる。(30) 今や「主観」と「客観」は、もはや相分かたれた存在圏のように対峙してはいない。というのも主観の活動性は、そこにおいて、またそれによって、われわれが対象の真理を把握することが出来る唯一の媒体であるからである――それもこうした真理自体は、固定した即「確定している」ものではなく、形態形成と変成の間断なき過程であるからである、つまり単なる存在ではなく事象と行為であるからである。

こうした一つ、一つの前提において、今や同時にゲーテの自然考察の特別な特徴のすべてがあらかじめ示されている。

彼が当時の自然科学に対して感じている対立は、ここに完全に含まれ完全に根拠づけられている。私の見る限り、ゲーテ研究においてかつてほとんど注視されず、その意義も充分に評価されなかった注目すべき並行関係がこれによって同時に判明する。というのもゲーテの一八世紀の自然研究に対する批判は、一八世紀の詩学に対する彼の批判がとっていたのと正確に同じ道を行っているということが今や明らかになるからである。両領域において彼は、同じ根本的欠陥に対して戦っている、両領域において彼は、すでに在るもの以外には何も生じ得ないという「固定した表象方式」に反対している。これは、すべての人々の精神を占拠していた、とゲーテがいう表象方式である。[31]前もって与えられているジャンル、つまりその本質が確定的であらかじめ形作られているジャンルの強制には、ゲーテは、形態学においてもポエジーにおいても従うことが出来ないのである。こうしてこれと同じ観点に拠ってゲーテは、ボワローの詩芸術の哲学とリンネの植物学の哲学を拒否する。両者は、一般的なものを捜し求め規定するその方式において、たくさんの特殊なものを必然的に退縮させなくてはならなかった、とゲーテは非難するのである。ボワローが、同時代の人たちによって「パルナッソスの立法者」*21として讃えられていたように、ゲーテは、リンネとその後継者に植物界の立法者を見る。しかしながら彼らは、現に在るものに苦慮すると言うよりむしろあってしかるべきものに苦慮した、つまり彼らは「自然ならびに国民の要求を決して考慮することなく、むしろ植物のような、非常にたくさんの制御のきかない、本性上限りない生物がいわばどのように共存しうるかという困難な課題を解こうと努力した」として、これらの立法者に抗議する。[32]総括と単純化、つまりジャンルへの還元をめざすこうした合理的分野に対してゲーテは、個別化の具体化の要求、つまり生き生きした直観の要求を対置する。このような直観の豊かさに対して、「どこかに杭を打ち込む、あるいはせめて境界線だけでも引く」という勇気は彼にはなかった。「こうした取り扱いは、私にはいつも一種のモザイクのように見えた。つまりそこでは、出来上がった部分品を次々にあてがい、たくさんの個々のものから、ついには一つの仮象像を生み出そうとするのである。したがって私にはこの要求は、こうした意味でいわば不快なものであった。」ゲーテは、彼の詩的創造の根底と中心から絶え間なく彼に向かって流れてきて、あらゆる規定にもかかわらず絶えず変化し生き生きとした流れの内にあり続ける他の形象と比較した場合、それらの仮象像の内的欠陥を直接感じたのである。それゆえに彼は、植物界をリンネの目で見ることは、「生まれながらの詩人」である彼には不可能であった、と明言している。[33] 自然についてもまたゲーテは、自己の生の過程と関連づけ、そこから解釈され理解されうるもののみを見ることが出来るのである。ここでもまたゲーテは、「組立（Komposition）」という表象と何にもまして激しく間断なく戦っている。自然が組立て（komponieren）ないのは、天才が組立てないのと同じである。自然は、分離された自立的な部分から組立て（zusammensetzen）を行うのではなく、それ自体の中において分離され絶えず特殊化される統一的創造的過程である。自然自身がこうしたやり方で設ける以外のいかなる制限も、自然の内に想定してはならない。自然の形式のすべての限定は、内部からの結果であり内部から決定されている。「分離されたもの」すべては、それ自体においてて存立するのではなく特殊化の前進的行為から説明されうる。ゲーテの植物のメタモルフォーゼの理論は、こうした根本直観に内示的に含まれている。原植物も、彼にとっては「象徴的形態」であった。[34] かかる象徴を、研究者も詩人もなしで済ますことはできない。というのも、真なるものはわれわれには直接認識され得ない、われわれはそれを、反映、例証、象徴において、個々のまた類似した現象において直観するにすぎない。われわれはそれを、把握しがたい生であると認めるが、やはりそれを把握したいという願いを禁じ得ない。しかし存在するすべての事物の内に働くこうした生を、その範囲の全体ならびにそれが啓かれる活動のあり方のすべてにおいて一挙に考察の対象とすることはわれわれには決して成功しない。[35] かくして研究者は、現実の世界に密着する器官を持って、現実の世界に依拠する努力で完全に満たされていようとも、[*22] 詩人と同じく生産的構想力が共に働くことを頼りとしているのである。自然研究者は単なる経験家であり続け、経験の領域を決して越えていかないようにおおいに努力するであろうが、彼がこの経験の領域を踏破しようとすることによってまさに、またしても彼は構想力へ向かわざるを得ないのである。というのも、単なる抽象に留まることなく直観へと高まろうとする知はいずれも、すでに生産的状態にあるからである。「知を得ようとする者は、想像力（Imagination）を前にして十字架を切り別れを告げようとも、やはりあっという間に生産的構想力を助けとしなくてはならない。[36]」この構想力が直観するものは、夢や影ではなく本質的な形式の認知である。自然は、この本質的な形式といわば常にひたすら戯れ、戯れつつ多様な生を産み出す。[37] というのも、同時的なものと継起的なものを密接に結びつけ真の統一へと纏め上げることは、理念にたいしてのみ与えられているからである。一方経験の立場では、両者は常に分かたれたままである。[38] ゲーテが、彼の形態学の研究の方法論上の根本原則として明確に語ったことは、したがって彼の自然考察全体に対して当てはまる。実験が、その始まりであり不可避的前提である。実験は、繰り返し新たにされ繰り返し拡張されなくてはならない。結局はしかし、経験が中断し、生成するものの直観がはじまり、理念が明確に語られなくてはならない。[39] ゲーテにたいして、こうした類の理念性を示すことが出来なかったが故に、ゲーテは、機械的自然観のみならず数理物理学の全体とも戦ったのである。[40] この数理物理学の全体は、単なる抽象的概念に解消し得ない真の「理論」を幽霊のごとく避け、結局のところ断片的経験に安住した、といってゲーテは非難する。[41]

機械論的自然把握に対しておこなった情熱的な戦いによって、ゲーテはもちろん、一八世紀の自然観と原理的に疎遠となるには及ばなかったであろう。というのもこの自然観の全体において、機械論は決して支配的な地位を占めてはいないからである。ドルバックとラ・メトリにおいて代表される形式においては、機械論は、決して普遍的妥当性に達しはしなかった。フランスの百科全書派の圏内においても、機械論を決定的に拒否した思想家が欠けてはいなかった。とりわけ一八世紀の自然哲学の内部において、機械論は、決してその大いなる敵対者を打ち負かすには至らなかったのである。目的論は、機械論に対して自己の占める場を主張し、ほとんど異議のない妥当性を享受する。「有用性」という目的論の狭い立場への限定に対し、つまり、自然におけるすべてが全くもって人間の目的と幸福のために整えられていると言う目的論の見解に対し、確かにますます強まる反対の声が上がったが、この敵対は目的論的世界把握の核心を突いていない。目的論的神の証明は、なお十全なる力を持っている。これに対してはヴォルテールのからかいも止む。かようにして、ゲーテを彼の世紀から分けるのは、機械論に対する戦いそのものではない。ここでの決定的で特別なことの本質はむしろ、これまで問題が入れられていた枠を突き破る新しい問題設定へとゲーテが進んでいるということにある。ゲーテにとって、機械論と目的論との間の、あれかこれかは存在しない、単純な二者択一は存在しない。ゲーテは、そこからみれば両契機が、自然の事象の現実を規定し明確に語るには不十分であることが実証されるような立場に達したと思っている。この立場をゲーテは、カント以前に、カントに依存することなく戦い取ったのである。そしてその後『判断力批判』が出版された折には、彼のうちにはじめから生き生きとしていた根本直観が、この点においてカントと一致し、カントによって「批判的に」根拠づけられ正当化されていることをこの上なく深い満足をもって確認したのである。カントがわれわれの思考を「不条理な目的」から解放したこと、――カントが、芸術と自然を併置し、大いなる原理から目的無しに行動する権利を両者に認めたことを、今や彼は、カントが世界のために また彼自身のために果たした「限りない功績」として讃える。「自然と芸術は、目的を目指すにはあまりに大きすぎます。そんなことは必要でもありません、というのも、いたるところに連関があり、連関こそが生だからです。[42]」すでにこの表現が明らかに示していることは、ゲーテはここにおいて結果的にはカントと一致しているが、その基礎づけにおいては全く固有の道を行っているということである。というのもゲーテは、哲学的反省ならびに哲学的批判に基づいて、その伝統的形態における目的論を拒否するのではなく、目的論に対する彼の反論を呼び起こすもの、またこうした彼を繰り返し力づけるもの、それは彼の芸術的根本経験ならびに自己経験であるからである。ここにおいて、決定的な方向転換が遂行されていた。ここにおいて、目的論的思考ならびに目的論的世界説明の通常の尺度が、平板で不充分なものに思えざるを得ないような精神の深みが彼に開かれていたのである。生ける存在は、ある種の目的のために外に向けて産み出され、その形態を意図的な根源力によってその目的のために規定されるという表象方式は、彼には今や「陳腐な表象方式」であるように思われた。もちろんこれは、まさにそれゆえに「人間の本性（Natur）にとっては、全体として好都合で充分なものではある(43)」。しかしこの意味で「通常の人間悟性」にうってつけであるもの、――それは、より高度の根源的に創造的な本性の持ち主が直接自己自身において認める現実には相応しない。というのも精神的行為の最高のまた最も純粋な形式は、意志ならびに単なる外的意図の支配にもはや服しないからである。ここにおいてわれわれはむしろ、一切の恣意的な規格化、一切の外部からの規制を免れている領域にいるのである。こうしてまさしく急激な方向転換が、詩作についてのゲーテの根本理解において遂行され、彼をして、目的概念全体に対しても全く新しい方向づけ、ならびに思想上の転換をするように強いたのである。ここにおいてゲーテは、レッシングをも内的に凌駕した。レッシングは、詩的創造の自由に余地を与えようとした、――そして彼は、天才は、予め与えられている外的な規則に縛られているのではなく、自らが規則の創造者であるという説によってこの自由を守り保証した。天才は、すべての規則の源ならびに試金を自己の内に持ち、彼の感受したものを言葉に表現する規則のみを把握し従うのである。*23 しかし天才のこの自由は、直接彼の精神的本質から生じるレッシングの根本直観によれば、天才の創造活動の明るさと意識においてのみ実証され得るものである。この自由は、企画の統一において、またこの統一が確保され作品のすべての部分に広げられる確実性において最も純粋にまた最も力強く現れる。こうして「意図」の力が、天才の基本的力であることが実証される。「意図を持って行動することは、人間を低い被造物を越えて高めてくれることである。意図を持って詩作すること、意図を持って模倣することは、詩作するためにのみ詩作し、模倣するためにのみ模倣する小さな芸術家と天才を区別することである。[*24]」しかしこの「意図」というレッシングの概念は、ゲーテにとってはその権利を失った。というのもこうした概念の枠に収まりきれないのが、抒情詩人ゲーテのやり方であり基本的方向であるからである。叙事詩人、劇作家は、その根源的な詩的モチーフを完全に無意識的に受けるであろうが、このモチーフを形態化しようとする時になって、彼は必然的に特定の遂行計画に縛られている。この計画は、作品のすべての部分を通じて確保され、明確にまた確実に実行されなくてはならない。こうして、『ヴィルヘルム・マイスター』、『親和力』、『ファウスト』といったゲーテの叙事的ならびに劇作の最高の作品もまた、この計画の実行の精神的エネルギー、つまり意識的形態化の精神的エネルギーを、その最高度の緊張ならびに最高度の集中において示している。しかしゲーテの抒情詩は、こうした意識的形成も仕上げも知らない。抒情詩においては、何も「作られて」いない、何も自由な恣意により産み出されていない、そこではすべては純粋に「生成した」のである。ここにはゲーテにとって、如何なる計画も意欲も存在しない、――在るのは、内的な成長と成熟だけである。熟した果実が木から離れ落ちるように、彼の詩は、時至れば彼から離れ落ちる。彼の詩は、もはや彼の内に閉ざされているのではなく、形態化、外化を迫るのである。繰り返しゲーテ自身、彼の詩の生成と純粋に有機的生成との間のこうした比較を用いた。彼の最も純粋な最高度の抒情的作品、つまり『コリントの花嫁』、『神と舞姫』、『パーリア三部作』等は、彼自身が証言しているようにこうしたやり方で生じた。「ある種の大きなモチーフ、聖譚、太古からの歴史的伝承等が私の心にきわめて深く入り込むので、私はそれらを四〇年から五〇年の間、生き生きと活動的に私の内部に留めて置いた。そうした価値ある形象が、しばしば構想力において新たにされるのを見ることは、私にはこの上なく美しい財産であるように思われた。というのも確かにそれらは、常に形を変えるが、やはり変化することなく、さらに純粋な形式、さらに決定的な表現へと成熟していったからである。[44]」またもう一つ別の証言が、突然、あらかじめ知らされること無しに彼の中からほとばしるように発せられる。「あらかじめいかなる印象も持ち合わせていたということなく」――とゲーテは、エッカーマンに語っている――「詩が、突然私を襲い、一瞬にして作られることを欲求した。従って私は、ただちに本能的に夢見るように詩を書き下ろすように駆り立てられているのを感じた。このような夢遊病者のような状態で、完全に斜めにおかれている全紙を前にしており、すべてが書かれてしまったとき、あるいはそれ以上書く余地を見出さなくなったとき初めてこのことに気づいたということがしばしば起こった。[45]」これによって意図という概念が、芸術的創造の中心からずれるように、ゲーテにとって自然の創造と芸術家の創造との間にある一貫した調和に基づけば、この概念は、自然にとってもまた狭くて不充分なものと認められざるを得なかった。自然と芸術が、意識的に「目的に向かっていく」という意味においては、ゲーテにとっていかなる単なる意欲も両者において支配的ではない。むしろ、内的な「ねばならぬ」が支配的であり、それに両者が服している。ゲーテは、こうした「ねばならぬ」を「デモーニッシュなもの」と呼ぶことを好む。自然も天才も、デモーニッシュに振舞う、目的論的にではない。またしてもゲーテは、真の芸術的ゲーニウスのすべてにおいて生きて働いているこうしたデモニーにたいする例証として、とりわけモーツアルトを指摘した。モーツアルトが、ドン・ジュアンを「組立てた（komponieren）」という表現を、彼は激しく拒否したが、――それはここでは個と全体が、一つの精神によって貫かれ一つの鋳型に流し込まれたように、また一つの生の息吹によるように渾然一体となっている創造活動を、われわれは前にしているのだという感情によって生ずる、――「ここでは生産者は、試みたり継ぎはぎしたり恣意的に振舞うことなく、彼の天才のデモーニッシュな精神が、彼を力ずくで捉え、したがって彼は、デモーニッシュな精神の命ずることを実施しなくてはならなかったのである。(46)」われわれが自然の創造活動を正しく評価し、それに相対するだけの内的な能力があることを示すべきであるならば、こうした眼差しを持って自然の創造活動をも考察しなくてはならない。

「かくして　つつましき眼差しを持ち
永遠の織女のなせる業を観よ、
踏む一足になんと数え切れないほどの糸の動き
梭　おちこちに動き、
糸　此方彼方へ飛ぶ、
一打ちに数え切れないほどの結びが作られる様を。
これを彼女は乞食により集めたのではない、
彼女は、永遠の昔から、紡ぎの糸を張っていた、
それは、永遠のマイスターが、
落ち着いて、横糸を投げることが出来るようにである。*25」

ゲーテが、自然に相対する場合に要求している「つつましき眼差し」、――それは、ゲーテ自身の作品に相対す

る場合にも、われわれにあってしかるべきものである。われわれは、彼自身の作品を、同じく「自然」として、つまりその全体と内的なまとまりにおいてのみ把握されうる「自然」として見做さなくてはならない。反省が、こうした機織の業をも解きほぐし、その個々の部分を切り離して究明しようとするならば、それはほとんどこうした謙虚さに反するように見える。それゆえに、われわれがそうした解きほぐしを遂行したときはいつでも、――これは、ゲーテの作品の哲学的考察にも歴史的考察にも、もちろん避けられないことであるが――骨を折って切り離したものを結び合わせ、それを直観的に一つの統一としてわれわれの前に打ち立てる要求を感じるのである。ここで幸いなことは、われわれはこの統一をまず捜し求めなくてはならないという必要はなく、ゲーテ自身がそれをわれわれの手に与えてくれていることである。われわれの考察において個別的に追究し明らかにしようとしたすべての問題ならびにすべての精神的モチーフを、ゲーテ自身がある重要な生涯の一時期において、真に象徴的な観点から要約した。それは、ゲーテが、一八三〇年の八月、フランスにおける七月革命の勃発後、カール・アレクサンダー公子の教育者であるソレと行った記憶すべき重要な談話においておこなわれた。革命の勃発についての最初の知らせがワイマルに届き、そこでのすべてを興奮状態に移していた。八月二日の午後になって、ソレはゲーテのところに赴く、彼は、ゲーテもまたこの上なく激しい興奮状態にあるのを見る。「ところで」――とゲーテは、彼が中に入るとただちに彼に向かって呼びかける――「こうした大きな出来事について、君はどう考えるか。火山が爆発した。すべてが炎の中だ。もはや論議は非公開ではない。」ソレは、こうした声高な語りかけを、政治的な出来事に当然関連づけその意味で応える。しかしこの上なく驚いたことに彼は、こうした政治的出来事はゲーテの心をほとんど動かしていないということに気づく。ゲーテが話しているのは、パリの争いや不穏な状態ではなく、キュヴィエの理論とジョフロア・サン・ティレールの理論との間の対立が、突如として公になったパリのアカデミーの会議のことなのである。「このことは、この上なく重要だ」――とゲーテは更に続ける――「七月一九日の会議の報告を受けて、私がどう感じているか君には全くわからない。われわれは今や、ジョフロア・サン・ティレールという力強い同盟者を結局のところ得た。恐ろしい政治的興奮にもかかわらず、七月一九日の会議が満席の状態で催されたのだから、フランスの学会のこの事件に対する関心も当然大層なものであることが同時に理解される。しかし最善のことは、ジョフロアによってフランスに導入された自然の総合的な取り扱い方が、もはや後退させられないということだ。この事は、アカデミーでの自由な討議によって、しかもたくさんの聴衆を前にして今や公になった。もはや、秘密の委員会へ回され、未公開で処理され差し止められることは出来ない。」(47)

ゲーテがこうして語りかけた人物は、ゲーテの自然科学の仕事や関心を最もよく知っていた。というのも、ソレはこの頃ゲーテと一緒に『植物のメタモルフォーゼ論』のフランス語版に携わっていたのである。それにもかかわらずソレは、ゲーテの言葉に全く不意をつかれたと告白している。「このような思いもかけない意見の表明に」――と彼は語っている――「私は茫然自失の体であった。数分かかってやっと私は、科学上のテーマ、つまり私の目から見ればいまや行われている大きな事柄と較べたらまことにどうでもいい科学上のテーマについてのたくさんの個別的な説明に関心を持って聞き耳を立てる決心がついた。しかしゲーテの頭には、二週間来キュヴィエとジョフロア以外の何もない。彼は、誰にたいしてもそれについて語り、この対象について論文を仕上げることに専念している。」*26 ソレがここで下している判断は、ゲーテ研究の領域で充分しばしば繰り返されてきた。彼の周囲の世界がまたしても炎と化す危険にあるときに、ゲーテが理論的思弁や例の植物学三昧にふけっていたということを、ゲーテのおかしな振舞いとして、また彼の老人じみた気まぐれとして人々は苦笑してみていたのである。しかしやはりこの判断は、不当であり近視眼的である。というのもそれは、ゲーテの歴史的思考や見解の最深の特性を見誤っているからである。ゲーテは、歴史をも象徴的にのみ見ることが出来た。ゲーテは、個々の歴史的出来事を、なお効力を持ち重要に見えようとも時の糸で紡ぐことで満足するなら、歴史の真の現実ならびに歴史の固有の真理に達することは出来ないと思っていた。出来事の単なる展開、ならびにそれを回想において保管することは、彼にとって何の意味もなかった。「それがいか様に起ころうとも、移ろい行くものはなんら意味を持たない、――われわれを永遠化するためにわれわれは存在しているのだから。[*27]」そのような永遠性をゲーテが歴史的瞬間に要求するのは、その瞬間が保持されるにふさわしいだけの価値を持ったものであろうと欲する場合である。彼以外の他の人の目が、本来の歴史的内実をなんら目にすることが出来なかったまさにそこにおいて、彼がその永遠性を認めたのも稀ではなかった。ここでも彼にとって肝要なのは作用の広がりではなく、純粋に意味の深さであった。詩人としてのゲーテにとって「ポエーティッシュなもの」は、特定の対象にあらかじめ見出され、それに対して他の対象には欠けているといったような客観的に固定しうる性格のものではない。むしろまた彼は、いかなる実在の対象も、詩人がそれを適切に使用することが出来るやいなや、ポエーティッシュでないようなものはないと明言しているように、(48)彼によれば歴史的意義もまた素材的に見た場合、特定の広がりと特定の重要性を持っているものにのみ特有のものではないのである。「どの状態も、それどころかどの瞬間も、無限の価値を持っている。というのも、それは永遠性全体の代表だからである。(49)」そうした代表的瞬間をゲーテは、キュヴィエとジョフロア・サン・ティレールの間の論争の勃発において目の当たりにした。それゆえに彼の眼差しはそこに留まり、その日のすべての事象によるよりも深くそれに惹きつけられたのである。われわれが今日、一〇〇年後にゲーテの時代を振り返るなら、ここでもまた詩人ゲーテのヴィジョンと自然研究者としての彼の直観が、歴史的事象への単に「実用的な」関心のすべてがなし得たよりも確実に彼を導いていたということを感じるのである。七月革命の出来事は、大いなる直接的な影響力を持っていようとも、われわれにとっては過ぎ去り沈下してしまった。それは、歴史的研究の単なる対象となった。しかしゲーテが例のソレとの対話で目の当たりにしていたもの、――それはわれわれにとっては、十全なる具体的な現在の性格をなお完全に持っているのである。ここでは、われわれにも今なお直接に関わり、われわれの精神的存在の究極の基本的問題に触れる決断を目の当たりにしているのを感じる。キュヴィエとジョフロア・サン・ティレールとの間の議論においてゲーテにとって問題であったのは、学者間の論争の決着ではなくて、彼の「総合的」芸術考察ならびに自然考察と一八世紀の分析的思考方法との間の裁決であった。分析の古典的国であるフランスにおいても、当時同じく総合的な根本直観の勝利が達せられているように思われたということ、このことがまさしくゲーテの心を深く捉えたのである。彼がここから汲み取った確信は、彼の生涯の仕事が無駄ではなかったということ、その世紀もついに彼の理想に相応しく成熟したということであった。「人々は」――と彼はソレとの同じ対話で述べている――「大いなる創造の原理へ、神の秘密に満ちた仕事場へ目を向けるであろう！――われわれが分析的な方法で、個々の物質の部分を相手にするだけで、個々の部分のことごとくに方向を規定し、逸脱のことごとくを内在的な法則によって制御するか認可するかする精神の息吹を感じないならば、自然とのすべての触れ合いはそもそも一体何であるのか。……さていまや、ジョフロア・ド・サン・ティレールは、断固われわれの側にある、彼と共に、フランスの彼の学派の重要人物たち、また彼の支持者たちもである。こうした出来事は、私にとってまったく信じられないほどの価値を持っている。私が生涯をささげ特にまた私の用件でもある事柄について、一般的勝利をついに体験したということで私が歓呼の声を上げるのも当然である。(50)」

しかし一般的精神史にとって最高の関心事であり最高に魅力的であるのは、ゲーテがここで目を向けている結果をただ単にそれ自体として考察するだけではなく、その内的な生成においても理解できるようにすることである。

われわれがこの生成を理解することが出来るのは、その内在的モチーフを明らかにする場合、つまり一八世紀の思考方法そのものにおいて次第に遂行される変化を追究する場合だけである。一八世紀のフランスにおいて支配的な精神的力であった百科全書派と、ゲーテの根本的直観との間には、一見したところいかなる仲介も融和も可能であるようには見えない。ゲーテ自身、百科全書派の人々の精神的世界を、学生としてシュトラースブルクではじめて知った時まったく異質なものと感じた。「百科全書派の人々が語るのを聞くか、あるいは」――と彼は、『詩と真実』において述べている――「彼らのとてつもない書物の一巻を開けるたびに、大きな工場の数え切れないほどたくさんの動いている巻き枠や機織機械の間を行くような気分であった。また、ガラガラガチャガチャという騒音、とりわけ目や感覚を混乱させる機械装置、この上なく様々に入り組んだ施設の全くつかみようもない様子、そんなことばかりのため、一つの布切れを仕上げるのに必要なことすべてを考え、身にまとっている自分の上着そのものが不快に感じられるような気分であった。」しかし、明らかにドルバックの『自然の体系』が狙いであるこうした一般的判断から、ゲーテはいかにも彼らしいことであるが、まさしく百科全書の設立者でありその精神的指導者であった当の思想家を除外しているのである。ディドロについて、彼は充分自分と近しい類縁関係にあったと語り、――ディドロは、フランス人が彼を非難するのを常とすることのすべてにおいて真のドイツ人である、と更に付け加えている。[51] 事実ディドロは、詩的ジャンルの理論においても、自然のジャンルの理論においても独自の道を行っていた。一七五四年の『自然の解釈に関する断想』の中で彼は、モーペルテュイによって彼に仲介されていたライプニッツの根本思想を支えとして、種の恒常性の原理との訣別を行った。彼は、自然における生き生きとした事象を正当に評価できる新たな自然考察の方式――つまり、自然の生成、自然の形式産出ならびに形式変化の中心点へとすすんでゆく新たな自然考察の方式を要求する。こうした生成は、ディドロによれば数学の分析的精神によっては把握され得ない。というのもこの数学の分析的精神は、変化を確固とした要素に分解し、こうした要素の関係から明らかにするということによってしか変化を把握可能にすることができないからである。しかし数学的知性のこの限界が、もはや自然についてのわれわれの生き生きとした直観を限定すべきではないし、また限定することは許されない。数学はそれがなすべきことを為した。数学は、その圏内で最高のことに達した。しかし数学はこの最高の勝利をもってまた、その方法論的限界に達したのである。ベルヌーイ家の人々とオイラーが為したこと、ダランベールとラグランジュが為したこと、これは、ディドロが予見したと思ったように、また彼があえて予言しているように、純粋に原理的な点ではほとんどもはや凌駕されないであろう。ヘラクレスの柱は、この領域では達せられている。認識の将来の進展は、別の方向に進んで行くであろうしそうせざるを得ない。数学の国に、記述的自然科学の国が続くであろう。記述的自然科学にしてはじめて、自然の真の富、自然の諸形式の豊かさの全体、またそれらの間の絶えざる移行をわれわれに知らしめてくれるであろう。それは、自然をもはや確固としたジャンルや種の体系として叙述しようとするのではなく、自然の生き生きとした力動性に沈潜するであろう。それは、自然を、瞬間ごとに新たにされる無限の生の過程として見るであろう。この生の過程をわれわれは、直観的に理解することが出来る。なぜならば、われわれはこの過程の本来の中心点にいるからである。

ここには事実、決定的に新しい方法論上の発端がある、――つまりコントは、ディドロの自然の解釈についての思想を、直接デカルトの『方法序説』とベーコンの『ノーヴム・オルガヌム』と同列に置いたのである。しかしディドロは、彼が目の当たりにしていると思った新たな道を、機転をきかしたアペルシュで表すことはできたが、自らその道を歩み辛抱強く最後まで追究することが出来なかったということがディドロの精神的特性でもあるのである。ここに、はじめて当時のもう一人の大いなる自然研究者の仕事が介入してくる。ビュフォンの『自然史』がはじめて、進化の理念を把握し、観察可能な事実においてそれを実証し、こうした事実の研究と解釈にとって実りあるものにしようとする。ビュフォンは、リンネが刻印し植物学の自己の哲学の根底にしていた固定的な種の概念と戦う。彼は、純粋な記述の方法を生の科学の基本的方法であると明言し、この記述を、論理的・数学的概念説明、つまり定義にはっきりと対置する。「正確に記述されているもの以外には、よく定義されているものはない。自然は、われわれの行う定義を知らない。[*28]」こうしてビュフォンは、適切な方向づけの手段以上のものたらんとする要求を掲げる限り、自然の「体系」にはことごとく反対する。試みられてきた人為的な分類は、全体として、われわれに自然の体系を与えるのではなく命名法の体系を与えるに過ぎない。記述的自然科学においては、かかる命名法が目的であることは許されず、それはわれわれの目の前に自然の事象そのものを打ちたて、その多様性のすべてとその移行現象の恒常性において自然の事象をわれわれに明らかにしなくてはならない。こうした基本的見解を拠りどころにビュフォンは、――『判断力批判』のカントの表現を使えば――最初の「自然の考古学者[*29]」の一人となる。「人類の歴史において」――と彼はかつて述べている――「古文書に尋ね、古い碑文を解読し硬貨やメダルを助けとするように、自然史においても、世界という資料館をくまなく探し大地の内部から記録を掘り出し瓦礫を集め、そしてこうしたすべてを一つの全体に纏め上げなくてはならない。これが、空間の無限性においていくつかの確固とした点を規定し、時の永遠の道の上で若干の里程標を獲得するための唯一の道である。[*30]」

ビュフォンのこの言葉から、ゲーテが後に全く別の新たな根底の上に立って手に入れた自然認識の新たな理想を、すでに聞き取ることが出来る。そしてビュフォンの後継者にして弟子のジョフロア・サン・ティレールこそが、ここではじめて橋渡しをして、最初の著名な自然研究者としてはっきりとゲーテの側に立ち、植物のメタモルフォーゼについての彼の仕事を天才的な自然研究者の仕事として讃えるのである。ただ単に分析をこととし総合をいわば恐れはばかる世紀は、正しい道を進んでいないというゲーテが絶えず行った警告、つまり、分析と総合は呼気と吸気のように協働してのみ科学の生を成就するがゆえに、この分析と総合を共にしなくてはならないという彼の警告が今やはじめて承認されているのをゲーテは見るのである。(52) 従ってゲーテは、ジョフロアがビュフォンを越え出る決定的進歩を遂げているのを見た――もっともゲーテは、ビュフォンの功績とその自然論の新しい根拠づけをこの上なく強調しているのではあるが。というのもジョフロアは――とゲーテはジョフロアを讃えている――全体へと入り込んでいこうとする、しかしビュフォンのように、現前しているもの存続するもの仕上げられたものへではなく、働いているもの生成しつつあるもの発展しつつあるものの中へ入り込もうとするからである。(53) ゲーテにとってこうした傾向は、今や自然認識も、もっぱら一義的に悟性の規則に屈するのではなく、そこでは理性の支配が効力を発揮するに至ったということにたいする証明である。というのも悟性は生成したものに執着し、他方理性は生成するものに向かうということ、つまり悟性は利用できるようにすべてを保持することを願うのに対して、理性は発展を喜ぶということがまさにゲーテにとって悟性と理性の相違であるからである。*31 すべての人間の認識は、もちろん分離に向けられそれを頼りにするが、それは分離無しには、現実の無限の多様性がわれわれの手からそっくりすり抜けてしまうであろうからである。しかしこの分離という行為は、決して切り刻むということになってはならない。「人間は、認識するためには、それは分離されるべきでないものを分離しなくてはならない。一つの形態が、ゆるやかに他の形態に移行し、結局それに続く形態によって完全に呑み込まれる様子を注視するなら、自然が分離してわれわれの認識に供したものを、また結びつけまた一つのものにする以外の如何なる手段もここにはないのである。(54)」

こうした発展の全体を見渡すならば、これによってはじめて、一八三〇年八月におけるゲーテとソレとの間の対話を考察しなくてはならない正しい観点が得られる。この対話を位置づけ理解しその意義の全体において価値づけなくてはならない精神的地平が、今やはじめて開かれる。キュヴィエとジョフロア・サン・ティレールとの間の論争についての最初の知らせが、ゲーテの内にいかなる感情を引き起こさざるを得なかったかが今や理解される。ゲーテが長いこと内に担い、心の中にしまい込んできた沢山の想いが、いまや彼の内に生き生きとしてくる。事象の実在の個別的点としての瞬間は、彼にとって沈下してしまったも同然である。彼の談話の聞き手の驚いたことに――それどころか狼狽したといってよい――彼は直接の現在の時点から拉致されてしまったも同然に見えた。しかし彼は、それによって世界史的事象の現実から身を引いたのではなかった。彼の精神は、何世紀もの事象を次々と想起し相互に比較し相互に照らして推し量る。

「世界史の中で生きている者は、
瞬間に向かうべきであろうか。
時の中に目を注ぎ、努力する者、
その者のみが、語り、詩作するに値する。*32」

過去と未来をこうして共に見遣ることにおいて、ゲーテは一つだけ思い違いをしたように見える。彼は、今やとうとう彼の理想の成就の時期が到来したと思った。彼は、熱狂的ともいえる確信をもってその勝利を決定的なものと見做した。われわれが今日、ゲーテの仕事の全体を振り返り見るならば、われわれはなおもこの仕事を巡る戦いの只中にいることが分かる。ゲーテの死後過ぎ去ったこの百年は、ゲーテの精神的遺産を受け継ぎ、そして特に純粋な自然記述ならびに発展論の領域において、彼の要求を完全に貫いたという考えにもちろん好んで身を委ねていた。しかし一九世紀と二〇世紀がなした経験的な個別的業績の承認と評価のすべてにおいて、こうした要求がほとんど根拠づけられていないということを今日われわれは知っている。ゲーテはわれわれにとって、研究の領域においても詩作の領域においても、歴史的偉人とはならなかった。彼が打ち立てた問いは、われわれの只中に生きており決定を待ち焦がれている。つまり、われわれはそれらの問いを、われわれの問題として、直接現在の問題として感じるのである。ジョフロア・ド・サン・ティレールがゲーテの『植物のメタモルフォーゼ論』をフランスに紹介した時、彼は次のように明言した。この作品は、賛嘆するに値する深さのすべてにもかかわらず一つの間違いを含んでいる、――しかしそれは、天才だけが犯しうるような間違いである。この作品は、五〇年だけ時期尚早に出版された、つまり、科学がいまだこの作品を理解し評価することが出来なかった時代に出版されたのである、と。われわれには今日、こうした五〇年という時間単位も短すぎるように思われる、――われわれはそもそも詩人としてならびに自然研究者としてのゲーテの活動を、もはやいかなる個別の世紀にも帰属すると考えることは出来ないし、またそれにそっくり結びついているものと考えることも出来ないのである。こうして事実また、ゲーテの作品へわれわれが専念するのも、特定の時代や時に依拠してのことではない。常に創造する自然の直観を通じて、自然の生産活動に精神的に参加するにふさわしい者になることよりも高度の幸せならびに目的は、研究者にとって存在し得ない、というゲーテの言葉もすでに指摘された。[*33] この言葉はまた、われわれがゲーテにたいするわれわれ自身の関係を規定しようとする場合に従うべきであろう規範をわれわれの手に与えてくれる。われわれは、彼を祝い褒め称えるべきではない。彼の死後百年の回想も、そうした祭典の外的形式において汲みつくされるべきではない。「あなたは私にどのような祭りのことを伝えるのか。私は祭を好まない」――とプローメトイスは、ゲーテの『パンドーラ』において呼びかける――「疲れた者たちは、毎晩の眠りで充分元気を回復する。真の男の本当の祭りは、行為だ。」*34 しかし、ゲーテに向かい合っているわれわれに相応しい行為、またわれわれがゲーテを真に祝うことのできる行為というのは、われわれが、ますます深く彼の思考、彼の詩作、また活動に没頭するということ、つまり、われわれが彼の形象を、われわれの内に生き生きと保持し、この常に創造する自然の直観を通じて、その創造活動に参加するに相応しい者となるということにのみあるのである。

（本翻訳は、ハンブルク版カッシーラー全集一八巻ならびに、Ernst Cassirer: "Goethe und die geschichtliche Welt", Hamburg 1955.の当該箇所を参照した。）

原注

（1）初出："Zeitschrift für Ästhetik und allgemeine Kunstwissenschaft", März 1932, herausgegeben von Max Dessoir, Verlag von Ferd. Enke in Stuttgart.

（2）ゲーテ『キリスト教の啓示の同志としてのプラトン』一七九六年、ワイマル版ゲーテ全集、四一巻、二部、一七〇頁（ハンブルク版ゲーテ全集、一二巻、二四五頁）。

（3）ゲーテのヴィルヘルム・フォン・フンボルト宛手紙、一八三一年一二月一日（ハンブルク版ゲーテ書簡集、四巻、四六二頁）。

（4）カント、カッシーラー版カント全集、二巻、一八六頁。［Akad.-Ausg. II, 286.］

（5）ヴォルテール『形而上学概論』五章（"Traité de metaphysique" (Kap. 5), in: Philosophie, Bd. I, S. 7-72: S. 38ff.）。

（6）これについて更に詳しくは、G・ランソン『ボワロー』（"Boileau", Paris (Hachette) 1892.）参照。

（7）ゲーテ『ラモーの甥、注釈』ワイマル版ゲーテ全集、四五巻、一七四頁以下。

（8）ディドロ『私生児についての対談』（"Entretiens sur le fils naturel"）、第三対談。

（9）ディドロ『私生児についての対談』（"Entretiens sur le fils naturel"）、第三対談。
（10）ゲーテのシラー宛手紙、一七九七年一二月二三日（ハンブルク版ゲーテ書簡集、二巻、三一九頁）。（この引用文中の「抗いがたい（unwiderstehliche）」は、ゲーテの原文では「見極めがたい（undurchdringliche）」である。）
（11）エッカーマン『ゲーテとの対話』一八二五年一月一八日。
（12）ゲーテ『箴言と省察』Nr. 130（ハンブルク版ゲーテ全集、一二巻、四九八頁、Nr. 940）。
（13）ゲーテ『若い詩人のために、更に一言』ワイマル版ゲーテ全集、四二巻（第二冊）、一〇六頁（ハンブルク版ゲーテ全集、一二巻、三六〇頁）。
（14）ゲーテ『詩と真実』一三章、ワイマル版ゲーテ全集、二八巻、二二四頁（ハンブルク版ゲーテ全集、九巻、五八七―五八八頁）。
（15）H・フォン・シュタイン『近代美学の発生』（"Die Entstehung der neueren Ästhetik", 1886）、九四頁参照。
（16）ライプニッツのピエール・コスト宛手紙、一七一二年五月三〇日、『哲学著作集』（"Philosophische Schriften", hrsg. v. Carl Immanuel Gerhardt, 7 Bde., Berlin 1875-1890, Bd. III, S. 421-431: S. 430.）参照。
（17）ゲーテ『ラモーの甥、注釈』ワイマル版ゲーテ全集、四五巻、一七六頁。
（18）ゲーテ『箴言と省察』Nr. 314（ハンブルク版ゲーテ全集、一二巻、四七一頁、Nr. 752）。
（19）ヘルマン・グリム『ゲーテ』（"Goethe", 4. Aufl., Berlin 1887）、一三二頁以下参照。
（20）エッカーマン『ゲーテとの対話』一八二五年一二月二五日。
（21）エッカーマン『ゲーテとの対話』一八二三年九月一七日（九月一八日の間違い）。
（22）コンディヤック『計算の言語』（"La langue des calculs", Paris 1798）、二三三頁以下。更に詳しくは、著者の書『認識問題』（"Das Erkenntnisproblem", 3. Aufl.）、二巻、五六四頁以下参照。
（23）ヴォルテール『ルイ一四世の世紀』（"Siecle de Louis XIV"）、三二章。
（24）エッカーマン『ゲーテとの対話』一八三一年六月二〇日。
（25）ゲーテのシラー宛手紙、一七九八年二月二八日。
（26）ゲーテのシラー宛手紙、一七九九年一〇月二三日（ハンブルク版ゲーテ書簡集、二巻、三九九頁）。

(27) ナポレオンのゲーテとの対話、ゲーテ『対話録』一八〇八年一〇月二日。および、エッカーマン『ゲーテとの対話』一八二九年四月七日。
(28) ゲーテ『植物メタモルフォーゼ論』第二試論、ワイマル版ゲーテ全集、第二部「自然科学論集」、六巻、二八二頁。(カッシーラーの引用の「持ち来る (heranbringen)」は、ゲーテの原文では「生み出す (hervorbringen)」である。)
(29) ゲーテ『ヴィンケルマンとその世紀』ワイマル版ゲーテ全集、四六巻、二二頁 (ハンブルク版ゲーテ全集、一二巻、九八頁)。
(30) ゲーテ『直観的判断力』ワイマル版ゲーテ全集、第二部「自然科学論集」一一巻、五五頁 (ハンブルク版ゲーテ全集、一三巻、三〇―三一頁)。
(31) ゲーテ『フランス従軍記』ペンペルフォルトにて、一七九二年一一月、ワイマル版ゲーテ全集、三三巻、一九七頁 (ハンブルク版ゲーテ全集、一〇巻、三一四頁)。
(32) ゲーテ『植物のメタモルフォーゼ論の発生』ワイマル版ゲーテ全集、第二部「自然科学論集」六巻、三九四頁。
(33) ゲーテ『自己の植物学研究の歴史を著者が伝える』ワイマル版ゲーテ全集、第二部「自然科学論集」六巻、一一六頁以下 (ハンブルク版ゲーテ全集、一三巻、一六〇―一六一頁)。
(34) 原植物の「象徴的」性格については、著者の著作『自由と形式』("Freiheit und Form", 3. Auf. Berlin 1922)、三五四頁以下における更に詳しい叙述を参照。
(35) ゲーテ『気象学の試み』ワイマル版ゲーテ全集、第二部「自然科学論集」一二巻、七四頁参照 (ハンブルク版ゲーテ全集、一三巻、三〇五頁)。および、ゲーテの論文『自然論』(ナポリにて) ("Die Naturlehre", im Teutschen Merkur 1789)、ワイマル版ゲーテ全集、第二部「自然科学論集」一三巻、四二八頁参照。
(36) ゲーテ『植物の生理学のための予備研究』ワイマル版ゲーテ全集、第二部「自然科学論集」六巻、三〇二頁。
(37) ゲーテのフォン・シュタイン夫人宛手紙、一七八六年七月九日 (ハンブルク版ゲーテ書簡集、一巻、五一四頁) 参照。
(38) ゲーテ『熟慮と帰依』ワイマル版ゲーテ全集、第二部「自然科学論集」九巻、五七頁 (ハンブルク版ゲーテ全集、一三巻、三一頁)。
(39) ゲーテ『植物の生理学のための予備研究』ワイマル版ゲーテ全集、第二部「自然科学論集」六巻、三〇四頁。

（40）より詳しくは、著者の論文『ゲーテと数理物理学』（“Goethe und die mathematische Physik”, in “Idee und Gestalt”, 2. Aufl., Berlin 1924, S. 33-80.）を参照（本訳書、三五－九三頁）。
（41）ゲーテ『その他の友好的なこと』（『形態学のために（一八二〇）』所収）、ワイマル版ゲーテ全集、第二部「自然科学論集」六巻、一六七頁（ハンブルク版ゲーテ全集、一三巻、一一七頁参照）。
（42）ゲーテのツェルター宛手紙、一八三〇年一月二九日（ハンブルク版ゲーテ書簡集、四巻、三七〇頁）。
（43）ゲーテ『普遍的比較論の試み』ワイマル版ゲーテ全集、第二部「自然科学論集」七巻、二一七頁以下。
（44）ゲーテ『類稀な機知に富んだ言葉による意義深い助成』ワイマル版ゲーテ全集、第二部「自然科学論集」一一巻、六〇頁（ハンブルク版ゲーテ全集、一三巻、三八頁）。
（45）エッカーマン『ゲーテとの対話』一八三〇年三月一〇日。
（46）エッカーマン『ゲーテとの対話』一八三一年六月二〇日。
（47）ソレのゲーテとの対話の報告、ゲーテ『対話録』一八三〇年八月二日。ならびに、エッカーマンによる補足、エッカーマン『ゲーテとの対話』一八三〇年八月二日参照。
（48）エッカーマン『ゲーテとの対話』一八二七年七月五日。
（49）エッカーマン『ゲーテとの対話』一八二三年一一月三日。
（50）エッカーマン『ゲーテとの対話』一八三〇年八月二日参照。
（51）ゲーテ『詩と真実』一一章、ワイマル版ゲーテ全集、二八巻、六四頁（ハンブルク版ゲーテ全集、九巻、四八七頁）。
（52）ゲーテ『分析と総合』ワイマル版ゲーテ全集、第二部「自然科学論集」一一巻、七〇頁参照（ハンブルク版ゲーテ全集、一三巻、五一頁参照）。
（53）ゲーテ『動物哲学の原理』ワイマル版ゲーテ全集、第二部「自然科学論集」七巻、一八六頁（ハンブルク版ゲーテ全集、一三巻、二三一頁）。
（54）ゲーテ『形態学のための予備研究』ワイマル版ゲーテ全集、第二部「自然科学論集」七巻、一二頁以下。

*1 ゲーテ『詩と真実』一二章、ハンブルク版ゲーテ全集、九巻、五一三頁。
*2 ゲーテ『詩と真実』一二章、ハンブルク版ゲーテ全集、九巻、五一四頁。
*3 ゲーテ『シェイクスピアの日に』ハンブルク版ゲーテ全集、一二巻、二二六頁参照。
*4 ゲーテ『ファウスト』七八六一－七八六四行。
*5 ゲーテの詩『パラバーゼ』ハンブルク版ゲーテ全集、一巻、三五八頁参照。
*6 ボアロー『書簡詩IX』（“Epitre IX”）、カッシーラー『啓蒙主義の哲学』（“Die Philosophie der Aufklärung”）、七章参照。
*7 ル・ボシュ『叙事詩論』（“Traite du poeme epique”）の冒頭、カッシーラー『啓蒙主義の哲学』七章参照。
*8 カント『純粋理性批判』、「超越論的方法論」（“Kritik der reinen Vernunft”, Immanuel Kant: Werke in zehn Bänden, Darmstadt 1968, Bd. 4, S. 700）［カッシーラー版カント全集、三巻、五六一頁（B867）］参照。
*9 カッシーラー『啓蒙主義の哲学』七章参照。
*10 ゲーテ『対話録』一八〇七年三月二八日。
*11 ゲーテ『箴言と省察』Nr. 562（ハンブルク版ゲーテ全集、一二巻、四一四頁、Nr. 364）参照。
*12 ゲーテ『若い詩人のために、更に一言』ハンブルク版ゲーテ全集、一二巻、三六一頁。
*13 ゲーテ『ファウスト』二二〇一－二二一一行参照。（因みに、『ファウスト』の原文は、「哲学（Philosophie）」ではなく「ポエジー（Poesie）」である。）
*14 ゲーテ『ソネット』ハンブルク版ゲーテ全集、一巻、二四五頁。
*15 ゲーテの詩『ヘルマンとドロテーア』ハンブルク版ゲーテ全集、一巻、一九八頁参照。
*16 ゲーテの詩『ヘルマンとドロテーア』ハンブルク版ゲーテ全集、一巻、一九七頁参照。
*17 ゲーテの詩『わたしの女神』ハンブルク版ゲーテ全集、一巻、一四四頁参照。
*18 ゲーテ『タッソー』一一〇三－一一〇四行。
*19 ゲーテ『ファウスト』一九四〇行参照。
*20 ゲーテの詩『確かに』ハンブルク版ゲーテ全集、三五九頁参照。

*21 [H・シュタイン『近代美学の発生』("Die Entstehung der neueren Ästhetik", Stuttgart 1886, S. 35) 参照。]

*22 ゲーテ『ファウスト』一一一四－一一一五行参照。

*23 レッシング『ハンブルク演劇論』、九六編 ("Hamburgische Dramaturgie", 96. Stück, Lessings Werke in 3 Bänden, hrsg. von K. Wölfel, Insel Verlag 1967, Bd. 2, S. 503) 参照。

*24 レッシング『ハンブルク演劇論』三四編 ("Hamburgische Dramaturgie", 34. Stück, Lessings Werke in 3 Bänden, hrsg. von K. Wölfel, Insel Verlag 1967, Bd. 2, S. 259)。

*25 ゲーテの詩『アンテピレマ』ハンブルク版ゲーテ全集、一巻、三五八頁。

*26 ゲーテ『対話録』一八三〇年八月二日。

*27 ゲーテの詩『温和なクセーニエI』ハンブルク版ゲーテ全集、一巻、三〇七頁参照。

*28 [ビュフォン『自然史』("Histoire naturelle", generale et particuliere avec la description du cabinet du Roy, 3 Bde., Paris 1749, zit. nach: Joseph Farbe, Les peres de la revolution (De Bayle a Condorcet), Paris 1910, S. 172.]

*29 カント『判断力批判』八〇節 ("Kritik der Urteilskraft", Immanuel Kant: Werke in zehn Bänden, Darmstadt 1968, Bd. 8, S. 538) [カッシーラー版カント全集、五巻、四九八頁] (B369) 参照。

*30 [ビュフォン『自然史』("Histoire naturelle", zit. nach: Joseph Farbe, Les peres de la revolution, S. 167f.)

*31 ゲーテ『箴言と省察』Nr. 555 (ハンブルク版ゲーテ全集、一二巻、四三八頁、Nr. 538)。

*32 ゲーテ『温和なクセーニエI』ハンブルク版ゲーテ全集、一巻、三三三頁参照。

*33 ゲーテ『直観的判断力』ハンブルク版ゲーテ全集、一三巻、三〇－三一頁参照。本論文原注(30)の箇所参照。

*34 ゲーテ『パンドーラ』一〇四三－一〇四五行、ハンブルク版ゲーテ全集、三巻、三六四頁参照。また本訳書二一一頁参照。

ゲーテと歴史的世界

ゲーテの歴史にたいする関係を、彼が自然や自然研究にたいして取った態度と比較するならば、ただちにはっきりしたコントラストが感じられる。自然研究の領域にはゲーテは、はじめから親しんでおり、彼が研究を進めれば進めるほど親密さと内的な帰属性の感情が、彼のうちにそれだけいっそう強くまた確固たるものとなる。ここでは、彼にとっていかなる躊躇も揺らぎもない。ゲーテは自分自身を「生まれながらの詩人」*1と呼ぶが、彼はまた自分が生まれながらの自然研究者であると感じている。自然考察ならびに自然認識のすべての形式にたいする愛は、彼にとって生来のまた生得のものである。それは、青年期の初期から高齢に至るまで一貫していた。それは、彼の生涯の新たな時期ごとに拡張と深化を享ける。絶えず前向きに、ゲーテは、鉱物学から地質学へ、植物学から一般形態学へ、比較解剖学から生理学へ、色彩論から物理学の基本問題へと研究を続けていく。こうした研究上の一歩一歩が、彼に確かさ、「堅牢さ」の高揚した感情を与える。自然科学は、われわれを確実な堅実な根底に導く唯一のものである(1)、とゲーテは言う。ここにおいて、彼に神的なものが直接開かれ、彼にとってはいかなる別の啓示も必要ではない。F・H・ヤコービが、一八一一年に、彼の著作『神的事物とその啓示について』を送った時、ゲーテは彼に次のように答えている。この「信仰哲学」は、自分向きではない。というのもなんと言っても自分は、その全生涯を、女神の賛嘆すべき神殿を眺め、驚き、崇めることで過ごしたエペソの鍛冶屋の一人だからである。だれかある使徒が、彼の同胞に別のまだ形のない神を押し付けようとしても、それがこの者に快適な感情を引きおこすことなど不可能である、と。[*2] こうしてゲーテにとっては、自然認識が進展していくにつれ、なるほど確かに絶えず新しい問題が生じるが、こうした問題は彼にとっては決して苦しい疑念や懐疑となることはない。というのも、われわれが自然にたいしてなす問いかけの各々はすでに、本来、解答の保証を内包しているということを彼は確信しているからである。「というのも、問いの中には答えがある、つまり問いの中には、そうした点について何かが考えられうる、何かが予感されうる、という感情があるからである。(2)」われわれが発明あるいは発見と呼ぶものは、常に、オリジナルな自然感情の行使であり活動である。これは、密かにずっと前に形作られており、思いがけず、稲妻のような速さで、実りある認識に至る。「それは、人間をして、神に似ていることを予感させる、内部から外部において展開する啓示であり、現実存在の永遠の調和について、この上なく幸せな確証を与えてくれる世界と精神の総合である。(3)」

しかしゲーテが、歴史の場に足を踏み入れるや否や、ただちに、この静かな信頼ならびに信心深い献身の感情は失われる。彼はここでは、自然の直観において彼に与えられた内的確実さについてもはや何も感じない。彼がここで遭遇するのははじめから疑念であり、常に足元の大地が失われる危険にあるのを感じる。ゲーテが、歴史と歴史学について語るところでは、われわれが普段、彼に関してほとんど知らないような気持ちが彼のうちに湧き上がる。彼は、批判や抗弁、まったくの否定に駆られるのを感じる。こうした抗弁が、この上なく辛らつな風刺へと高まるのも稀ではない。若いハインリヒ・ルーデンが、一八〇六年、イェーナ大学の歴史の教授職についた後ゲーテをはじめて訪問した時、ゲーテは彼を、歴史家の使命と目的に関する、また歴史の認識価値に関する長い対話に巻き込んだ。しかし、静かにまた偏見にとらわれずにはじまったこの対話は、ますます『ファウスト』における学生の場面に類似したものへと展開してゆく。ゲーテは、感情のこもらない調子にまもなく飽き、悪魔役をする気に誘われる。ルーデン自身が、この対話についての記録の中で述べているところによれば、彼は、ゲーテが語っているのを聞いているのか、それともメフィストが語っているのか、決して完全には確信がもてなかったとのことである。歴史の科学性への要求は退けられ、単なる虚像であることが顕にされる。一切の歴史的認識が依拠しなくてはならない人間の証言が何を意味するかをひとたび明瞭にしたなら、こうした要求はいかにして維持されうるであろうか。これについてルーデンは、一民族の歴史はその民族の生そのものであると語る。「一民族の歴史は、その民族の生と言われるのか」——とゲーテは答える——「これは、大胆だ！　詳細にわたった歴史でさえ、一民族の生に照らしたら、なんとわずかのことしか含んでいないことか。わずかなことのうち、なんとわずかなことしか真実ではないのではないのか。その真実のうち、何かすべての疑いを凌駕するものがあるだろうか。むしろすべては、つまり最大規模のものも最小のものも、不確かなままではないのか。」ウォールター・ローリー卿は、彼がはじめた歴史の執筆を続けることなくその原稿を火中に投じたが、それは、彼以外の別の目撃者がいたら、彼自身とは完全に違う相互にまったく異なる受け取り方をし描出したであろう出来事の目撃者であったからである、と。その時突然彼の心には、歴史にはいかなる真理もありえないという思想が浮かんだ、それと同時に彼は、こうした不満のうちにもはやこれ以上こうした欺瞞を保持したり広げたりすることに一役買うことのないように決心を固めたのである、とゲーテは指摘する。[4] ゲーテが、ルーデンとのこうした対話の中で述べているすべてを、その厳密な語義に則って受け取る必要はなかろう。いろいろなことが風刺的な誇張であるかもしれない。だがしかしまた普段でもゲーテは、歴史が純粋に政治的な歴史として登場するところでは特に、歴史にたいしてそうした風刺的むら気を禁じえなかったのである。歴史の真理根拠が、彼にとってきわめて問題であっただけではなく、その内容もまた彼のうちに深い不快感を呼び起こした。「ごみ樽やガラクタ置き場、せいぜいのところ、大げさなドタバタ大衆劇！」[*3] ゲーテはツェルターに宛て次のように書いている。歴史的なものすべては、まったく奇妙で不確かな代物で、人が、もうとっくに過ぎ去ってしまったことについて確信をもって得心しようとしている様を考えるなら、それは実際おかしなことです、と。(5) というのも、真理にたいするきわめて誠実な意志を持って証言がなされる場合でさえも、この歴史の領域で他人の証言を誰が信頼しようとするだろうか。誰も、自分自身を越えて外部を見やることはできないし、誰しも、自分自身の先入主、先入観に相応するものだけを認めるに過ぎないからである。そんなわけで、政治的党派のどれもが、宗教上の宗派のどれもが、国民の誰もが、自分自身の「歴史」像を持つのである。うぬぼれと自己愛、利己的関心と「(特定対象にたいする嫌悪等の）特異体質」のために、ここでは真の客観性に至ることはない。ゲーテは、歴史家の徳として讃えられるのを常とする愛国心が、歴史をだめにするという辛らつな言葉をはばからなかった。「いかなる愛国的芸術も、いかなる愛国的科学も存在しない。両者（芸術と科学）は、すべての高度の良きものと同じく世界全体のものであり、過ぎ去ったもののうちわれわれに残され、われわれの知っているものを常に省みることにおいて、同時代に生きている者たちすべてが遍く自由に相互活動をすることを通じてのみ両者は促進されうるのである。(6)」真の歴史的洞察にたいするこうした障害のすべてを鑑みるならば、永久に不確かでしかあらざるを得ない歴史的出来事の個別事象に取り組むことから、世界史の全体の直観へと抜け出る以外にいかなる別の救済も存在しない。つまり、事実を集めるのではなく時代を俯瞰し、こうした俯瞰を基に、人類の運命、ならびに精神史的世界を支配している法則を確信することである。

「フランス癖の者であれ、ブリテン癖の者であれ

イタリア癖の者であれ、ドイツ癖の者であれ、
誰も彼も、欲するのは、
自己愛が要求するものだけ。

というのも、ひとかどのものたらんとするところでは、
明らかに、それを助成するものでない限り、
多も、一も、ひとしく
承認しないからである。

明日には、正しいことが、
その友に、好意を寄せるがよい、
今日なお、悪しきことが、
充分な場と恵みをうるというのであれば！　と。

三千年の時について、
釈明できない者は、
未経験のままに、暗闇に留まるがよい！
一日、一日を生きようとも。*4」

しかし、「不機嫌の書」のこうした表明は、ゲーテ自身にとっても叡智の究極の帰結ではない。というのも、彼の仕事の全体を見渡すならば、それがなんと深く真の歴史的精神に浸透されているかということだけでなく、歴史的な個々の洞察がなんと豊かであるかということもまた、常に新たにされる賛嘆をもって認められるからである。自然史だけでなく芸術史と科学史においても、ゲーテは、新たな全体直観と新たな方法論を基礎づけた。彼のヴィンケルマンの性格描写は、芸術史において変わることなき記念碑として存続し続けるであろう。それは、カール・ユスティの大規模なヴィンケルマンについての労作によって、拡張され豊かにされることができたが、このように豊かにされることによりそれが実証され得たに過ぎない。同じことは、ゲーテが、『色彩論の歴史のための資料』において行った叙述に当てはまる。ここでは、そのすべてが今日でもなおしかるべき評価を得ている。ゲーテ以来われわれの手に届くようになったたくさんの素材も、またとてつもなくたくさんの細目についての知識も、ゲーテが、科学の時代について、また個々の偉大な研究者について描いた全体像にたいして、いかなる本質的に新しい特徴も付け加えることはできなかった。ここでは力と確かさの点で、自然研究者ゲーテの直観にほとんど引けをとらない偉大な歴史的直観がいたるところで支配的である。一切の、単なる「実用的」歴史考察ならびに歴史記述からの離反にしてはじめて、本来の精神的な歴史にたいするゲーテの目を開いたかのようである。こうした視座は引き続き十全なる確信を伴っていた。ここでは懐疑は彼から抜け落ち、ここで彼は、またしても十分に根拠づけられた大地にしっかりと立つ。というのも、今肝要なのは、不確かな証言に従い事実を集め相互に並べることではもはやなく、今やゲーテの内的な目の前に、太古の時代の姿がたち現れ完全に現存しつつ彼の前に位置を占める。こうした類の歴史的直観を、ゲーテはまずヘルダーにおいて知るようになった。ヘルダーが常に新たにゲーテを捉えたのはこうした直観であった。「こうして私は、あなたの本質のすべての中にも」――とゲーテは一七七五年にヘルダーに書き送る――「あなたのカストールやハルレキーン（アルルカン）などが抜け出てくる皮や覆いをではなく、永遠に同じ兄弟、人間、神、蛆虫、そして愚か者を感じます。あなたのふるい分け方、つまり、ごみをふるいにかけて黄金を取り出すのではなく、ごみを生きた植物へと転生させるやり方が、常に心中で私を跪かせます。(7)」しかしこうした蘇生、こうした歴史的再生は、ゲーテにおいてはヘルダーとは別の法則に従っている。それは、ゲーテの抒情的ファンタジーときわめて深く密に結びついており、それによって常に新たに実りをもたらされるのである。ゲーテは、過去のものをただ単に感じるだけでなく、見ているのである。それは、彼の背後にあるのではなく、直接、瞬間の感受の内に入り込みこの感受を規定する。それは、手で摑みうる肉体を具えたものとして彼の前にあるのである。それは、解明されるのではなく直観される。ラヴァーターとバーゼドーと一緒にラーン川を航行中、ゲーテは岸辺に一風変わった城の廃墟を認める。突然彼は、高所の鋸壁に、通り過ぎていく船に霊としての挨拶を送り、航行の安全を念ずる城の主が立っている姿を目にする。ゲーテは、「過去と現在を一つに見る」この天賦の才能を、彼自身不可思議なこととして、それどころか、不気味なこととして感じた。このことについて、『詩と真実』の中で次のように述べている。それは、詩においては、「常に有効に働く」が、直接生活に即して生活そのものの中に現れるや、なにか亡霊めいたものを現在の中に持ち込んだ(8)、と。彼において圧倒的に力を揮い、その不可思議な現れようは止まるところがなかったとゲーテが語っているこうした天賦の才能によって、今や彼にとっては歴史的なものが、直接ポエーティッシュなものと、ポエーティッシュなものが、直接歴史的なものと一体となった。詩人として彼は今やいたるところで過去に遭遇し、そして過去が、ただ単に現在において引き続き影響を及ぼしているだけでなく、過去が、現在における生ならびに現実存在と織り合っている様を目にするのである。若いゲーテは、徒歩旅行中に一軒の人里はなれた小屋の前にたどり着き、一杯の新鮮な飲料を請うため小屋に近づいたとき、彼は突然、荒廃した古代の寺院の廃墟を認める。その廃墟の上に、その小屋が立てられているのである。そして、すべての現存するものは、かつてあったものの瓦礫の上に立てられているという感情が今やまたしても彼を強く捉える。「自然よ、汝、永遠に胚胎するものよ、汝は、すべての者を創り、生を享受させる――そしてお人間よ！　汝は、繕い建てる――過去の崇高なる瓦礫の間に――汝の欲求のために――一軒の小屋を、――そして墓所の上で生を享受する！」[*5] ゲーテの過去にたいするこうした感情における本質的なことは、それが後ろ向きに見えるのは見掛けに過ぎず、それは、まったく非ロマンチックで、「非感傷的」であるということである。こうした感情は、憧憬から生まれたのではなく、そこにおいてゲーテの世界にたいする直観の直截なあり方が表現されているのである。ゲーテはかつてはっきりと、次のように語った。彼は、「いかなる回想も認めない」、それは、自己表現の下手なやり方に過ぎない、と。「追慕してしかるべきいかなる過去もない。過去の拡大された諸要素から形態化される永遠に新しいものだけがある。真の憧憬は、常に生産的でなくてはならない、より新しいより良いものを創り出さなくてはならない。[9]」

ゲーテにとって、こうした詩的・歴史的根本感情は、固有の生の直観において、最も純粋に最も深く確証された。こうした根本感情のおかげで彼は、この生を何時いかなるときでも損なわれない全体として見ることができる、――それを、たくさんの過ぎ去り行く瞬間に分割する必要はないのである。生は彼にとって、無限に・動的で、無限に・変化可能であるが、まさにこうした絶えざる変転の中で、その「内的形式」、その恒常的根源的形態を保持している。まさにこうした形態の確かさこそが、ゲーテを老いの経験から守るのである。青春と老いを自己の内に取り上げ、一つの流れをなして運び去る、常に新たにされる不可思議な円環として、彼は生を感じている。こうした普遍的な生の感情ならびに世界感情がゲーテの内に強く働いているので、世代間のすべての枠も打ち破るほどである。ゲーテは老いて青春の場所をまた訪れたい衝動がますます強く感じられたとき、つまり、『西東詩集』が生まれた一八一四年の「ヘジラ」の決心をしたとき、彼は、これらの場所に、憂愁と取り返しのつかない喪失の感情を持って近づくわけではない。青春自体が、今やまた彼に立ち上がる。ただし、彼はそれを自分自身のうちにではなく、他人の内に見やり、享受するのである。

「われわれがいまだ、愛に悩み、
私のプサルテリウムの弦が、
朝焼けの光と争った、
あの昔と変わらず、薄靄が立ち込めている、
狩の歌が茂みから、
まろやかな調べを一杯に奏で、
胸の思いが望み、必要とするままに、
煽り立て、癒していたあの昔と変わらない。

さて、森は、永遠に芽ぶき続ける、
かくて汝らも、この森をもって、心の励みとせよ、
汝らが、かつて自分のために享受したものは、
他人の内に享受され得る。

そうすれば、誰も、われわれが、自分にだけ惜しみなく与えていると、
われわれのことを悪し様に言いはしまい、
いまや、生の系列のどこにおいても、そのすべてにおいて、
汝らは、生を享受できるに違いない。[*6]」

個々の「生の系列」がこうして結びつき、密に織り込み合っているあり様は、ゲーテにとって決定的な体験となる。この体験から、彼特有の生の記述、ならびに彼特有の生の解釈が生じた。こうした特徴が、彼の生の記述にまったく比類ない色合いと調べを与えている。ゲーテの『詩と真実』を同じジャンルの他の作品と比べるなら、例えばアウグスティヌスやルソーの告白のような、最もよく知られ最も有名な自叙伝とこの作品を対比するなら、ただちにはっきりとした違いが現れる。これらの作品が満たされ灼熱されている主観的パトスに、ゲーテはどこにおいても達することなく、またそれを求めようと努力もしていない。アウグスティヌスの作品にその刻印を与えている深い宗教的緊張も、内面の情熱的な動きも、なんらゲーテにあっては見出されない。ゲーテにあっては、ルソーの『告白』を貫いている特有の生の判断への、自己正当化への、また自責の念への癒しがたい欲求もない。静かな落ち着きの内に叙述は滑らかに進んでいく。それは、純粋な出来事そのものだけを明らかにしようとしているように思われる。しかしこの出来事において、またこの出来事を通して、比類ない明瞭さと含意をもって自我が形づくられる。この自我にこの出来事は帰属し、この自我の中心点から流出しているのである。ゲーテが、自分自身を叙述の対象としているここに於けるほど純粋にまた強く、彼の「対象的」直観の力、ならびに彼の対象的叙述の才能の力を発揮したところは他にない。ここには、意欲されたもの、求められたもの、単に「昂ぶったもの」は何もない。ゲー

テの『詩と真実』は、いかなる急転も破局も劇的なクライマックスも含んではいない。それは、生をその連続性とその全体性においてわれわれの前に打ちたてようとする。やはり統一点から発し、繰り返しそこに回帰する絶えざる生成として打ち立てようとする。ゲーテは、『マホメットの歌』[*7]において、天才一般の生を記述しているように、彼特有の生を一つの流れとして叙述した。つまり、隠れた泉から発し、次第に常に新たな水流を引き寄せ、力強く膨れ上がり、ついには自己の周りのすべての存在を自己の運動の中に取り上げ、大洋、つまり共通の父の元へと引き連れていく流れとして叙述した。このような仕方でのみゲーテは彼の生を見、詩的に形態化することができた。「というのも、泉が考えられ得るのは流れている限りにおいてのみであるからである」[*8]。外面的出来事の単なる連続でも一連の内面的体験でもなく、こうした純粋な流れの内的なリズムをゲーテの叙述はわれわれの前に打ち立てる。歴史とポエジーは、ゲーテにとっては相分かたれ得ないということがここで再び明らかとなる。彼は、詩のヴェールを真理の手から受け取るように[*9]、固有の生の最深の真理をも詩のヴェールに包み覆うことによってのみ明らかにすることができる。『詩と真実』という表題は、こうした連関を示唆している。ここで二つの異質な契機を併置し外的に結び付けようとするのではなく、歴史的考察と詩的考察が直接浸透し合う根源的統一を指摘しようとするという点にその表題の本来の意味がある。「私が最も真摯に努力したのは」――とゲーテは、ツェルターとの往復書簡において、この表題について説明を行った――「私が洞察した限りにおいて、私の生において支配していた本来の根本的真理をできるだけ叙述し表現するということでした。しかしそうしたことは、後々には回顧なしには、したがって構想力を働かせることなしには可能ではなく、したがって常にいわば詩的能力を行使するということになるので、当時起こった個々の事象よりはむしろ結果を、そして過ぎ去ったものを今考えているままに打ち立て強調することとなることは明らかです。最も正確な年代記さえ、それが書かれた時代の精神の幾許かを必然的に持ち込んでいるのですから。一四世紀は、彗星を一九世紀よりも予感に満ちて伝えないでしょうか。……物語る者と物語に帰属するこうしたすべてを私はここで詩作という言葉の内に把握し、私が意識した真理を私の目的に役立てることができるようにしました。(10)」

こうした類の詩的直観が、ゲーテにとってはじめて彼の固有の存在を開くように、それこそがまた彼をすべての他者の存在の認知と理解へと導く。彼がこうした存在を把握するのは、それを一つ一つ、外部の証言に基づいてその諸要素から結びあわせなくてはならないところではなく、それを一つの全体として彼のファンタジーにおいて構築し再生することができるところにおいてのみである。若いゲーテの劇作は、一見したところ、直接歴史に向けられ歴史的問題や関心に動かされているように思われる。『ゲッツ』や『エグモント』と共に、ここで、『カエサル』、『ソクラテス』、『マホメット』等の劇作が構想される。こうしてここでは、歴史のほとんど全広がりがゲーテの内的な目の前にあり、詩的形態化を得ようとする。しかし、繰り返しこの形態化は、一つのモチーフに回帰しある点に凝集する。ゲーテを繰り返し引き付けるのは英雄と天才の世界にたいする関係である、つまり、世界にたいする働きかけのあり方であり、世界から受ける反作用である。繰り返し彼はこうした考察において、同じ悲劇的根本問題に遡るよう指示されるのを意識する。英雄の意志の力は、世界の出来事に介入しようとするや否や阻止され、そのこの上なく純粋な理念的意図は、抹殺され無に帰せしめられる。個人が、こうした出来事を自分のところへ引き上げようとしても無駄である。それを支配しようとするなら、そこへと降りていかなくてはならない。こうした最初の一歩からしてすでに、彼の本来の使命からの離反を意味している。

「精神が受けるどんなすばらしいものにも、

常に、それとは異質で無縁なものが押しかけてくる。
この世の良きものに達すると、
もっと良いものは、迷妄、妄想だと言われる。
われわれに生を与えてくれたすばらしい感情も、
地上のごった返しの中で、硬直する。*10」

まさにこうしたファウストの感情から、若いゲーテの劇作の着想ならびに構想のすべてが湧出する。『マホメット』において叙述しようとしたのは、もっとも純粋でもっとも高度の宗教的着想でさえ、それが地上のものに向かいこの地上のものを形態化しようとするや否や、地上のものにいかに感染してしまうかということである、――つまり、「通俗的な塵埃の中に*11」いかに引き下げられるかということである。卓越した人間は、彼の内にある神的なものを自分の外部にも広げようとする。「しかし、そうした時に彼は粗野な世界にぶつかる。世界に働きかけるために彼は、自らを世界に等しく位置づけなくてはならない。しかしこのことによって彼は、あの高度な卓越さをはなはだしく損なう。そしてしまいにはそれを完全に放棄することになる。天上のもの永遠なるものは、地上の意図をもった肉体に植え込まれ、移ろい行く運命へと拉致される(11)」。歴史的出来事と活動のすべてにおけるこうした運命的なものこそ、ゲーテを常に新たに引き付けてやまなかった。政治的歴史をもまた彼は、こうした観点から見やり、そこからのみ真に徹底して形態化することができた。彼をひとえに引き付け彼の関心を呼ぶことのできるものは、事件ではなくて諸々の性格だけであることを、彼はここでも強調した(12)。『エグモント』においても、主人公自身と、直接彼の個人的存在圏に介入し彼の個人的な運命と絡み合っている登場人物だけが、全く具体的に全く生き生きと把握されているが、その一方でオラーニエンやアルバのような政治的敵対者はなにかあいまいで影のようなものとなっている。ゲーテが、個々人そのものを見るのではなく、彼らを一般的な歴史的傾向や力の代表者や代弁者としなくてはならなくなるや、彼のポエーティッシュ力は萎えてしまうのである。

しかしゲーテが科学の歴史に向かうや否や、彼の「歴史的人間感情」は新たな勝利を祝う。歴史的人間感情とは、同時期の功績や功績と認められるものの評価において、過去をも考慮に入れるように形成された感情のことである、[13]とゲーテ自身説明している。こうした観点から彼は研究の歴史を考察した。ゲーテは、もともと芸術史から出発しこれに引き続き情熱的な関心を寄せたということが、ここで彼にとって限りない実りをもたらすこととなった。ゲーテは、科学史の古典的な作品において、特に『色彩論』の歴史編において、芸術史の偉大な手本に依拠した。芸術史もまた、普遍的な問題に腐心し純粋に理念的な連関を追究する。しかし、こうした問題のすべての取り扱いにおいて、芸術史はやはり繰り返しその本来の中心点として、芸術家の考察を参照するよう指示される。芸術家からのみ、芸術史は、芸術の発展を叙述し生き生きとしたものとすることができるのである。ゲーテは、同じ取り扱い方を科学の歴史の内部においても要求し執り行う。彼はここでもまた、客観的必然性をもって相互に発展する純粋に事象的問題の単なる連続を見るのではなく、諸々の性格を問う、つまりこれらの問題をまずもって発見し、それらに彼らの精神の刻印を押した人間たちを問うのである。「知と科学の、時として非常に広い織物から、あらゆる時代、つまりこの上なく暗い時代やこの上なく錯綜した時代をも貫き中断することなく続く弱い糸は」――と『色彩論』の歴史に書かれている――「個々人によって導かれる。これらの個々人はどの世紀においても変わることなく最善のあり方で生を享け、彼らが現れるどの世紀にも常に同じ仕方で振舞う。つまり彼らは、多くの人々と対立どころか衝突する。この点では、啓蒙された時代は蒙昧な時代になんら勝ってはいない。というのも徳はどの時代においても稀で、欠如が通例である。[14]」ゲーテは、個々の研究者の個性にたいしてこうした明瞭で際立った視座を持っていた科学史の領域における最初の叙述者であった。彼がここで行ったこと、たとえばケプラーの見事な性格描写において為したことは、彼の偉大な芸術的創造活動の成果と同じレベルにある。常にゲーテは、ここでもまた単なる学問的業績に留まるのではなく、それが生じ流出する源を明らかにしようとする。こうして彼は、事実また類似した精神的特性を有する研究者たちに特に惹かれるのである。たとえば彼はカルダーヌスにおいて、「科学を取り扱う比較的素朴なあり方」が際立っていることを讃える。「彼は、科学をいたるところで、自分自身、彼の人格、彼の生の行程と結び付けて考察する。こうして彼の著作からは、われわれを惹きつけ励起し爽快にし活動せしめる自然性と生気が語りかける。それは、教壇からわれわれを教導する長い衣装を身に着けた博士ではない。あたりを逍遥し注意を払い驚嘆し、喜びや苦しみを味わい、そうしたことについてわれわれに情熱的に伝達しようとする人間である。彼をとりわけ科学の革新者の内に数えるなら、大略こうした彼の性格が、彼の労作に劣らずこのような名誉ある地位を彼に与えるに役立ったというべきである。[15]」

こうした根本直観から、ゲーテにおいては、歴史的確実性についての学説が完全に変化を受ける。伝統的理解は、すべての歴史的確実性の根拠が、確認され批判の余地のない基盤として保持されうる「事実」のうちに与えられているのを見る。性格やその叙述に関しては、ここに推測と仮説の領域が始まるのである。それらは、間接的にのみ解明され直接把握されえないのである。しかしゲーテにあっては、こうした関係は全く反対となる。「事実」、つまり伝承された大量の歴史的素材に対して、彼は懐疑的態度をとり続ける。彼は、歴史的な領域と神話的な領域との間には、なんら明確な確かな境界は引けないと明言するまでになる。ツェルター宛にゲーテはかつて、ウォルター・スコットの『ナポレオン』に関して次のように書いている。人は、彼の取り扱いによって、対象よりは人間についてよく知るようになる、しかし全体としては、結局これで満足しなくてはならない、「というのも、聖譚において安んじるように、歴史において安んじることがないなら、結局すべては疑わしいものとなってしまうから」と。[16]純粋な、人間の叙述は、こうした懐疑に一様に屈服するわけではない。というのもここにわれわれは、くりかえしわれわれ自身のうちに、またわれわれの固有の現在の内に、われわれが過ぎ去ったものを照らして見ることの出来る尺度を見出すからである。ここには、時代のすべての相違を越える生き生きとした持続性が支配しているからである。こうした持続性を前にしては、絶対的「独創性」への要求はことごとく潰える。ゲーテは「シュトゥルム・ウント・ドラング」の時期においても、何が何でも「独創的天才」でありたい、またそう呼ばれたいとする誘惑に決して負けることはなかった。*12 さもなければそれによって「先例なき愚者」*13 となるほかないことを、危惧もしたであろう。「真なるものは、すでにとっくに見出されており――高貴な精神を持つ人たちを結びつけた。――古き真なるもの、それを把握せよ！」――これは、ゲーテが彼の科学的研究のモットーとした箴言であった。*14 彼は、古代人がすでに所有していた到達しがたい真なるものを探し当て、さらに推し進めることを、科学においてきわめて多とすべきものであるとした。[17] 先取権を自慢することは、彼にとって真に愚かしいことに思えた。「というのも、自らをまともに剽窃者であると告白しようとしないなら、それは意識なき慢心に過ぎないからである」。[18] こうして彼が、科学の本来の倫理的根本原則として強調しているのは、他人が為し遂行したものに、自己の行為や遂行の活動をつなげることを学ばなくてはならないということ、つまり「生産的なものを、歴史的なものと結びつける」[19] ことを学ばなければならないということである。この言葉の中に、ゲーテの歴史観にとっての本来の鍵がある。歴史的なものが、彼に単なる素材として押しかけてくるところでは、彼は歴史的なものを拒否する。しかし彼は、歴史的なものを、彼の固有の存在や彼固有の創造活動の形式を発見するための媒体として、また必要不可欠の手段として要求した。この意味においてゲーテは、歴史的なものを必要とし利用した。というのもそのように捉えるならば、歴史的なものは彼にとって、彼が自己の世界を形態化する生産的諸力ともはやいかなる対立をも意味することなく、それ自体、彼に精神的なものの世界を開き、それをその豊かさの全体において彼に委ねた形成的な基本的力ならびに根源的力となったからである。

（本翻訳は、ハンブルク版カッシーラー全集一八巻ならびに、Ernst Cassirer: "Goethe und die geschichtliche Welt", Hamburg 1955. の当該箇所を参照した。）

原注

（1）F・オットー『一八二九年一〇月三日のゲーテのもとへのレーフの訪問』("Besuch des Freiherrn Ludwig Löw von und zu Steinfurt bei Goethe am 3. October des Jahres 1829", in: Goethe-Jahrbuch 17 (1896), S. 62-72: S. 71) 参照。
（2）ゲーテ『植物の生理学のため予備研究』ワイマル版ゲーテ全集、第二部「自然科学論集」六巻、三〇一頁。
（3）ゲーテ『箴言と省察』Nr. 562（ハンブルク版ゲーテ全集、一二巻、四一四頁、Nr. 364）。
（4）ゲーテ『対話録』一八〇六年八月一九日。
（5）ゲーテのツェルター宛手紙、一八二四年三月二七日。
（6）ゲーテ『箴言と省察』Nr. 690（ハンブルク版ゲーテ全集、一二巻、四八七頁、Nr. 859）。
（7）ゲーテのヘルダー宛手紙、一七七五年五月一二日（ハンブルク版ゲーテ書簡集、一巻、一八二―一八三頁）。
（8）ゲーテ『詩と真実』一四章、ワイマル版ゲーテ全集、二八巻、二八四頁（ハンブルク版ゲーテ全集、一〇巻、三二頁）。
（9）ゲーテのミュラー長官との対話、ゲーテ『対話録』一八二三年一一月四日。
（10）ゲーテのツェルター宛手紙、一八三〇年二月一五日（ハンブルク版ゲーテ書簡集、四巻、三六三頁参照）。（カッシーラーの引用文中の「最も正確な（genaueste）」は、ゲーテの原文では、「最も通常の（gemeinste）」である。）

(11) ゲーテ『詩と真実』一四章、ワイマル版ゲーテ全集、二八巻、二九四頁（ハンブルク版ゲーテ全集、一〇巻、三九頁）。
(12) 例えば、J・F・ロホリッツとの対話。ゲーテ『対話録』一八二九年参照。
(13) ゲーテ『箴言と省察』Nr. 494（ハンブルク版ゲーテ全集、一二巻、三九三頁、Nr. 203)。
(14) ゲーテ『色彩論』歴史編、ワイマル版ゲーテ全集、第二部「自然科学論集」三巻、一三四頁（ハンブルク版ゲーテ全集、一四巻、四九頁)。
(15) ゲーテ『色彩論』歴史編、ワイマル版ゲーテ全集、第二部「自然科学論集」三巻、二二〇頁以下（ハンブルク版ゲーテ全集、一四巻、八五頁)。
(16) ゲーテのツェルター宛手紙、一八二七年一二月四日（ハンブルク版ゲーテ書簡集、四巻、二六三頁)。
(17) ゲーテ『自然科学一般について、個々の考察とアフォリズム』ワイマル版ゲーテ全集、第二部「自然科学論集」、一一巻、一五三頁。
(18) ゲーテ『箴言と省察』Nr. 1146（ハンブルク版ゲーテ全集、一二巻、四一五頁、Nr. 368)。
(19) ゲーテ『主観的視点において見ること』ワイマル版ゲーテ全集、第二部「自然科学論集」一一巻、二七一頁。

訳注

＊1 ゲーテ『自己の植物学研究の歴史を著者が伝える』ハンブルク版ゲーテ全集、一三巻、一六〇頁。
＊2 ゲーテのF・H・ヤコービ宛手紙、一八一二年五月一〇日、ハンブルク版ゲーテ書簡集、三巻、一九一頁参照。
＊3 ゲーテ『ファウスト』五八二一五八三行参照。
＊4 ゲーテの詩『西東詩集』「不機嫌の書」ハンブルク版ゲーテ全集、二巻、四九頁参照。
＊5 ゲーテの詩『旅人』ハンブルク版ゲーテ全集、一巻、四一頁参照。
＊6 ゲーテの詩『西東詩集』「歌人の書」ハンブルク版ゲーテ全集、二巻、一五頁参照。
＊7 ゲーテの詩『マホメットの歌』ハンブルク版ゲーテ全集、一巻、四二頁以下参照。
＊8 ゲーテ『詩と真実』六章、ハンブルク版ゲーテ全集、九巻、二二八頁参照。
＊9 ゲーテの詩『献詩』ハンブルク版ゲーテ全集、一巻、一五二頁参照。

＊10　ゲーテ『ファウスト』六三四－六三九行。
＊11　シラー『オルレアンの乙女』（三幕、四場）、ハンザー版シラー全集、二巻（Friedrich Schiller: Sämtliche Werke, Bd. 2, München 1965.）、七六二頁参照。
＊12　ゲーテ『箴言と省察』Nr. 1118（ハンブルク版ゲーテ全集、一二巻、四七九－四八〇頁、Nr. 807）参照。
＊13　ゲーテの詩『独創的な人たちに』ハンブルク版ゲーテ全集、一巻、三一八頁参照。
＊14　ゲーテの詩『遺訓』ハンブルク版ゲーテ全集、一巻、三六九頁参照。

トーマス・マンのゲーテ像
――『ワイマルのロッテ』についての試論(1)――

印章指輪は、刻むのが難しい
この上なく狭い場所に、最高の意味を刻むのだ。
しかしここで、汝は、真正のものを手に入れることができる、
汝がほとんど考え及ばぬ言葉が彫られている。
ゲーテ『西東詩集』*1

I

その素材を、ただ単に外部の出来事の現実から取るのではなく、芸術の現実そのものが、繰り返しそのテーマならびに問題となるということが、詩的叙述の本質である。詩人は、ただ単に自分自身から汲みあげようとするだけではなく、また自然や歴史に没頭することで足れりとするわけでもない。彼を常に新たに引きつけるものは、彼と同じ精神の持ち主たちの生涯であり、したがって彼は、彼らを他のどの人間よりもより良くまたより深く理解するのである。ゲーテのこの上なく見事なまた深い作品のいくつかは、こうした刺激のおかげである。他の芸術的世界を開き、その形成者ならびに創造者の本質をありありと現出させようとする衝動は、ゲーテの生涯のどの時期においても彼のうちに生きて働いていた。青春時代においては、ある古い木版画を見たことが『ハンス・ザクスの詩的使命』のすばらしい解釈のきっかけとなる。壮年期にはタッソーと出会い、壮年と晩年との境にはハーフィズとの

出会いが起こる。それは、彼にとっては生と詩作の若返りの泉となる。しかし、このような素材圏の豊かさを明確にし、文学の歴史におけるその特別の位置を理解するには、こうした大きな例を考える必要はない。特に短編小説にとっては、前々から繰り返し実りをもたらす水量豊かな源泉があった。短編小説（の作家）は、この上なく偉大な人物たち、ならびにこの上なく困難な課題にも果敢に取り組んだ。われわれは、ティークの『詩人の生涯』および彼の『ケニルワースの祭り』において、シェイクスピアの姿に、またコンラート・フェルディナンド・マイヤーの物語において、ダンテやアリオストに出会う。グルックの形象は、E・T・A・ホフマンによって、モーツアルトの形象は、忘れがたいあり方でメーリケによって確保された。これまでいかなる偉大な芸術家も、ゲーテにたいして同じような試みをあえて行わなかったということはどうしてなのか。なるほど確かに、物語文学だけでなく、芝居それどころかオペレッタもゲーテを取り上げた。しかしここで為されたことのすべては、凡庸であるとの烙印を押され、気の抜けた陳腐なものというやりきれない印象を残している。このことは、確かに偶然ではない。個人的な、詩的無能力のせいにすることができるだけではない。ゲーテの生の詩的形態化を困難ならしめ、それどころかほとんど不可能にしているのは、ゲーテ自身において生と詩作が相互に対応し合い、互いに浸透し合っているあり方の故である。ゲーテは、彼の詩作のすべてに「大きな告白の断片」[*2]だけを見た。生の実体は彼においては、詩作の傍らにあるのではなく、詩作と直接に織り合っている。というのも「ポエーティッシュな内実」は、彼にとって「固有の生の内実」[*3]であったからである。生は、ここでは詩作が手に入れる単なる「原料」ではなく、本来的また本質的に、詩作の形式によって満たされている。したがってゲーテの存在と本質を芸術的に形態化しようと企てる者は、他でもないゲーテ自身との戦いに耐えなくてはならない。誰が、そのような戦いに持ちこたえることができるであろうか。

このような問題に取りかかる芸術家は、したがって最初から自分が危険な状態にあることをわきまえている。彼は、読者や批評家の側からの由々しい疑義や抗議にさらされるのを自覚するであろう。彼は、ゲーテの現実存在の単なる輪郭を描くだけで満足することはできないし、また許されない。詩作は、その登場人物たちをただ単に記述したり、あるいは示唆したりしようとするだけではなく、直接に具体化しようとする。われわれが、単に、ゲーテについて聞くだけではなく、彼が現にいることを感じるようにしなくてはならない。こうした現在化は、彼の行為、行動、彼の活動、営為を、眼前にするということに限定されてはならない。物理的現在に、精神的現在が付随しているのでなくてはならない。われわれが、彼の言葉を聞いている、それどころか彼の思想を、彼と共に考えていると思えなくてはならない。そのようなイルージョンが可能であろうか、そうした試みだけでも為されうるであろうか。トーマス・マンは、われわれに一人のゲーテを描いてみせる前に、このような困難をすべて完全に意識していたということを私は疑わない。こうした課題は、あらかじめその解決のためにまったく新しい芸術的手段が創り出されないならばやり遂げられ得ないことを彼は知っていた。言語や様式、組立や構造において、なにか新しい物が探し求められなければならなかった。これは、トーマス・マンの作品の読者に否応なく浮かんでくる最初の印象である。他の芸術家物語においても、トーマス・マン自身の手になる作品においても、われわれはこの作品と直接比較されうるようなものを持ちあわせていない。トーマス・マンの『ヨゼフ』物語だけが、特定の類似点を提供している。しかしこれは、すでにその対象ならびにその雰囲気によってこの作品とははるかに隔たっているので、ここでは芸術的対応だけが考えられるのであって、直接的な類似性は考えられない。トーマス・マンの試みを正当に評価しようとするならば、課題のこのような特殊性を念頭にしなくてはならない。読者も批評家も、この本の真の意図をつきとめようとするならば、通常の美的尺度のすべてをしばし忘れることを決心しなくてはならない。作品そのものの中に身を置き、作品そのものが欲する判断基準をそこから取り出そうとしなくてはならない。

この作品は『ワイマルのロッテ』と呼ばれる。この控え目なタイトルは、しかしながらまさしく控え目であることにより、そのイローニッシュな副次的な意味を逸してはいない。というのもここで、六三歳のシャルロッテ・ケストナーのワイマルへの訪問、ならびに彼女のゲーテとの再会について語られることは、けっしてテーマではなくほんの出発点にすぎない、むしろこの本の口実にすぎないというべきだからである。トーマス・マンは、われわれに彼の作品の真のテーマを明らかにすることを急がなかった。最初は奇妙に見えるような回り道をして、彼は作品の真のテーマに近づく。こうした奇妙な回り道、この本にたくさん見られるこうした逸脱のすべては、意図的なものである。すべては準備を目的としている。ゲーテ自身、第七章ではじめて登場する。先行する描写は、ゲーテについての、引き延ばされ決して終わろうとしない報告だけをわれわれ読者に与える。

詩作の歴史の中で類似したものを見出すためには、はるかに遡っていかなくてはならない。というのもトーマス・マンがここで利用しているのは、われわれがギリシャのドラマで知っている「使者の報告」の古代の形式に他ならないからである。しかしこの使者の報告は、――その本来の大本の任務に反して――外的な出来事の叙述ではなく、ある性格の叙述をしなくてはならない。ここから直ちに新たな難事が生じる。この本の第一部の全体にわたる対話において、ゲーテの姿がますます近づいてくるかと見えるや、また直ちに姿を消していく。こうした来るかと見えて立ち去り、近づくかと見えて遠ざかって行くことは、意図的になされている。それは、この長編特有の様式手段ならびに芸術手段に属している。対話の輪は、リーマー、つまり一三年来のゲーテの秘書によって開始される。彼は、文才の点で信頼の置ける最も身近にいる人物である。彼は、ゲーテがほとんどすべての作品を公にする前に、準備と討議を共にした人物である。彼は、ゲーテの話し方書き方を究めており、彼自身の手紙が本物のゲーテの手紙と区別がつかないほどであるが、それは自慢するに値する。このリーマーにアデーレ・ショーペンハウアーが続く。彼女の報告から、当時のワイマルの「社交界」がゲーテについて見たこと、また経験したことを聞き知ることとなる。そして最後は、アウグスト・ゲーテ、つまり彼の息子兼彼の日々の助手である。ここでわれわれは、自宅におけるゲーテならびに家族に囲まれたゲーテ、仕事中のゲーテならびに経済活動中のゲーテ、公職ならびに宮中の活動をしているゲーテ、大学ならびに劇場の管理者としてのゲーテを窺い知るのである。こうしたすべてはなるほど多彩で多様な形象を与えてくれるが、それは単に間接的であり、間接的である悩みを免れない。ゲーテは、どこにおいても彼自身としては姿を見せない。彼は、他人を媒介としてしか姿を見せない。彼の人間的・倫理的形象も、絶えず他人を媒介とする屈折の影響で、ますます不明確で混乱したものになってゆく。個々の語り手は、ゲーテが自分にとって何であったのか、自分にとって何になったのかということしか語れないのである。しかしここでは、充足と欠如は隣接している。ゲーテにたいする賛嘆と尊敬、それどころか彼にたいする愛が、常に新たな失望の源となる。彼の周囲に迎えられた者は誰しも、自分はなるほどたしかに彼の周囲に接してはいるが、決して摑むことも入り込んでいくこともできないということを同時に感じるのである。こうして引力自体、斥力となる。献身は、諦念となる。この諦念に、深い苦渋がまじり込んだ。

　トーマス・マンの叙述では、ロッテ・ケストナーはゲーテにたいして、こうしたゲーテの身近にいる人たちとは違っている。他の人たちは、毎日毎時、ゲーテが現にいるのを感じている。彼らはこうしたゲーテの現存の影響下にある、それは彼らを充足させるが、また繰り返し、その圧倒的力で彼らを今にも押しつぶそうとする。しかしロッテは、ごく若いときから、こうした魔法の輪を免れていた。ゲーテの情熱的な愛は、彼女を捉えたが震撼させはしなかった。情熱の突撃に対して彼女は抵抗した。彼女は、自分の婚約者にたいして信義を守った。したがってまた別離の後四四年してついに彼女を、ゲーテとの再会へと駆り立てたのは、ゲーテへの愛ではないのである。そのような感情を、彼女は今でもなお善良にしてけなげなケストナーにたいする裏切りと見做すであろう。彼女が求めたのは、この歳月の間中、彼女を捉えて放さなかった疑念を解消することである。彼女の人生と運命が解き難く結びついているこのゲーテとは、何者であったのか、また何者であるのか。彼と共に彼女の人生に侵入した不可思議な力は、何を意味するのか。この力は、今日もなお存続しているのか。それは、彼女ロッテを老婦人とした時の経過とは無関係であり続けたのか。こうした心を悩ませる問いにたいして、ワイマルの訪問により彼女は答えを得ようとするのである。ロッテが心に抱いているゲーテ像は、青春と回想という魔法の光に囲まれている。それはそのことによって、より内面的にまた人間的により深くさえなったのである。だがやはり彼女にとっても、分け隔ての柵は他の人たちにとってと同じく、依然として越えがたいものであり続ける。われわれは、リーマー、アデーレ・ショーペンハウアー、アウグスト・ゲーテが報告できるものとは違ったものを彼女から聞き知るのであるが、とどのつまり、われわれはゲーテについてそれ以上知ることはないのである。彼の姿は、われわれにとっては相変わらず、「近くにあるかと見えて遠く、かつ、遠くかと見えて近い」[*4]ものでありつづける。というのもロッテがゲーテについて語るすべてにおいても、彼女は、自分自身、ならびに彼にたいする彼女自身の関係だけを語っているに過ぎないからである。こうしてこの本の第一部は、ほとんど最後まで苦い失望を禁じえない。というのも、まずもってゲーテの本質を明らかにするかに思われたものが、ますますそれを覆い隠すものとなったからである。彼の周りのヴェールはますますしっかりと閉じられ、それを透かし見ることは不可能のように思われる。

なぜトーマス・マンは、叙述のこうした間接的形式を選んだのか、またなぜ彼は、この本の中でゲーテ自身が、二八四頁におよぶ準備を経た後はじめてわれわれに姿を見せるほどに一貫してそれを堅持したのか。このことは偶然ではなく、そこには一定のきわめて意識的な芸術的意図が支配していることは明らかである。ゲーテ自身が刻印した形象を引き合いに出すことによって、この意図を最もよく特徴づけ解釈できると思う。ゲーテは六〇歳にして彼の青春期を書き始めたとき、このような試みにおいていかなる既存の文学的な手本も引き合いに出しえないことを確信していた。唯一適切と感じた形式を、彼自身が創り出さなくてはならなかった。ただ単に客観的に叙事詩風の物語の様式で、あるいはまた歴史的叙述の様式で彼の生の過程を報告することに意欲を燃やすことはできなかった。というのも彼にとって、この生において保管するに値するように見えたもの、つまり注視しまた考察するに値するように見えたのは、生の外的な事象ではなかった、また個人の大きな普遍的な世界事象との絡み合いでもなかったからである。しかしまた彼はここにおいて、客観的な報告に代わって単に主観的表現の形式を取ることもできなかった。生の記述が、ゲーテの打ち立てた課題を果たすべきならば、――つまり、個別的なことに付随する断片的なものを抹消し、それに代わって生の意味や形態形成的な規範を明確にすべきならば、それは世界文学の大きな告白の書物の様式、つまり、アウグスティヌス、ペトラルカ、あるいはルソーの様式でなされることはできなかった。というのも「自己認識」というこうした試みのすべてに対して、ゲーテは本能的な疑念を抱いていたからである。真の自己認識は、考察においてではなく行動においてのみ人間にとって可能となりうる、と彼は信じていた。彼は、近代人の自虐性にはっきりと対置していた古代・ソクラテス的な自己認識の形式を要求した。「汝自身を知れ」、との意味深い言葉を……取り上げるなら、これを禁欲的な意味において解釈してはならない。われわれの近代の心気症患者や自己虐待者の自己認識が、それによって意味されているのでは決してなく、つまりまったく単純に次のことが言われている、即ち、汝が汝と同様の者、ならびに世界にたいしていかなる関係になるかを知るために、ある程度汝自身に注意せよ、汝自身に注意を払え、ということである。このために心理学的自虐性は必要ではない。

有能な人間は誰しも、これが何を意味するかを知っているし、また経験するのである。」[*5]

自叙伝は、主観化ではなく客観化を手立てとしなくてはならなかった。彼は、彼の現実存在と活動の全体をただ単に感情的に描こうとしたのではなく、彼は、それを、――自分のため、ならびに読者のために――最高度の精神的直観へ高めようとした。彼にとっては、こうした対象化が遂行され得た媒体はただ一つ、つまり芸術の媒体のみであった。こうして彼は、彼の生の記述のタイトルにおいて、「詩」と「真実」を解きがたく相互に結びつけた。彼は、両者を混合しようとしたのではない。彼は、両者が、相互に関連し合い、相互に浸透しあっているのを見た。というのも回想の機能そのものはすでに、ゲーテによれば、ファンタジーの機能に依りそこに織り込まれているからである。いかなる回想も、われわれに現実の単純な模写を与えることはできない。どの回想も、同時に、形成と変成のプロセスを意味している。こうした根本直観において彼はタイトルを選んだ、つまり「人間は、現在において、それどころかむしろ回想において、外界を自己の特性に従って形成しつつ変成するのだということを深く確信していた」[*6]のである。しかしここにおいて、あらたな困難がいやがうえにも浮上する。この「形成しつつ変成すること」、われわれがファンタジーにおいて、われわれ自身の過去の存在について打ち立てるこの形態、それは、それでも真実の名に値するのか。生を、その本来の実体に基づいて可視的とすることが詩に達成できるのか。かつて体験された現実が、芸術によって新たにされ、再び高揚されうるのか。あるいは、われわれがこうした手立てで獲得しうるものの一切は、結局のところ現実の存在の影、色あせた図式に過ぎないのか。

ゲーテ自身、彼の『色彩論』の中から彼に熟知の現象を指摘することにより、この問題に答えた。『色彩論』は、彼に「内視的色彩（entoptische Farben）」の現象を教えた。[*7] 内視的色彩は、ある種の物体の内部、特に結晶の内部において直観されうる色彩現象である。ゲーテは彼自身の著作において、こうした物体が、その内部で諸々の形象や色彩を現わす能力を獲得する条件を正確に記述した。様々の反射する平面を通った光を使うと、方解石の結晶において、あるいは「内視的」ガラスにおいて注目すべき形象が現れる。つまり、明るい色、暗い色が交々する輪である。この輪は、白色の、あるいは黒色の十字によって分かたれる。ゲーテは、こうした現象を、集中的に科学的に研究しただけではなく、それらの現象に詩的表現を与えないわけにはいかなかった。

「こちら側の鏡、あちら側の鏡、
二重の位置、選り抜きの、
その間には、濁った媒体をなして、
結晶として、大地の存在物が安んじている。

これは、これらの鏡が輝くと、
この上なく美しい色彩の戯れをみせてくれる、
これら二つの鏡が送る薄明の光が、
感情に啓かれる。

そして、名称が一つの徴となる、
深く、結晶に浸透している――

目と目を見合わせて、
同じ奇しき反映を眺める。」[*8]

ゲーテが、こうした方法で自然現象を詩の中に保持する場合、それは彼にとってただ単に物理的な意義だけでなく、深く象徴的な意義をも有することは確かである。実際彼は、内視的現象において「一切が、宇宙においては挙って互いに関連し合い、相互に呼応し合っている」[*9]ことにたいする新たな証しと確証とを見出した。彼にとって、この現象が色彩論の意味においてだけではなく、精神的倫理的意味においても意義深いものとなったのはとりわけ次のことによる。つまり、常に新たに反射するガラスを差し入れることにより実験が多様化されればされるほど、当の現象が、それだけ一層鮮やかに力強く、また多様に現れ出たことによるのである。この点においてゲーテが原現象にたいして与える象徴的解釈がはじまる。対象や事象の一種の精神的現在化、内的反映というものがあり、そこでは対象や事象が、萎縮したあるいは色あせた形態において現れるのではなく、新たな一層力強い光に満たされたように現れ出る、と彼は教えている。現在化のこうした形式によって芸術家は、異質な生を見、形態化することができる。こうした形式を通じてのみ芸術家は、彼自身の過去の存在をも再び呼び起こし、それを単に断片的な形式においてではなく、一つの意味により貫かれ、一つの意味により活性化された真の全体として叙述することに成功しうるのである。「繰り返される倫理的反映は、過去を単に生き生きと保持するだけではなく、より高い生へと高めるのだということを考慮するならば、……内視的現象を思い起こすであろう。これは同じように、鏡から鏡へと反射を繰り返すにつれ色あせたりするのではなく、それだけ一層光り輝くのである。こうして、芸術ならびに科学の歴史において、教会ならびにおそらくまた政治の世界の歴史において、幾度となく繰り返された、また日々繰り返されることについての象徴を手に入れるであろう。[*10]」

したがって「繰り返される倫理的反映」によって過去を新たに蘇生させる人間の精神の能力に、ゲーテは、ほかならぬ即普遍的な意義を有する精神的器官を見た。精神的な生、ならびに世界史の生において、われわれが見知っており、それなしには文化意識の絶えざる発展は望み得ないようなすべてのルネッサンスは、こうした能力に依拠しているのである。いかなる真のルネッサンスも、現実存在のそれ以前の形式を再度走破することで満足することはできないし、また満足しようともしない。ルネッサンスはどれも、かつてあったものをより高い生へと高めようとする。両極性と昂進を、すでにゲーテは、すべての自然の生の根本契機と見做した。[*11]「結合されたものを分割し、分割されたものを結合すること、これが自然の生である。これこそ、われわれが生き、活動し、また存在している世界の永遠の収縮と拡張、永遠の結合と分離、呼気と吸気である。[*12]」また別の意味において、両極性と昂進は、歴史的把握ならびに理解のすべての根本契機である。回想についてはいかなる純粋に受動的な形式も無く、常にただ生産的な形式だけがある。純粋に受動的で再生産的な意味において人が回想と呼ぶものは、ゲーテがミュラー長官に語っているように、「自己を表現する下手なやり方」にすぎない。「追慕してしかるべきいかなる過去もない。過去の拡大された諸要素から形態化される永遠に新しいものだけがある。[*13]」こうしたゲーテの新たな形態化を、トーマス・マンは、彼の作品において行おうとしたのである。彼もまた、そのために「繰り返される反映」によるのとは別の方途は見出さなかった。トーマス・マンの小説の、内的ならびに外的な構造にとって最も重要で特徴的なのは、こうした様式手段が適用されるあり方であると私には思える。それは、ただ単に、一貫して堅持されいわばライトモチーフとしてこの本の全体に行き渡るだけではなく、新たに適用されるたびに新たな芸術的な昂進を経験するのである。彼の小説のその他の登場人物――ボーイのマーガーからはじまりロッテ・ケストナーに至るまで――

を、トーマス・マンは直ちに、明るくまた容赦なくまぶしい昼の光の中に置いた。しかしゲーテのことを彼は、このような形で登場させることはできなかったし、またそうしようともしなかった。われわれはゲーテを、この本の半ばをはるかに越えるに至るまで、彼自身の光の中においてではなく、ただ（他人の言葉という）反射光の中でのみ見るのである。ゲーテという「結晶」は、その上に向けられる様々の鏡のすべての間にあって、まずさしあたりは濁った媒体のうちに安んじているかのようである。確かに感情には啓かれるが、われわれにその内部を見入ることを許さない独特の朧な光に、ゲーテは取り囲まれている。われわれは彼の形式や輪郭を予感するが、彼が内に持っている真の内的な彩りの豊かさは、いまだわれわれの眼には開かれなかった。だがしだいに「外視的（epoptisch）」色彩――物質の表面において、様々の条件の下に、一時的に、あるいは恒常的に示される色彩――にたいして、内部において直観されうる「内視的（entoptisch）」色彩が付け加えられる。それはわれわれに、こうした内部そのものについての新しい、またより深い情報を与えてくれるのである。

こうしたことは、ゲーテ自身が小説に登場する時にはじめて起こる。「繰り返される反映」の手法は、ここでもまた廃棄されない。しかしわれわれが覗き込む鏡は、今ではもはや異質な媒体ではなく、ゲーテ自身の思考、創造、そして行為という媒体である。これによって道が切り開かれる。われわれに示されるのは、まずもちろんのことだが、ゲーテの個別の一日の早朝に他ならない。リアルな明確さに満ち満ちて、この一日がわれわれに示される。それは、いかなる重大な出来事にも満たされてはいない。何らかの意味において、彼に「興味を」持たせたり、彼の注目を引いたり、またそのことによって彼を日々の単調さから抜け出させたりできるような一切は彼には欠けている。ゲーテは、彼の「環境」、つまり彼の日常性の媒体の只中に置かれている。この日常性を美化したり、あるいは「理想化」したりする試みはどこにおいてもなされない。こうした日常性の個々のいかなるものも、われわれには省かれていない。われわれは、朝食、朝の身づくろい、理髪師の訪問にかかずらわなくてはならない。われわれは、家政、食事、そして貯蔵庫についての、日々の献立表についてのゲーテの配慮に参加しなくてはならない。こうした日常の枠からしだいに、そして読者にはほとんど気づかれることなく、現実のゲーテ像が浮かび上がってくる。それを最初のうち包んでいたヴェールがゆっくりと取り除かれる。ますます広げられていく地平にたいして、視野は自由に開かれる。ますます新たな素材が浮かび上がってくる。しかしそれは、ゲーテの存在を成している「内的形式」の内にしっかりと囲繞されている。この形式は、この上なく多様で、また多岐にわたる生活圏そして現実存在圏から構築される。しかしこうした諸圏は、互いを阻害することはない。それぞれが、それ自体で存立するものとして、互いに分離されたり隔てられたりはしないからである。われわれは、家庭生活の圏内でのゲーテを見たように、身近な仕事や職務の圏内でのゲーテを目にする。「日々の用」が告げられる。大臣にして行政官である者は、その職務を果たさなくてはならない。オーケンの出版になる雑誌「イシス」が、攻撃をワイマル政府に向けた。人々の不快をかい、報復措置が要求される。大公は、ゲーテに報告を要求する。この事件は充分検討を要し、軽軽に結論を下すべきではない。ゲーテは、国家権力の直接の介入の一切に反対である。「それは、国家を救わず、文化を損なう。」しかしながら彼はまた、個人――そこに天才的な頭脳を見ようとも――が、国家の権威を揺るがすことも許さない。そうした試みには、司法上の訴追ないしは処罰によってではなく、行政上の措置を講ずることによって対処すべきなのである。大臣の活動に宮廷人としての活動が隣接する。公子のもとで、舞踏会が催され仮装行列が行われることとなる。ゲーテは「行儀のいい仮装舞踏会」を念頭に、そのプランを彼はアウグストに披露する。彼は、出し物の理念を示し必要な小道具を決める経験ある劇場人ならびに演出家として、落ち着いて具体的に語る。しかし、彼が語り終えないうちに、われわれは一挙に、新たな異質な世界に移される。宮廷は忘れられ、ゲーテの眼前にあるのは別のより大きな舞台である。この舞台で彼は、フィレンツェの果樹栽培の娘、漁師、捕鳥者の形象、またグラツィア、パルカ、そしてフリアたちの形象を魔法で現出させ、そして終わりに、象の背に乗せて、すべての活動を仕切るヴィクトーリア、プルートゥス王、そして少年の御者の姿をしたポエジーを登場させようとする。驚き、首を左右に振って聞き耳を立てるアウグストの眼前に、大きな空想の世界が広がる。ワイマルの狭い空間が、『ファウスト』第二部の皇帝の居城の場面となった。*14

しかしこうしたすべても、別のより高度のものが展開する最初の示唆ならびに準備に過ぎない。というのもわれわれは、ただ単に彼の家庭内の生活の狭い領域においてだけでなく彼の活動の広がりの中においても、ゲーテに邂逅することとなるからである。彼の思念と思考、彼の問いかけと研究、彼の考察と観想こそがわれわれにとり生きたものとならねばならない。自然研究者ゲーテの形象がわれわれの前に打ち立てられることにより、このことが達成されることとなる。彼の自然研究がもっている様々の方向のすべてが感じられる。色彩論という、この彼の最も特有の領域にして彼が最も情熱的に守った領野の他に、骨学、植物学と形態学、鉱物学、気象学等がある。彼の学説のいかなるものも、抽象的に展開されたり講じられたりしない。ゲーテは、かつて彼の科学的な仕事の全体を特徴づけ、明らかにする言葉を語ったことがある。つまり、人は、科学においても本来何も知りえない、「一切は、常になされることを欲している」と。*15 このなすことへの洞察を、トーマス・マンの叙述がわれわれに仲介し伝えようとしているのである。トーマス・マンがここで描き、内的に理解できるようにしようとしているのは、ゲーテの自然についての理論ではなく、彼の恒常的で決して中断することのない、自然との交際である。ゲーテの一日は、起床前に風や天候、温度計や気圧計についての報告を受けることで始まる。この報告に基づいて彼はその日の予測を立てていまだベッドに横たわったまま、空を一瞥することなく雲の形態、ならびにそれに基づいて予想されうる空模様の変化の全体を記述する。ゲーテが結晶学に振り向ける関心のほどは、フランクフルトから送られてきた贈り物について彼が感じる喜びにおいて目の当たりにすることができる。玉滴石、グラスオパール、つまりこうした豪華なサンプルが、彼の収集にたいする誇りの基を成しているのであろう。こうした結晶の観察ならびに記述に拠るゲーテの考察は、彼の最深の自然哲学的思想に触れる。つまり、生命あるものと生命なきものとの違い、有機的世界と無機的世界との違いを成すものに関わるのである。こうしたことのすべては広く展開されるのではない。特別なきっかけが必然的に伴うかのように、また瞬間が入力するかのように軽快に描き出される。すべては、この上なく自由な、最も機智に富んだ即興の産物の形式を保持する。しかしこの即興の産物は、恒常的なものならびにとっくに育まれていたもの、長年の研究により根拠づけられたものを明るみに出す。われわれは、ゲーテの「対象的思考」の形式と力とを感じる。つまり、諸対象から分離されず、諸対象の諸要素、諸々の直観したものを自己の内に入り込ませ、自己ときわめて緊密に浸透させる思考のあり方である。[*16]

しかしゲーテ自身、彼の「対象的思考」に直接、彼の「対象的詩作」を併置した。これは、彼の精神的本質の究極の基本的根底、基盤であり続ける。詩作を単に共鳴させるだけでなく、それをまさに全叙述の基調とすることに成功しなかったならば、こうした本質はいかにして目の当たりにされ得たであろうか。他方、もちろん叙述はこの点において、その最も困難でほとんど解決し難い課題の前に立つ。というのもゲーテ自身にとって、ある意味で彼の生涯の秘密であったもの、また依然として秘密であり続けたものを語りだすことが、いかにして長編小説に、また叙事的詩作に成功しうるであろうか。『ヴェルター』、ならびに彼の青春の詩作の多くについて、彼が告白しているところによれば、彼はこれらを「かなり無意識的に、夢遊病者に似た状態で」創った。[*17]『ヴィルヘルム・マイスター』については、彼自らほとんどそのための鍵を持ち合わせていない「最も算定不可能な作品」の一つであると述べている。[*18] ゲーテがなしえなかったことを、他人がどうやってなしえよう。トーマス・マンは、事実こうした試みをしなかった。彼は、ゲーテの詩作についてどこにおいても語っていないし、あれこれ述べ立てることもしない。しかし彼は、ゲーテの存在のこうした基本的力ならびに基本的層をわれわれに感じさせるために、別の独特の様式手段を選択する。彼は、ゲーテの内的思念ならびに形成、彼の感情世界ならびに思想世界を、長い独白の形であえて語らせようとする。つまり、間断なく紡ぎだされこの上なく異質な作業によっても妨害をこうむることのない語らいにおいてである。ゲーテを動かすものすべては、こうした特有のモノローグに凝集され、明らかにされる。ここに、ゲーテの詩作もまた、その独特の位置を見出す。それはゲーテ独自の自我において、回想、ならびにファンタジーにおいて経験する再生の過程においてわれわれに示される。回想は、過去の相貌のすべてを忠実に保管し、常に新たに過去の流れの中に没する。『ヴェルター』、『イフィゲーニェ』、『パンドーラ』、これらすべては、最初の日のままに今なお生き生きと現存している。他のもの、新しいもの、完成されていないものが、予告される。『ファウスト』の第二部は、全体としてゲーテの精神的な目の前にある。『聖譚』の素材のような他のものは、彼に数年来消しがたい印象を与え、完全に熟す日を待ちわびるばかりである。

　ゲーテの独白という媒体を通じてわれわれに仲介され、われわれに到達可能になるものは、したがってゲーテの個々の詩作の生成ではなく、内的なポエーティッシュな創造過程そのものである。この過程は、トーマス・マンによって、昼と夜と時間を頼りとする一回限りの出来事として叙述されるのではない。それは、詩人が何時いかなる時でもそこから汲み上げる、涸れることのない永遠に豊かに水をたたえた源泉として現れる。ゲーテは、「機会詩人」たりうるし、またそのようであることを欲している。彼が時折自らに要求しているのは、ポエジーに号令をかけることである。[*19] ここでもわれわれは、かような課題に彼がいそしんでいるのを見る。フォークト国務大臣の祝賀会が迫っており、ゲーテは急いでお祝いの詩を作り上げ、それをもってこの日の大臣を寿ぐことを引き受けた。しかしこうしたことのすべて、つまり「特定の人にたいし、また祝いの機会に」詩作されたものすべては、ゲーテの詩作の本来の、また最深の層に属するものではない。ゲーテの詩作の真に偉大で忘れがたい諸形態を、「案出する」ことはできないのである。それらを彼は、随意に産み出すことはできない。生自体が、それらを彼に与えるのでなくてはならず、そしてそれらをゆっくりと成長させ成熟させるのでなくてはならない。トーマス・マンの叙述の最も美しい最も成功している特徴の一つは、彼の叙述がゲーテの詩作の二つの要素をわれわれの眼前に示してくれるということである。つまりゲーテは、偉大なほとんど無制限の「能力を有する者」として現れると同時に、本来、単なる能力のすべてを超えた芸術家として現れる、なぜならば彼にとって創造と形成の過程は、ある種の必須事項、つまり内的必然性を意味しているが故である。

しかしわれわれは、トーマス・マンのゲーテ像にとって特性的なもう一つの特徴を強調しておかなくてはならない。ゲーテの長いモノローグが、この特徴をわれわれに示すのは、ただ単にそれ自体に沈潜していることによるのでも、また彼自身の思想、彼の科学的計画ならびに課題に専念していることによるのでもない。彼が一人なのは見かけに過ぎない。というのもゲーテは、彼がかつて人生において近づき、その創造活動や営為により決定的印象を受けたすべての人々の霊に囲まれているのを感じているからである。こうした印象は消え去ることなく、独白をくりかえし対話の形態にしたのである。こうした芸術的手段を通じてはじめて、トーマス・マンは、ゲーテの自然との交際だけではなく、ゲーテの歴史的世界にたいする位置ならびに態度をもわれわれに示すことができたのである。というのも、大きな個々の人格の形態に具体化されている場合は別とすれば、ゲーテにとっていかなる歴史的認識も観想もなかったからである。単なる外的な出来事にたいしては、ゲーテは意味も見出さなかったし、目を向けることもしなかった。すべての歴史はゲーテにとって、それと意識することなく精神の歴史となった。ここでの彼にとっての本来の課題は、ただ単に知るだけではなく、他の人たちの精神的本質に入り込みそれを彼自身の存在に変えることにあった。こうして彼は、彼が「歴史的人間感情」と読んだものを形作った。[*20] それはもちろん、大きな歴史的な全体の運動にではなく、彼がその担い手ならびに代表者として感じた個々の人々にのみ向けられた感情である。ゲーテの現実存在のこうした契機が、トーマス・マンの叙述において、ナポレオン、ヴィンケルマン、そしてシラーを例として明らかにされる。ゲーテがエアフルトで行ったナポレオンとの対話は、いまなお直接彼の目の当たりにあり、彼は好んでその一切の個別的特徴を呼び起こし、頭の中でさらにいっそう紡いでゆく。セント・ヘレナに囚われた者の運命は、——彼は、こうした終わりを歴史的必然性として理解していたのではあるが——彼を放さない。「かかる一個の自然力ともいうべき者、つまりかかるすべての行動を阻止され、拘束された巨人にして、土砂で埋められた煮えくり返るエトナ火山ともいうべき者の心中はいかばかりか」を、彼は思い描こうとする。ヴィンケルマンは、彼にとって、偉大なギリシャ芸術をただ単に理解するだけではなく直観する道を初めて示してくれた人物であった。「感性的なものに才知豊かに沈潜した、痛いほどに明敏、誠実な夢想家にして愛好家」であった。彼の形象は一瞬だけ呼び起こされる、——ゲーテ自身が、『ヴィンケルマンとその世紀』という著作において、不朽の、また比類なきあり方で描いたままに。[*21] ゲーテがシラーの姿と彼との交際を再度呼び起こすあり様は、さらに一層親密な魅力を持っている。ここではまたしても、個別的なものの充溢が感じ取られる。こうした個別的なもののすべてが凝縮されて、大きな全体的な印象になる。それは、ゲーテのシラーに対する感情をこの上ないほどに含意に満ちて表現している。肯定と否定、深い信頼とよそよそしさ、敬意と愛と隔たりと抵抗が、まれに見る形で混交した感情である。

トーマス・マンが、ゲーテの長い独白の叙述においてわれわれの内なる目の前に立ち上げたゲーテ像を、私は大まかになぞろうとした。いまや初めてわれわれは全体を振り返って、この小説の「内的形式」を意識することができる。この形式は、単に「静力学的な」個々の特徴を挙げることによって記述されることはできない。われわれは、作品の動力学の中に身を移し、それをわれわれに働きかけさせなくてはならない。それは大きな波動のようなものであり、われわれはそこへ入り込みそれによって担われ、ついにはその中心、その根源にして活性化の源点へ連れ戻される。イギリスの画家、リーマー、アデーレ・ショーペンハウアー、アウグスト・フォン・ゲーテという人たちとのロッテの対話において、この波はますます広がる。しかし、それはどのような深みに由来するのかをわれわれはまだ知らない。この深みは、ゲーテ自身がわれわれに姿を現してはじめて明らかとなる。ここで初めて「反映」が、その本来の最高の機能を展開することができる。それは、ゲーテ自身の言葉を持って言えば、「真なるものを再生する、現実存在と伝承の瓦礫からもう一つの現在をもたらす」ことができる。[*22] ゲーテという結晶は、外部から彼に発せられた光のすべてに対して、ある意味で近づきえず不可入のものであることが実証された。それは、「濁った媒体をなして安んじる」ままであった。[*23] しかし今や、この結晶の内部から、別の種類の別の由来の光の発生がはじまる。それによって濁った媒体は、ただ単に明るくなるだけではなく、『西東詩集』の言葉に拠れば、そこにおいて「鳴り響く色彩の戯れ[*24]」が展開される。この「鳴り響く色彩の戯れ」それ自体を知覚することができ、それを充分に響きわたらせ、長いこと自己の内に余韻を響かせる者にのみ、本来のポエーティッシュな情調の内実は開かれるであろう。

II

レッシングは、彼の『古代芸術に関する書簡』において、すべての文学批判に当てはまり、またそれが義務とすべき規範を、比類なく簡潔にまた明確に打ち立てた。「私が芸術批評家であるならば」——と彼は述べている——「私が、芸術批評家の看板を外に掛けることのできる勇気があるならば、私の階梯は以下のごとくであろう。つまり、初心者にたいしては、穏やかにほめそやし、匠にたいしては、賛嘆をもって疑い、疑いをもって賛嘆し、能力無き者にたいしては、積極的に頭を冷やさせ、自慢家にたいしては、嘲笑的に対処し、陰謀家にたいしては、できるだけ辛らつに振舞う。[*25]」この尺度が当てはまるならば、批評のいかなる段階がトーマス・マンの『ワイマルのロッテ』のような作品にふさわしいかについてはなんら疑いはない。われわれは、この作品について「賛嘆をもって疑い、疑いをもって賛嘆し」語りうるのみである。この作品は、われわれを決して容易には中へ入れてくれない。この作品についての判断を勝ち取ることのできない者は、この作品を理解したということにたいするいかなる要求も掲げることは許されないということを私はあえて主張する。最初のうちはそのような理解は得られない。しだいに獲得されるに過ぎない。読者の側に前提として要求されるのは、ただ充分に没頭するだけでなく、絶えず精神的に協働することである。

トーマス・マンが彼の詩作のために使用した素材を念頭にしさえすれば、このことはすでに明らかである。この素材を手に入れるために必要とされたのは、ゲーテの作品の全体の研究に他ならない。『ファウスト』、『西東詩集』、『イフィゲーニェ』、『パーリア』ならびに『原詩、オルフォイス風』、『温和なクセーニエ』等々の一連のゲーテの偉大な詩作品を、ありとあらゆる言葉で記憶にとどめ繰り返し、しかるべき時と場所において呼び起こすということでは決して充分ではなかった。このことのためには、ゲーテ自身が作り上げた伝記的な詳細についての充分な知識が必要であった。この点に関してトーマス・マンは、単に『詩と真実』におけるゲーテの生涯の大きな概観を使用するだけで満足しなかった。彼はその他のすべてのものに入り込んでいった。たとえば、『年代記録』、一八一四年におけるライン旅行ならびにマイン旅行の様々の叙述、そのほかたくさんの広く散逸していたもの等を使用した。しかしそれでも、ほんの始まりに過ぎなかった。こうしたすべては、詩人が為さなくてはならなかった前提的な仕事の第一の層であるに過ぎない。世界文学の大きな現象にたいするゲーテの位置、造形芸術にたいする彼の位置、自然研究者としての彼の自然観と彼の業績、これらが明らかにされ個々の具体的な形象において刻印されなければならなかった。そのためには、ゲーテがこの領域において努力し計画し仕上げたすべてに集中的に沈潜することが必要であった。シラーとゲーテとの往復書簡、『芸術と古代』の諸論文、ヴィンケルマンについての著作は、ここでまず第一に叙述のための素材を提供した。自然科学の著作のうち、『色彩論』、その講述編ならびに論争編、骨学の仕事ならびに植物のメタモルフォーゼについての仕事、鉱物学ならびに地質学のための著作、気象学の試論が使用できた。こうしたすべては、ただ単に知っているだけではなく、何時いかなる時でも目の当たりにしていなくてはならなかった。これに、叙述が依拠するたくさんの間接的な証言が加わる。リーマー、エッカーマン、ミュラー長官とのゲーテの対話、ズルピーツ・ボアスレーの日記、シラーとツェルターとの往復書簡等である。トーマス・マンは、一切の「案出」ならびに一切の単なる主観的添え物を差し控えた。彼のゲーテ像は、実物どおりのポートレートに似たものが意欲された。

　しかしまさにここにおいて、ひょっとしたらたいていの読者にある種の疑念が生じるかもしれない。そのような写真術的な正確さによって、ゲーテの本質の真に芸術的な形象がわれわれにたいして生じうるのか。こうしたすべてはそれでも詩作であるのか、――それとも、それはひょっとしたら、明らかに高度に精緻な芸術的に純化されたゲーテ文献学ではないのか。トーマス・マンが使用した技術は、点描派の絵画の技術に比較され得る。その絵画に近寄りすぎると、一切の明瞭な形態は失われ、かろうじて個々のタッチと、離れ離れの点描を見るに過ぎない。しかるべき距離を見出して初めて、こうしたたくさんの混乱は消えうせる。しかし、この本の読者にとって――特に最初の読書においては――しかるべき視点を見出すことは容易ではない。常に、個別的なものに沈潜してしまうか、あるいはまた、全体像にとって意味ある重要な多くの個別の事柄を見落とす危険にある。もちろん、「最も明確に見ること」のできる点をひとたび見出したならば、すべての疑いは消える。そうなると、ゲーテの姿がいわば透明となるように見える。それは、われわれに内部への洞察を許すように見える。しかしこのことのために、この作品の詩作者にとっていかなる骨の折れる準備が必要であったことか。読者にもそれは必要である。擬古典主義的美学の要求に拠れば、芸術像は、うっとりとした視線のまえに「無から生じたようにほっそりと軽やかに」[*26]立たなければならない。トーマス・マンの芸術作品は、このような類のものではない。あらゆるタッチの内に、強力な、明らかに何十年にもわたる仕事が感じられる。こうした時間をかけてこのゲーテに関わる作品が生まれたのである。「小さきものにたいする尊崇」が、ここにおける以上に為されたことは稀であった。ゲーテの姿は、隔たりと高みを通して働きかけるのであってはならない。それは、まさしくわれわれの身近に移される――それは、そこここに、ほとんど息苦しいほどの、また不安な印象を呼び起こしうるような具体性を持ったものである。

　こうした仕事の独自性を理解するためには、トーマス・マンの叙述形式の特殊性と固有性を目の当たりにしなくてはならない。ゲーテは、芸術的叙述の三つの根本形式を区別し、特定の序列、価値づけを行っている。[*27]二つの最初の根本形式は、しかるべく認められ有効とされ得るが、第三の最高の根本形式において初めて、真の理想、絶対的な芸術の理想が達成される。一番下の段階が「自然の単純な模倣」であり、ここでは芸術家は直接自然の対象に向かい、誠実に熱意をもってその形態その色彩を把握し、きわめて正確に再現する。その次が「マニール」である。これは、芸術家の主観的本性を表現させる。これは、ただ単に対象の特性だけではなく、語り手の精神もまた直接に表現され描かれるような言語である。しかし本来の完成は、「様式（Stil）」において初めて得られる。というのもこれは、「認識の最深の基盤、つまり、目に見え、手でつかみうる形態において認識することがわれわれに許されている限りでの事物の本質」に基づくからである。こうした区別を、トーマス・マンの芸術形式に適用しようとする場合、特有の困惑に陥る。というのも、ゲーテが前提としている三つの契機の厳密な区分は、ここではもはや保持されえない。古典的な理論が引こうとした確固とした境界線のすべては、またしても位置を変えようとしている。「自然の単純な模倣」は、トーマス・マンの作品において確かに欠けてはいない。私は一つの個別的な例証を取り出すが、随意に多くの他のものがそれと同列に扱われうる。この上なく大きな具象性を持ってアデーレ・ショーペンハウアーの語りにより、ワイマルの社交界におけるゲーテの位置ならびに行動がわれわれに述べられる。われわれはヨハンナ・ショーペンハウアーの家で、社交界の中心として、だがまた同時に社交界の独裁者で専制君主としてのゲーテを見る。彼は、その談話において比類なく、その発想や思いつき、機智に富んだ即興の演技において無尽蔵である。しかし彼はまた、不機嫌に自己自身に沈潜し集まりから遠のくか、あるいは何らかの考え、ないしは彼により提案された遊びに頑なに固執することによって集まった人々を疲れさせたり苦しめたりすることもある。「一晩中」――とアデーレは報告している――「ゲーテは、集まった人々を、完全に疲れさせるまでもってまわった冗談で苦しめた。つまり、彼がリハーサルしたばかりの誰にも知られていない新しい作品の内容を、個々の小道具を手がかりに言い当てさせることを強いた。それはまったく不可能であった。わからないことの多すぎる課題で、誰も脈絡をつけることはできなかった。人々は、ますます意気消沈しあくびはますます頻繁になった。しかし彼は固執することをやめず、集まった人たち全員を引き続き退屈のくびきで悩ませた……。」こうしたすべては、現実のゲーテを述べたものである。それは、そのどの部分をとっても、われわれがシュテファン・シュッツェの詳細な報告を通じて、ヨハンナ・ショーペンハウアーの家での木曜日の晩について知っている現実のコピーである。[*28] 更にわれわれは、ゲーテが与えている意味に「マニール」という言葉を解した場合、トーマス・マンの叙述における「マニール」をどうして見誤ることができよう。というのもそれによれば、「マニール」を特徴づけているのは、「マニール」が、それ自体にある種の方式を案出し、それ自体にある種の言語を作り上げ、対象に固有の特徴的形式を与えることだからである。その形式というのは、そこではただ単に対象自体が表現されているように見えるだけでなく、叙述者の「軽快な、有能な心情」が、共に語りまた語りかけるような形式である。こうした「軽快な、有能な心情」は、トーマス・マンの叙述のどの行においても否定されない。トーマス・マンが、ロッテを、リーマー、アデーレ・ショーペンハウアー、アウグスト・フォン・ゲーテと語らせる談話において、それどころか大きなゲーテの独白においても、われわれは決して個々の人物自体が語っているのを耳にするのではない。観察者として、微笑するイローニッシュな聞き手として、常に彼等の傍らにはトーマス・マンがいるのである。こうした彼の現存は不可欠である。そのことが、いわば叙述全体を貫く心的・精神的雰囲気を形作っている。しかし、模倣も、マニールも、ここではそれ自体単独ではない。それらは「様式（Stil）」を目指し、意識的に様式（Stil）の手段へと高められている。こうしたすべてから結局、ゲーテの本質を「目に見え、手でつかみうる形態において」現出しようとする。ここで与えられるのは、ゲーテについての詩作ではなく、ゲーテについての認識をわれわれに開示しようとするのである。それはもちろん、知り理解する者にのみ完全に開かれうるような認識である。

トーマス・マンが、このような課題にあえて向かってゆくことができたのは、彼の詩作において、分析と総合とが相互に関わる特有の関係に基づく。彼は、心理学的分析者としてはじまり、ある意味では終始そうあり続けた。この彼の最も固有の領域を、彼はどこにおいても壊そうとはしない。だが彼は、それを彼の後期の詩作において、絶えず内部から拡張した。自然主義的長編小説の芸術手段は、廃棄されないが、「事物の通常の明瞭さ」からますます遠ざかる目的のために利用される。それによってこの芸術手段は、しだいにそれ自体において、様式の変化と意味の変化を蒙らざるを得ない。トーマス・マンの「リアリズム」は、人間の現実存在ならびに感情のいかなる領域をも放棄しようとはしない。彼は、『ヨゼフ』の詩作において神話の世界に入り込み、それを、遠く隔たり没し去った世界としてではなく、今なおわれわれの只中にありわれわれが追感することのできる世界として叙述しようとする。このことは、リアリズムの様式が廃棄されることなく、同時に象徴的性格を得るということによってのみ可能である。というのもまさにこのことが、ゲーテが説く象徴の意味だからである。「真の象徴法とは、そこにおいて特殊が、夢や影としてではなく、探求しがたいものの生き生きとした瞬間の啓示として、普通を代表することの意である。[*29]」トーマス・マンのゲーテについての長編小説は、またしても新しい領域への思い切った試みである。『ヨゼフ』において、始原の信仰をわれわれに明確にしようとしたように、今やポエジーの世界へ、詩人にして造形家（Bildner）であるゲーテの世界へとわれわれを入り込ませようとする。だがここでも、ポエジーは理念的形式へと移されるのではない。それは、「非現実的なもの」あるいは「超現実的なもの」として作用すべきではない。ポエジーは、現実がそこにただ単に包み込まれているだけでなく、生きて呼吸している、常に現前にある環境領域でなくてはならない。ポエジーが偏在しすべてを貫くこうした環境領域は、しかしそれ自体ではなく、人間の創造ならびに活動の特殊な区域や圏域として、ここで与えられるゲーテ像において、われわれがその直接の息吹を感じていると思うほどにわれわれにたいそう身近なものとならねばならないであろう。このような目的にしてはじめて、このゲーテ像において、多くのものが、新しくまた別様に、それどころか異質で奇異に見えうるということが理解できるようになるのである。この異質なあり様を呈するものは、一見したところ瀆聖のような印象を与えるかもしれない。というのも、トーマス・マンは、われわれがわれわれの内に、またわれわれと共に担っている様々の神々の像を、ただ単に打ち立てようとしただけではなく覆さなくてはならなかったからである。われわれの各人は、彼自身のゲーテを読む。各人は、時の経つうちに特定のゲーテ像を形作っており、それを揺るがせられるのを好まない。トーマス・マンの叙述がわれわれに要求するのは、われわれがこうしたゲーテ像をしばし忘れ、犠牲にして、それに代わってゲーテの別の新しい芸術的再生を見やることである。この叙述は、たゆまぬ観察者ならびに厳しい分析者の精神である彼自身の精神においてなされる。観察者は、人目を引かない個々の事柄といえども看過しえないし、してはならない。彼は、一切の「抽象」、一切の個別の度外視を差し控える。彼は、常に新たにされる、また常に高まる視座のみを知っている。ゲーテが大きな人格について語った場合、それを「自然」と呼ぶことを好んだ。それは、一切のより詳しい述語なしの、また一切の限定的形容詞なしの「自然」を意味する。このような「自然」としてゲーテは、ここで姿を見せ活動しなければならない。しかし自然の考察においては、「常に、〈一〉と全とを注意し[30]」なくてはならないという要求が当てはまる。「自然の内部」についての言葉に対して、ゲーテは本能的なしばしば顕わにされた嫌悪を持っている。彼は、自然にたいして核も殻も認めなかった。[31]「というのも、内部に当てはまることは、外部にも当てはまるということが自然の内実であるからである。[32]」「骨の中にないものは何も、手の中にない」と彼は、解剖学研究に関連して好んで語った。[33] トーマス・マンの叙述においても、「内部」と「外

なかった。それは、外部のもの表面的なもの自体が彼を惹きつけたということではなく、彼は、見かけは極めて意味のない最たる外面的なものをも、本質の表明として、「生き生きとした瞬間の啓示」として感じ得るものにしようとしたからである。したがってトーマス・マンのゲーテは、決して英雄崇拝の光の中で現れるのではない。このゲーテは、ただ単に人間的にだけでなく、あまりに人間的に活動する。彼は、ただ単に地上的なものに結び付けられているだけでなく、あらゆる面にわたってこの地上的なものに巻き込まれている。あらゆる彼の物理的制約、ならびにあらゆる彼の人間的・倫理的制約を伴って、彼は、われわれの前に描き出されなくてはならない。われわれは、彼の肉体的苦悩を彼と共に耐え、また、彼の人間的限界を感じなくてはならない。彼の持つ社会的障害や制限は、トーマス・マンの叙述においてほとんど苦痛にまで高まる明瞭さをもって、われわれに意識される。明瞭さとは、「光と影のしかるべき配分」であるとする「北方の博士」ハーマンの言葉を、ゲーテは喜んで受け入れた。[*34]彼はここに、精神的なものに適用されて、彼の色彩論が実証されているのを見たのである。つまり色彩は、明るさと暗さの相互作用から生じるとする色彩論である。トーマス・マンの記述は、一貫した力強い筆致で、ゲーテの本質における暗さと明るさに滞留しつつ、その相互作用から、彼の本質の内的な色彩の豊かさを明確にしようとしている。観察者トーマス・マンが、こうした契機のそれぞれに沈潜する一方で、分析者トーマス・マンは、こうした契機をその究極の心理学的根源に至るまで遡って追究してしまうまでは休息しないのである。各々の特性が、その由来から理解可能にならなければならない。ただ単に個別的に記述されるのではなく、発生的に把握されなくてはならない。つまり、肉体的ならびに精神的素因から、家族関係ならびに家系から把握されなければならない。複合体からは認識され得ない「諸要素」のすべてから把握されなければならない。

しかしながらこうしたすべてにもかかわらず、本来の目的、詩的総合の目的は、念頭を去ることはない。それは、たとえ遥か彼方へ移されているように見えようとも、依然としてわれわれの身近にある。分析と総合は、呼気と吸気のように協働してのみ科学の生を成す、とゲーテは語った。[*35] トーマス・マンは、こうした命題の妥当性を詩芸術にも認めるであろう。二分化において、それどころか二分化を通じて統合に成功したということが、芸術的な意味において、トーマス・マンの叙述における最も注目に値することであるかもしれない。意図的に求められ、また意図的に強調された特性ならびに個別のすべてから、つまり人間ゲーテならびに芸術家ゲーテの個別性ならびに特異性のすべてから、結局のところ、彼のまさしく普遍的で広く包括的な、また広く活動的な本質が明らかとされる。これは、大きなファンタジーの成果である。しかしいかなるファンタジーも、こうした課題を前にしては、もし同時にもう一つ別の力によって翼を与えられたのでないならば、萎えてしまったであろう。ファンタジーの力、つまり理念的「概観」の力に、エロスの力が仲間として加わらなくてはならなかった。ゲーテにたいする決して途絶えることのない大きな愛のみが、こうしたあり方で、広く散逸したものを収集し、自己の感情の息吹によってそれに命を与えることに成功し得たのである。

「何が、真実のこととして、あるいは、寓話として
たくさんの本の中に現れようと、
そうしたすべては、愛がまとめて一つにするのでないならば、
バベルの塔のようなものだ。[*36]」

（ゲーテ『温和なクセーニエ』）

III

トーマス・マンの作品に、通常の意味における「長編小説」を見出すという期待を持って歩み寄る読者は、しばらく後にはがっかりしてその本を手から離すであろう。通常、長編小説に求めるのを常とするもののすべては、ここでは遠ざけられている。そうしたものに抱くすべての希望は、妨害され、意図的に挫折の憂き目を見る。「ハンドルング」を導き、引き続き紡いでゆく試みの一切が欠如している。そうしたハンドルングがはじまるところで、それは繰り返し中断され脇へそらされる。内部の出来事はほとんど停止しているようである。動いているのは、われわれがいわばいまにもその波に飲み込まれそうな対話だけである。緊張が解けるはずのところ、つまりゲーテとロッテとがついに再会するところでも、こうした様子に変化はない。本来的な再会がなされるのではなく、すべては社会的慣例の軌道にのって進み、確かに機智に富んではいるが、まったく非個性的な会話に終わる。

しかし思慮深い批評家は、こうした欠陥を確認することで満足せずに、その根拠を問うであろう。「非常に狭い、実質的な概念をハンドルングという言葉と結び付けているので」――とレッシングは、寓話の本質に関する論文で述べている――「空間のある種の変化を要求するほどに身体が活動的であるところ以外はどこにおいても、ハンドルングを見ようとしない芸術批評家たちがいる。彼らは、恋人がひれ伏し、皇女が気絶し、英雄たちが格闘する以外のいかなる悲劇にもハンドルングを見出さない。また、狐が飛び、狼が裂き、蛙が鼠を足に結ぶ以外のいかなる寓話にもハンドルングを見出さない。情熱の内的な戦いの一切が、互いに廃棄しあう一連の様々の思想の一切がハンドルングであるなどということは、彼らにとっていかんとも同意しがたいことであった。ひょっとしたら彼らは、その際何らかの活動を意識するには、あまりにも機械的に考え感じ過ぎているからかもしれない。[*37]」トーマス・マンの作品に尺度としてあてがうことのできるのは、こうしたレッシングのポエーティッシュなハンドルングの概念だけである。そこでは決して外面的な出来事の叙述ではなく、純粋に内面的な出来事の叙述が問題である。外面的なものが共に働くところでは、それはひとえに、内面的なもの、感情や気分の交差、あるいは「一連の思想」を励起し明るみに出すことにのみ役立つ。こうしてトーマス・マンの長編小説は、二重のハンドルングを内包している。それは、彼がわれわれの目の前にはっきりと打ち立てているものと、この背後に知覚されるべきいわば目に見えないもう一つのハンドルングである。ここで述べられる出来事は、魅力的で興味深いものである。しかしそれは、水の表面の軽やかな波の動きのようなものに過ぎない。こうした軽やかに動く水面の下で、本来の運動がはじめて演じられる。この運動は、深みに帰属し深みから上ってくる。われわれはこうした運動を直接見ることができず、予感しなくてはならない。そうした予感から、トーマス・マンがわれわれの前に打ちたてようとしている芸術的形象がしだいに立ち上ってくる。

この長編小説の外面的なハンドルングは、手早くわずかな言葉で語ることができる。ロッテ・ケストナーは、ゲーテとの四四年にわたる別離の後にワイマルへの旅を決心し、ついに長いこと育んできた願いを果たそうとする。彼女がこうした再会に期待しているものは、彼女自身、はっきりと意識しているわけではない。彼女が感じていることは、この再会なしにはゲーテという人間は、彼女にとって依然として厄介な謎であらざるを得ないということである。しかしこの謎は、彼女にとって解かれない。彼女は、ゲーテにより食事に招待され食卓に案内される。しかしその対話は、彼女に向けられるのではなく、たえず彼女を通り越してしまう。深い失望が彼女を襲う。ヴェルター時代のゲーテに、彼女は再会したのではなかった。彼女は「一人の老いた男性と新たに知り合いになった」に過ぎない。ゲーテは、こうした印象を拭い去ろうとはしなかった。彼は、彼女のその後のワイマル滞在の間も彼女から遠ざかったままである。

こうしたすべてが、われわれの目の前で、いたって物静かに展開される。叙事的様式、安定した叙事的広がりのある様式が、どこにおいても見られる。隠された葛藤を示唆するものは何もない。どこにおいても語り手は諸々の出来事にたいする彼自身の情熱的な取り組みについて、なにかを感じさせることはない。女主人公の記述は、一貫して、大きな愛とかすかなイロニーとをもって為される。この長編小説が描いているロッテ・ケストナー像は、偉大さや尊厳なしではない。彼女の偉大さは、内的な安定にある。この内的安定をもって彼女は、青春時代の初めから、自己自身を認識し自分にふさわしい現実存在の形式ならびに生の形式を選んだのである。彼女は「確固とした」性格の持ち主であり、一切のポエジーやロマン主義に逆らって自分の道を歩んだ。ゲーテの「目的を見失った求愛」に、彼女は身を委ねることはしなかった。彼女は、現実につまり彼女の現実に忠実であり続けた。彼女は、彼女の市民としての存在、仕事や義務の圏域にしっかりと根拠を置いていた。しかしこうしたすべての背後に、彼女のきわめて繊細な人間的弱さが感じられる。彼女のかすかに感じられるコケットリーや、彼女の女性としての嫉妬が感じられる。精神的・文学的名声を彼女は断念しなかった。そうした名声の所有を、彼女は狭めたり枯らしたりするつもりはない。ある種の慇懃さをもって彼女は、他の者たちを見下す。つまり、ひとかどの幸せな生涯を送ろうとする決断に欠けていた哀れなフリーデリーケ、確かに「若干の詩はあったが、いかなる世界を揺るがすような作品も」与えられなかったリリー・シェネマン、そしてミンナ・ヘルツリープを見下す、なぜなら『親和力』は、「『ヴェルターの悩み』のような世界を揺るがす注目を浴びなかった」が故である。こうした記述には、この上なく自由で、軽快なユーモアだけが支配的であるように見える。われわれは真面目さを感じるが、この真面目さ自体、遊戯に変えられている。すべては、深い生の問題に触れるところでも、依然として精神的で晴朗でありつづける。しかしこの作品のこうした基本的調べに、別のより暗いより深刻な調べが混入される。作品の全体にわたって統一的情調があるが、しかしその統一性は一様ではない。作品の構造を追ってゆくためには、喜劇的なものから悲劇的なものにまで至る階梯のほとんど全体を通り抜けなくてはならない。はっきりした、ほとんど無遠慮とも言える滑稽さをもって作品ははじまる。ワイマルの「ホテル・エレファント」においてわれわれが出会う最初の人物は、ボーイのマーガーである。彼はワイマル人であるが、ワイマル人として同時に「世界市民」、ならびにゲーテの熱烈なファンであることを自覚している。このような熱烈な傾倒ぶりは、彼の立ち居振舞いについてまわる。彼の日常の職務の遂行も彼は、ゲーテの言葉で飾り立てることを好む。マーガーが、ロッテ・ケストナーの最初の客、リーマー博士の到来を告げげた瞬間からまったく別の雰囲気がわれわれを取り巻く。リーマーの記述にも、トーマス・マンはたくさんの滑稽な個々の特徴を織り込んでいる。しかしこの記述には、われわれに笑いを禁じる何かがある。ゲーテへの傾倒とゲーテに対する内的な拒否の混交、素朴な自己顕示と不安定さ、また自負と意気消沈の混交において描かれたリーマーの姿は、滑稽とはまったく裏腹のものである。アウグスト・ゲーテが登場するや、われわれはこうした圏域からまったく抜け出ているのを感じる。ここで情景は、突然明るさを失いはじめ、ロッテとアウグストとの対話の終わりにおいて、「同情と恐れ」の真に悲劇的な激情を感じる。こうしてここでは、しだいに情調の激しい変化が生じる。つまり、それと気づくことなくわれわれを、一方の極から他方の極へと連れて行く動きである。われわれはこの作品の情調の内実を真に把握しようとするならば、こうした動きに身を委ね、その個々の局面のすべてを内的に共体験しなくてはならない。

こうしたすべては、ただ単に個別的な問題の前にわれわれを立たせるだけではなく、一般的な美的問題をも示唆する。こうした問題を見て、はっきりとその特徴を述べた最初の人物はプラトンであった。『饗宴』の終わりで彼は、アリストパネスと対話をしているソクラテスをわれわれに引き合わす。そこでソクラテスは、悲劇と喜劇を書くことは「同一人の仕事」であるというテーゼを擁護している。[*38] これは、古代の実践と古代の芸術理論とに同じくはなはだしく対立している命題である。古代の理解にとっては、悲劇と喜劇は、二つの全く相異なったジャンルであり、その対象の点でも、その情調の内実の点でも然りであった。両者は本来、その起源の点では宗教的礼拝の圏域に属するが、その内部において両者は、全く相異なった機能を果たさなくてはならない。かくして、プラトンの言葉は、古代文化の内部において、ほとんど謎といってよい印象を与えているに違いない。この謎は、その説明ならびに解答を、近代文学の中にはじめて見出したのである。ここではじめてプラトンの思想は、単なる美的ユートピアではなかったのだということをわれわれに示す芸術家が登場したのである。こうした激しい変化を証明しているのは、ドラマの領域ではシェイクスピア、長編小説の領域ではセルヴァンテスである。彼らの偉大な例において、プラトンが自己の要求を理解していた意味もまた一段と理解されうる。『饗宴』の終わりから『パイドン』のはじめへと進んでゆくことによってはじめて、プラトンの言葉は解明される。『饗宴』と『パイドン』は、直接互いに補完しあっている。ソクラテスの生涯の叙述と、彼の死のそれとは、プラトンにとって、合流して唯一の芸術的形象となる。『パイドン』のはじめにおいて、ソクラテスは、牢の中でちょうど鎖が取り外された時にわれわれに引き合わされる。ソクラテスはこのとき、人間の生において快と不快が如何に奇妙に混ざり合うかについて反省する。両者は、相互に矛盾しあうように見えるが、どちらも他方なしには存立し得ないのである。神がそのように結び合わせたがゆえに、両者は不可分に織りあったままで、われわれは、決して快それ自体を、あるいは不快それ自体を感じるのではなく、一方から他方への移行だけが意識される。われわれが生と呼ぶものはすべて、そうした移行である。生そのものはしたがって、苦悩でも快でもなく、悲劇でも喜劇でもない。そうではなく生は両者一如である、つまり、プラトンが『ピレボス』において言っているように、悲劇にして喜劇（*ἡ του βίου τραγῳδία καὶ κωμῳδία*）である。[*39] 近代の偉大な悲劇作家ならびに偉大な喜劇作家、つまり、シェイクスピア、セルヴァンテス、モリエール等は、個々の場面あるいはモチーフを、生の全体から取り出し形態を与えることで満足するのではなく、それに代わって生の全体像を予感させるか、あるいは刻印しようとすればするほど、それだけいっそうこうした根本直観の真理と深みを証明する。こうした全体像においては、苦悩と快の間の如何なる固定的な区分もなく、あるのは、両者の流動的境界のみである。したがって、叙述しようとしている対象が普遍的であればあるほど、美学の理論が定める境界、つまり「喜劇的なもの」と「悲劇的なもの」との間の境界を守ることは、それだけいっそう詩作にとっては困難となる。それゆえわれわれが通常慣れており、他のテーマにたいしては認めるであろうのとは違った様々の情調が、ゲーテについての長編小説に入り混じらざるを得ないということは理解できることである。ゲーテ自身が、他ならぬ「対立の一致」[*40]としてのみ明らかとなりうるのである。こうした対立の一致は、ただ単に対象においてだけではなく叙述手段においても、ただ単に内容においてだけでなく様式においても、認めうるものとされなければならない。

こうしたすべてが、この長編小説を追考し追感する読者にはじめて明確となるのは、もちろん、この長編小説がゲーテ自身を描出することによってその本来のクライマックスに達したときである。ゲーテから他の人々に移行し、われわれがリーマー、アデーレ・ショーペンハウアー、アウグスト・フォン・ゲーテの語りにおいて感じる様々の光線が、このゲーテの大きな独白において、はじめて一つの焦点に収斂する。この再統一は、ただ単に理論的あるいは芸術的意味において、ゲーテ像を仕上げ完成させるだけではない。ゲーテの現実存在の全体にたいする感情もまた、今や新たな意味においてわれわれの内に呼び起こされ、それは、この全体がわれわれの前に広がれば広がるほど、ますますもって強さと深みを得ることになるのである。しかしこうした深みが、われわれに開かれれば開かれるほど、それだけいっそうゲーテの存在と活動における悲劇的なものもわれわれに明らかとなる。なるほど確かに、いかなる情熱的な激情もこうした記述に混入されない。一切の激越な、それどころか大仰な言葉は遠ざけられる。思想の静かな流れや、霊の織り成す充実した情景は、[*41]ほんの稀にしか壊されたり曇らされたりしない。そうした曇りがはじまる所で、直ちにそれは回復を見る。ゲーテ自身が、彼の現実存在と活動を、内的な自己再生の絶えず新たにされた過程として感じた。こうした自己再生を確信していたが故に、彼には本来、いかなる解決できない悲劇的な葛藤もなかった。「私は、悲劇的な詩人に生まれついてはいない」――と彼は、生涯の終わりに、ツェルターに宛て書いている――「私の本性は、融和的だから。したがって、本来、そもそも融和が不可能であらざるをえないような純粋に悲劇的な出来事に私は関心を持つことはできません。[*42]」ゲーテは繰り返し、こうした融和を欲しそれを自分に要求した。しかしながら、トーマス・マンが彼の長編小説において企図している形象においてわれわれは、ほとんど痛ましいまでにはっきりと、この目的は本来、到達し得ないものであったということを、またなぜそうであったかということを感じる。ゲーテはここで、彼の最も身近の環境世界の只中に身を置き、その世界と幾重にも様々の糸で結び合わされている。しかしそれにもかかわらず彼は、彼の人間的、また精神的存在の全体において依然として一人である。彼は、一人で悲劇的偉大さならびに孤独のうちにある。こうした孤独を創りあげたのは、彼の意志ではない。ここに支配しているのは、単純で厳しい容赦ない必然性である。ゲーテ自身、こうした必然性をしばしば感じ、明確に語った。「はじめのうちは、私の思い違いによって、私は人々にとってわずらわしい存在であった、」――と彼は、かつて自伝的な回顧録で語っている――「その後は、私の真面目さによる。私は私の思い通りに振舞いたかった、そんなわけで私は一人であった。[*43]」

したがってワイマルを訪問したロッテのゲーテとの出会いも、トーマス・マンによって語られる形式においては、なんら単なる個別的な体験を意味してはいない。それは、単なる「エピソード」、足早に過ぎ去るものであるのではなく、われわれはそこにゲーテの現実存在において繰り返し回帰する恒常的なものを認めなくてはならない。この本の終わりにおいてはじめて、もちろんのことながら読者にこうしたことが完全に理解できるようになる。ロッテが一瞬高揚した感情で、ゲーテの馬車に乗って芝居見物から帰ってきた時、彼女は突然、ゲーテが具体的にすぐ身近にいるのを感じる。彼女は、彼が彼女の傍らに座っているのを見る。そして彼女は、ゲーテと最後の長い別れの対話を行う。ここでとうとう、すべての仮面、すべての分け隔ては取り払われる。ここで記述される対話は、現実の人間どうしの現実の対話であってはならない。それは、詩人がわれわれの前に打ち立てる、大きなヴィジョンのようなものである。それは、出来事の究極の解釈であり、それを手がかりに、この出来事の本来の意味がわれわれに感じられるようになるのである。われわれに述べられるのは、ロッテの精神に起る大きな変化、心的な急転である。われわれは、この急転を、ただ単に追感するだけでなくそれを彼女と共に遂行しなくてはならない。ロッテがゲーテとおこなう最後の二人の対話において、彼女はゲーテをはじめて理解しはじめる。彼女は、彼をただ単に外部から見ているのではない、彼をただ単に見ているだけではない、彼女は、彼の本質ならびに彼の生の形式にたいしていわば明敏になりはじめる。彼女は、これまで朧にしか感じなかったものを認識する。こうした認識によって彼女は、彼女に起こったことを、彼女が逆らう偶発的なことならびに恣意的なこととはもはや感じない。彼女は、ここに支配している必然性を把握し、この必然性の前に身をかがめる。彼女は深い悲しみに沈み、ゲーテと別れる。しかしこの悲しみは、もはや個人的苦渋のいかなるものも含んではいない。

読者もまた――私が、トーマス・マンの意図を正しく解釈するならば――理解するというこの感情を、自己の内にはぐくみ育てゆっくりと成熟させるべきである。こうして初めて読者にとって、この小説の本来の「精神的な」意味が汲みつくされ得る。ゲーテをロッテから分かつ、また分かたなくてはならないものは、詩人が詩人として、ただ単に他人の生だけでなく、自分自身の生に対処する特殊なあり方なのである。ゲーテが語る最後の言葉において、詩人の生の感情と時の感情の特殊性についての予感がわれわれを捉えることとなる。時は、詩人にとって、日常の生活におけると同じ構造を持たない。時の行き来、その持続と滞留は、別の明確にし難い、理解し難い法則に従っている。「われわれが自然から見て取るものは」――とゲーテは、青春時代に、美術についてのズルツァーの著作の批評において記している――「力を飲み込む力である。何ものも現前せず、すべては移ろいゆく、数知れぬ芽が踏みにじられ、瞬時にまた産み出される。偉大にして意味深く、限りなく多様であり、美と醜、善と悪、すべてが同じ権利を持って並存している。芸術は、まさに反対行動であり、全体の破壊的な力に対し自己を保持しようとする個人の努力から生ずる。[*44]」芸術家がこうした自己保持にいかにして成功するか、芸術家が時の破壊的力に対抗して、いかにして瞬間に持続を与えることができるか。[*45] 現実の出来事の流れを、彼は阻止することはできない。物理的有機的過程としての年齢に力を及ぼすことはできない。しかし彼は、時のこうした力がなんら及び得ない別の領域にいる。彼は過去を呪縛し形象とし、それによって過去に確固とした持続的形態を与えることにより過去を保持する。「過去を形象に変えること」、生そのものを形象にすること、このことがゲーテには彼の詩作の本来の意味であるように見えた。[*46] 形象生成のこのような過程は、詩人にとって自由に処置可能な恣意的なものではない。彼は、創造する者自身にとってほとんど把握できない固有の法則に従って行き来するのである。ひとたびこうした過程に入り込んでそれを通じて形態化されたもの、それは永久に存続し続ける。こうしたものの外部にあるもの、それは時の客観的力に負け、消え去らなければならない。こうして真の詩人にとっては、結局、彼の現実存在ならびに生の全体は、こうした不断の内的な形象ならびに形態の変化となる。それは移ろい行く、そしてこの移ろい行く無常性においてはじめて比喩となりうる。[*47] この比喩は、物理的事物的存在を取りはじめるやいなや、行動し語り始めるやいなや、それ本来の最深の意味を失ってしまう。ゲーテが、トーマス・マンの詩作において、ロッテの再来にあって経験することは、まさしくこのことである。ゲーテが、アウグストからロッテの来訪を伝えるメモを渡された時、彼は最初は、この訪問に対して無愛想な険しい態度をとる。しばしの間彼は、一切のいたわりと忍耐、そしてすべての人間的な同情心さえも失う。こうした過去と現在の混交は、彼にとっては幽霊まがいの性格をもつ。「これは、詩においては、たしかに実にすばらしい効果を持つが、現実においてはやはり不安を引き起こすようなものを持っている。」詩においては、現実の生に拒まれている一種の繰り返しが支配している。ここでは、生涯の時期のあらゆる対立を廃棄し克服する真の再生が生じる。この意味では、ヴェルターの時代は、決して消えてもいないし失せてもいない。彼は今なお、まさしく『西東詩集』において、この時代の限りなく幸せな更新を自らの内に体験した。『西東詩集』と『ヴェルター』は、彼にとって兄弟である。つまり、「違った段階にある同じもの、昂進されたもの、浄化された生の繰り返し」である。繰り返しゲーテの生涯において、ヴェルターの姿が、こうした意味で再来し、高齢になるまで彼に伴っていた。『ヴェルター』の五〇年後『マリーエンバートの悲歌』を詩作した時、再度、ヴェルターの「痛ましい影」が彼の前に立ち現れた。彼は、深く心の奥まで揺り動かされるのを感じた。

「汝は、なお人生の朝まだきに生きているようだ、

あのころは、同じ野の上の朝露がわれわれを爽やかにし、
昼の歓迎すべからざる骨折りの後、
沈みゆく太陽の最後の光が、われわれをうっとりさせた、
留まることを選んだのは私で、別れを汝は選んだ、
まず、汝は去った、——だが多くを失ったわけではない。[*48]」

これは、生の領域にではなく、詩作の領域に属する永遠の再来である。生は、ただ単に回想の力だけでなく、忘却の力をも持たなくてはならない。過去の重荷を押しのけてくれる贈り物が与えられなかったなら、つまり「エーテルのレーテの流れが、一呼吸ごとに、人間の本質の全体に浸透」しないなら、人間とは一体なんであろうか、とゲーテは、ツェルターに宛てて書いている。この「エーテルのレーテの流れ」をゲーテは、絶えず飲まなくてはならなかった。というのもそうしてのみ彼は、生き生きと生産的に身を保持することができたからである。「このような高度の神の贈り物を、私は昔から尊重し、使用し、高めることができました」と彼は書いている。[*49]ロッテの再来は、彼にとってこうした神の贈り物を台無しにしかねなかった。というのも、具体的な再来は、精神的理念的更新の過程を中断し阻止するからである。したがって彼は、こうした再来に対して内的に抵抗しなくてはならない、それも気まぐれや恣意からではなく、内的な必然性からである。女主人公とそしてまた読者に、この必然性を理解させ、そうすることで一回限りの出来事を普遍的なものの領域に移すこと、つまりゲーテのオルフォイス風の『原詞』の表現を借りれば、「テュケー」を「アナンケー」に、偶然を必然に変える、[*50]ということをもってトーマス・マンの長編小説は終わっている。

コロンビア大学にて

原注

(1) カッシーラー教授は、この年(一九四五年)四月一三日にニューヨークで突然亡くなった。この論文は、イエテボリで書かれ、その後保管され、トーマス・マンに六五歳の誕生日に進呈された。最近著者は、この論文にさらに専念し、多少短くしてコロンビア大学の〈German Graduates Club〉で講じる準備をしていたが、その矢先に身罷った。この論稿は、最後の仕上げを為されていないが、この有名な哲学者の思考過程ならびに様式に独特のものであるが故に、印刷に付されないわけにはいかないであろう。編者は、トニー・カッシーラー夫人に、公表のしかるべき許可を与えてくださったことにたいし感謝する。

訳注

＊1 ゲーテ『西東詩集』、『歌人の書』ハンブルク版ゲーテ全集、二巻、九頁参照。
＊2 ゲーテ『詩と真実』七章、ハンブルク版ゲーテ全集、九巻、二八三頁参照。
＊3 ゲーテ『若い詩人のために、更に一言』ハンブルク版ゲーテ全集、一二巻、三六一頁。
＊4 ゲーテの詩『パラバーゼ』ハンブルク版ゲーテ全集、一巻、三五八頁参照。
＊5 ゲーテ『箴言と省察』Nr. 657(ハンブルク版ゲーテ全集、一二巻、四一三頁、Nr. 356)参照。
＊6 ゲーテ『年代記録』一八一一年、ハンブルク版ゲーテ全集、一〇巻、五一〇頁参照。
＊7 ゲーテ『内視的色彩』アルテミス版ゲーテ全集、一六巻、七七七−八二〇頁参照。ゲーテの「色彩論」における「内視的色彩」への重要な展開は、一八一〇年の『色彩論』以降、トーマス・ヨハン・ゼーベック(一七七〇−一八三一)との交際に依るところ大である。
＊8 ゲーテの詩『内視的色彩』アルテミス版ゲーテ全集、一巻、五二七頁、また、アルテミス版ゲーテ集、一六巻、八二二−八二三頁。因みに、ここに引用されているのは、ゲーテの詩『内視的色彩』全六詩節のうち第二、第三、第五詩節であ

る。

＊9　ゲーテ『内視的色彩』アルテミス版ゲーテ全集、一六巻、八〇四頁参照。

＊10　ゲーテ『繰り返される反映』ハンブルク版ゲーテ全集、一二巻、三二三頁（因みにアルテミス版ゲーテ集、一六巻、八二二頁）。

＊11　ゲーテのミュラー長官宛手紙、一八二八年五月二四日、ハンブルク版ゲーテ全集、一二巻四八－四九頁参照。

＊12　ゲーテ『色彩論』講述編、七三九項、ハンブルク版ゲーテ全集、一三巻、四八八頁参照。

＊13　ゲーテ『対話録』一八二三年一一月四日。

＊14　ゲーテ『ファウスト』四七二八－六五六五行参照。

＊15　ゲーテ『箴言と省察』Nr. 415（ハンブルク版ゲーテ全集、一二巻、四〇七頁、Nr. 304）参照。

＊16　ゲーテ『類稀な機知に富んだ言葉による意義深い助成』ハンブルク版ゲーテ全集、一三巻、三七頁参照。

＊17　ゲーテ『詩と真実』一三章、ハンブルク版ゲーテ全集、一〇巻、五八七－五八八頁参照。

＊18　エッカーマン『ゲーテとの対話』一八二五年一月一八日参照。

＊19　ゲーテ『ファウスト』二二〇－二二一行参照。

＊20　ゲーテ『箴言と省察』Nr. 494（ハンブルク版ゲーテ全集、一二巻、三九三頁、Nr. 203）参照。

＊21　ゲーテ『ヴィンケルマンとその世紀』ハンブルク版ゲーテ全集、一二巻、九六－一二九頁参照。

＊22　ゲーテ『繰り返される反映』八項、ハンブルク版ゲーテ全集、一二巻、三二三頁（因みに、アルテミス版ゲーテ集、一六巻、八二一頁）参照。

＊23　注＊8参照。

＊24　ゲーテの詩『西東詩集』ズライカの書、『再会』、ハンブルク版ゲーテ全集、二巻、八三頁参照。

＊25　レッシング『古代芸術に関する書簡』五七書簡参照。

＊26　シラー『理想と人生』第九詩節、ハンザー版シラー全集、一巻（Friederich Schiller: Sämtliche Werke, Bd. 1, München 1965.）、二〇三頁参照。

＊27　ゲーテ『単純な模倣、マニール、様式（Stil）』ハンブルク版ゲーテ全集、一二巻、三〇－三一頁参照。

＊28 ［ヨハン・シュテファン・シュッツェ（一七七一－一八三九）『宮廷顧問官夫人ショーペンハウアーの夜会、一八〇六－一八三〇』(“Die Abendgesellschaften der Hofräthin Schopenhauer, 1806-1830”, 1840 in: Weimar Album zur Säcularfeier der Buchdruckerkunst)；シュッツェの『明朗な時間』(“Heiter Stunden”, 1821-23) をも参照。］

＊29 ゲーテ『箴言と省察』Nr. 314（ハンブルク版ゲーテ全集、一二巻、四七一頁、Nr. 752）参照。

＊30 ゲーテの詩『エピレマ』ハンブルク版ゲーテ全集、一巻、三五八頁参照。

＊31 ゲーテの詩『確かに』ハンブルク版ゲーテ全集、一巻、三五九頁参照。

＊32 ゲーテの詩『温和なクセーニエⅥ』アルテミス版ゲーテ全集、一巻、六六四頁参照。

＊33 ゲーテの詩『典型』アルテミス版ゲーテ全集、一巻、五三九頁参照。ゲーテの詩では、「手」(Hand) ではなく、「皮膚」(Haut) である。次の件も、「手」(Hand) ではなく、「皮膚」(Haut) とすべきである。

＊34 ゲーテ『箴言と省察』Nr. 251（ハンブルク版ゲーテ全集、一二巻、四一二頁、Nr. 351）参照。

＊35 ゲーテ『分析と統合』アルテミス版ゲーテ全集、一六巻、八八九頁参照。

＊36 ゲーテの詩『温和なクセーニエⅢ』アルテミス版ゲーテ全集、一巻、六二九頁参照。なお、カッシーラーの引用では、一行目が、“Was auch in Wahrheit oder Fabel” となっているが、ゲーテの原文は、“Was auch als Wahrheit oder Fabel” である。訳は、ゲーテの原文に従った。

＊37 レッシング『寓話論』(“Abhandlungen über die Fabel”, Lessings Werke in 3 Bänden, hrsg. von K. Wölfel, Insel Verlag 1967, Bd. 2, S. 23.) 参照。

＊38 プラトン『饗宴』223d 参照。

＊39 プラトン『ピレボス』50b 参照。

＊40 ゲーテ『詩と真実』一四章、ハンブルク版ゲーテ全集、一〇巻、三五頁参照。なお本訳書三〇四頁参照。

＊41 ゲーテ『ファウスト』五二〇－五二一行参照。

＊42 ゲーテのツェルター宛手紙、一八三一年一〇月三一日、ハンブルク版ゲーテ全集、四巻、四五八頁参照。

＊43 ゲーテ『自伝的断片』ハンブルク版ゲーテ全集、一〇巻、五三一頁参照。

＊44 ゲーテ『ズルツァーの「美術」』ハンブルク版ゲーテ全集、一二巻、一八頁参照。

＊45　ゲーテの詩『神的なもの』ハンブルク版ゲーテ全集、一巻、一四八頁参照。
＊46　ゲーテ『詩と真実』七章参照、ハンブルク版ゲーテ全集、九巻、二八三頁参照。
＊47　ゲーテ『ファウスト』一二一〇四－一二一〇五行参照。
＊48　ゲーテの詩『マリーエンバートの悲歌』ハンブルク版ゲーテ全集、一巻、三八〇頁。
＊49　ゲーテのツェルター宛手紙、一八三〇年一月一五日、ハンブルク版ゲーテ書簡集、四巻、三七二頁参照。
＊50　ゲーテの詩『原詞、オルフォイス風』ハンブルク版ゲーテ全集、一巻、三五九－三六〇頁参照。

ゲーテとカント哲学

ゲーテのエッカーマンとの対話の中には、伝記的にも精神史的にもこの上なく重要なものでありながら、これまでゲーテ研究によってほとんど注意されなかった、あるいは少なくとも未だにまともに説明されていない注目に値する意見がある。それは、ゲーテのカントの哲学にたいする関係に関するものである。

「カントは」――とゲーテは語った――「私に注意を払わなかった。私は自己の本性から、彼と似た道を歩んでいたのであるが。私はカントについて幾許かを知る前に『植物のメタモルフォーゼ論』を書いた。しかしそれは、彼の学説の意味において書かれている。[(1)]」

「この謎めいた言葉は、何を意味しているのか[*1]」とわれわれは、この箇所を読むと、ファウストと共に問いかけたい誘惑に駆られる。それは大きな逆説を含んでいる。ゲーテの『植物のメタモルフォーゼ論』は、カントといかなる関係にあるのか。自然についての彼の理解と考察がカントの学説と一致している、とゲーテはいかにして言うことができたのか。一見したところ、われわれはここにいかなる親和性も発見することができない、われわれには、この上なくはっきりした対立しか見えない。この対立は、二つの言葉で表現されうる。つまり数学という言葉と、ニュートンという名前である。カントは、純粋理性の批判者となる前に、ニュートンの研究を手始めとした。彼の最初の比較的大きな著作である『天体の一般自然史と理論』は、ニュートンの思想の拡大、補足、一般化を行おうとしている。カントは、彼の形而上学においてもこの道からそれることは決してなかったのである。「形而上学の真の方法は、ニュートンが、自然科学に導入し、そこできわめて有用な結果を生んだ方法と基本的には同じである」とカントは明言している。この判断は、カントの批判期以前のものである。これは、ベルリンのアカデミーの懸賞問題にたいする、形而上学的科学の明晰判明、明証性についての彼の解答に見出せる。[2] しかしその後もカントは、この判断を堅く守り続けた。自然論は、彼にとって数学的自然論であったし、その後も変わらなかった。「私が主張したのは」——と彼は一七八六年にも、彼の著作『自然科学の形而上学的基礎論』の序言に書いた——「どの特殊自然論においても、そこに数学が見出されるだけ本来の科学が見出されるということである。……特定の自然物についての純粋な自然論は、数学によってのみ可能である。……したがって自然論は、数学がそこに適用されうるだけ本来の科学を含むことになる。[3]」

　これは、ゲーテの自然理解に対して、これ以上考えられないほどに際立って対立している。ゲーテの自然論は、ニュートンならびにニュートンの物理学に対する、唯一、永続的な戦いであった。ゲーテの生涯において、この戦いはますます先鋭化し、結局のところ悲劇的とも言えるほどに激化するに至った。ゲーテは、この戦いにおける同志を求めて、哲学者、物理学者、生物学者と、いたるところを見回したが、ほとんど一人も納得させることはできなかった。彼はここでは一人であった。この孤独が、ますます彼の憤慨を募らせた。しかしこの戦いにおいてカントは、彼にとって何を意味し得たのか。つまり、ニュートンの弟子であり哲学的解釈者であるカント、ニュートンの自然科学の論理的諸条件を批判的に探求することを自分の目標に据えたカントは、何を意味し得たのか。カントは、自然論に数学を完全に浸透させることを要求した。ゲーテは、このような浸透を激しく拒否した。「物理学と」——とゲーテは語っている——「数学とは別個のものとされなくてはならない、前者は、（数学からの）決定的独立性をその本質とし、愛し崇拝する敬虔な力のすべてをもって、自然ならびに自然の聖なる生の中へと入り込もうとしなくてはならない。その際数学の側から為されることには、完全に一切無頓着でなければならない。後者つまり数学は、これに反して、すべての外的なものから独立して自己表明をし、その固有の大いなる精神の道を歩まなければならない。そして、これまでのように現存するものと関わりそれから何かを手に入れようとする、あるいはそれに適応しようとする場合に生ずるよりも純粋に、自己自身の育成に努めなくてはならない。[4]」

ここから明らかとなるのは、ゲーテにとって、物理学からはカントへの如何なる入り口も存在しなかったということである。純粋理性の批判者である論理家カントも、彼に決定的なことは何も提供することはできなかった。ゲーテは、ヘルダーとは違って、カントの基本的著作にたいして大いに賛嘆していたということをわれわれは知っている。そこへ入り込んでいこうとする努力は、彼に欠けてはいなかった。ワイマルに保管されている『純粋理性批判』のゲーテの自家用本は、ゲーテがそれに対して傾注した綿密な研究をわれわれに示している。しかし全体としてこの著作は、シラーにたいして得た意義をゲーテにたいして得ることは決してできなかった。それは、別の思考方式に発しており、ゲーテの生の行程、形成の行程の外にあった。彼自身そのことをはっきりと感じていた。「その入り口は、私に気に入った。迷宮そのものの中へは、敢えて入って行くことはできなかった。ときには詩的才能が、あるいはまた人間悟性が、私がそうするのを妨げた。私は、どこにおいても自分が前より良くなっているとは感じなかった[5]」と、彼は述べている。

したがってゲーテにカントの哲学を認めるに至らしめたのは、結局、妥協に過ぎなかったのか。彼にこのような妥協を強いたのは、シラーとの友情であったのか。長い間、文学史的研究は、そのように判断していた。今日でもなお、これが支配的意見であるように思われる。しかしこうした理解は堅持しがたい。ゲーテに、カントにたいする目を開いたのはシラーではなかった。シラーとの親しい交友のずっと前にゲーテは、カントへの自らの道を見出していた。われわれは、それについての確証を持っている。すでに一七九〇年にケルナーがシラーに宛て、ドレスデンにおけるゲーテの訪問について書いている。「ゲーテは、八日間ここにいました。彼とおおいに生活を共にしました。まもなく前よりいっそう彼に接近することができました。彼は、考えていた以上に腹蔵なく話しのできる人でした。あなたが、われわれの一番の接点はどこであったかを推測することは難しいでしょう。ほかでもありません、カントなのです！『判断力批判』において、彼は哲学のための養分を見出したのです。」（一七九〇年一〇月六日）ゲーテにカントの哲学にたいする理解を開いたのは、『判断力批判』であった。彼がそこにおいて見出したものは、哲学、つまり純粋に理論的な教えである哲学をはるかに超えるものであった。彼自身が、こうした印象を『近代哲学の影響』という論文において、はっきりと含蓄をこめて記述した。「しかし今、判断力批判が私の手許に届いた。このおかげで私は、この上なく喜ばしい一時期を送ることができた。ここに私は、私の最もかけ離れた仕事が並べて置かれ、芸術の成果と自然の成果とが共に同じく取り扱われているのを見た。美的判断力と目的論的判断力とが、相互に照らしあっていた。

私の表象方式は、必ずしも著者に従うことができなかった、つまりここそこに、何かが欠けているように見えた、しかしやはりこの著作の大きな主たる思想は、私のこれまでの創造活動、行為と思考に全く類似するものであった。芸術と自然の内的な生、内部からのその両面的働きが、この書物に明瞭に語られていた。この二つの無限の世界の産物は、それ自身のために存在するはずのものであった。相並んでいたものは、相互に相対してはいても、意図的に互いのために在るのではない。(6)」

この最後の言葉においてわれわれは、カントとゲーテとを結びつける環がどこにあるかを理解する。『判断力批判』の第二部のタイトルは、目的論的判断力批判である。ここでもカントは、厳密な境界規定を要求する。彼は、目的概念を有機的自然科学の考察から決して締め出そうとはしない。彼は、生命現象の純粋に機械的記述を不可能と見做す。「われわれは、有機的本質とその内的可能性を」――とカントは述べている――「自然の単に機械的原理に基づいて充分に知りうることは決してできない、ずっとわずかしか説明できない、このことは全く確かである。しかもまた次のように言うことができる、つまり、意図的になんら整えられていない自然法則に従って、一本の草の茎の産出だけでも理解できるようにするニュートンのような人物が、何時の日にか現れることが可能であるなどという考えを理解したり希望したりすることさえもが、人間にとって意味のないことであり、こうした考えを人間がすることは全く否定してかからなければならない、と。」(7)

しかしカントは、目的概念を自然研究の発見的原理として認めるだけではなく、それをまた、純粋理性の格率とする場合には不可避的なものと見做すが、やはり彼は、目的説明のこれまでの素朴で無批判的形式を激しく拒否する。一八世紀においては、こうした説明方法の力はいまだ破綻をきたしていなかった。文学史家にとってはこうした思考方法は、ブロッケスの『神における地上の喜び』のような著作によっておなじみであった。自然におけるすべては、神の名誉に資する、しかしすべては同時に、人間の目的に資する。すべては、人間のため、人間に役立ち人間を利するためのものである。

しかしわれわれが今日、ブロッケスの書物を読んで苦笑するものは、決して彼に限ったことではない。ブロッケスと同じように、まともな哲学的な思想家たちも語った。たとえば、クリスチャン・ヴォルフも然りである。彼を、カントは『純粋理性批判』の第二版の序文で、「これまでいまだ消え去らなかったドイツの徹底性の精神の創始者」と呼んだ。ヴォルフもまた、合目的性と単なる有用性との間のはっきりした境界をどこにおいても設けていない。

彼のドイツ語で書かれた形而上学、つまり『神、世界ならびに人間の魂、すべての事物一般についての理性的思想』に、ヴォルフは一七二六年、各論である『自然の事物の意図についての理性的思想』を続けた。これは、タイトルが示しているように、「真理の愛好家」に向けられていた。しかし根本においてそれは、別のものである。われわれがここで手にしているのは、哲学者向けの本ではない。一八世紀のドイツの俗物向けのしかるべきハンドブックである。この俗物は、何らかの自然の事物の意図について疑いを持つと、ただちにまともな説明を見出すために、愛好するヴォルフの本を調べさえすればよかった。世界のすべてについて、太陽、月、そして星について、空気と風について、靄、霧、雲、露、霜、雨、雪、そして霰について、説明してもらえるのである。

私はここで、若干の特殊な極端な例を取り出すことで満足する。北極星は何のためにあるのか、とヴォルフは尋ねる。「北極星も、星一般も、……われわれが方向を識るのに役立つ。特に旅行者が、晩や夜に道に迷ったりした場合に役に立つ。同じく、野原や森で急に夜となってしまい、帰り道をみつけようとして方向を見定めなくてはならない人たちの役に立つ」というのがその答えである。

なんと単純でなんと納得が行くもので、なんと啓発的で教訓的であろうか。あるいはまたもう一つ例を挙げる。昼の光はなんの役に立つのか。「昼の光は……われわれに大いに役立つ。というのも昼の光の下ではわれわれは、日々の仕事を快適に行うことができるが、日没後は、部分的には全く、あるいはやはり少なくとも昼ほど快適には行えないし、また技術的に明るくするには若干の費用がかかるからである。」確かにここで語っているのは、一八世紀におけるドイツの教師〈praeceptor Germaniae〉と呼ばれたのも納得し難い人物である。助手ワーグナーのタイプの学者に過ぎない。つまり、夜の仕事机のランプの費用を節約できるがゆえに、仕事机に座り太陽の光を喜んでいる実直な倹約家の教授である。しかしこの教授は、先見の明があり党派的ではない。彼は、夜もまた良い面があることをたいへんよく知っている。「何よりもまず夜は、昼に疲れた人間や動物が、眠りによって元気を回復することができるという明らかな有用性を持っている。だが夜はまた、昼にはうまく行えない鳥や魚の捕獲のようないくつかの仕事の役に立つ。[8]」さてわれわれは今や、太陽、月、そして星が何のためにあるのか、昼と夜が何のためにあるのかを知った！　星は、われわれが家への道を見つけるためにあり、昼は仕事のため、夜は眠りのため、鳥や魚を捕獲するためにある。

こうした俗物の知恵に対する攻撃が、一八世紀には欠けていなかった。ヴォルテールは、彼のこの上なく痛烈で見事な風刺の一つである『カンディード』を書いた。神がわれわれに鼻をつけて創ってくれたのはなんと良いことか、さもなければわれわれはどうやって眼鏡をかけることができるのか、とこの哲学者はこの本の中で解説している。カントは、ヴォルテールのこの言葉を、いわゆる物理・神学的証明を吟味した著作の中で賛同して引用した。[9]しかし彼は、風刺にとどまってはいなかった。彼は目的概念の批判的分析を行い、その性格と限界を規定しようとした。この分析にゲーテは一切の留保条件なしに同意した。というのもゲーテは、一八世紀の通俗哲学者の素朴な目的論についての判断において、カントと最初から一致していたからである。通俗哲学は、彼にとって常に不快なものであった、したがってそれを否定していたカントの哲学に比較的容易に傾倒した、とゲーテはミュラー長官[10]との対話において述べている。ゲーテとシラーの手になる『クセーニエ』の中に、『目的論者』と題する二行詩がある。

「世界創造者は、なんたる尊崇に値しよう、恵み深くも、
コルクの木を創られた時、同時にまたコルク栓も作られたのである！」[*2]

こうした類の有用性の考察に対して、ゲーテは生涯の間、克服しがたい嫌悪を感じていた。「カントが、彼の判断力批判において芸術と自然をはっきり併置し、両者に大いなる原理から目的なく振舞う権利を認めたということは」――とゲーテはある書簡で、ツェルターに宛て書いている――「世界のために、こういってよければ私のために、われらが老カントの際限なき功績です。スピノザが、早い時期にすでに、不条理な目的因に対する私の嫌悪の念を強めてくれていました。自然と芸術は、目的を目指すにはあまりに大きすぎます。そんなことは必要でもありません。いたるところに連関があり、連関こそが生だからです。[11]」

こうしたすべてにもかかわらずわれわれは、まだ考察の入り口、ならびに前庭にいる。というのもわれわれがここで目の当たりにしているのは、否定的契機に過ぎないからである。われわれはゲーテとカントが共に拒否したものを見ているが、両者が共に肯定したもの、両者を積極的に相互に結びつけているものを見ているわけではない。この結びつきは、両者の根本直観における別のより深い関係に基づいている。わたしはここでは、この関係のきわめて簡単な、ほんの概略のスケッチしか試みることができない。はじめて「形態学」という言葉を造り使用したのはゲーテであった。この言葉は、われわれに今日まったく周知のものとなり、一般的な科学の術語となった。しかしわれわれは、この言葉が一八世紀の生物学にとって、如何に重要なまた決定的な方法論上の転換を意味したかをあまりに簡単に忘れてしまう。「形態学」というゲーテの理念をもって、つまり「有機的自然の形成と変成」[*3]についての彼の理解をもって新しい認識の理想が創られていた。ゲーテと共にはじまった植物学の時代がそれに先行する時代にたいする関係は、化学が錬金術にたいする関係に等しい、と近代の植物学者ハンゼンはゲーテのメタモルフォーゼ論について語った。[12]

簡単にまた明確にいえばゲーテは、有機的自然についてのこれまでの発生的考察から、近代の発生的考察への移行を遂行したのである。植物界の発生的考察は、その古典的表現をリンネの自然体系に見出した。そこでは、自然をわれわれの概念の枠組みの中で整え、種と属、科、綱、種等へ分類することに成功したとき、われわれは自然を理解したと信じるのである。しかしゲーテにとっては、そのような処置は充分なものではなかった。彼によればわれわれがここで理解するのは、産物に過ぎず、生の過程ではないのである。この生の過程を彼は、ただ単に詩人としてではなく自然研究者としても洞察しようとした。この生の過程において彼は、最大にして最高のものを見た。ここで彼は、学生の場面におけるメフィストのように考え判断した。

「生命あるものを認識し、記述しようとする者が、
まずもって、精神を追い出そうとする。
そうなると、部分は手にするが、
残念ながら！　精神的絆は欠けていることになる。
これを、〈自然の霊妙な処置〉と、化学は呼び、
自分自身の無能を嘲笑し、それがどういうものかを知らない。[*4]」

ゲーテはリンネの大いなる賛嘆者であった。彼自身の内的形成の歴史に関して、リンネをシェイクスピアとスピノザと並べている箇所がゲーテの著作にあるが、それは確かに、彼がリンネに表明しうる最高の賛辞である。[13]「私が告白しなくてはならないのは」――とゲーテは述べている――「シェイクスピアとスピノザの次に、私にたいする最大の影響力はリンネに発していたということである。しかもそれは、彼が私に要求した対決による。」ゲーテ

が、自己の植物学研究の歴史を述べたすばらしい論文において、彼はこの対決の性格をはっきりと表した。「さて、当時の状況を意識的にはっきりさせなくてはならないとすれば、自分の言葉、自分の表現を、直接そのつどの対象に即して形成し、対象をいわば満足させようとする生まれながらの詩人として私のことを考えられたい。しかしそうした人間に、何らかの形態が現れると、巧みな選択を行い特徴的な表記に適用し整えることができるように、出来上がった術語を記憶し、ある数量の単語や形容語を準備すべきだというのである。こうした取り扱いは私にはいつも、一種のモザイクのように見えた。つまりそこでは、出来上がった部分品を次々にあてがい、たくさんの個々のものから、ついには一つの仮象像を生み出そうとするのである。したがって私にはこの要求は、こうした意味でいわば不快なものであった。(14)」

ここにおいてわれわれは、ゲーテのカントとの関係をはっきりと理解できる箇所にいる。ゲーテは、当時の哲学や生物学において見出した「固定した表象方式」に異議を唱えた。「私が、私の形態学の思想を伝えるとなると」——と彼は『フランス従軍記』で述べている——「やはり残念ながら認めなくてはならなかったのは、すでに在るもの以外には何も生じ得ないという固定した表象方式がすべての人々の精神を占拠していたということである。(15)」彼はこうした表象方式を、完全には拒否しなかった。それは、最も自然のまた最も好都合なもので、それ自体、一七世紀から一八世紀へ、一八世紀から一九世紀へ移行し引き続きそれなりに役に立っており、存在するものを明晰判明に提示してくれようとする、とまで彼の形態学の著作に中で述べている。しかし彼は「永遠なるものを過ぎ去り行くものの内に直観させる」「理念的思考方法」だけがわれわれに与えることができるような補足と深化を要求した。この理念的思考方法についてゲーテは、これだけが人間悟性と哲学とが統合されるしかるべき立脚点へわれわれを高めてくれることができる、(16)と語った。

ゲーテの表現に従えば「この世紀を全く霧のように包んでいた」「固定した表象方式」という鎧を、カントは二つの箇所で突き破った。カントは、自然についてのニュートンの理論と、遠隔作用の諸力へのその還元を認めた。しかし彼は、ただ単に物質の存在だけを記述しようとしたのではない。彼は、物質の生成を理解しようとした。こうして彼は、最初の提唱者の一人として、第一期の原初の霧の状態から現在の形態に至る物質の世界の発展の理論を提起した。彼は、われわれが今日、カント・ラプラスの仮説と呼ぶ学説の創始者となった。

生物学においてカントは、さらに一歩先まで行った。彼は、一般的発展論の課題と目的をはっきりと念頭にしていた。「諸形式があらゆる相違にもかかわらず共通の原像に従い産み出されているように思われる限りにおいて、これら諸形式の類似性は、共通の始源からの産出におけるこれら諸形式の現実の親和性を推測するのを強めてくれる。ある動物ジャンルの他のジャンルへの段階的接近を通じて、つまり目的の原理が最も実証されているように思われるジャンル、すなわち人間からポリプに至るまで、またこのポリプから苔類ならびに地衣類に、そしてついには、われわれの目に留まる最も低い段階の自然のままの物質に至るまで。この物質ならびにその諸力から、（結晶の産出の際の法則に同じ）機械的な法則にしたがって、自然の技術の全体が、——これは、有機体においては、別の原理を考えることを余儀なくされるように思われるほどに把握しがたいものであるが——由来しているように思われるのである。

ところでこうして自然の考古学者には、自然の最古の変革の残されている痕跡から、彼が知っているあるいは彼の推測する自然のメカニズムに従い、被造物の大きな家族（というのも上に挙げた一貫して相連関する親和性が根拠を持つべきであるならば、このように自然を考えなくてはならないであろうからである）を生じさせることが自由に任されているのである。彼は、（いわば大きな動物として）その混沌状態を抜け出てきたばかりの地球という母胎に、まず合目的性の脆弱な形式を持った生物を、そしてまたその生まれた場所ならびに相互の諸関係に一層適応して形成された生物を産ませることができる。そしてついにはこの母胎自体が柔軟性を失い、硬直化し、産みだしたものをそれ以上に退化しない一定の種に限定してしまうであろうし、多様性も、母胎の実り豊かな形成力の活動がやんでしまったときと同じ状態のままに留まるであろう。こうした類の仮説を、思い切った理性の冒険と呼ぶことができる。この上なく明敏な自然研究者でさえも、こうしたことが折々、頭を掠めなかった人はほとんどいないであろう。[17]」

ここにおいてゲーテは、自己自身と、自己の根本確信を再発見することができた。彼の論文『直観的判断力』においてゲーテは、『判断力批判』のこの箇所をはじめて読んだ時、なんと深い喜びを感じたかを記している。「私は」――と彼は述べている――「それでもやはり最初は無意識的にそして内的衝動から、あの原像的なもの、典型的なものへと休むことなく向かっていき、自然にかなった描出を仕上げることにも成功してしまうと、ケーニヒスベルクの老人自身がそう呼んでいる理性の冒険を私が敢行することを何ものももはや邪魔することはできなかった。[18]」

ゲーテの形態学は、彼のメタモルフォーゼの理論において頂点に達する。この理論の詩的描出をゲーテは、二つの大きな教訓詩『植物のメタモルフォーゼ』と『動物のメタモルフォーゼ』[*5]において行った。これらは彼の詩集に見出すことができる。その科学的根拠づけをわれわれは、ゲーテの自然科学の著作の中に探さなくてはならない。ここでは、この根拠づけの個々のものに立ち入ることはできない。ゲーテ自身の精神におけるこの理論の発展の主要段階を、いくつかの含蓄ある例において簡単にスケッチすることで満足する。まずはじめに、シラーとのあの有名な対話を取り上げる。それは、両者の間のより深い精神的接近の始まりをなすものであり、将来の友情のしっかりした基盤となるものであった。この対話についての報告は、ゲーテの論文『幸運な出来事』に見出される。ゲーテとシラーは、イェーナの自然科学会のある講演に同席していた。彼らは偶然、同時に講演会を後にした。講演内容についての対話がお互いを結びつけた。「われわれは彼の家のあたりにまで達した。対話が、私を家の中へ招き入れた。そこで私は、植物のメタモルフォーゼを生き生きと講じ、いくつかの特徴的な素描をもって象徴的植物を彼の目の前に描いて見せた。彼はこうしたすべてを、大きな関心、はっきりした理解力を持って聴きまた眺めたが、私が話し終えると、首を振って〈これは経験ではありません、これは理念です〉と言った。私は面くらい、多少腹立たしい気持ちであった。というのもわれわれを隔てていた点が、それによってきわめて正確に言い表されていたからである。『優美と尊厳』の中の主張が、また私に思い浮かんだ。昔の憤懣がまた盛り上がってこようとした。しかし私は気を落ち着けて、〈私が、それを知ることなしに理念を持ち目で見てさえいるということは、私にとってたいへん好ましいことでありましょう〉と答えた。

　私よりも遥かに世故にたけ生活の術を心得ており、彼が出版しようとしていた『ホーレン』誌のために、私を突き放すというより引き寄せようとしていたシラーは、それにたいして教養あるカント学派として答えた。そして私の頑固なリアリズムが、生き生きとした抗弁のいろいろなきっかけとなった時、盛んに論争がなされたがまた静かになった。両者のいずれも、自分が勝者であると思うことはできなかった。両者は、自分を打ち負かされ難いものと思った。以下のような発言は、私をまったく惨めにした。〈理念にぴったりする経験が、どうしたらあり得るのでしょう。というのも理念の特性は、決して経験がそれに一致し得ないというところにその本質があるのですから。〉私が、経験として語ったことを、彼が理念と見做したが、やはり両者の間には、何らかの仲介、関係が在るにちがいなかった！　最初の一歩は、しかしなされていた。シラーの引きつける力は強く、彼に近づいた者すべてをしっかり摑んでいた。彼の意図するところに賛同し、私の手許で公けにしていなかったものをいろいろとホーレン誌に載せることを約束した。私が、彼女の幼少のころから敬愛していた彼の夫人も、われわれの理解が持続するためになすべき貢献をしてくれた。両者の側の友たちが皆喜んでくれた。こうしてわれわれは、客観と主観との間の、最大のひょっとしたら決して完全には調停されえない張り合いを通じて、中断することなく続き、われわれならびにほかの人たちにいろいろと良い影響を及ぼした絆を確かなものとしたのである。(19)」

　われわれが今日、シラーとの対話についてのゲーテの報告を読むと、両者の間にあった誤解を解き明かすことは難しくはない。ゲーテには、彼のメタモルフォーゼの理論をもって、生物学を、経験的に維持できる信頼のおける新しい根底の上に打ち立てたという確信があった。ところで、シラーが、原植物は経験ではなく理念であるといった時、それは、ゲーテに奇異な感じを抱かせ、彼を傷つけないわけにいかなかった。というのも彼はそのことによって、彼の根本思想の経験的に客観的な意味が疑問視されているのを見たからである。しかしこのことは、確かにシラーの意図するところではなかった。彼は、「教養あるカント学派」として語った。カントの体系において理念は、プラトンの場合と違って、経験に相対し経験の外にあり経験を超えた何ものかではない。理念はむしろ、経験の過程自体の一契機、一要素である。決して自立し他と切り離された存在論的存在ではない。しかし理念は、経験の使用自体にとって必要不可欠で、それにはじめてその完全性その体系的統一をあたえる統制的原理である。

　カントの体系における、理念と経験との関係、構成的諸条件と統制的原理との関係、悟性概念と理性概念との関係は、きわめて厄介で複雑である。私は、こうした複雑な関係にここで更に立ち入ることはできない。そんなことをすればわれわれは、カントの学説へたいそう深く入り込み、厄介極まりないカントの術語に巻き込まれることになるであろう。一つのことだけを指摘しておくことができる。つまり、ゲーテ自身は比較的高齢になって、こうした問題においてもカントと一致することができる点に到達したのである。彼がイタリアではじめて原植物の考えを明確にした時、彼にとって原植物は、事実として現存するもの、具体的に存在するものを意味していた。彼は、原植物を捜し求めていた。そして彼は、いつかそれを見つけ出せるであろう、と確信していた。つまり、ヴェネツィアの砂州を散歩して、人間における顎間骨論のための確証を見出したのと同じように。ゲーテはある朝、ナウシカの詩作のかねてからの計画に没頭しようとしてパレルモの公立植物園の方へ足を運んでいた様子を、彼自身、『イタリア旅行』の中でわれわれに語っている。「しかし、あっという間もなくすでにこの頃私の後をこっそりつけてきた別の幽霊が私を捉えた。私がふだん、鉢やつぼの中だけでしか、それどころか一年の大部分ただガラス窓の後ろでしか見慣れていないたくさんの植物が、ここでは新鮮に楽しげに広い空の下に立っている。それらはそれらの使命を完全に果たすことにより、われわれにとってより明瞭なものとなる。このようにたくさんの、新たな、また新たにされる形象を前にして、こうしたたくさんの植物の中に原植物を発見できはしまいか、という古くからの気まぐれがまた起こってくる。……わたしの良き詩的な企ては、潰えていた。アルキノウスの園は消えうせ、世界庭園が開かれていた。(20)」

後にゲーテは、原植物について違った考えを持つようになった。彼はもはやそれを、目で見、手で摑むことができることを希望しなかった。しかし彼の原植物の理論の価値は、彼にとってそれによって減じられることも問題視されることもないように思われた。今や彼は、原植物を理念と呼ばれても、もはやそのことを不快に思いはしなかった。彼自身がそう呼んだのである。彼はさらにもう一つの表現、真にゲーテ的で意味深い表現を用いる。つまり彼は、原植物を、象徴と呼ぶのである。「メタモルフォーゼの根本原則を」――とゲーテは、一八三〇年のミュラー長官との対話で述べている――「あまりに広く説明しようとしてはならない。つまりそれは、理念と同じように豊かで生産的であるというなら、それが最善である。」[*6]ゲーテは、一八一六年に『植物のメタモルフォーゼ論』の新刷をツェルターに送った時、この著作を、象徴的にのみ受け取り「常にそこに、自己自身から絶えず歩みつつ発展する何か別の生けるものを考える」[(21)]ように勧めた。

メタモルフォーゼ論自体が、時の経過の中で蒙ったこうした精神的変化の際に、カントの影響がある種の役割を演じていたのかどうか、シラーとの親密な交流と、彼とのあの最初の対話の回想が共に働いていたかどうか、これをわれわれは決する必要はない。私の見る限り、このことにたいする最終的な記録的証拠はない。しかしそれは、少なくとも非常にありそうに見える。カントの老齢のゲーテにたいする影響は、ますます強く見紛うことなきものとなってゆくからなお更である。レッシングとヴィンケルマンからは青春時代に、カントからは年老いて影響を受けたことは、彼の人生において大きな意味を持った、[(22)]とゲーテ自身がエッカーマンに語っている。われわれが、彼の哲学的、倫理的、自然科学的根本直観の発展について知っているすべてが、こうした発言を実証している。

ゲーテは、独断的形而上学についてカントと同じように考えていたがゆえに、カントは、ゲーテにこうした影響を及ぼすことができた。彼のスピノザ主義もその邪魔をしなかった。というのも、スピノザがゲーテの思考や感情にたいして及ぼした影響は、形而上学的なものというよりはるかに倫理的なものであったからである。彼自身が、スピノザにおいて見出したものを『詩と真実』の中でわれわれに述べている。「ところで、ここでもまた見誤ってほしくないのは」――とゲーテは語る――「本来、内奥の結びつきは、相対立するものからのみ結果として生じるということである。すべてを調停するスピノザの静謐さは、私がすべてを掻きたてようとするのと対照的である。彼の数学的方法は、私のポエーティッシュな性向や描出の仕方の反対である。人が、倫理的対象にふさわしくないと見做したがる規範的行動方式が、私を、彼の熱烈な弟子、断固たる崇拝者にした。[(23)]」

これにたいして、ある特定の宗教的神学的あるいは形而上学的体系にたいする独断的な告白をゲーテに期待し要求すると、彼はほとんど常に、また往々にしてまことに無愛想に拒否した。このことのために、青春時代の多くの友人たち、ラヴァーターや、フリッツ・ヤコービのような人たちとはっきり訣別するに至ったのである。一七八六年に、フリッツ・ヤコービはもう一度最後の試みをした。つまり彼は、ゲーテに、出版されたばかりの彼の本『神的事物とその啓示について』を送った。その返事においてゲーテは、すべての独断的なものにあからさまに反対した。「君の本を」――とゲーテは書いている――「私は関心を持って読んだが、喜びをもってではない。君にはうらやましいものがたくさんある。家、中庭、また、ペンペルフォルト、財産と子供たち、姉妹と友たち……。しかしその反面、神は、形而上学をもって君を懲らしめ君の肉体に棘をおいた。私のことは、物理学をもって祝福してくれた。神の作品を直観することが私にうまくゆくようにするためである。しかし神はその作品のほんのわずかしか私に与えてくれようとしないのであるが。[24]」

これは、ゲーテの変わることのない精神的態度であった。生の秘密を彼は、解き明かそうとはしなかった。彼は、生の限りなく豊かな形象を楽しんだのである。こうして、生を象徴において記述することで、彼には十分であった。彼にとって原植物も、そのような象徴となった。「神的なものと同一である真なるものは」――とゲーテは、『気象学の試み』の中に書いている――「決してわれわれには直接認識され得ない。われわれはそれを、反映、例証、象徴において、個々のまた類似した現象において直観するにすぎない。われわれはそれを、把握し難い生であると認めるが、やはりそれを把握したいという願いを禁じ得ない。[25]」ここにおいてわれわれは、カントとゲーテとの間にはいかなる矛盾対立も存在しなかった点に達する。

カントが、『純粋理性批判』の中でなそうとしたことは、純粋理性の限界の規定であった。彼はこの課題を、論理的手段をもって解決しなくてはならなかった。彼は、知を、その最も固有の領域、可能な経験の領野、ならびに倫理性の原理へ限定した認識批判者として語った。こうしたことのすべてをゲーテは無条件で認めることができた。すべての思想家のうちでカントが、論争の余地なく最も裨益したのは、彼が人間精神がどこまで達しうるかの境界を定めたことによる、また彼は、解き難い問題をそのままにしておいた、とエッカーマンに述べている。(26) ゲーテの内にも同じ意識が生きていた。しかしゲーテは、芸術家として感じまた語った。ゲーテは、『人間の限界』*7 というタイトルをつけたすばらしい頌歌を詩作した。

「というのも、人間は誰しも、
神々と、
競ってはならないのだから。
上へと昇り、
頭が、
星々に触れても、
不確かな足底の、
置き場はどこにもなく、
これと戯れるのは
雲と風。
……

何が、神々と
人間とを分かつのか。
たくさんの波が、
神々の前で、変容するが、
あるのは永遠の流れ、
波は、われわれを乗せ、
呑み込む、
そうして、われわれは沈みゆく。」

これは、ゲーテの自己謙譲ならびに自己限定である。しかしこれは、彼を決してペシミストにはしない。というのも人間の現実存在の有限性への洞察は、この現実存在の無価値の思想と同意ではないからである。同じように、純粋理性の批判者であるカントも懐疑論者にはならない。「純粋理性の幼児期を特徴づける純粋理性の用件における第一歩は」――とカントは述べている――「独断的である。……第二歩は、懐疑的で経験によって賢くなった判断力の用心深さを証明している。だがしかし、確固としたその普遍性に基づき証明された格率を根底に持つところの、成熟した成人の判断力にのみ帰属する第三歩がさらに必要である。……これによって、単に制限ではなく、理性の特定の限界が、単にあれやこれやの部分にたいする無知ではなく、ある様態についての可能な問いのすべてに関する無知が、単に推測されるだけでなく原理的に証明されるのである。(27)」

こうした「成熟した、成人の判断力」をゲーテは、特に比較的高齢になって所有した。「探求しがたいものを想定することは」――とゲーテは、地質学のある論文の中で述べている――「人間にまったくふさわしいことであるが、人間の研究にはいかなる限界も置いてはならないというのがわれわれの意見である。[28]」ゲーテに拠れば、思考する人間の最高の幸せは、探求できるものを探求したこと、そして探求し難いものを静かに崇めることにある。[29] そのようにカントもまた、考え感じていた。彼にとって超感性的なもの、「叡知的な」世界への鍵は、理論理性にではなく実践理性にあった。しかし定言的命令についてさえ彼は次のように述べている。われわれは、たしかにこの実践的で無条件の必然性を把握しないが、「われわれはやはり、その把握し難さを把握するのである。これが、人間理性の限界に至るまで原理的に努力する哲学に要求されてしかるべきことのすべてである。[30]」

　こうした基本的成果においてゲーテとカントは、両者の本性のあらゆる相違や対立にもかかわらず一致することができた。こうした関係をのぞき見ることをわれわれに困難にしているものは、われわれがここでも相変わらずある種の伝統的で慣例的な概念において考える傾向にあるという状況である。われわれはカントに、抽象的、理論的反省の頂点を見、一方、ゲーテに、シラーの性格描写に従えば「素朴な」詩人と芸術家の典型を見る。しかしこのような図式的対置はここでは充分ではない。たしかにゲーテは芸術家として「素朴」であった。彼は、青年時代から、彼の詩作を「純粋に自然の賜物として」理解することに慣れなくてはならなかったことを『詩と真実』の中で述べている。こうした自然の賜物に勝手に命令を下すことなどできず、それを自由に振舞わせなくてはならなかった。「あなたが詩人だというのなら、ポエジーに号令をかけなさい」*8と言う『ファウスト』の座長の忠告に従うことはできなかった。そうしようとすると、おおむねうまく行かなかったのである。

　しかし研究者ゲーテは、この意味では「素朴」ではなかった。もっともゲーテは、自然研究者としても常に直観的思考家であった。植物学者リンクが、彼の植物のメタモルフォーゼの理論を、抽象的な機械的なモデルを通じて明らかにしようとしたとき、ゲーテはこれを激しく拒否した。「そうした努力においては」——とゲーテは言う——「究極の形象のない洗練された抽象だけが残るに過ぎない。高度に有機的な生が、完全に形式のない形体のない一般的自然現象の仲間になる。」(31) すべての形式のない形態のないものにたいして、ゲーテは内的な恐れを感じていた。目は、——彼が自分自身について語っているように——彼が世界を所有した器官であった。彼は、『ファウスト』の塔守リュンコイスと同じく、「見る（Sehen）ために生まれ、観る（Schauen）ことを任されて」*9いた。もはや見たり観察したりできないところでは、彼はもはや、把握したり理解したりできなかった。これこそが、数学から——特に、ライプニッツやニュートンによって基礎づけられたような分析の近代の形式から——永久に彼を遠ざけたものであった。(32)「私以上に、数をはばかる人はいないでしょう」——とゲーテはかつて、音楽の楽譜を数によって置き換える計画に関してツェルターに宛て書いている——「私は昔から、すべての数の象徴法を……形態なき慰めなきものとして避け遠のけました。(33)」「数は、われわれの貧しい言葉のように」——とまたあるときは、リーマーとの対話で述べている——「現象を把握し表現する試み、永遠に不充分な接近に過ぎない。(34)」この意味においてゲーテは、彼の色彩論を理解し構想した。彼は、そこではシラーに宛て書いたように、形態と色彩によって汲みつくされた目の世界以外の如何なるものも取り上げようとはしなかった。それによって、「すべての論弁的判断は、一種の描出へ(35)」変わる。しかし、ゲーテは単なる論弁的判断に抵抗したが、彼はそれによって決して理論に抵抗したわけではなかった。「最高のことは」——とゲーテは述べている——「すべての事実的なことはすでに理論であるということを、把握することであろう。(36)」

直観と理論との間に、ゲーテは如何なる明確な境界も認めなかった。というのもそのような境界は、彼が研究者として所有していた彼自身の経験に矛盾したであろうからである。彼にとっては、この二つの領域は分けられないものであった。すでに『色彩論』の「緒言」がこうした思想を表現している。「事柄を単に眺めるだけでは」――とゲーテは、そこで述べている――「われわれを先に進めてはくれない。観察はどれも考察へ移行し、考察はどれも思念へ移行し、思念はどれも結合へ移行する。こうしてわれわれは、世界を注意深く眺め入る場合それはどれもすでに理論化しているということができる。[37]」

これは、まったく「素朴」ではない。これはむしろ、現象と理論、「理念」と「経験」の相互関係への研究者ゲーテのきわめて明確な洞察を表現している。「振り子の運動により」――とゲーテは、形態学のための箴言において述べている――「時が統べられ、理念から経験への相互運動により、倫理の世界と科学の世界とが統べられる。[38]」こうした基本的考えにより、ゲーテは、彼が「形象なき抽象」と呼んだものに抵抗したのである。しかし彼が、カントの批判哲学においてきわめて鮮明にまた強度に見出したような分析の精神に対しては、彼は抗弁するを要しなかった。「それにしても、区別し結びつけるということは、二つの切り離しえない生の働きであることを、われわれ各人が述べてほしいものだ。……呼気と吸気のような精神のこうした機能が、ますます生き生きと相互に関連し合うならば、科学とその友たちにとってはそれだけいっそうよい状況がつくられていることになろう[39]」と、ゲーテは、キュヴィエとジョフロア・ド・サン・ティレールの間の論争が生じた一八三〇年のパリのアカデミーの注目すべき会議へのコメントにおいて述べた。

カントは理性の批判者として、論理的形式、経験の認識の原理を探求し、ゲーテは芸術家として、また自然研究者として、「原現象」について語った。この原現象においてゲーテは、限界、思考の限界だけでなく、直観の限界もまた見出した。彼は自然研究者に、この限界を踏み越えないこと、原現象を「永遠の憩いと、栄光のうちにあらしめる[40]」ことを要求した。「われわれが原現象と呼んだものの認識に物理学者が達することができるならば」――

とゲーテは『色彩論』において述べている――「彼は安全であり、哲学者も彼と同様である。物理学者が安全であるというのは、彼は自分の科学の限界に達したということ、つまり自分が経験の高みにおり、そこで省みれば、経験をすべての段階において見渡し、前向きに、理論の国へ入り込めなくともそれを眺め入ることができるということを確信しているからである。哲学者が安全であるというのは、彼は物理学者の手から、彼にとっては今や最初のものとなる最後のものを受け取るからである。[41]」このことがある種の諦念を内包していることを、ゲーテははっきり理解している。しかしこの諦念は彼を驚かせはしない。彼はそこに、実践的なものにおいて倫理的命令として認めたような、不可欠の理論的要求を見た。「私が、原現象において究極的に満足する場合でも」――と彼は述べている――「やはりそれは諦念に過ぎない。しかし、私が人間の限界において諦念するか、私という固陋な個人の仮説的な狭隘さの内部で諦念するかは、依然として大きな相違である。[42]」

ゲーテの芸術観は、カントの芸術観と同じではなかった。ゲーテは、この点では、シラーにより仲介され解釈されたカントの学説に自分がたいへん近いものだと感じていたのではあるが。しかしここでも彼は、カントが差異を求めたのにたいして、はるかに、統一を求めた。ゲーテにとって確かなのは、思考ならびに詩作の天与の賜物は生まれながらの賜物であるということである。科学的研究においても彼は、分析的悟性の必然性に劣らず構想力の必然性を強調した。「そもそも、こうした天与の賜物を持っていない真に偉大な自然研究者などは全く考えられない[43]」とゲーテはエッカーマンに語っている。

「詩人は、生を受けるに過ぎないのか。哲学者の場合も同然である。すべての真理は結局、形成され、直観されるに過ぎない。」

ゲーテとシラーの『クセーニエ』のなかにあるこの二行詩には、「科学的天才」というタイトルがついている。[44]
ここでゲーテは、カントの学説と袂を分かった。というのもカントは、天才を芸術のために残しておいたが、その一方で彼は、天才を科学には認めなかった。科学はカントによれば、別の源を持つ。科学は、経験、観察、数学的演繹に基づき、直観に基づくのではない。天才は、芸術に規則を与える才能（自然の賜物）である。天才は、習得されることもできないし教えられることもできない。それにたいして科学的命題はどれも、特定の学の体系において確固とした位置を占めるのでなくてはならない。それは、客観的に根拠づけ可能で、証明可能でなくてはならない。こうした要求が、科学と芸術を分けるのである。「科学的なことにおいては、もっとも偉大な発明者が、この上なく骨を折っている模倣者や弟子と区別されるのは程度の違いによるが、それに対して自然によって美しい芸術のための才能を与えられた者と区別されるのは、種類の違いによる。[45]」カントによれば、理論的な認識のアプリオリな原理があるのと同じく、趣味判断のアプリオリな原理がある。それにもかかわらず、自然と芸術、真理と美は、区別されたままである。同一の分母で括ることはできないのである。

これにたいしてゲーテにとっては、この二つの領域の間には、どこにも厳密な区別はない。彼のモットーは、「すべての美は真理である」というシャフツベリーの言葉である。美は、ゲーテによれば「秘密の自然法則の表示であり、これは、美として現れなければ、われわれには永遠に隠されたままであったであろう[46]」。自然法則と美の法則は、その根源と意義において相互に分かたれ得ない。自然考察から芸術考察への移行は、ゲーテの精神においてはほとんど気づかれることなく遂行される。彼は、この二つの領域の間を常に行き交い、こうして行き交うことにおいてはじめて完全な満足を感じる。というのもベーコンが語った自然の解釈者は、ゲーテによれば常に理論的であると同時に美的でなくてはならない。「自然がその顕在せる秘密を明かしはじめる者は」――とゲーテは述べ

ている――「自然のもっともふさわしい解釈者である芸術への抗いがたい憧憬を感じる。」(47)

一八世紀の理念史におけるカントの位置は、厄介で複雑な問題をなしている。カントが受けた影響とカントから発した影響は、いまだ決して完全に研究されていないし、またまとめて述べられてもいない。われわれはカントを、彼自身の問題に没頭し夢中になり、外部の世界や時代の諸事件にほんのわずかしか注意を払わない孤独な哲学者、哲学に悩める人として思い描くのを常とする。しかしこのような従来思い描かれた形象は、決して適切なものではない。それは本質的な点において補足と訂正を必要とする。カントが、フランス革命の諸事件にいかに情熱的な関心を抱いたかを、われわれは彼の同時代人の報告から知っている。ルソーが彼の精神的発展に及ぼした深い影響は、われわれの先の研究が明らかにしようとした。カントの外面的な生活は書斎学者であったこと、彼は、彼の故郷の町の壁の外には出なかったこと、このことは真実である。しかしこのことは、彼が当時の精神的な動きに目を開いてついていくことを決して邪魔しなかった。そうした動きの一つとして完全に彼の視野の外にあるものはなかったように思われる。六〇年代にケーニヒスベルクでカントの弟子であったヘルダーは、彼の当時の哲学の授業の生き生きとした特徴的形象をわれわれに描いてみせてくれた。そこからわれわれが知るのは、この授業が決して抽象的問題、論理学や形而上学の問題にだけ限定されているのではないことである。それは、自然科学の根本問題、心理学や人間学へと広がり、同時代の文学も相応の権利を認められた。(48)

もっともこうした関心は、本質的にはカントの前批判期に限定される。その後彼の生涯で最も仕事に明け暮れた時代、つまり『純粋理性批判』を準備する一二年間の間に、そうした関心は次第に静まっていった。カントが知っている一八世紀のドイツ文学は、ヴィーラントで終わりである。ゲーテのことは、『ヴェルター』の作家としてのみ知っていたようである。しかし、受容の時代であるとともに生産の時代でもあり、この二つの力がいまだ均衡を保っていた最初の時期に、カントは様々の刺激を得た。これは絶えず働き続け、ずっと後になってはじめて、彼の中で哲学的実りをもたらしたのである。天才概念に関するイギリス文学を彼は正確に追究し研究した。ドイツではレッシングが、最初に、若い世代との戦い、つまり「天才時代」の理想の文学的代表者との戦いをおこなった。「すべての批判を疑わしいものにすることが」――とレッシングは、『文学書簡』の中で、ゲルステンベルクをあてこすって述べている――「その最善の批判の本質であるような批評家の世代に、われわれ今や遭遇している。天才、天才！と、彼らは叫ぶ。この天才は、すべての規則を無視する。……〈規則は、天才を抑圧する。〉あたかも天才が、世界の何かによって抑圧されるかのようである。さらに彼ら自身が告白しているように、天才に由来するものがそれに加わる。……天才は、すべての規則の試金を自己のうち持つ。天才は、彼の感受したものを言葉に表現する規則のみを把握し従う。言葉に表現されたこの彼の感受したものが、彼の活動を低下させることがあり得るのだろうか。」[49]

レッシングがここでアペルシュの形式で述べていることを、カントは『判断力批判』の中で厳密に体系的形式にし、趣味判断ならびにその意義と妥当性の分析によって証明しようとした。彼にとっても「美しい芸術」は天才の芸術であった。しかし天才は、決してシュトゥルム・ウント・ドラングの意味における無規則、無統制ではない。天才はむしろすべての真の規則の根源であり源泉である。天才は「才能、あるいは生まれながらの心的資質（ingenium）であり、これによって自然は芸術に規則を与える」[50]。こうしたカントの定義にゲーテは、ただ単に哲学史だけではなく一般精神史の重要な方向転換を見た。『詩と真実』においてゲーテは、ただ単に彼自身の生涯を記述しようとしたのではない、またただ単に、彼自身の詩的発展を自分ならびに他の人のために明らかにしようとしたのでもない。彼は同時に当時の知的芸術的形成の全体の歴史を述べようとしたのである。この歴史において彼は、カントに重要なそれどころか決定的な位置を割り当てる。一八世紀の全詩学を支配しそれに刻印した「天才」と「規則」の間の例の論争の批判的調停を、ゲーテはカントの学説に見るのである。「天才という言葉が」――とゲーテは、彼自身の青春時代、つまり「シュトゥルム・ウント・ドラング」の時代について語りつつ言う――「一般的スローガンとなった。……天才とは、行動と行為を通じて法則と規則を与える人間の力である、ということが語られるまでにはまだ長くかかった。当時そうしたことが表明されるのは、天才は、現存する法則を踏み越え、導入した規則を破り、自分は際限ないものだと明言することによってのみであった。……こうして私は、反対の意見の人たちの抵抗によるよりも、類似した意見の人たちの間違った協働や影響によって、自分を発展させ表明することが、むしろ阻害されているのを感じた。……〈天才〉という言葉は、この言葉を完全にドイツ語から追放しなくてはならないと思うほどの曲解を受けたのである。より深い哲学によってまた新たに根拠づけられた最高にして最善のものに対する意味が、幸いにも再生されなかったならば、そもそも通俗的なものが他の国の人たちよりも遥かに蔓延する機会のあるドイツ人たちは、言葉の最も美しい開花を、つまり見かけだけは異質であるがすべての民族に同じように帰属する言葉を、ひょっとしたら失ってしまったであろう。(51)」

これはひょっとしたら、ゲーテの作品に見出せるカントの批判哲学にたいする最も美しい評価であるかもしれない。カントの学説が、シラーに与えたよりもゲーテに個人的に与えることのできたものははるかに少なかったが故に、それだけいっそうこの評価は重要である。シラーにとっては、カント哲学の研究こそが青春時代の心的動揺に決着をつけたのである。この研究を通じてのみ彼は「シュトゥルム・ウント・ドラング」の時期を克服できた。この研究を通じてのみ彼は、『群盗』と『ドン・カルロス』の詩人から『ヴァレンシュタイン』の詩人となることができた。カントの学説は、彼にとって修練を強いる大きな力となった。それは、彼に知的確実さと倫理的成熟を与えた。ゲーテの生涯においては、カントの哲学も何らかの別の哲学も、このような役割を演じてはいなかった。彼は、相変わることなく詩的才能を頼りとしていた。詩的才能こそが、早い時期から彼の現実存在を満たし形成していた。「私は、他のどれによるよりも」――とゲーテは、『ヴェルター』の最初の書き下ろしについて『詩と真実』の中で記している――「この作品の構成（Komposition）によって、嵐のような自然力から救われていた。私は、自分自身や他人のせいで、偶然的なまた自ら選んだ生活方法によって、故意や軽率、頑固や譲歩によって、きわめて激しくあちらこちらへと追い回されていたのだが。私は総懺悔の後のように、元どおり楽しく自由に感じ、また新しい生への権限を与えられたように感じた。[52]」

初期の頃から、レンツあるいはビュルガーのような彼の青春時代の仲間からゲーテを区別したのは、形式への意志、そして詩的形成の力であった。自分自身の詩作の中に見出したものを、後に彼は、自然の作品さらに古代人の作品の中に見出した。それらは彼にとっては同じ段階にあった。というのも彼は、それらに同じ打ち破られることのない一貫性と必然性を見たからである。「自然の一貫性は」――と彼はかつて書いている――「人間の一貫性のなさを慰めてくれる。[53]」同じ事を彼がイタリアで得た古代観が彼に与えた。「高度の芸術作品は」――と彼は言う――「同時に最高度の自然作品として、人間によって真の自然の法則に基づき産み出された。恣意的なもの、思い込みの一切は崩壊する。そこには必然性がある。そこには神がいる。[54]」

彼がイタリアから戻った時、彼がまた以前の生活圏、仕事圏に入ったとき、彼はそこに、身近な友たちにおいてさえ、彼が内的に獲得したもののすべてにたいするほんのわずかの理解と関心しか見出さなかった。彼はほとんど一人であり、孤独と誤解を感じた。「形式豊かなイタリアから」――と彼は言う――「形態なきドイツへと戻された。明るい空は、暗い空に変わった。私を慰めまた仲間に入れてくれるはずの友たちが私を絶望させた。遠くかけ離れたほとんど知られていなかった対象についての私の歓喜、失われたものにたいする苦悩と嘆きは、彼らの感情を損なっているように思われた。誰も私に関心を示してくれず、誰も私の言葉を理解しなかった。[55]」

こうした心的状態の時、彼にとってシラーは、本来の対極者であるように見えないわけにはいかなかった。彼はシラーのうちに、彼が自分から遠ざけたもの、内的には克服したと思ったこと、そうしたすべての代表を見た。彼自身が「一掃しようとしていた倫理的また演劇的パラドクスを、すべてを流し去る奔流のうちにドイツに注ぎ込んだ力強いが未熟な才能[56]」を、ゲーテはシラーに見ていた。ゲーテがこうした感情を克服することができるには長い年月が必要であった。ゲーテと友達になりたいというシラーの願いをゲーテは、冷ややかにすげなく退けた。だがその後急変がおこる。ゲーテが、シラーのうちに対極者ではなく、同志を見る日が来るのである。ここでもまたカント哲学が、間接的ではあるが、注目に値する役割を演じている。『美的書簡』の著者である「カント学派」シラーを、ゲーテは理解し評価することができた。というのも彼は、ここに、彼自身の経験がまったく別の媒体において実証されているのを見た。ゲーテの擬古典主義は、「内的形式」の理念に基づく。彼は、ヴィンケルマンの芸術観の光に照らして見た古代人の作品の内にこの形式を見出した。それは彼にとって、客観的必然性の表現であった。「自然法則的に」――と彼は言う――「真実なものとして根拠づけられていないものは、いかなるものも自然において美しくはない。[57]」

シラーの辿る道は、別の道であった。彼は、彼の美学をカントの自由概念から展開する。美は彼にとって、「現象における自由[58]」を意味する。しかし結果においては、ゲーテとシラーは完全に一致することができた。というのも両者にとって、「自由」と「必然性」は、相互に排除しあう対立を意味しない。両者はこの二つの理念の間に、対立関係ではなく相関関係を見出した。カントは、倫理的自由は「自律性」つまり自己法則性と同一であるということによって、この相関関係を倫理的なものにおいて指摘した。ゲーテとシラーの擬古典主義は、この直観を芸術に移す。それは、法則だけがわれわれに自由を与えることができるという根本命題に根拠を置いている。ここにおいて両者にとって「主観的なもの」と「客観的なもの」の円環が閉じられる。「現象する法則は最大の自由においてその最も固有の諸条件に従い、客観的美を産み出す。この客観的美は、もちろん、それが把握されるそれにふさわしい主観を見出すに違いない。(59)」

必然的で普遍的な自然法則の承認において、カントとゲーテは完全に一致している。こうした基本的承認を根拠づけ正当化する道は、ここでもまったく異なっている。カントは、彼の論理的分析的道を行く。彼は、ヒュームの懐疑から守ろうとした因果の原理の分析からはじめる。彼が指摘するのは、こうした懐疑の余地を与えるなら、経験は単なる「知覚のラプソディー」に変えられるであろうということである。(60)しかし経験は、事実、別の何かである、はるかにそれ以上のものである。経験は、感覚感受の集合体ではなく一つの体系である。そうした体系は、客観的に妥当する必然的な原理に基づかなくてはならない。「経験は、知覚の必然的結合の表象によってのみ可能である。(61)」

自然概念のこうした理解は、カントにとっては彼による悟性の理解と定義から結果として出てくる。悟性は、彼にとって「規則の能力」である。自然の経験的規則は、悟性のアプリオリな規則の特殊事例ならびに適用に過ぎない。特殊な自然法則は、このようにして「普遍的悟性法則の特殊化」*10となる。「常に特殊な知覚を前提とする自然の経験的法則を、特殊な知覚を根底にすることなく、単に経験における知覚の必然的統一の条件のみを含んでいる純粋なあるいは普遍的な自然法則から、区別しなければならない。後者（普遍的自然法則）に関しては、自然と可能な経験とはまったく同一である。……したがって、悟性は、その法則（アプリオリな）を、自然から汲むのではなくこの法則を自然に規定する、と私が言うと、最初は奇異に聞こえるがこれ以上に確かなことはないのである。」[62]

このような即命令的で法則付与的な悟性は、ゲーテの与り知るところではない。彼は、ここでも単なる思考と判断に留まろうとはしない。直観へとせきたてられる。彼はただ単に把握しようとするのではなく、ファウストと同じく、活動する自然が自らの心の前にあるのを見ようとする。*10 カントは、自然を「普遍的自然法則に従い規定される限りでの事物の現実存在[63]」であるという。ゲーテは、こうした自然、つまり「所産的自然（natura naturanta)」に留まることはできない。芸術家としてまた研究者として彼は、「能産的自然（natura naturans)」の中へ入り込もうとする。メタモルフォーゼの理念は彼にとって、自然に倣った内的創造のこの大きな過程における導き手となる。ゲーテは、カントと違い、単なる関係において考えているのではない。彼は、直観的形態においてのみ考えることができる。

彼は、豊かな多様な植物の世界ならびに動物の世界に沈潜することからはじめる。しかしこの豊かさは、彼にとってすべてではない。彼はそこに、別のより深いものを感じる。「個物は」――とゲーテは言う――「全体の模範ではありえない。……綱、属、種、そして個々のものは、特殊事例と同じように法則に関わる。それらは法則に含まれているが、法則を含んでいないし法則を与えない。[64]」形態の首尾一貫性は、普遍的なものにおいてのみ見られるに過ぎないとしても、生き生きとした互いにきわめて類似している被造物は、同一の形成原理から産み出されたに違いないであろうということを、それ以上の厳密な経験なしでも推論してしかるべきであろう。カントが、人間の認識の総合的諸原則、最高の原理を求めるに対して、ゲーテは、創造する自然の形成原理を求める。

「はるか昔、

精神は、喜びのうちに、
自然が生きて創りなせるさまを、
究め、知ろうと励んだ。
ほかならぬ永遠の一者こそが、
多様な姿をとって、顕在する、
大きなものが小さく、小さいものが大きく、
すべては、己がじし、姿をとる、
常に変転しつつも、常に己を失うことなく、
近くにあるかと見えて遠く、かつ、遠くにあるかと見えて近く、
かく形態を形成し、また変成するその有様――
驚嘆するために私は存在している。[65]」

カントが、人間の知を経験に留め、「可能な経験の諸条件[*11]」に限定しようとするように、ゲーテは、同じ結論を直観と詩作のために引き出した。ここで彼はまたしても、彼に最も固有の傾向が予期することなく実証されているのを見出した。詩人として彼は、彼自身の生から湧出したのではないものは何も産み出すことはできなかったし、また産み出そうともしなかった。ポエジーの内実は、固有の生の内実である、とゲーテは言った。「私は、私のポエジーにおいて」――とゲーテは、エッカーマンに述べている――「装いを凝らしたことはない。私は、体験しなかったこと、またのっぴきならないものでないもの、悩んだものでないものは、詩作しなかったし口に出したりし

たことはない。(66)」この意味でゲーテにとっては、「詩」と「真実」との間には如何なる相違も存在しなかった。「観念論」と「実在論」との間の伝統的対立も、彼は解消しがたいものとは認めなかった。「現実の精神は、真に理念的なものである」と彼は言う。そして、彼のファンタジーを彼は「実在的なものの真理にたいするファンタジー(67)」と明言する。

われわれがここで目の当たりにしているのは、カントの思考方式と哲学にたいするきわめて独特の類似性である。カントは、終始アプリオリの哲学者であった。しかし彼にとってアプリオリな認識は、いかなる固有の自立的な領域も、経験の彼岸には開かない。アプリオリは、むしろ、経験認識そのものの構造における一契機である。それは、その意義と使用において経験に結びついている。「理念的なもの」のこうした理解に、ゲーテは大いに惹かれたのである。悟性が、経験から借りてくることなしに自己自身から汲むすべてを、悟性はやはり、経験の使用目的以外のいかなる目的にも供しない(68)、とカントが述べている『純粋理性批判』の自家用本の箇所に、ゲーテは二重線を引いていた。(69)

カントの超越論的分析論の成果は、ある意味で一つの命題にまとめられる。それは、思想は内容無しには空虚であるという命題である。しかし、一つの内容をわれわれの思想が手に入れることができるのは、カントによれば、この思想が、直観――純粋な直観、あるいは経験的直観――に関連することによってのみである。こうした関連なしには、われわれは確かに思考形式を持つが、この形式は決して客観的意義もいかなる経験的認識価値も持たないであろう。「直観と概念が、それ故、すべてのわれわれの認識の要素を形作っている。したがって概念も、それに幾許でも対応する直観無しには、また直観も、概念無しには、認識を与えることはできない(70)」。純粋悟性概念は、それ自体判断の論理的機能以外の何ものでもない。これらの機能が、単なる思想から認識となるためには、直観で満たされなくてはならない。「概念に、それと対応する直観がまったく与えられないならば、それは、形式上は一つの思想であろうがすべての対象無しであろう、そしてそれによっては、何らかの事物についての認識はまったく可能ではなかろう。なぜならば、……私の思想が適用されうるようなものは、なにも無いしまたあり得ないであろうからである。[71]」

こうした学説に、ゲーテははじめから大いに惹かれないわけには行かなかった。彼はここで、カントにたいして、ドイツの講壇哲学よりもずっと率直な関係にあった。というのもこの講壇哲学は、カントのテーゼにマイナスの側面を見るだけでプラスの面を見なかったからである。ヴォルフ学派やヴォルフの存在論の信奉者たちにとっては、カントは相変わらず、メンデルスゾーンがそう呼んだように「すべてを粉砕する者」であった。というのも純粋悟性の諸原則は「単に現象解明の原理」に過ぎず、したがって「事物一般についてのアプリオリな総合的認識を、体系的理論において不遜にも与えようとする存在論の誇らしい名称は、純粋悟性の単なる分析論という謙虚な名称に席を譲」らなくてはならないとカントは明言していたからである。[72]これにたいしてゲーテは、講壇哲学に対するこうしたカントの批判に、破壊の仕事ではなく解放の仕事を見た。ゲーテはここに、諸々の直観したものから分離されず、それらときわめて緊密に浸透し合おうとする彼の「対象的思考」の基本的傾向を再発見した。[73]カントの謙虚さも、まったく彼の意味におけるものであった。彼は「彩られた色彩」に満足し、われわれは、この彩られた反映において生を持つ*12ということを確信していた。「われわれは、派生的現象の内部で生きている」——と彼は言う——「われわれは、いかにしたら本源の問題に至りうるかはまったく知らない。[74]」したがって「絶対的な」認識の否定は、彼にとっていかなる喪失をも意味しなかった。それは、彼の研究の在り方にいかなる特定の限界をも設定しなかった。「理論的な意味における絶対的なものについて」——と彼は明言する——「私は敢えて語ろうとは思わないが、この絶対的なものを現象のうちに認め常に念頭に置く者はその絶対的なものから大きな利益を享けるであろう、とわたしが主張することは許される。[75]」

ゲーテが描いたカントの哲学像は適切なものであったか――われわれはそれに客観的歴史的真理を認めることができるか。こうした問題は、単純に「イエス」あるいは「ノー」をもってしてはほとんど答えにならない。カント哲学についてのゲーテの見解や叙述を哲学史の教科書に取り上げることを、私は確かに誰にたいしても勧めないであろう。ゲーテが時折、カント哲学についての談話に巻き込まれ彼自身の見解を講じると、居合わせたカント学派の人たちは頭を横に振った、とゲーテ自身が語っている。「一度ならず、次のようなことがあった。あれやこれやの人が、微笑みながら不思議そうな様子で認めた。それはもちろんカントの考え方に類似している、しかし奇妙なものだ、と。[76]」こうした類似以上のものを、われわれはゲーテに求めてはならない。彼は、いかなる哲学の学派に属していることも認めなかったし、いかなる巨匠の言葉にも宣誓しなかった。ここでわれわれは、ゲーテの『温和なクセーニエ』の一節を思い起こさなくてはならない。

「〈汝はどうしようとするのか。汝の志操ゆえに、
人は、汝を、永遠のかなたへ送り込もうとしている。〉
彼は、いかなる専門集団にも属さず、
最後まで、愛好家であった。[77]」

哲学においてもゲーテは、愛好家であり続けた。われわれは彼を、言葉の厳密な意味においては、カント学派と

もスピノザ主義者とも呼ぶことは許されない。しかしその内的真理を、彼のカント像からも、彼のスピノザ像からも否認する必要はない。ただしその際真理の概念を、その固有の意味において理解し定義しなくてはならない。「生産的なもののみが真理である」[*13]とゲーテは言った。スピノザもカントも、彼の中ではすぐれて主産的となった。ゲーテがカントについて語った様々のことは、独特のことである、それどころか類稀なことである。しかしそれはまさに、この独自性の点できわめて特徴的で啓発的である。「私が、私自身ならびに外界にたいする私の関係を知るなら」――とゲーテは言う――「それを私は、真理と称する。こうして各人は、各人自身の真理を持つことができる。だがそれは、常に、同じ真理である。[78]」

この意味においてわれわれは、古典期の偉大な芸術家たちが、カントについて様々の像を彼等の精神において形成した、ということを理解し評価することができる。一八世紀を特徴づける最もすばらしい現存する著作の一つである『ヴィンケルマンとその世紀』において、ゲーテは次のように述べている。いかなる学者といえども、カントによってはじまった偉大な哲学の運動を、退けたりそれに逆らったり軽蔑したりするなら、罰を受けずにはすまない[79]、と。このことは、単に学者にだけではなく、芸術家にも当てはまる。カントの理念に全く触れずにいたのは、彼らのうちのほんのわずかの者だけであった。しかし彼らの各々は、カントを、他とは別の新たな光において、また異なったパースペクティブにおいて見た。深い哲学的理念は、単にそれ自身の圏内で作用を及ぼすだけではない。それは、あらゆる方向へ光線を送る精神的光源となる。しかし、この光線がどのようになるかは、単に光源の種類にだけでなく、それがぶつかり反射される鏡にも依存する。この反射の種類は、シラー、ゲーテ、ベートーベン各々にとって別であった。シラーにとって、『純粋理性批判』と『美的判断力批判』の研究が指針となり決定的であった。ゲーテは、『目的論的判断力批判』を経由してカントに至った。ベートーベンは、『実践理性批判』によって感動し、夢中になった。彼らは皆、同じカントを読んだ。しかしカントは、彼らの各々にとって、別の新しいカントとなった。なぜなら、カントは、別の生産的力、精神的倫理的また芸術的な力を彼らの内に呼び起し、活動させたからである。

引用文献

カントの著作からの引用は、著者の出版したカント全集（11 Bände, Bruno Cassirer Verlag, Berlin, 1912ff.）による。ゲーテからの引用は、偉大なワイマル版による。『エッカーマンとの対話』については、著者は、ビーダーマン（Flodoard Freiherr von Biedermann）版（5 Bde, Leipzig, 1909ff.）を使用した。ゲーテの『箴言と省察』は、ゲーテ・シラー・アルヒーフのマックス・ヘッカー版（Schriften der Goethe-Gesellschaft, Bd. 21, Weimar, 1907）による。

原注

（1）エッカーマン『ゲーテとの対話』、一八二七年四月一一日。
（2）カント『自然神学と道徳との諸原則の判明性についての研究』カッシーラー版カント全集、二巻、一八六頁［AA, Bd. 4, S. 286.］。
（3）カント『自然科学の形而上学的基礎』カッシーラー版カント全集、四巻、三七二頁［AA, Bd. 4, S. 470.］。
（4）ゲーテ『箴言と省察』Nr. 573（ハンブルク版ゲーテ全集、一二巻、四五四頁、Nr. 644）。
（5）ゲーテ『近代哲学の影響』ワイマル版ゲーテ全集、第二部「自然科学論集」一一巻、四九頁。（ハンブルク版ゲーテ全集、一三巻、二七頁。）
（6）ゲーテ『近代哲学の影響』ワイマル版ゲーテ全集、第二部「自然科学論集」一一巻、五〇頁以下。（ハンブルク版ゲーテ全集、一三巻、二七―二八頁。）
（7）カント『判断力批判』七五節。カッシーラー版カント全集、五巻、四七八頁以下［AA, Bd. 5, S. 400.］。

(8) クリスチャン・ヴォルフ『自然の事物の意図についての理性的思想』(“Vernünftige Gedanken von den Absichten der natürlichen Dinge”, 3. Aufl., Frankfurt und Leipzig 1737)、七四、九二、一二五頁。

(9) カント『神の存在の証明のための唯一可能な論拠』(一七六三)、カッシーラー版カント全集、二巻、一三八頁 [AA, Bd. 2, S. 131.]。

(10) ゲーテ『対話録』一八二三年一二月一八日。

(11) ツェルター宛手紙、一八三〇年一月二九日。

(12) アドルフ・ハンゼン『ゲーテの植物のメタモルフォーゼ論』(“Goethes Metamorphose der Pflanzen”, 1907)[『序』、VIII頁]。

(13) ゲーテ『私の植物研究の歴史』(Lesearten) ワイマル版ゲーテ全集、第二部「自然科学論集」、六巻、三九〇頁。

(14) ゲーテ『自己の植物学研究の歴史を著者が伝える』ワイマル版ゲーテ全集、第二部「自然科学論集」、六巻、一一六頁。(ハンブルク版ゲーテ全集、一三巻、一六〇頁。)

(15) ゲーテ『フランス従軍記』、ペンペルフォルトにて、一七九二年一一月、ワイマル版ゲーテ全集、三三巻、一九六頁以下(ハンブルク版ゲーテ全集、一〇巻、三一四頁。)

(16) ゲーテ『Dr・J・ユンギウスの生涯と功績』ワイマル版ゲーテ全集、第二部「自然科学論集」七巻、一二〇頁参照。

(17) カント『判断力批判』八〇節、カッシーラー版カント全集、五巻、四九八頁 [AA, Bd. 5, S. 418f.]。

(18) ゲーテ『直観的判断力』ワイマル版ゲーテ全集、第二部「自然科学論集」九巻、五五頁。(ハンブルク版ゲーテ全集、一三巻、三一頁。)

(19) ゲーテ『幸運な出来事』ワイマル版ゲーテ全集、第二部「自然科学論集」一一巻、一七頁以下。(ハンブルク版ゲーテ全集、一〇巻、五四〇—五四一頁。)

(20) ゲーテ『イタリア旅行』パレルモにて、一七八七年四月一七日。

(21) ゲーテのツェルター宛手紙、一八一六年一〇月一四日。

(22) エッカーマン『ゲーテとの対話』一八二五年五月一二日。

(23) ゲーテ『詩と真実』一四章、ワイマル版ゲーテ全集、二八巻、二八九頁。(ハンブルク版ゲーテ全集、一〇巻、三五頁。)

(24) ゲーテのF・H・ヤコービ宛手紙、一七八六年五月五日（ハンブルク版ゲーテ書簡集、一巻、五〇七―五〇八頁）。［ゲーテが「君の本」と言っているのは、カッシーラーが述べているヤコービの『神的事物とその啓示について』（これは一八一一年に出版された）ではなく、メンデルスゾーンの『レッシングの友たちへ。スピノザの学説についてのヤコービ氏の往復書簡への補遺。』（一七八六年）に対する回答として一七八六年に出版されたヤコービの『メンデルスゾーンの訴えに対して』のことである。］（なおまた本訳書、二二五―二二六頁参照。）

(25) ゲーテ『気象学の試み』ワイマル版ゲーテ全集、第二部「自然科学論集」一二巻、七四頁。（ハンブルク版ゲーテ全集、一三巻、三〇五頁。）

(26) エッカーマン『ゲーテとの対話』一八二九年九月一日。

(27) カント『純粋理性批判』二版［一七八七年］七八九頁、カッシーラー版カント全集、三巻、五一四頁［AA, Bd. 3, S. 497.］。

(28) ゲーテ『カール・ヴィルヘルム・ノーゼ』ワイマル版ゲーテ全集、第二部「自然科学論集」、九巻、一九五頁。

(29) ゲーテ『箴言と省察』Nr. 1207（ハンブルク版ゲーテ全集、一二巻、四六七頁、Nr. 718）。

(30) カント『人倫の形而上学のための基礎付け』カッシーラー版カント全集、六巻、三二四頁［AA, Bd. 4, S. 463.］。

(31) ゲーテ『植物のメタモルフォーゼ論の影響』ワイマル版ゲーテ全集、第二部「自然科学論集」、六巻、二六二頁参照。

(32) この点については著者の論文『ゲーテと数理物学』（"Goethe und die mathematische Physik", in: Idee und Gestalt, 2. Aufl., 1924, S. 33-80）（本訳書三五―九二頁）参照。

(33) ゲーテのツェルター宛手紙、一八一二年一二月一二日（ハンブルク版ゲーテ書簡集、三巻、二一六頁）。

(34) ゲーテのリーマーとの対話、『対話録』一八一四年三月二七日。

(35) ゲーテのシラー宛手紙、一七九六年一一月一五日（ハンブルク版ゲーテ書簡集、二巻、二四四頁）。

(36) ゲーテ『箴言と省察』Nr. 575（ハンブルク版ゲーテ全集、一二巻、四三二頁、Nr. 488）。

(37) ゲーテ『色彩論』講述編、緒言、ワイマル版ゲーテ全集、第二部「自然科学論集」一巻、Ⅻ頁。（ハンブルク版ゲーテ全集、一三巻、三一七頁。）

(38) ゲーテ『植物の生理学のための予備研究』、ワイマル版ゲーテ全集、第二部「自然科学論集」六巻、三五四頁。

(39) ゲーテ『動物哲学の原理』ワイマル版ゲーテ全集、第二部「自然科学論集」七巻、一八八頁。(ハンブルク版ゲーテ全集、一三巻、二三二—二三三頁。)

(40) ゲーテ『色彩論』講述編一七七項、ワイマル版ゲーテ全集、第二部「自然科学論集」一巻、七三頁。(ハンブルク版ゲーテ全集、一三巻、三六八頁。)

(41) ゲーテ『色彩論』講述編七二〇項、ワイマル版ゲーテ全集、第二部「自然科学論集」一巻、二八七頁。(ハンブルク版ゲーテ全集、一三巻、四八二—四八三頁。)

(42) ゲーテ『箴言と省察』Nr. 577(ハンブルク版ゲーテ全集、一二巻、三六七頁、Nr. 20)。

(43) エッカーマン『ゲーテとの対話録』一八三〇年一月二七日。

(44) ゲーテの詩『クセーニエ』、ワイマル版ゲーテ全集、五巻、二一三頁。(ハンブルク版ゲーテ全集、一巻、二二一頁。)

(45) カント『判断力批判』四七節、カッシーラー版カント全集、五巻、三八四頁、[AA, Bd. 5, S. 309.]。

(46) ゲーテ『箴言と省察』Nr. 183(ハンブルク版ゲーテ全集、一二巻、四六七頁、Nr. 719)。

(47) ゲーテ『箴言と省察』Nr. 201(ハンブルク版ゲーテ全集、一二巻、四六七頁、Nr. 720)。

(48) ヘルダー『フマニテート促進のための書簡』第七九書簡参照。

(49) レッシング『近代文学に関する書簡』第一部、第一九書簡。[このカッシーラーの指摘は正しくない。この引用は、『ハンブルグ演劇論』九六編(一七六八年四月一日)に見出される。]("Hamburgische Dramaturgie", 96. Stück, Lessings Werke in 3 Bänden, hrsg. von K. Wölfel, Insel Verlag 1967, Bd. 2, S. 502-503.参照。)(なお本訳書、二〇五—二〇六頁またその注*23、二四四頁参照。)

(50) カント『判断力批判』四六節、カッシーラー版カント全集、五巻、三八二頁[AA, Bd. 5, S. 307.]。

(51) ゲーテ『詩と真実』一九章、ワイマル版ゲーテ全集、二九巻、一四六頁以下。(ハンブルク版ゲーテ全集、一〇巻、一六〇—一六一頁。)

(52) ゲーテ『詩と真実』一三章、ワイマル版ゲーテ全集、二八巻、二二五頁。(ハンブルク版ゲーテ全集、九巻、五八八頁。)(なおゲーテにおいて、Komposition あるいは komponieren は、否定的意味を持ち、訳語をこれまで「組立」あるいは「組立てる」とした(一九七頁、二〇二頁等参照)が、ここでは同じ Komposition が否定的意味で使われていないので、その訳語として「構成」をあてた。）

(53) ゲーテのクネーベル宛手紙、一七八五年四月二日（ハンブルク版ゲーテ書簡集、一巻、四七三頁）。

(54) ゲーテ『イタリア旅行』第二次ローマ滞在、一七八七年九月六日。

(55) ゲーテ『手書き原稿の運命』ワイマル版ゲーテ全集、第二部「自然科学論集」、六巻、一三二頁。［正しくは一三一頁。］

(56) このことについては、ゲーテの論文『幸運な出来事』ワイマル版ゲーテ全集、第二部「自然科学論集」一一巻、一四頁参照。（ハンブルク版ゲーテ全集、一〇巻、五三八頁。）

(57) エッカーマン『ゲーテとの対話』一八二六年六月五日。

(58) シラーとケルナーの往復書簡参照。（シラー『カリアス書簡』（"Kallias oder über die Schönheit – Briefe an Gottfried Körner", Schillers Sämtiche Warke, München 1965, Bd. 5, S.394-433.）に、「美は現象における自由に他ならない」とある、シラーの手紙、一七九三年二月八日（四〇〇頁）参照。）

(59) ゲーテ『箴言と省察』Nr. 1346（ハンブルク版ゲーテ全集、一二巻、四七〇頁、Nr. 747）。

(60) カント『すべての将来の形而上学のためのプロレゴメナ』二六節、カッシーラー版カント全集、四巻、五九頁以下［AA, Bd. 4, S. 310.］。

(61) カント『純粋理性批判』二版［一七八七年］、二一八頁、カッシーラー版カント全集、三巻、一六六頁［AA, Bd. 3, S. 158.］。

(62) カント『すべての将来の形而上学のためのプロレゴメナ』三六節、カッシーラー版カント全集、四巻、七二頁［AA, Bd. 4, S. 320.］。

(63) カント『すべての将来の形而上学のためのプロレゴメナ』一四節、カッシーラー版カント全集、四巻、四四頁［AA, Bd. 4, S. 294.］。

(64) ゲーテ『比較解剖学草稿』ワイマル版ゲーテ全集、第二部「自然科学論集」、八巻、七三頁。

(65) ゲーテの詩『パラバーゼ』ワイマル版ゲーテ全集、三巻、八四頁。（ハンブルク版ゲーテ全集、一巻、三五八頁。）

(66) エッカーマン『ゲーテとの対話』一八三〇年三月一四日。

(67) ゲーテ『対話録』リーマーとの一八二七年の対話、および、エッカーマン『ゲーテとの対話』一八二五年一二月二五日。

(68) カント『純粋理性批判』二版、二九五頁、カッシーラー版カント全集、三巻、二一二頁 [AA, Bd. 3, S. 203]。

(69) この自家用本についての記述は、K・フォァレンダーに依る、『カント研究』("Kant-Studien") 参照。[これは、『カント研究』にではなく、フォァレンダーの『カント、シラー、ゲーテ』("Kant, Schiller, Goethe", 1. Aufl., 1907, S. 271-279; 2. Aufl., 1923, S. 283-291) にある。]

(70) カント『純粋理性批判』二版 [一七八七年]、七四頁、カッシーラー版カント全集、三巻、七九頁 [AA, Bd. 3, S. 74]。

(71) 同前一四六頁、カッシーラー版カント全集、三巻、一二三頁 [AA, Bd. 3, S. 117]。

(72) 同前三〇三頁、カッシーラー版カント全集、三巻、二一七頁 [AA, Bd. 3, S. 207]。

(73) ゲーテ『類稀な機知に富んだ言葉による意義深い助成』、ワイマル版ゲーテ全集、第二部「自然科学論集」一一巻、五八頁参照。(ハンブルク版ゲーテ全集、一三巻、三七頁。)

(74) ゲーテ『箴言と省察』Nr. 1208 (ハンブルク版ゲーテ全集、一二巻、四四六頁、Nr. 589)。

(75) ゲーテ『箴言と省察』Nr. 261 (ハンブルク版ゲーテ全集、一二巻、四四三頁、Nr. 571)。

(76) ゲーテ『近代哲学の影響』ワイマル版ゲーテ全集、第二部「自然科学論集」一一巻、五一頁以下。(ハンブルク版ゲーテ全集、一三巻、二八頁。)

(77) ゲーテの詩『温和なクセーニエI』ワイマル版ゲーテ全集、三巻、二四三頁。

(78) ゲーテ『箴言と省察』Nr. 198 (ハンブルク版ゲーテ全集、一二巻、五一四頁、Nr. 1060)。

(79) ゲーテ『ヴィンケルマンとその世紀』ワイマル版ゲーテ全集、四六巻、五五頁。(ハンブルク版ゲーテ全集、一二巻、一二〇頁。)

訳注

*1 ゲーテ『ファウスト』一一三三七行。

*2 ゲーテの詩『クセーニエ』、「目的論者」アルテミス版ゲーテ全集、二巻、四四五頁。

*3 ゲーテ『形態学のために』アルテミス版ゲーテ全集、一七巻、一二頁参照。(因みにこの文言は、ゲーテが一八一七年から刊行をはじめた形態学誌の第一巻、第二巻の表紙裏に記載されている)

＊4　ゲーテ『ファウスト』一九三六－一九四一行。
＊5　ゲーテの詩『植物のメタモルフォーゼ』、ゲーテの詩『動物のメタモルフォーゼ』ハンブルク版ゲーテ全集、一巻、一九九－二〇三頁参照。
＊6　ゲーテ『対話録』一八三〇年七月二日。
＊7　ゲーテの詩『人間の限界』ハンブルク版ゲーテ全集、一巻、一四六－一四七頁。
＊8　ゲーテ『ファウスト』二二一行。
＊9　ゲーテ『ファウスト』一一二八八－一一二八九行。
＊10　ゲーテ『ファウスト』四四〇－四四一行。
＊11　カント『純粋理性批判』、カント全集（Immanuel Kant: Säntlicle Wake in zehn Bänden, Darmstadt 1968）三巻一八八頁、［カッシーラー版ゲーテ全集、三巻、一四二頁（AA, Bd. 3, S. 135.）］参照。
＊12　ゲーテ『ファウスト』四七二七行。
＊13　ゲーテの詩『遺訓』ハンブルク版ゲーテ全集、一巻、三七〇頁。

解説

はじめに、エルンスト・カッシーラーの生涯について、ごく簡単な紹介を述べておく。カッシーラーは、一八七四年七月二八日、ブレスラウの豊かなユダヤの商人の家庭に、第四子として生まれた。一八九二年、ギムナジウムを好成績で卒業後、ベルリン大学で法学を学び、ライプツィヒ、ハイデルベルク、マールブルクの各大学で、哲学、数学、生物学、物理学等を学んだ。一八九四年には、ベルリンで、ゲオルク・ジンメルのカント講義を聞いたが、ジンメルの薦めもあって、マールブルクのヘルマン・コーエンの下で研究を進め一八九九年に博士の学位を取得。一九〇六年に教授資格を取得。ディルタイの支援を得て一九〇七年、ベルリン大学私講師となった。一九一九年には新設のハンブルク大学教授に就任。一九二九年三月一六日から四月六日におけるダヴォスでのゼミナール（Die Davoser Hochschulkurse）においてハイデガーと討論。一九二九年一一月七日、ハンブルク大学学長の職を引き受けるが、ナチス政権成立に伴い、一九三三年五月二日、辞職後ハンブルクを去り、亡命。チューリヒ、ウィーンを経て、同年九月にオクスフォードに到着。一九三五年までオクスフォード大学で教鞭をとった。同年九月、スウェーデンのイエテボリ大学より教授としての招聘を受け、当地での数年の教育研究の後、一九四一年一月、アメリカのイエール大学より客員教授として招聘され渡米。一九四四年六月、コロンビア大学からの客員教授としての招聘を受けた。一九四五年四月一三日、コロンビア大学でのゼミナール終了後、大学の近くの路上で急性心不全のため逝去。

こうした研究経歴、またこの解説の末尾に付けた著作略年表にも明らかなように、カッシーラーは、マールブルクの新カント派に発しているが、彼はカントの認識批判を、文化批判に拡大し、認識論を「象徴形式の哲学」という大規模な体系的文化哲学へと展開した。一九三三年の亡命後も、カッシーラーは、『人間論』、『国家の神話』の執筆など、一九四五年の突然の死に至るまで極めて生産的であったが、ワイマルでシンポジウムが開かれる一九九四年までの半世紀以上にわたり、遺憾ながらドイツの本国ではいわば忘れられた存在であったといってよいであろう。一九二九年のダヴォスでのハイデッガーとの応答も、充分な内容の理解が為されていないまま今日に至っているといってよい。

カッシーラーがその主著である『象徴形式の哲学』をもって日本に紹介されてから、すでに半世紀以上がたつ。その間、大部のこの主著はもちろん、『人間論』、『啓蒙主義の哲学』、そして、ごく近年にはこれまた浩瀚な『認識問題』にいたるまで、大小あわせて、多数の翻訳が刊行、あるいは企画され、「カントの認識批判を文化批判へと拡大」したカッシーラーの文化哲学は、ある意味ではきわめて身近な存在となったといえよう。こうした近年のカッシーラー哲学の受容の展開は、ドイツにおける展開とある程度並行している面を持っている。ドイツでは、一〇年余り前（一九九四年三月二一―二四日）、ワイマルでの大掛かりなシンポジウム「エルンスト・カッシーラー――二〇世紀における文化批判」以降、とりわけ、国際エルンスト・カッシーラー協会のE・ルドルフ（初代会長）、J・クロイス（前会長）両氏を中心とした活動、また、フェーリクス・マイナー社社主のM・マイナー氏の熱意等により、研究叢書の刊行（すでに一二巻まで既刊）、また、二〇巻に及ぶ大規模な遺稿集（すでに一、二、三、五、六、一〇、一一巻既刊）、二六巻のハンブルク版全集（すでに二三巻まで既刊）の刊行などが挙げられる。もちろん、日本におけるカッシーラー受容の経緯とドイツにおけるそれとは、かなりの違いがあることはいうまでもないが、一面では「多元文化社会」として特徴づけられる現代において、カッシーラーの文化哲学の意義の大きさが改めて見直され、重要視されていることは共通しているといってよいであろう。

本訳書は、こうしたカッシーラーのゲーテを表題とする著作一〇篇を、ほぼ発表年順に集大成したものである。カッシーラーとゲーテとの関わり、あるいはカッシーラーのゲーテ論のモティベーションの本質は、ゲーテの思想世界にアプローチし、単にそれを取り込んで自らの文化哲学を一層豊かなものにすることにあったということでは、決して言い尽くすことはできない。カッシーラーは、カントとゲーテを、ドイツ啓蒙主義の不朽の功績としているが、ゲーテは、のことを明確にすることによって、カッシーラーの文化哲学の根底のより一層の理解に資することを意図している。本訳書はこのカントと並んで、このカンティアーナーの思想的展開の機軸をなすものとして、重要な役割を演じている。

冒頭の二論文は、一九二一年に出版された『理念と形態』（“Idee und Gestalt”）に掲載された五論文のうちの冒頭の二論文でもある。ゲーテについての二論文に続いて、シラー、ヘルダリーン、及びクライストについての論文を集めたこの『理念と形態』の初版の「緒言」でカッシーラーは、この論文集が一九一六年におけるドイツ精神史研究である『自由と形式』（“Freiheit und Form”）を補充するものであるとしている。因みにカッシーラーは、『自由と形式』の「緒言」においてもカントとゲーテを並列し、両者を「ドイツの精神的発展の全体」を方向づける二つの焦点であることを力説しているが、さらに指摘しておくべきことは、カッシーラーが、そこでの論述において「理念的中心」となったのは、「ゲーテの世界観の分析」であり「その他のすべての考察の方向線は、当然のことのようにそこに関係しそこに向けられる」ことを明言していることである。ルネッサンスから説き起こし、ヘーゲルの国家論にいたるドイツの精神史研究であるこの『自由と形式』において、「第四章、ゲーテ」は全体（全六章）の四分の一余りを占めており、読み応えのあるゲーテについての詳論が展開されている。その終わりでカッシーラーは「〈形式〉と〈自由〉の対立と融和が、ゲーテの生の根本テーマでありまたドイツ精神史の根本テーマである」ことに言及している。つまりカッシーラーは、この書において、ゲーテの生のテーマを常に念頭に、ドイツ精神史の根本課題に取り組んでいるといえる。

さてカッシーラーは、この『自由と形式』の補充としての『理念と形態』において、更に何を意図したのであろうか。この論文集の「緒言」で、これらの五論文において中心をなすのは、哲学的理念の世界から、詩的形態化の世界への移行、仲介であり、そこにおいて初めて理念そのものも、その内実が明らかにされ、「真に創造的哲学的思想は、その純粋に抽象的な、概念的に把握可能な内容と共に、独特の具体的・精神的生、つまり、形態化と形式付与の力を内包していることが示される。精神的現実の全体における哲学的思想の位置を、個別の偉大な歴史的例証において指摘し、明らかにしようとした」と述べている。つまりここでは、ドイツ精神史研究の成果を踏まえ、更にそれを、彼の主著である『象徴形式の哲学』へと展開・発展させるための基本的視座を確かなものにするための作業がなされている。とりわけ、ここに収録した『理念と形態』の冒頭を飾るゲーテに関する二論文において、カッシーラーの思想的展開の根本的契機とその基本的諸相、更には彼の問題意識を、彼のゲーテ論に即して明確に見ることが出来るのである。この論集が公けにされてから間もない一九二三年に『象徴形式の哲学』第一巻が刊行されたが、この「序論」において、カッシーラーは、「実在の真の概念は、単なる抽象的な存在形式に押し入れられず、精神的生の形式の多様性と豊かさを表す」ことを指摘し、ここでも、ゲーテにおける「内部から外部へと赴く啓示」である「世界と精神の総合」を引き合いに出して、ゲーテの思想世界が彼の文化哲学の「理念的中心」であることを示唆しつつ、その体系的哲学の要諦を述べている。

第一論文である『ゲーテのパンドーラ』は、カッシーラー自身が「緒言」で述べているように、美学雑誌にすでに一九一八年に掲載されたものである。まず冒頭部で、カッシーラーは、この論述の意図を、概念形式及び思想形式と、体験形式及び詩形式という固定的な二元論が、ゲーテの成熟した晩年の詩作のすべてにおけるように、ここでも解消され「思念と観想、思想と体験の新たな独特の統一」が作られる様を示すこと、つまり「芸術的形象が、しだいにますます純粋に思想の刻印を、他方、思想が、形象と感受の刻印をいかに受けるか」を示すことである、と述べている。それは認識の基本問題を「その真の固定性と活動性」において捉え、それが隣接している「最も普遍的な精神的問題」の「究極の偉大な歴史的具体化」をゲーテにおいて見るカッシーラーにとっての根本テーマに通底する。

ゲーテの祝祭劇『パンドーラ』におけるクライマックスであるパンドーラの再来の場面で、「行為のない憧憬と観想の世界」を象徴するエピメートイスと、「形式のない、ただ外的な収益に向けられそれに結びついた行為の世界」を象徴するプロメートイスの宥和が、彼等の子供たち、エピメーライアとフィレロースとの結婚において象徴される。つまり、再来するパンドーラにより人類に贈られる「形式の世界」は、「行為の世界」において「生と現実」を獲得し真に人間的となるのである。そこでは「活動そのものが、本源的な純粋な形式意志の溢出」であり、「固有の自立的価値」

を得るのである。形式の力が、人間精神の活動を通じて「純粋な形態」を、「有限な現実存在」の中で様々の形態として現出せしめる様が示される。ここにカッシーラーは、こうした具体例を通じて彼の哲学の根本的観想をも確認するが、更にこの『パンドーラ』において、人間の活動の多様性を通じて、「特殊な生の諸現象」だけでなく「普遍的な生の諸力」をもまた明確な形態をとって現出せしめることを本領とする晩年のゲーテの様式をも目の当たりにするのである。

第二論文の『ゲーテと数理物理学――認識論的考察』に関しては、「精神的現実の全体における哲学的思想の位置」には「精神史ならびに精神哲学一般の普遍的方法論上の問題が内包されている」ことを、この第二論文で示唆しようとしたことが、『理念と形態』の「緒言」の終わりに記されている。この論文では、「理性批判」から「文化批判」へのカッシーラーの文化哲学の展開が、思想史的広がりを持って語られ、彼の大規模な文化哲学である「象徴形式の哲学」へ至る展開の筋道とその核心を明確に読み取ることができる。その際「ゲーテ」がその道程における方向を定める際の中心であることが、この論文の冒頭で明言されている。

カッシーラーは、カントの「コペルニクス的転回」を引き合いにしながらも、いわば詩人ゲーテに認識論的考察を加えることをはばかることなく、またその後の自然科学の展開、成果を踏まえ、ゲーテの自然考察の原理と数理物理学の原理の決定的違いを明確に論じる。そして、問題は、科学的思考の理論と方法論だけでなく、「現実一般が意義深い含蓄に富んだ全体」、つまり、「精神的〈コスモス〉に形づくられる手段と方法のすべてを眺めわたす試み」であり、「世界理論一般の根本形式の分析」であることを強調する。われわれが「精神と世界の総合」を遂行する「象徴の諸形式」、つまり、言語、神話、宗教、芸術、数学的自然科学等の諸形式を、その特徴的特性において捉えそれらの相互関係を明らかにするいわば「包括的座標系、つまり精神的基本機能一般の総体」にして初めて、われわれにとって「真理」が存在することに言及する。精密科学の自然概念に対するゲーテの自然概念の体系的な関係もまた本来の解決を見出すことができる体系的哲学の進歩・発展の必要性、課題、その方法論を、最終的には、ゲーテの「真理概念」を引き合いに出し論じたこの論文は、彼の哲学的思考の基本的諸相を明快に、含蓄豊かに論じたものとしてまことに貴重なものである。

本訳書の第三論文である『ゲーテとプラトン』は、第七論文『ゲーテと一八世紀』と第八論文『ゲーテと歴史的世界』と共に、ゲーテの死後百年にあたる一九三二年に刊行された『ゲーテと歴史的世界』（"Goethe und die geschichtliche Welt"）という題名の論文集に収録されている。『ゲーテとプラトン』は、すでに一九二〇年一一月にベルリンのゲーテ協会で講演したものを一九二二年に雑誌に発表したものであり、『ゲーテと一八世紀』は、一九三二年三月に美学雑誌ですでにこれも既刊のものである。『ゲーテと歴史的世界』だけがこの論文集において初めて公刊された。この論文集の一九三二年の初版には、「緒言」も目次もないが、一九九五年版の編者ライナー・A・バストによる「緒言」を簡単に紹介しておく。バストは、ゲーテが「カッシーラーにとって基準点」であることを強調し、「プラトン・ルネッサンス期の哲学者たち、デカルト、ライプニッツ、あるいはカントは、彼自身の哲学にとって確かにきわめて重要ではあるが、カッシーラーの知的故郷は、ゲーテである」と語る。ついでカッシーラーが繰り返しゲーテに立ち返るのは、いわゆる「英雄崇拝」といったことではなく、「内的要求」にもと基づくものであることを、カッシーラーの一九三二年の講演である『ゲーテの形成（教養）ならびに教育の理念』の冒頭部分（本訳書一七二頁参照）を引き合いに出して述べている。さらにまた、「認識の基本問題は、その真の固定性と活動性において捉えられるなら、いたるところで最も普遍的な精神的問題に隣接」しており、「この問題の究極の偉大な歴史的具体化をゲーテにおいて見る」ことができるとする『ゲーテと数理物理学』の一節（本訳書四〇頁）を、この「緒言」で引用している。終わりに、この論文集の刊行が、一九三二年というゲーテ記念の年にあたり、五〇〇頁に及ぶ『啓蒙主義の哲学』をはじめ、カッシーラーの出版活動上、きわめて生産的な時に当たっていることに言及している。この年はカッシーラーが亡命を余儀なくされた年の前年にあたり、彼の周囲の政治的社会的状況は穏やかならぬものがあったことは確かであるが、カッシーラーは余念なく活発な研究活動をおこなっており、彼にとって一つの大きな節目に当たる年ともいえる。

カッシーラーの文化哲学は、ゲーテを「基準点」、「理念的中心」とし、プラトンからルネッサンス、ドイツ啓蒙期を経て、カッシーラー自身にまで至る視野の広がりにおいて、人間の文化的営為の基本構造を、象徴の「純粋形式」の内に追究しているといえるが、この一九三二年という年は、こうした彼にとって単に外的な記念の年ではなく、内的に充実した活動の年とならねばならない必然性が理解される。この論文集において彼は、まさしくそうした彼の思惟の展開の根底を改めて確認していると見ることが出来る。すでに一九二二年に発表された『ゲーテとプラトン』（本訳書第三論文）をこの論文集へ収録したのもその意である。ここでカッシーラーは、プラトンとゲーテを対置し、この大いなる二つの精神世界が如何に触れ合うか、また他方で、如何に対照的であるかを論じながら、こうした対立を通じて、「真理がはじめてその具体的な歴史的生を持つ」ことを明らかにすると共に、こうした「歴史の奏でる基本的調べ」に耳を傾けることにより、外的な錯綜した状況にありながら、「精神的世界史」の「内的調和」が保証されることを結論としている。

さて、この論文集に同じく収録された『ゲーテと一八世紀』（本訳書第七論文）においてカッシーラーは、ゲーテがこの十八世紀に「どう位置していたか」、いかなるものを時代に負うておりまた時代に返したのか、という一般的問題を立て、「ゲーテが一八三二年に死ぬと、世界は彼の誕生の時と比べればいわば新たな〈相貌〉を得た」と語るが、分析的世紀として特徴づけられる一八世紀との絶えざる「連関」と、彼がそれと対決しつつ次第に獲得していった「精神的隔たり」を考察の中心とする。ここでも「内部から外部へと展開する啓示」が肝要であること、またゲーテの象徴的創造活動の本質は、「瞬間」に依拠し「瞬間」に沈潜しつつも、「限りなく遠くへと超えていく」ことであることを明らかにする。「真理」自体を、形態形成と変成の間断なき過程として捉えることにゲーテの詩作並びに自然考察を特徴づけるが、ゲーテの活動はなんらかの個別の世紀に結びついていると考えることは不可能で、われわれに要請されるのは、ゲーテというこの「常に創造する自然」の直観を通じ、そうした創造活動に相応しいものとなるべく努力することであると結論づける。

本訳書の第八論文である『ゲーテと歴史的世界』は、この一九三二年の論文集においてはじめて公刊され、またこの論文集の表題ともなっている。ここでカッシーラーは、ゲーテにとっては「歴史の真理根拠」がきわめて問題であり、その「内容」が不快感をも呼び起こしていたことをまずもって指摘し、ここで肝要なのは、「歴史の個別事象」に取り組むのではなく「世界史の全体の直観」へと抜け出ること、つまり「事実を集める」のではなく「時代を俯瞰」し、それを基に精神史的世界全体の法則を確信することであったと述べる。しかしゲーテの業績の全体を見渡すならば、「深い歴史精神」が浸透していること、個々の歴史的洞察が「なんと豊かであるか」を、ゲーテの『ヴィンケルマン論』あるいは『色彩論の歴史のための資料』を挙げて強調する。それは「過去と現在を一つに見る」ゲーテのいわば天賦の才能のしからしむところであるとしながら、生を常に「損なわれない全体」として見ることのできる特有の生の直観によることを指摘する。しかもカッシーラーは、ゲーテの自伝である『詩と真実』について、その表題そのものにおいて、歴史的考察と詩的考察が直接浸透し合う「根源的統一」を指摘しようとするゲーテの意図を理解する。ゲーテにとって「歴史的なもの」は、彼固有の存在や彼固有の創造活動の形式を発見するための「媒体」あるいは「必要不可欠の手段」として必要であり、それ自体がゲーテに「精神的なものの世界」を開き、それをその豊かさの全体において彼に委ねた「形成的な基本的力」として働いたとする。広範囲にわたるドイツ精神史を手がけ、それを通時的なものをも内包する「象徴形式の哲学」という大規模な文化哲学へと昇華したカッシーラーのバックボーンとしてのゲーテの存在を、こうした論述を通じて窺うことができるのである。

論文集『ゲーテと歴史的世界』の編者バストが、すでに紹介した「緒言」で冒頭部を引用している本訳書の第六論文『ゲーテの形成（教養）ならびに教育の理念』は、ゲーテの死後一〇〇年を記念する一九三二年にカッシーラーが、ドイツの教育研究所に招かれて講演したものである。そこでカッシーラーは、ゲーテにとって「一切を包括する原理」である形成（教養）の理念を取り上げ、これがゲーテにとって、自然的存在も精神的存在をも貫く原理であることを明確にし、「形態形成と変成」、「両極性と昂進」、「尺度と動的秩序」等の概念をゲーテの教育学の基本的概念とし、これらがすべて「メタモルフォーゼ」という一概念によって「包摂され統括され構成される」ことを強調し、しかも、「動的秩序」という概念をもって教育学的自己省察の中心問題に達したとする。更にまたカッシーラーは、『パンドーラ』におけるパンドーラの再来を引き合いに出し、個々人が「形式を日々新たに創造し生み出す」ことにより、こうした個々人により「全体」が成就され、個々人が「存在の真の本質的な形式の担い手」となることに言及、また、すべての教育並びに形成（教養）において、「中心への意志」こそが肝要であり、それはゲーテの哲学的思考と哲学的な宗教の核心であると述べ、ゲーテにおける人間の文化的営為の根本的洞察を語る。教育並びに形成（教養）の理念は、「個々の声」が「相対的な協働の意味」を持つ「多声のコーラス」というべきであり、また『冬のハールツ紀行』あるいは『マホメットの歌』の感動的な表現を例に、ゲーテの「枯渇することのない生命力」、日々の配慮や心遣い、周囲の人々に向ける「愛の力」、これこそが彼の教育学の根幹であることを論じている。

本訳書の第五論文『自然研究者　ゲーテ』は、これも同じく一九三二年に書かれ、ハンブルクの新聞に寄稿されたものである。ここでは短いながらも、自然研究者ゲーテの要諦が、詩人ゲーテに通底する根本的特性において明らかにされるが、それはまた、カッシーラーの文化哲学の基本的観想に関わる含意に富んだものである。まずカッシーラーは、ゲーテの自然研究の領域がゲーテの活動の狭い一断面にすぎないものではなく、彼の「創造活動の中心的領域が問題」となっているとし、そこに必要とされるのは「形成し形態化する真に総合的な力」であり、この総合が「構想力」のうちに内在し、これによって「世界と精神の総合」が達せられることに言及する。

さらに、詩作においても自然研究においても、ゲーテにとって肝要なのは「真理愛」であるが、ここでもカッシーラーは「メタモルフォーゼの理念」に特別に留意し、ゲーテの自然研究の中核といえる色彩現象の研究においても、「光の能動と受動」を通じて、このメタモルフォーゼの理念が大きな役割を演じていることを示唆する。カッシーラーは、この理念によってゲーテが「把握可能なものの迷宮の全体」を導かれたことを強調するが、繰り返し強意を持って語られるゲーテのこの「メタモルフォーゼの理念」は、ゲーテの観想を特徴づけるだけでなく、カッシーラーにとっても、多様な文化諸形式の中を貫き導くいわば「アリアドネの糸」の働きをしているのである。なお論述の終わりでカッシーラーは、ゲーテが「主観的視点において見ること」という「科学研究の新しい領域」を発見したことの意義を強調している。

本訳書の第九論文『トーマス・マンのゲーテ像』は、その豊かな多面的な詩的造形力と思想の深さをもって、いわば二十世紀におけるゲーテを自認するトーマス・マン（一八七五―一九五五）のゲーテ像を、一九三九年のマンの作品『ワイマルのロッテ』を題材に論じ、本来マンの六五歳の誕生日に献呈されたものである。同じく一九三三年に亡命を余儀なくされたマンの「ゲーテ像」を描きながら、これまた同じく、ゲーテは、思考の進展における「繰り返し方向を定める際の中心」であると自ら語るカッシーラーの論述には、マンを通じてゲーテを語ることによって、彼の「ゲーテ」が明確な輪郭をもって描かれ、そこには彼の思考の展開の基をなす諸概念も明快に語られており、極めて稀有なゲーテ論となっている。

例えば、ゲーテの色彩論における「内視的色彩」の現象の意義を述べながら、「対象や事象の一種の精神的現在化」、「内的反映」に言及し、ゲーテの「原現象」の象徴性を論じる。また、この「繰り返される反映」を通じて発揮される人間の精神的能力に、「精神的な生」、「世界史の生」におけるすべてのルネッサンスが依拠していることを明らかにする。そしてもちろん、マンによるゲーテの「新たな形態化」においても、この「繰り返される反映」の手法がとられているとする。こうして詩人の「生」を対象とした作品の成立の可否を巡る論述が、象徴把握、歴史理解、更には人間論へと展開してゆく。

本訳書の第四論文『カントとゲーテ』と第一〇論文『ゲーテとカント哲学』では、ゲーテとカントが表題に挙げられているが、カッシーラーは、両者をドイツ啓蒙主義の偉大な功績、あるいはドイツ精神史を方向づける二つの焦点として讃えており、両者は共にカッシーラーの思想的展開の機軸をなしていることについてはすでに述べた。しかしながらここでまず問題として意識されるのは、とりわけその自然研究の主著ともいうべき『色彩論』をもってゲーテは、自然を畢竟「数的価値」に還元してしまうニュートンの物理学、光学を激しくまた執拗に攻撃したが、このゲーテと、ニュートンの科学を確かな「事実」と見做し、自己の「批判哲学」の出発点としたといえるカントとが、カッシーラーの

「文化哲学」においてどのようにしていわば「融合」し、その思想的展開の機軸となり得たのかということである。ところでゲーテ自身は、カントにたいして、はじめこそ「異質」との感情をぬぐいえなかったが、『判断力批判』にたいしては、極めて大きな賛辞と喜びを表明し、晩年に至っては、自己の『植物のメタモルフォーゼ論』について、これは、カントについて知る前に書いたが、「彼の学説の意味において書いた」とまで語っている。この問題をカッシーラーがどう考え、解釈しているかもまた主要な関心事となる。

カッシーラーは、すでに一九二四年に新聞へ寄稿した小論文である『カントとゲーテ』(本訳書第四論文)において、この点を指摘し、ゲーテとカントの関係を考察する際には、両者の自然観の「内容」にその繋がりの基を求めてはならないことを強調し、ここでもゲーテの「メタモルフォーゼの理念」を重視し、これが当時支配的であった「固定した表象方式」を克服したことの意義を述べる。そしてゲーテが植物学においてなしたと同じく、カントは「形而上学において固定した実体的表象方式を克服」したことに言及し、両者が「発生」の思想を理念的意味において把握することによって、「特定の新しい思考の方向」を追及したことにその共通性を見る。それは、両者の領域が異なった次元に属しているにもかかわらず、互いに交差する「同一の理念的地平」を規定するもので、ドイツ精神史もまたそこから、その源泉、構造と形式を手に入れるという。

『ゲーテとカント哲学』(本訳書第十論文)では、先の『カントとゲーテ』において極めて簡潔に、また含意に富んで語られた基本線に従い論述が進められるが、カントの体系における「理念」は、プラトンの場合とは異なり、「経験の過程自体の一契機」であり、経験の使用自体にとっての「統制的原理」であることに言及し、ゲーテがこうした問題においても、高齢になって「カントと一致」することができたことを指摘し、ゲーテの象徴論との関わりにおいて説明を加え、人間理性の「限界の規定」において、両者の間には、本性上の「あらゆる相違や対立」にもかかわらず如何なる点においても「矛盾対立」のない点に達したと語る。なお、カッシーラーは、芸術観の両者における違いを述べ、カントにおいては自然と芸術、真理と美は区別されるが、ゲーテにあっては、両領域の間に厳密な区別はないこと、また

「天才論」における相違にも言及し、更にカントが「人間の認識の総合的諸原則、最高の原理」を求めるのに対して、ゲーテは「創造する自然の形成原理」を求めることを指摘する。しかし「必然的で普遍的な自然法則の承認」という点では、両者は全く一致しており、またゲーテが「現実の精神は、真に理念的なもの」であると言い、「詩」と「真実」との間に相違を認めず、「観念論」と「実在論」との伝統的対立も決して解消しがたいこととはしていないことに、カッシーラーは、カントとの「独特の類似性」を見ており、カントにおける「理念的なもの」の理解にゲーテが大いに惹かれたと語る。

論述の終わりにおいてカッシーラーは、外界との各々の関係において、各人は各々の真理を持つとするゲーテの真理概念を引き合いに出すと共に、「カントにはじまった偉大な哲学の伝統を、退けたりそれに逆らったり軽蔑したりするなら、罰を受けずにはすまない」とのゲーテの言葉を引用し、「深い哲学的理念」は、ただ単にそれ自身の圏内だけでなく、「あらゆる方向へ光線を送る精神的光源」であることを指摘している。こうして、カントの批判哲学のこのような意味での発展的継承は、そこに内在する豊かな生産力のしからしむものであり、カッシーラー自らの文化哲学の必然性を示唆すると共に、ゲーテの存在とその創造の世界は、それを推し進める際にただ単に指針を与えるだけでなく、その内実に豊かな展望を与える機軸となるものであったことが理解される。

さてここで、カッシーラーの文化哲学の現代における意義と、そこにおけるゲーテの位置の重要性を再度確認するために、一九九四年三月にワイマルでおこなわれたシンポジウムについて若干を紹介しておく。これは、「現実の統一の現実理解を、文化史的ならびに認識論的パースペクティヴから分析しようとする」大規模な企画の最初のものである。ドイツ・クラシックの精神における科学」というテーマの下に、ワイマル・クラシック財団が主催し、「近代の諸科学このシンポジウムをきっかけに、カッシーラーの文化哲学がドイツ本国で蘇り、現代の多元的文化世界の迷宮を導くアリアドネの糸として、その真価が高く評価されることとなったといえる。このシンポジウムのコーディネーターの一人であるB―O・キュッパース教授は、ワイマル・クラシック財団がこうした一連の企画の幕開けを、カッシーラーの哲学のコロキウムによっておこなった論拠の第一として、「現実の統一という思想は、彼の主著『象徴形式の哲学』を性格づけるだけでなく、彼の哲学史ならびに科学哲学の諸論文に一貫しているライトモチーフである」ことを挙げている。更に、「カッシーラーが、生涯を通じてドイツ・クラシックの精神との密接な結びつきを自覚していた」ことを第二の論拠とし、「ゲーテを私は、エルンスト・カッシーラーを通じて、また、エルンスト・カッシーラーを、ゲーテを通じて理解するようになりました」とのカッシーラー夫人の回想録の言葉を付け加えている（『研究叢書』第一巻「諸言」）。

ところでこのシンポジウムのパンフレットには、ここでの議論の中心は、カッシーラーの「文化概念」と「文化諸科学」とが従来の理論に対して持つ生産的意義であるが、その際、二つの歴史的前提にたいする作業が、カッシーラーの文化理論にとって特別の意義を有するとして、「ルネッサンスの時代」と「ゲーテの芸術理解ならびに科学理解」が挙げられている。前者は、一八世紀啓蒙期の範例でもあり、後者については、ゲーテの芸術理解と科学理解こそが、カッシーラーの「象徴形式の哲学ならびに政治的ヒューマニズムの理論」にも指導的役割を果たしているとしている。また「ゲーテにおいて、カッシーラーは、芸術を、生の実践そのもののモデル、特に生産的諸科学や宗教のモデルにまでも高めようとするルネッサンスの関心事がまた取り上げられ、一八世紀の啓蒙主義によって広げられた姿を見ている」と記されている。

カントの「理性批判」に依拠しながらも、それを「文化批判」へと広げることによって、包括的な「象徴の諸形式の哲学」の文化多元論を展開したカッシーラーの認識の哲学は、個と、生の全体との常に更新される関係へのダイナミックな展望を見失うことなく、ルネッサンスの自由と解放を現代へ継承発展させた。しかもこうした文化多元論の展開、また、ルネッサンスの現代への継承発展において、それを仲介し、その基軸としての大きな役割をゲーテが演じているということが、「現実の統一」をテーマとする四日にわたるワイマル・クラシック財団のこのシンポジウムにおいてもまた、明確にされたといえる。

こうしたカッシーラーのゲーテとの関わりの重要性は、ドイツでは最近特に注目されてきており、こうした研究の推進役をとりわけ務めたのは、このシンポジウムの報告をも兼ねている『研究叢書』第一巻の第四章に掲載されている、J・クロイスをはじめとする幾つかの論文、[i]そして同じ一九九五年にクロイスにより刊行された『遺稿集』第一巻、第二章の『基本現象について』のカッシーラー自身の論述である。[ii]ここでは、カッシーラーが、ゲーテの原現象を論じ、ゲーテの三つの『箴言』に依拠し、まさしく人間の文化的営為の基本構造を、プラトンから、カントを経てカッシーラー自身に至る広い視野をもって、象徴の「純粋形式」のうちに追究していることがはっきりと見て取れる。さらにその後刊行された単行本では、B・ナウマンと、Ch.メッケルの二冊が特記される。[iii]さらにまたJ・クロイスは、カッシーラーのスウェーデンでのゲーテに関する講演集である四〇〇頁を越す大部の『遺稿集』第一一巻を、二〇〇三年に他の巻に先駆け刊行した。これに続いてB・ナウマンは、カッシーラーのゲーテと精神史に関する小論文である『遺稿集』第一〇巻を本年（二〇〇六年）刊行した。また、Ch.メッケルは、昨年、カッシーラー『研究叢書』第一二巻を『生の原現象――エルンスト・カッシーラーの生の概念』[iv]と題して、ほぼ四〇〇頁に達する大部の、きわめて示唆に富む著作を書き上げ、公刊したことを付け加えておきたい。

カッシーラーの主要著作は以下の通りである。

1899 Descartes' Kritik der mathematischen und naturwissenschaftlichen Erkenntnis.（博士論文）
1902 Leibniz' System in seinen wissenschaftlichen Grundlagen
1906 Das Erkenntnisproblem in der Philosophie und Wissenschaft der neueren Zeit, Bd. 1.
1907 Das Erkenntnisproblem in der Philosophie und Wissenschaft der neueren Zeit, Bd. 2.
1910 Substanzbegriff und Funktionsbegriff.
1916 Freiheit und Form. Studien zur deutschen Geistesgeschichte.

1918 Kants Leben und Lehre.
1920 Das Erkenntnisproblem in der Philosophie und Wissenschaft der neueren Zeit, Bd. 3.
1921 Idee und Gestalt.
1921 Zur Einstein'schen Relativitätstheorie.
1923 Philosophie der symbolischen Formen, Bd. 1: Die Sprache.
1925 Philosophie der symbolischen Formen, Bd. 2: Das mythische Denken.
1925 Sprache und Mythos. Ein Beitrag zum Problem der Götternamen.
1925 Die Philosophie der Griechen von den Anfängen bis Platon.
1927 Individuum und Kosmos in der Philosophie der Renaissance.
1929 Philosophie der symbolischen Formen, Bd. 3: Phänomenologie der Erkenntnis.
1930 Form und Technik.
1932 Goethe und die geschichtliche Welt.
1932 Die Philosophie der Aufklärung.
1932 Die Platonische Renaissance und die Schule von Cambridge.
1932 Das Problem Jean-Jacques Rousseau.
1933 Henri Bergsons Ethik und Religionsphilosophie.
1936 Determinismus und Indeterminismus in der modernen Physik.
1938 Zur Logik des Symbolbegriffs.
1939 Axel Hägerström. Eine Studie zur schwedischen Philosophie der Gegenwart.
1939 Descartes. Lehre–Persönlichkeit–Wirkung.

1939 Naturalistische und humanistische Begründung der Kulturphilosophie.

1939 Was ist Subjektivismus?

1941 Thorilds Stellung in der Geistesgeschichte des achtzehnten Jahrhunderts.

1942 Zur Logik der Kulturwissenschaften.

1943 Newton und Leibniz.

1944 An Essay on Man.

1945 Rousseau, Kant, Goethe (engl. Ausgabe).

1946 The Myth of the State.

i Cassirer-Forschungen, Band 1: Kulturkritik nach Ernst Cassirer, hrsg. E. Rudolph/B.-O. Küppers, Felix Meiner Verlag, Hamburg 1995.

- John Michael Krois: Urworte: Cassirer als Goethe-Interpret.
- Thomas Knoppe: Idee und Urphänomen. Zur Goethe-Rezeption Ernst Cassirers.
- Barbara Naumann: Talking Symbols: Ernst Cassirer's Repetition of Goethe.
- Hans Günter Dosch: Goethe und die exakten Naturwissenschaften aus der Sicht Ernst Cassirers.
- Yoshihito Mori: Goethe und die mathematische Physik. Zur Tragweite der Cassirerschen Kulturphilosophie

ii Ernst Cassirer: Nachgelassene Manuskripte und Texte, Band 1: Zur Metaphysik der symbolischen Formen, hrsg. John Michael Krois, Felix Meiner Verlag, Hamburg 1995.

iii Barbara Naumann: Philosophie und Poetik des Symbols—Cassirer und Goethe, Wilhelm Fink Verlag, München 1998.

Christian Möckel: Anschaulichkeit des Wissens und kulturelle Sinnstiftung—Beiträge aus Lebensphilosophie, Phänomenologie und symbolischem Idealismus zu einer Goetheschen Fragestellung, Logos Verlag, Berlin 2003.

iv　Christian Möckel: Cassirer-Forschungen Band 12: Das Urphänomen des Lebens—Ernst Cassirers Lebensbegriff, Felix Meiner Verlag, Hamburg 2005.

あとがき

本訳書は、「解説」においてすでに述べたように、エルンスト・カッシーラーが、主著『象徴形式の哲学』の執筆を目前にした一九二一年から最晩年の一九四五年に至るまでのゲーテを表題に含む論文一〇篇をまとめて、ほぼ年代順に訳出したものである。このような諸論文の訳出をおこなった意図は、繰り返しになるが、このカンティアーナーの思想的展開の「理念的中心」としてゲーテが重要な位置を占めていることを明確にすることによって、カッシーラーの大規模な文化哲学の根底のより一層の理解に資することにある。

すでにカッシーラーの哲学にかなり親しんだ読者の方は、この訳稿を読み進め、「方向を定める際の中心」としての「ゲーテ」の存在をより一層意識することにより、彼の思想世界の広がり、その生産性の基の何たるかを更に確かなものとされるであろう。また、カッシーラーの文化哲学にこれから取り組もうとされる方には、カッシーラーのこの「ゲーテ論集」は、彼の広範囲に亙る思想世界、その含蓄に富んだ世界への確かな案内役となるに違いない。そのためには、まず第二論文『ゲーテと数理物理学』から読まれることをお勧めしたい。なおまたゲーテの世界にすでに親しんでいる方は、ゲーテの詩世界が、いかに彼の自然研究に裏打ちされているか、また、両世界、詩的創造の世界と自然研究の世界とは、本来、相分かたれることなく、同じ精神的力を基としている世界であり、ほかならぬこうしたゲーテの構想力の思想的広がりが、カッシーラーの文化哲学の構築をも担っていったことを改めて理解されるであろう。

第一論文『ゲーテのパンドーラ』と第二論文『ゲーテと数理物理学』を訳出してからほぼ三〇年が経過した今、

あらためてこうした形で他の八篇の論文と併せて『カッシーラー　ゲーテ論集』を訳出できたことは、訳者にとってまことに大きな喜びである。カッシーラーのゲーテ論がこのように一〇篇、一冊の形で纏めて刊行されるのは、この『ゲーテ論集』がはじめてである。もちろん、こうした企画はドイツにおいてもなされていない。もっとも、カッシーラーの『遺稿集』においては、カッシーラーのゲーテ論を集めたものとして、第一一巻（J・クロイス編）と第一〇巻（B・ナウマン編）がある。これらもまたカッシーラー研究におけるゲーテとの関わりの重要性を鑑みてのことである。J・クロイス（ベルリン）、M・メッケル（ベルリン）、B・ナウマン（チューリヒ）、K・シリング（ハンブルク）などの国際エルンスト・カッシーラー協会の方々は、このように纏まった形でのカッシーラーのゲーテ論の日本語訳にことのほか関心を寄せ、本訳書が、日本におけるカッシーラー研究、そしてまたゲーテ研究の更なる発展に寄与することを大いに期待してくれていることをここで感謝を込めて付記しておきたい。

なおとりわけ、数年前に発足した日本における「カッシーラー遺稿集研究会」の仲間の方々、また十数年前から活発な活動を続けている「一八世紀ドイツ文学研究会」の方々、更に「仙台ゲーテ自然学研究会」の構成員の方々の存在は、訳者にとって大きな励みの源である。本訳書刊行にあたって、東洋大学文学部の長島隆教授には、当初より助言と励ましをいただいた。また、知泉書館社長の小山光夫氏には、この訳稿についていろいろ貴重なご示唆をいただき一方ならぬお世話になった、併せて衷心より感謝申し上げたい。

二〇〇六年　夏

森　淑　仁

本訳書には、通常の語句、人名の索引の他に、ゲーテの作品、論文、対話、手紙等についての索引を付け加えた。ゲーテのどの部分がとりわけ繰り返し引用されているか、また、ゲーテがどのようなコンテクストおいてカッシーラーの思考世界に受けとめられているかを明らかにすることを意図した。

また、本訳書に収録した「ゲーテ」を論文の表題に盛り込んでいるカッシーラーの一〇篇の論文のうち、次の七編（このうち二編は、本訳者の訳）はすでに邦訳がなされている。この度の翻訳にあたり、本訳者による既訳の二編は、改訂をおこない訳し直しをした、他の五編については、先訳として参考とさせていただいた。以下に記して感謝申し上げる。

「ゲーテのパンドーラ」、「ゲーテと数理物理学」森淑仁訳（『理念と形姿』中村・森・藤原共訳、一九七八年、三修社刊所収）
「ゲーテとカント哲学」原好男訳（『十八世紀の精神』原好男訳、一九八九年、思索社刊所収）
「ゲーテと歴史世界」、「ゲーテと十八世紀」友田孝興、栗花落和彦共訳（『ゲーテと十八世紀』友田・栗花落共訳、一九九〇年、文栄堂書店刊所収）
「ゲーテとプラトン」友田孝興、栗花落和彦共訳（『ゲーテとプラトン』友田、栗花落共訳、一九九一年、文栄堂書店刊所収）
「『ワイマルのロッテ』論」塚越敏訳（『トーマス・マン全集』別巻、一九七二年、新潮社刊所収）

森　淑仁（もり・よしひと）

1940年神奈川県生まれ。早稲田大学第一文学部卒，同大学大学院文学研究科博士課程単位取得退学，1971年4月東北大学教養部講師，その後，同大学教養部，大学院国際文化研究科，大学院文学研究科の教授を歴任，2004年3月文学研究科（西洋文化学講座）を定年退職，同年4月同大学名誉教授。専攻：ドイツ文学，文化哲学。
〔主要業績〕「ゲーテの象徴的自然観の本質について」（『ドイツ文学』53号，1974），「ゲーテの『パンドーラ』考」（『ゲーテ年鑑』（関西ゲーテ協会）17巻，1982），“Vom Wesen der dichterischen Sprache bei Goethe－im Zusammenhang mit Bashos Haiku-Dichtrung－” (Jahrbuch der Goethe- Gesellschaft in Weimar Band 105, Weimar 1989), “Goethe und die mathematische Physik. Zur Tragweite der Cassirerschen Kultur-philosophie” (Cassirer-Forschungen Bd. 1, Felix Meiner Verlag, Hamburg 1995),「E.カッシーラーにおけるヘルダー受容について－『言語起源論』を中心に－」（『ヘルダー研究』2号，1996），「ゲーテと「造形芸術論」」（『シェリングとドイツロマン主義』伊坂青司・森淑仁編，日本シェリング協会・シェリング論集2，晃洋書房，1997），“Goethe und die Aufklärung-Unter der Vormundschaft der Natur-” (Jahrbuch der Goethe -Gesellschaft in Japan Bd. XLI, 1999) ほか多数。

〔カッシーラー　ゲーテ論集〕　ISBN4-901654-82-9

2006年11月10日　第1刷印刷
2006年11月15日　第1刷発行

編訳者　森　淑仁
発行者　小山光夫
印刷者　藤原愛子

発行所　〒113-0033 東京都文京区本郷1-13-2
電話03(3814)6161 振替00120-6-117170
http://www.chisen.co.jp
株式会社　知泉書館

Printed in Japan　印刷・製本／藤原印刷

人名索引

（本文中の人名のみ。原文の表記を尊重し，おおむねこれに準じた。ゲーテは除外した。）

ア　行

アウグスティヌス（Augustinus, Aurelius）　234,251
アリオスト（Ariosto, Ludovico）　246
アリストテレス（Aristoteles）　19,97,105,181
アリストパネス（Aristophanes）　277
イェルーザレム（Jerusalem, Carl Wilhelm）　193
ヴィラモーヴィッツ（Wilamowitz-Möllendorff, Ulrich von）　7,8,25
ヴィーラント（Wieland, Christoph Martin）　313
ヴィンケルマン（Winckelmann, Johann Joachim）　95,132,200,230,262,265,304,317,324
ウォールター・ローリー卿（Sir Walter Raleigh）　227
ヴォルテール（Voltaire: François Marie Arouet）　177,196,295
ヴォルフ（Wolf, Friedrich August）　9
ヴォルフ（Wolff, Christian）　135,178,293,294,322
エグモント（Egmont, Lamoral Graf von）　236,237
エッカーマン（Eckermann, Johann Peter）　28,55,132,137,186,195,207,265,289,304,306,311,320
オイラー（Euler, Leonhard）　214
オーケン（Oken, Lorenz）　257

カ　行

カエサル（Caesar, Gaius Julius）　236
ガリレイ（Galilei, Galileo）　45,50
カール・アレクサンダー公子（Prinz Carl Alexander）　209
カルダーヌス（Cardanus, Hieronymus）　239
カント（Kant, Immanuel）　39,72,73,131-135,175,177,195,200,204,205,289-293,295,296,298,299,302,304-8,311-325
キュヴィエ（Cuvier, Georges Léopold Christian Baron de）　149,209-212,217,310
キルヒホフ（Kirchhoff, Gustav Robert）　60
グリーズィンガー（Griesinger, Wilhelm）　59
グリム（Grimm, Herman）　193,194
グルック（Gluck, Christoph Willibald Ritter von）　246
クレビヨン（Crébillon, Claude Prosper Jolyot de）　198
グンドルフ（Gundolf, Friedrich）　5
ケストナー（Kestner, Charlotte, geb. Buff）　193,245,248-250,255,268,274-276,280-283
ケストナー（Kestner, Johann Christian）　193,250
ゲッツ（Götz von Berlichingen）　145,236
ゲーテ（Goethe, August von）　249,250,257,258,263,268,276,278,282
ケプラー（Kepler, Johannes）　239
ケルナー（Körner, Christian Gottfried）　131,292
ゲルンステンベルク（Gerstenberg, Heinrich Wilhelm von）　314
コペルニクス（Kopernikus, Nikolaus）

43,71,73
コルネイユ (Corneille, Pierre) 196
コンディヤック (Condillac, Etienne Bonnot de) 178, 195
コント (Comte, Auguste) 214

サ 行

ザクス (Sachs, Hans) 245
シェイクスピア (Shakespeare, William) 143,246,277,278,297
シェーネマン (Schönemann, Lili) 275
シェリング (Schelling, Friedrich Wilhelm) 12,81
シャフツベリー (Shaftesbury, Anthony Ashley Cooper) 95,312
シュタイン (Stein, Charlotte von) 5,26
シュッツェ (Schütze, Johann Stephan) 268
シュトル (Stoll, Joseph Ludwig) 9
シュトルベルク (Stolberg, Friedrich Leopold Graf zu) 95,96,174
ジョフロア・サン・ティレール (Geoffroy de Saint-Hilaire, Etienne) 35,149,210,211,212,215-218,310
ショーペンハウアー (Schopenhauer, Adele) 249,250,263,267,268,278
ショーペンハウアー (Schopenhauer, Arthur) 41
ショーペンハウアー (Schopenhauer, Johanna) 267,268
シラー (Schiller, Friedrich von) 14, 26,29,50,131,184,186,262,265,291, 292,295,300-302,304,308,309,311, 312,315,317,318,324
スコット (Scott, Walter) 239
スピノザ (Spinoza, Baruch) 46,296, 297,304,324
ズルツァー (Sulzer, Johann Georg) 281
ゼッケンドルフ (Seckendorf, Franz Carl Leopold Frhr. von) 9
セルヴァンテス (Cervantes Saavedra, Miguel de) 277,278
ソクラテス (Sokrates) 97,155,236, 251,277
ソレ (Soret, Frédéric Jacob) 209, 210,212,217

タ・ナ 行

タッソー (Tasso, Torquato) 16,139, 198,245
ダランベール (d'Alembert, Jean Le Rond) 177,178,214
ダンテ (Dante Alighieri) 246
ツェルター (Zelter, Carl Friedrich) 9,101,151-153,228,235,239,265,279, 283,296,309
ティーク (Tieck, Johann Ludwig) 246
ディドロ (Diderot, Denis) 106, 181-183,213,214
デカルト (Descartes, René) 55, 178,214
デモクリトス (Demokrit) 97
デュボス (Dubos, Jean Baptiste Abbé) 196
ド・カンドル (De Candolle, Augstin Pyrame) 150
ドルバック (d'Holbach, Paul Heinrich Dietrich Baron) 56,57,204,213

ナポレオン (Napoleon I. Bonaparte) 199,239,262
ニュートン (Newton, Isaak) 38,39, 41,56,69,72,73,133,134,141,177, 196,289,290,293,299,309

ハ 行

バイロン (Byron, George Gordon Noel lord) 146
バウムガルテン (Baungarten, Alexander

Gottlieb) 178
バークリー (Berkeley, George) 178
バーゼドー (Basedow, Johann Bernhard) 145,231
ハーフィズ (Hafis) 245
ハーマン (Hamann, Johann Georg) 173,271
ハンゼン (Hansen, Adolph) 37,296
ビュフォン (Buffon, Georges Louis Leclerc de) 215,216
ヒューム (Hume, David) 178,318
ビュルガー (Bürger, Gottfried August) 316
ピンダロス (Pindar) 16
ファラディ (Faraday, Michael) 58
ファルンハーゲン (Varnhagen von Ense, Karl August) 30
フィヒテ (Fichte, Johann Gottlieb) 135
ブウール (Bouhours, Dominique) 188
フォークト (Voigt, Christian Gottlob von) 260
フォス (Voß, Johann Heinrich) 191
プラトン (Platon) 7,8,13,14,40,95-104,106,107,109,110,112-124,160,174,277,278,302
プランク (Planck, Max) 64,65
フリーデリーケ (Brion, Friederike) 275
プルキニエ (Purkinje, Johannes Evangelista) 69
プレッシング (Plessing, Friedrich Viktor Leberecht) 161,162
ブレンターノ (Brentano, Peter Anton) 194
ブロッケス (Brockes, Barthold Hinrich) 293
プロティノス (Plotin) 9,11,12,106,110
プロペルツ (Properz: Propertius Sextus) 192
フンボルト (Humboldt, Wilhelm von) 29,74,176
ヘーゲル (Hegel, Georg Wilhelm Friedrich) 81
ベーコン (Bacon, Francis) 45,48,101,214,312
ベートーベン (Beethoven, Ludwig van) 324
ペトラルカ (Petrarca, Francesco) 251
ヘルダー (Herder, Johann Gottfried) 155,175,193,230,231,291,313
ヘルツリープ (Herzlieb, Minna) 275
ベルヌーイ家の人々 (die Bernoulli) 214
ヘルムホルツ (Helmholtz, Hermann von) 58
ボアスレー (Boisserée, Sulpiz) 46,265
ホフマン (Hoffmann, Ernst Theodor Amadeus) 246
ホメロス (Homer) 191
ホワード (Howard, Luke) 82
ボワロー (Boileau, Nicolas) 178,179,181,187, 201

マ 行

マイヤー (Mayer, Julius Robert von) 58,59,61
マイヤー (Meyer, Conrad Ferdinand) 246
マクスウェル (Maxwell, James Clerk) 60
マグヌス (Magnus, Rudolf) 37
マッハ (Mach, Ernst) 63
マホメット (Mahomet) 164,235-237
マルティアール (Martial, Marcus Valerius) 192
マン (Mann, Thomas) 245,247-250,255,256,258,260-274,276,279-283
ミュラー (Müller, Friedrich von (Kanzler)) 36,255,265,295,303
ミュラー (Müller, Johannes) 69

ミンコフスキー（Minkowski, Hermann）
78
メーリケ（Mörike, Eduard）　246
メルク（Merck, Johann Heinrich）
193
メンデルスゾーン（Mendelssohn, Moses）
322
モーツアルト（Mozart, Wolfgang Amadeus）　197,207,208,246
モーペルテュイ（Maupertuis, Pierre Louis Moreau de）　213
モリエール（Moliére: Jean Baptiste Poquelin）　278
モリス（Morris, Max）　8
モーリッツ（Moritz, Karl Philipp）
161
モンテスキュー（Montesquieus, Charles-Louis de Secondat, Baron de la Bréde et de）　178

ヤ・ラ　行

ヤコービ（Jacobi, Friedrich Heinrich）
122,146,153,225,305
ユークリッド（Euklid）　72
ユスティ（Justi, Carl）　230

ライプニッツ（Leibniz, Gottfried Wilhelm）　55,56,178,188,189,213, 309
ラヴァーター（Lavater, Johann Caspar）
145,158,231,305
ラグランジュ（Lagrange, Joseph Louis de）　178,214
ラ・フォンテーヌ（La Fontaine, Jean de）　196
ラプラス（Laplace, Pierre Simon Marquis de）　299
ラ・メトリ（La Mettrie, Julien Offroy de）　56,204
ラ・モット（La Motte, Antoine Houdar de）　188
ラ・ロッシュ（La Roche, Maximiliane von）　194
リーマー（Riemer, Friedrich Wilhelm）
185,248-250,263,265,268,276,278, 309
リンク（Link, Heinrich Friedrich）
60,308
リンネ（Linné, Carl von）　45,101, 135,201, 202,215,297
ルソー（Rousseau, Jean-Jacques）
145,234, 251,313
ルーデン（Luden, Heinrich）　226,227
ル・ボシュ（Le Bossu, René）　178
レーヴィン（Levin, Rahel）　30
レッシング（Lessing, Gotthold Ephraim）
132,175,181,184,205,206,264,273, 274,304,314
レンツ（Lenz, Jacob Michael Reinhold）
161,316

語彙索引

（項目名は必ずしも当該箇所の表記に一致していない。名詞形は，形容詞形あるいは動詞形等を含む場合もある。なお項目と関連する表現が併記されている場合も含めた）

ア　行

アペルシュ（Aperçu）　47,214,314
イデア（Idee）　7,14,98,102,104,107,114-117,119,120,123
——界（Ideenreich）　7
——の概念（Ideenbegriff）　104
——論（Ideenlehre）　98,107,120
世界の——（Weltidee）　123
生の——（Lebensidee）　123
理性の——（Vernunftidee）　123
因果方程式（Kausalgleichung）　82
因果概念（Kausalbegriff）　133
因果の原理（Kausalprinzip）　318
永遠（性）（Ewigkeit）　11,22,30,36,52,102,103,110,116,122,140,143,159,208,211,226,232,237,255,283,310,312,320,323
——なるもの（das Ewige）　22,102,237,323
——に生ける秩序（die ewiglebendige Ordnung）　159
——の憩い（die ewige Ruhe）　310
——の一者（das Ewige-Eine）　11,320
——の再来（die ewige Wiederkunft）　283

カ　行

解放（Befreiung）　168,187,322
——者（Befreier）　187
含意（含蓄）（Prägnanz）　74,106,144,180,190,198,234,262,292,300
環境理論（Milieu-Theorie）　183
観念論（Idealismus）　56,75,78,106,321
——者（Idealist）　106
理想（Ideal）　27,29,63,152,155,159,161,168,197,199,217,256,267,314
——化（Idealisierung）　197,256
教育の——（Erziehungsideal）　159
形成の——（Bildungsideal）　159,168
青春の——（Jugendideal）　155
寛容（の精神）（Toleranz）　150,151,152
寛容（Schonung）　154
機会詩（Gelegenheitsgedicht）　195,260
——人（Gelegenheitsdichter）　260
機械論（Mechanismus）　55,56,61,133,203,204
帰納法（Induktion）　45
組立（Komposition）　197,202,247
組立てる（komponieren）　57,197,202,208
組立てる（zusammensetzen）　202
啓示（Offenbarung）　138,146,148,153,186,225,269,271,305
生き生とした瞬間の——（die lebendig-augenblickliche Offenbarung）　269,271
形式（Form）　3,5,9-11,13,15,17,20-22,26,43,46,50,51,53,66,71,72,74-76,78-80,82,97,99,101,105,106,113,119,121,122,134,135,138-140,145,148,149,156,157,178,180,182,184-186,189,190,192,202,203,205,213,214,218,232,240,246,250,251,

254,256,257,259,263,266-268,275,
293,299,314,316,317,321,322
——意志（Formwille） 22
——概念（Formbegriff） 122
——形成（Formbildung） 140
——産出（Formerzeugung） 213
——の支配（die Herrschaft der Form）
156,180
——への意志（der Wille zur Form）
316
——変化（Formwandelung） 213
——法則（Formgesetz） 180
意識——（Bewußtseinsform） 76
概念——（Begriffsform） 5,121,
122
感性的——（die sinnliche Form）
11
空間——（Raumform） 78
芸術——（Kunstform） 190,267
原——（Urform） 178,184
現実存在の——（Daseinsform） 275
根本——（Grundform） 43,51,53,
74,76,80,113,119,135,178,192,266,
267
詩——（Dichtform） 5
思考——（Denkform） 76,321
自然——（Naturform） 121,122
思想——（Gedankenform） 5
象徴——（die symbolische Form）
75
精神的——（die geistige Form） 11
生の——（Lebensform） 97,275
体験——（Erlebnisform） 5
内的——（die innere Form） 3,
232,263,317
普遍的——（die allgemeine Form）
11
様式——（Stilform） 3
形式のない（formlos）309；形式豊かな
（formreich）316；形成（Formen）
206；形成（Formung） 316
形而上学（Metaphysik） 11,12,19,
54-56,65,106,135,177,290,294,304,
305,313
——者（Metaphysiker） 106
形象なき抽象（die bildlose Abstraktion）
309,310
形成（教養）；形成する（Bildung；
bilden） 16,27,28,96,104,106,113,
138,143,144,146-148,154-156,159-
161,168,169,175,238,241,245,252,
260,261,262,296,297,300,314,319
——原理（Bildungsprinzip） 319
——しつつ変成すること（das bildende
Modeln） 252
——者（造形家）（Bildner） 144,
168,169,245,269
——と変成（Bildung und Umbildung）
147,252,296
——の理想（Bildungsideal） 168
——の歴史（Bildungsgeschichte）
175
——理念（Bildungsidee） 146
——力（Bildungskraft） 300
概念——（Begriffsbildung） 148
植物——（Pflanzenbildung） 104
人格——（Persönlichkeitsbildung）
28
人間——（Menschenbildung） 27,
146,155,156
人間の——者（Menschenbildner）
166
形態；形態化（形態形成）する（Gestalt；
gestalten） 5,10,11,14-16,20-22,
25,26,28,36,47,50,57,79,84,86,100,
103-105,115-119,122,138,139,149,
151,155,158,176,183,186,187,189,
195,199,205,216,232,235,237,241,
246,251,252,254,255,261,267,268,
281,282,299,309,319,320；姿：9,17,
230,266；246（人物）,255（登場人物）；形態のない（gestaltlos）309,
316
——の変化（Gestaltenwandel） 282
原——（Urgestalt） 122
自然の——（Naturgestalt） 103,105

形態化（Gestaltung） 4,13,16,20,51,52,73,77,86,100,138,140,147,155,180,181,186,188,192,197,199,200,206,236,246,255,320
——原理（Gestaltungsprinzip） 77
——方法（Gestaltungsweise） 4
存在の——（Seinsgestaltung） 73
形態形成と変成（Gestaltung und Umgestaltung） 13,52,100,140,147,200,320
形態学（Morphologie） 46,50,149,201,203,225,258,296,298,300,310
原現象（Urphänomen） 50,53,84,113,114,123,147,254,310,311
原植物（Urpflanze） 50,51,104,202,302,303,305
構成（Konstruktion） 48,77,83,88；（Gliederung） 74,121
構想力（Einbildungskraft） 9,67,104,137,138,179,195,196,203,207,235,311
合目的性（Zweckmäßigkeit） 153,293,300
呼気と吸気（Aus-und Einatmen） 54,216,255,272,310
固定した表象方式（die starre Vorstellungsart） 134,135,201,298,299
根本概念（Grundbegriff） 113,147
根本現象（Grundphänomen） 53,54,82,96,102
根本原則（Grundmaxime） 101,134,303

サ 行

自然の単純な模倣（die einfache Nachahmung der Natur)） 267
自然の霊妙な処置（encheiresis naturae） 199,297
収縮と拡張（Systole und Diastole） 54,122,255
純粋数学（die reine Mathematik） 41,42,71,77
象徴（Symbol） 4,16,18,21,25,26,28,29,32,54,62,75,107,123,147,158,159,174,192,193,202,209,211,254,255,269,301,303-305,309
——法（Symbolik） 16,18,192,269,309
——的形象（das symbolische Bild） 4
——的充溢（die symbolische Fülle） 21
——的植物（die symbolische Pflanze） 301
数の——法（Zahlensymbolik） 309
根本——（Grundsymbol） 147
詩的——法（die dichterische Symbolik） 16,18
神的な（göttlich） 56,123,146,153,154,225,305
神秘主義（Mystik） 9,67,96,109,110
——者（Mystiker） 9,109,110
真理（真実）（Wahrheit） 38,62,67,70,86-88,96,97,99,104-108,112,113,119,121,123,124,138,156,157,160,178,195,200,202,211,227,228,234-236,240,252,278,294,305,311,312,314,316,321,323,324
——愛（Wahrheitsliebe） 119,138
——感情（Wahrheitsgefühl） 138
——根拠（Wahrheitsgrund） 227
根本——（das Grundwahre） 235
内的——（die innere Wahrheit） 324
真（実）なるもの（das Wahre） 106,123,124,178,202,236,240,305
真の仮像（der wahre Schein） 86,105
推論的思考法（Dianöetik） 99,108,112,117
数理物理学（die mathematische Physik） 35,37,43,44,52,66,71,81,203
——者（der mathematische Physiker） 44

精神的理念的更新（die geistig-ideelle Erneuerung）　283
生成（Werden）　14,99,100-102,104, 105,115,116,120,135,139,140,147, 156,186,188,189,200,203,206,213, 214,216,281
　——観（die Anschauung des Werdens） 99
　——するもの（das Werdende）　99, 100,104,203,216
　——欲（Werdelust）　147
　形象——（Bild-Werdung）　281
世界霊（Weltseele）　120
絶対主義（Absolutismus）　181
絶対的なもの（das Absolute）　12,323
総合（Synthese）　75,82,138,149,195, 212,216,226,269,272,322
　生産的——（die produktive Synthesis） 195
　世界と精神の——（die Synthese von Welt und Geist）　75,138,226
創造（Schaffen, Schöpfung）　16, 17,20,26,73,105-107,137,148,153, 154,156,157,178-181,186-190,192, 193,200,202,205,207,208,212,219, 232,239,240,245,260,261,269,292, 295,320；創造（Schöpfertum）157
　——過程（Schaffensprozeß）　179, 187,260
　——者（Schöpfer）　20,205,245
　——の原理（Schöpfungsmaxime） 212
　世界——者（Weltenschöpfer） 295
想像上のもの（das Imaginative）　67
想像力（Imagination）　203
総体性（Totarität）　155
存在者（das Seiende）　98,104,113, 120,180
存在論（Seinslehre）　97

タ・ナ　行

対象的（gegenständlich）　67,68,84, 161,234,259,322
　——思考（das gegenständliche Denken）　68,84,161,259,322
　——詩作（die gegenständliche Dichtung）　259
対立の一致（coincidentia oppositorum） 278
超越性（Transzendenz）　12,102
　形而上学的——（die metaphysische Transzendenz）　12
超越論的（transzendental）　39,71-73, 135,321
　——批判（die transzendentale Kritik） 39
　——分析（die transzendentale Analyse）　72
　——分析論（die transzendentale Analytik）　321
直観（Anschauung；Schauen）　8,10, 12,19,22,24,26,44,45,53,58,60,65, 66,71-73,77-79,81-84,86,96,98,102-104,106,108,112,113,117,122,123, 134,139,140,141,147,150,152,161, 176,178,181,189,197,200-204,206, 209,212-214,218,226,228,230-232, 234,239,252,253,256,259,262,278, 296,298,300,304,305,309,310,318, 319,321,322
　空間——（Raumanschauung）　79
　個別——（Einzelanschauung）　81,84
　根本——（Grundanschauung）　12, 45,81,117,122,141,150,178,181,189, 197,202,204,206,212,213,239,252, 278,296,304
　知的——（die intellektuelle Anschauung）　12
　観想（Schauen）　21,27,43,156, 258, 261
　観ること（Schauen）　195,309

直観（Intuition）　103,211,230,236,312

ディオニソス的（dionysisch）　24

定言的命令（der kategorische Imperativ）　308

諦念（Entsagung）　29,155,158,159,249,311；（Resignation）311

デモーニッシュな（dämonisch）　207,208

天才時代（Genieperiode）　314

統制的原理（das regulative Prinzip）302

濁った媒体（das trübe Medium；das Trübe）　53,253,256,263

人間悟性（人知）（Menschenverstand）63,134,205

認識意志（Erkenntniswille）　87

認識論（Erkenntnistheorie）　35,37,39,40,55,70,75,88,107,177

ハ　行

発生（Genesis）　101,120,135；発生（Genese）83；発生（Entstehen）100,101

発生的（genetisch）　47,52,83,135,139,271,296,297

——考察（die genetische Betrachtung）　296,297

発展論（Entwicklungslehre）　218,299

美（Schönheit, das Schöne）　8-13,15,29-31,86,106,107,116-119,123,148,152,156,157,160,178,197,207,312,314,315,317,318；美化する（verschönern）256

——の法則（Schönheitsgesetz）312

永遠に——なるもの（das Ewig-Schöne）　156

叡智的——（das intelligible Schöne）9,12

美学（Ästhetik）　11,78,177,278

美（学）的（ästhetisch）　68,78,86,118,155,156,188,189,247,276,277,292,312,317

——判断力（die ästhetische Urteilskraft）　292

——ユートピア（die ästhetische Utopie）　277

——理想（das ästhetische Ideal）155,156

ファンタジー（Phantasie）　67,76,96,138,140,193-197,252,260,272,321

分析（Analyse）　52,55,76,86,100,139,167,177,183,195,196,212,214,216,269,270,272,311,318,321,322

分析（Zerlegen）　200,310

——的悟性（der analytische Verstand）311

——者（Analytiker）　269,270

——論（Analytik）　321,322

弁証法（Dialektik）　99,108,112,114,117,121

弁証家（Dialektiker）　121

ポエジー（Poesie）　3,24,105,139,184,186,187,189,192,201,211,246,260,263,269,274,275,308

ポエーティッシュなもの（das Poetische）180,231

マ　行

マニール（Manier）　68,267,268

見ること（Sehen）　32,40,43,53,87,108,141,188,309

メタモルフォーゼ（論）（Metamorphose）35,37,45,101,133,134,140,147,148,150,202,210,215,218,265,289,296,300-304,308,319

——の理念（die Idee der Metamorphose）　35,45,140,319

植物の——（die Metamorphose der Pflanzen））　35,37,133,202,210,215,218,265,289,300,301,303,308

動物の——（die Metamorphose der Tiere） 148,300
目の世界（die Welt des Auges） 68,140,309
目的論（Teleologie） 132,204,205,207,292,293,295,324
——者（Teleolog） 295,
——的判断力（die teleologische Urteilskraft） 132,292,293,324

ヤ・ラ 行

様式（Stil） 3,107,118,157,180,192,247,251,255,260,267-269,275,278
——手段（Stilmittel） 255,260
——の変化（Stilwandel） 269
晩年の——（Altersstil） 157

理性（Vernunft） 11,47,99,100,117,121,123,169,177,178,179,186,216,289,291,294,300,305,307,308,310,313,321,324
——内容（Vernunftinhalt） 123
——の支配（die Herrschaft der Vernunft） 216
——の冒険（das Abenteuer der Vernunft） 300
——法則（Vernunftgesetz） 121
実践——（die praktische Vernunft） 308,324
純粋——（die reine Vernunft） 289,291,305,307,313,321,324
人間——（die menschliche Vernunft） 308
理論——（die theoretische Vernunft） 308
理念（Idee） 22,24,26,29,35,36,38,42,43,45,51,80,81,83,101,102,104,105,112,113,118,123,134,140,143,144,150,161,203,215,236,238,257,269,272,283,298,301-303,310,317,319,321,324
——性（Idealität） 203
——的概観（der ideelle Zusammenschau） 272
——的形式（die ideelle Form） 269
——的思考方法（die ideelle Denkweise） 22,101,102,134,298
——と愛（Idee und Liebe） 36
——的なもの（das Ideelle） 123,321
リベラルであること（Liberalität） 151
両極性と昂進（Polarität und Steigerung） 147,255
錬金術（Alchymie） 296

ゲーテの作品等索引

（作品以外に論文，対話，書簡なども含めた。なお本訳書の頁数表記のうち，スラッシュ（/）の前は本文の頁を，後はそれに対応する注の頁を表す。また，箴言と省察の番号はM. ヘッカー版による。）

ア　行

カ　行

サ　行

タ　行

ナ　行

ハ　行

マ〜ワ　行